Clare Chambers

Kleine Freuden

CLARE
CHAMBERS

KLEINE FREUDEN

ROMAN

Aus dem Englischen von Karen Gerwig

EISELE

Besuchen Sie uns im Internet:
www.eisele-verlag.de

Die Originalausgabe »Small Pleasures«
erschien 2020 bei Weidenfeld & Nicolson.

Taschenbuchausgabe
1. Auflage September 2022

Gesetzt aus der Artifex CF
Satz: Red Cape Production, Berlin
Druck und Bindearbeiten: CPI books GmbH, Leck
ISBN 978-3-96161-145-4

Für Peter

Meine Mutter hat Zwillinge geboren:
mich und die Angst.

Thomas Hobbes

ZUGUNGLÜCK

ZUSAMMENSTOSS ZWEIER PENDLERZÜGE IM DICHTEN NEBEL – VIELE TOTE.

Die Tragödie brach am Abend des 4. Dezember über Büroangestellte und Weihnachtseinkäufer herein, als unter der Nunhead-Hochstraße zwei Züge im dichten Nebel zusammenstießen. Der 17:18 von Charing Cross nach Hayes und der 16:56-Dampfzug von Cannon Street nach Ramsgate hatten wegen des schlechten Wetters Verspätung. Die Waggons beider Züge waren brechend voll, viele Passagiere mussten stehen.

Der Zug aus Hayes hielt um 18:20 Uhr vor St. John's an einem Haltesignal, als der Dampfzug in den hintersten Wagen raste. Das war nur der Beginn einer Reihe von Katastrophen, an deren Ende 80 Tote und 200 Verletzte zu beklagen waren.

Der Dampfzug drehte sich seitlich und traf einen Stahlträger der Nunhead-Hochstraße, was die Brücke zum Einsturz brachte, die zwei Waggons unter sich begrub. Der Zugführer eines dritten Zuges, der sich vom Holborn Viaduct her der eingestürzten Hochstraße näherte, brachte seinen Zug geistesgegenwärtig zum Stehen und verhinderte ein weiteres Unglück. Die Waggons entgleisten, aber niemand im Zug wurde verletzt.

Die Rettungsmaßnahmen von Feuerwehr, Polizei, Bahnangestellten, Ärzten und Krankenschwestern wurden durch Nebel und Dunkelheit erschwert. Schlimmer noch: die zerstörte Brücke drohte, noch weiter einzustürzen und Retter und eingeschlossene Unfallopfer gleichermaßen zu zerquetschen.

Doch während die mühevolle Rettungsarbeit andauerte, wuchs das Heer der freiwilligen Helfer immer weiter an, und viele Anwohner öffneten ihre Türen, um den Verletzten zu helfen. Sieben Krankenwagen waren vor Ort und fuhren die Verletzten in immer weiter entfernte Krankenhäuser, denn die vor Ort hatten nicht genug Betten für alle Verletzten.

Die Telefonleitungen der Umgebung wurden durch besorgte Verwandte überlastet, als sich die Nachricht von dem Unglück verbreitete. Hunderte Passagiere saßen über Nacht in London fest, denn die Mid-Kent-Linie war komplett gesperrt.

Viele Tote und Verletzte stammten aus den Stadtvierteln Cloch House und Beckenham. Personen, die an diesen Haltestellen aussteigen wollten, wählten wegen ihrer Nähe zu deren Ausgängen mit größerer Wahrscheinlichkeit die hinteren Wagen. Diese waren am schlimmsten vom Aufprall betroffen.

Die Behörden der Southern Region leiteten umgehend Untersuchungen ein.

The North Kent Echo, Freitag, 6. Dezember 1957

1

Juni 1957

Der Zeitungsartikel, mit dem alles begann, stand nicht einmal auf der Titelseite, sondern war nur ein Füller auf Seite fünf, zwischen einer Werbung für Patricia Brixies Tanzschule und einem Bericht über die Jahreshauptversammlung der Crofton North Liberals. Es ging darin um das Ergebnis einer neueren Studie zur Parthenogenese bei Seeigeln, Fröschen und Kaninchen, die zu dem Schluss kam, es gäbe keinen Grund, sie bei Menschen nicht auch für möglich zu halten. Diese nüchterne Zeitungsnotiz wäre von den meisten Lesern des *North Kent Echo* übersehen worden, hätte die reißerische Überschrift nicht gelautet: »Männer für die Fortpflanzung nicht mehr benötigt!«

Die Folge war ein ungewöhnlich dicker Postsack voller größtenteils empörter Leserbriefe, und zwar nicht nur von Männern. Eine gekränkte Verfasserin, Mrs Beryl Diplock aus St. Paul's Cray, brandmarkte den Artikel als gefährlich und unchristlich. Mehr als eine Leserin wies darauf hin, eine solche These verschaffe windigen Männern doch nur eine Ausrede, sich aus der Verantwortung zu stehlen.

Ein Brief jedoch hob sich von allen anderen ab. Er kam von einer Mrs Gretchen Tilbury aus der Burdett Road 7 in Sidcup und lautete schlicht:

Sehr geehrter Herausgeber,
mit Interesse habe ich Ihren Artikel »Männer für die Fortpflanzung nicht mehr benötigt« in der Zeitung von letzter Woche gelesen. Ich war immer der Überzeugung, meine eigene Tochter (heute zehn) sei ohne das Zutun eines Mannes geboren worden. Falls Sie Interesse an weiteren Informationen haben, können Sie an die obige Adresse schreiben.

Die nächste Redaktionssitzung – normalerweise eine fade Angelegenheit, in der es um die Planung und Verteilung der Aufgaben für die kommende Woche und um die Nachbesprechung der Fehler und Versäumnisse die vorige Ausgabe betreffend ging – fiel lebhaft aus wie lange nicht.

Jean Swinney, Redakteurin, Kolumnistin, Mädchen für alles und die einzige Frau in der Runde, warf einen Blick auf den Brief, als er herumgereicht wurde. Die geneigte Handschrift mit ihren merkwürdigen, für den Kontinent typischen Schleifen ließ sie an die Französischlehrerin an ihrer Schule zurückdenken. Denn auch sie hatte die Zahl sieben mit einem Querstrich geschrieben, was die dreizehnjährige Jean damals für den Gipfel der Kultiviertheit gehalten und nachzuahmen beschlossen hatte. Ihre Mutter hatte dem ein Ende gesetzt; sie hätte kaum erzürnter sein können, hätte Jean angefangen, mit Blut zu schreiben. Für Mrs Swinney waren alle Ausländer Deutsche und damit inakzeptabel.

Der Gedanke an ihre Mutter erinnerte Jean daran, dass sie auf dem Weg nach Hause noch deren Schuhe vom Ausbessern holen musste. Es war ihr ein Rätsel, wie jemand, der so selten das Haus verließ, so viele Paare Straßenschuhe brauchte. Benötigt wurden außerdem Zigaretten, Pfefferminzöl von Rumsey's und Bohnen und Speck, wenn sie sich die Mühe machen wollte, einen Pie zum Abendessen zuzubereiten. Andernfalls würde es einfach »Eier Irgendwie« geben, die übliche Standardlösung.

»Möchte jemand unsere Jungfrau Maria von Sidcup interviewen gehen?«, fragte Larry, der Nachrichtenredakteur.

Es folgte ein allgemeines Rückwärtsknarren von Stuhllehnen, ein Zeichen für Widerwillen.

»Nicht so ganz mein Ding«, sagte Bill, Sport- und Unterhaltungsredakteur.

Jean streckte langsam die Hand nach dem Brief aus. Sie wusste, die Angelegenheit würde früher oder später sowieso bei ihr landen.

»Gute Idee«, sagte Larry und schnaufte Rauch über den Tisch. »Ist schließlich ein Frauenthema.«

»Wollen wir diese Spinner wirklich ermutigen?«, fragte Bill.

»Vielleicht ist sie ja keine Spinnerin«, sagte Roy Drake, der Herausgeber, milde.

Jean musste lächeln bei dem Gedanken daran, wie einschüchternd sie ihn damals gefunden hatte, als sie als junge Frau zur Zeitung gekommen war, und wie sie gezittert hatte, wenn sie in sein Büro gerufen wurde. Sie hatte schnell entdeckt, dass er nicht die Sorte Mann war, dem es Spaß machte, seine jungen weiblichen Angestellten zu schikanieren. Er hatte vier Töchter und behandelte alle Frauen freundlich. Abgesehen davon konnte man sich nur schwer vor jemandem fürchten, dessen Anzüge so zerknautscht waren.

»Wie soll das gehen?«, wollte Bill wissen. »Sie wollen doch nicht etwa sagen, dass Sie an Jungfrauengeburten glauben?«

»Nein, aber mich würde interessieren, warum diese Mrs Tilbury es tut.«

»Ihr Brief ist gut geschrieben«, sagte Larry. »Kurz und prägnant.«

»Er ist kurz und prägnant, weil sie Ausländerin ist«, sagte Jean.

Alle sahen sie an.

»Keine Engländerin hat so eine Handschrift. Und ›Gretchen‹?«

»Na ja, das ist eindeutig ein Interview, bei dem Fingerspitzengefühl vonnöten ist«, sagte Roy. »Also müssen natürlich Sie das machen, Jean.«

Um den Tisch herum wurde genickt. Niemand wollte ihr diese Story streitig machen.

»Also, gehen Sie doch einfach mal hin und nehmen Sie sie unter die Lupe. Sie merken sicher ziemlich schnell, ob sie eine Scharlatanin ist.«

»Lassen Sie mich fünf Minuten mit ihr allein – dann sage ich Ihnen, ob sie noch Jungfrau ist«, sagte Larry zur allgemeinen Belustigung. Er lehnte sich auf seinem Stuhl zurück, mit den Ellbogen nach außen, die Hände hinter dem Kopf verschränkt, sodass sich das Waffelmuster seines Unterhemds deutlich unter seinem Hemd abzeichnete.

»Sie hat nicht behauptet, sie sei *noch* Jungfrau«, korrigierte Bill ihn. »Das ist vor zehn Jahren passiert. Vielleicht hat sie seitdem ja ein bisschen was erlebt.«

»Jean schafft das sicherlich auch ohne Ihre Fachkenntnis«, sagte Roy, der für solches Gerede nichts übrig hatte.

Jean hatte das Gefühl, dass nur seine Anwesenheit dafür sorgte, dass das Gespräch nicht ins Vulgäre abdriftete. Es war kurios, wie die anderen ihre Ausdrucksweise Roys Prüderie anpassten, während sie Jean selbst als »einen der ihren« betrachteten. Meistens nahm sie das als Kompliment. In düstereren Momenten, wenn ihr auffiel, wie sie jüngere, hübschere Frauen behandelten – die Sekretärinnen zum Beispiel –, mit einer unbeholfenen Mischung aus Flirten und Galanterie, war sie sich da nicht mehr so sicher.

Jean teilte den restlichen Nachmittag zwischen ihrer Haushaltstipps-Kolumne und den Hochzeitszeilen auf – einem Bericht über die Hochzeiten der vergangenen Woche.

> Nach einem Empfang im Gemeindezentrum von St. Paul's Cray brachen Mr und Mrs Plornish zu ihrer Hochzeitsreise nach St. Leonard's auf. Die Braut trug einen türkisfarbenen Mantel und schwarze Accessoires ...

Die Haushaltstipps waren ein Kinderspiel, denn sie wurden alle von treuen Leserinnen geliefert. In früheren Zeiten hatte Jean einige davon vor der Veröffentlichung selbst ausprobiert. Inzwischen hatte sie eine gewisse Freude daran entwickelt, einfach die absonderlichsten unter ihnen auszuwählen.

Als das erledigt war, schrieb sie eine kurze Notiz an Gretchen Tilbury und fragte, ob sie kommen und sie und ihre Tochter kennenlernen dürfe. Da sie keine Telefonnummer angegeben hatte, musste Jean die Modalitäten per Brief klären. Um fünf Uhr deckte sie ihre Schreibmaschine mit ihrer Haube zu und gab den Brief auf dem Weg nach draußen in der Poststelle ab.

Jeans Fahrrad, ein stabiles Gerät mit schwerem Rahmen, das wie die meisten ihrer Besitztümer über Generationen in der Swinney-Familie weitervererbt worden war, lehnte am Zaun. Davor stand, zu sehr im Weg, um ignoriert zu werden, eine der Typistinnen, engumschlungen mit einem Kerl aus der Druckerei. Jean erkannte die junge Frau, wusste ihren Namen aber nicht; es gab nicht viel Zusammenspiel zwischen den Reportern und den anderen Abteilungen der Zeitung.

Um an ihr Fahrrad zu gelangen, musste sie um sie herumgehen, wobei sie sich ziemlich dumm vorkam, bis die beiden sie schließlich bemerkten und sich Entschuldigungen kichernd voneinander lösten. Es war etwas beinahe Grausames an ihrer Versunkenheit, und Jean musste sich ermahnen, dass es nichts Persönliches war, nur ein Symptom ihrer Liebeskrankheit. Wer davon betroffen war, hatte keinen Vorwurf verdient, sondern Mitleid.

Jean zog ein Seidenkopftuch aus der Tasche und verknotete es fest unterm Kinn, damit ihr beim Fahren nicht die Haare ins Gesicht wehten. Dann quetschte sie ihre Tasche in den Korb am Lenker, schob das Rad zur Bordsteinkante, schwang sich in den Sattel und strich dabei mit geübter Bewegung ihren Rock unter sich glatt.

Es war eine zehnminütige Fahrt vom Büro des *Echo* in Petts Wood zu Jeans Zuhause in Hayes, und selbst zu dieser Tageszeit herrschte wenig Verkehr. Die Sonne stand noch hoch am Himmel, es würde noch Stunden hell sein. Wenn sie nach ihrer Mutter gesehen hatte, blieb vielleicht ein wenig Zeit für ein bisschen Gartenarbeit: Unterm Zaun zum Nachbargrundstück wuchs der Giersch herüber und bedrohte die Bohnenreihen; man musste ständig darauf aufpassen.

Der Gedanke, an einem Sommerabend im Gemüsebeet zu werkeln, war ungeheuer entspannend. Die Rasenflächen vorn und hinten würden bis zum Wochenende warten müssen, denn das war eine schwere Arbeit, die noch schwerer wurde durch die Verpflichtung, dabei gleich den Rasen der älteren Nachbarin mit zu mähen. Es war einer dieser Impulse aus Großzügigkeit, der als Gefallen begonnen hatte und jetzt zur Pflicht geworden war, erbracht mit schwindendem Enthusiasmus auf der einen Seite und erwidert mit abebbender Dankbarkeit auf der anderen.

Jean machte für die restlichen Einkäufe an der langen Reihe kleiner Läden halt, die sich vom Bahnhof aus im Bogen den Hügel hinunterzogen. Steak mit Kidneybohnen würde zu lange dauern, aber die Vorstellung, schon wieder Eier zum Tee essen zu müssen, dämpfte ihre Stimmung, also kaufte sie beim Metzger Lammleber. Die konnten sie mit neuen Kartoffeln und dicken Bohnen aus dem Garten essen. Den Rest auf ihrer Liste erledigte sie zügig – die Geschäfte schlossen um punkt halb sechs, und wenn sie ohne die Schuhe oder die Medizin zurückkam, würde es Enttäuschung zu Hause geben, außerdem bei ihr selbst die blanke Frustration, wenn ihr die Zigaretten ausgingen.

Bis sie an ihrem Zuhause ankam, einer bescheidenen Doppelhaushälfte von 1930, die an den Park grenzte, hatte sich ihre gute Laune verflüchtigt. Irgendwie hatte sie es, als sie das Päckchen mit der Leber in gewachstem Papier in ihre Einkaufstasche mit dem Schottenkaro packte, geschafft, zwei Blutflecken vorn auf ihren staubfarbenen Wollrock zu tropfen. Sie war wütend auf sich selbst. Der Rock war erst vor Kurzem gereinigt worden, und sie wusste aus Erfahrung, dass Blut hartnäckige Flecken gab.

»Bist du das, Jean?« Die Stimme ihrer Mutter – beklommen, vorwurfsvoll – hallte wie immer als Reaktion auf das Kratzen des Haustürschlüssels die Treppe herunter.

»Ja, Mutter, nur ich«, antwortete Jean wie immer, mit mehr oder weniger Ungeduld im Ton, je nachdem, wie ihr Tag verlaufen war.

Ihre Mutter erschien auf dem Treppenabsatz und ließ einen blauen Luftpostbrief über das Geländer flattern. »Da ist ein Brief von Dorrie«, sagte sie. »Möchtest du ihn lesen?«

»Vielleicht später«, antwortete Jean, die noch ihr Kopftuch abnahm und sich ihrer diversen Pakete entledigte.

Ihre jüngere Schwester Dorrie war mit einem Kaffeebauern verheiratet und lebte in Kenia, was Jeans Meinung nach genauso gut die Venus hätte sein können, so weit weg und unvorstellbar war ihr neues Leben. Sie hatte einen Hausdiener, eine Köchin und einen Gärtner, einen Nachtwächter, der sie vor Eindringlingen beschützen sollte, und eine Pistole unterm Bett, die wiederum sie alle vor dem Nachtwächter beschützen sollte. Die Schwestern hatten sich als Kinder nahegestanden, und Jean hatte sie anfangs schrecklich vermisst, aber nach so vielen Jahren war sie in einem Maß daran gewöhnt, sie und ihre Kinder nicht zu sehen, wie es ihre Mutter nie werden würde.

»Gibt es etwas Nettes zum Tee?« Ihre Mutter hatte die Papiertüte mit ihren reparierten Schuhen bemerkt und begann langsam und Grimassen schneidend den Abstieg ins Erdgeschoss.

»Leber«, sagte Jean.

»Oh, gut. Ich habe einen Bärenhunger. Ich habe den ganzen Tag nichts gegessen.«

»Aber warum denn nicht? In der Speisekammer ist mehr als genug zu essen.«

Jeans Mutter witterte Gegenwehr, deshalb ruderte sie ein Stückchen zurück. »Ich habe ziemlich lang geschlafen. Also habe ich mein Porridge zu Mittag gegessen.«

»Also *hast* du etwas gegessen?«

»Ach, das würde ich nicht *Essen* nennen.«

Darauf antwortete Jean nicht, sondern brachte ihre Einkäufe in die Küche und stellte sie auf dem Tisch ab. Der Raum ging nach Westen hinaus und war warm und hell in der frühen Abendsonne. Eine Fliege summte und rumste gegen die Scheibe, bis Jean sie hinausließ und dabei die Sprenkel und Flecken auf dem Glas bemerkte. Noch eine Aufgabe fürs Wochenende. Sie hatten eine Zugehfrau, die donnerstagmorgens zum Saubermachen kam, aber es schien Jean, als brächte sie in ihrer angesetzten Stunde nicht viel zustande, außer mit ihrer Mutter zu tratschen. In gewisser Weise war aber auch das eine Aufgabe, dachte sich Jean, und sie missgönnte ihr die fünf Shilling nicht. Eigentlich.

Während ihre Mutter die frisch reparierten Schuhe anprobierte, zog Jean ihren Rock aus, stellte sich in Bluse und Unterrock an die Spüle und inspizierte die getrockneten Blutflecken. In der Küchenanrichte mit den Vorhängen machte sie eine Schachtel mit Lumpen ausfindig – die irdischen Überreste anderer ruinierter Kleidungsstücke – und begann, mit dem abgerissenen Ärmel eines ehemaligen Lieblings-Nachthemds und Waschbenzin auf dem Fleck herumzutupfen.

»Was tust du da?«, fragte ihre Mutter und spähte ihr über die Schulter.

»Mir ist Blut darauf gekommen«, sagte Jean stirnrunzelnd, als sich der rostfarbene Fleck zu lösen und auszubreiten begann. »Nicht meins. Von der Leber, meine ich.«

»Du schlampiges Mädchen«, sagte ihre Mutter und spreizte einen dürren Knöchel ab, um ihren Schuh zu bewundern, einen beigefarbenen Ziegenleder-Pumps mit kubanischem Absatz. »Ich glaube nicht, dass ich die je wieder tragen werde«, seufzte sie. »Aber trotzdem.«

Der Fleck war jetzt etwas blasser, aber größer und immer noch ziemlich gut sichtbar auf dem grauen Stoff.

»Was für ein Jammer«, sagte Jean. »Das war so ein guter Rock zum Fahrradfahren.«

Sie nahm ihn mit nach oben, um sich umzuziehen. Sie konnte ihn nicht mehr tragen, aber sie brachte es auch noch nicht über sich, ihn der Lumpenschachtel zu übereignen. Stattdessen legte sie ihn zusammen und verstaute ihn unten in ihrem Kleiderschrank, als würde sich eines Tages von selbst eine alternative Verwendung für nicht mehr tragbare Röcke auftun.

Nach dem Tee – Leber mit Zwiebeln, gekocht von Jean, und ein Pudding aus eingemachten Birnen mit Büchsenmilch –jätete und wässerte Jean das Gemüsebeet, während ihre Mutter auf einem Liegestuhl saß und ihr Büchereibuch in der Hand hielt, aber nicht wirklich las. Sie saß nie allein draußen, hatte Jean bemerkt, und wenn das Wetter noch so schön war, sondern nur, wenn Gesellschaft da war. Aus dem Park hörte man das fröhlich quietschende Geschrei spielender Kinder, gelegentlich bellten nacheinander die Hunde der Straße, wenn ein Fußgänger vorbeiging, und noch seltener rumpelte ein Auto vorüber. Wenn es dämmerte, würde alles still sein.

Jean und ihre Mutter siedelten ins Wohnzimmer an der Vorderseite des Hauses um, zogen die Vorhänge zu und schalteten die Lampen ein, die hinter ihren braunen Schirmen ein missgünstiges gelbliches Licht verstrahlten. Sie spielten an dem kleinen Kartentisch zwei Partien Gin Rommé, und dann zupfte Jean lustlos an einem Korb Flickwäsche herum, die sie seit Wochen sammelte, aber ansonsten ignorierte. Währenddessen holte ihre Mutter ihre Lederschreibmappe hervor, um Dorries Brief zu beantworten. In Vorbereitung darauf las sie ihn laut vor, wahrscheinlich Jean zuliebe, wie diese annahm, da ihre Mutter mit dem Inhalt bereits wohlvertraut war. Dasselbe tat sie mit Zeitungs- und Zeitschriftenartikeln, wenn sie die Stille eines Sonntagnachmittags unangenehm fand.

Liebe Mutter,
danke für deinen Brief. Es klingt schön und friedlich in Hayes. Ich wünschte, ich könnte dasselbe sagen – hier ist einfach immer was los. Kenneth bleibt in letzter Zeit auf der Farm – er hat endlich einen neuen Verwalter, der »zugeritten« werden muss. Wollen wir hoffen, dass er ein bisschen länger durchhält als der vorherige – inzwischen unter uns »Vernon der Wüterich« genannt. (Darüber kicherte Mrs Swinney.)

Ich bin dem Kitale-Club beigetreten, und er ist zu meinem zweiten Zuhause geworden, wenn Kenneth nicht da ist. Wie du dir vorstellen kannst, sind einige der Mitglieder ganz schöne »Marken«. Am Freitagabend war ich bei der Vorstellung von Present Laughter *der Laienspielgesellschaft von Kitale. Pru Calderwell – die absolute Königin der Gesellschaft hier – war so ungemein gut als Liz Essendine. Der Rest der Besetzung war ziemlich hölzern. Ich dachte mir, bei diesem Niveau könnte ich beim nächsten Mal auch vorsprechen!*

Wir haben uns einen neuen schwarzen Schäferhundwelpen namens Ndofu zugelegt. Wir sind ganz und gar vernarrt in ihn. Ich denke, ich sollte ihn als Wachhund erziehen, für die Zeiten, in denen ich allein hier bin, aber er ist so ein rührseliges Wesen, er dreht sich einfach für jeden auf den Rücken, der ihn krault.

Die Kinder kommen in ein paar Wochen über die Ferien nach Hause, deshalb muss ich meine letzten Wochen in Freiheit nutzen und mehr Zeit für Tennis unterbringen. Ich habe ein paar Stunden genommen und spiele morgen ein Gemischtes-Doppel-Turnier mit einem Kerl namens Stanley Harris, der ungefähr 60 ist, aber wahnsinnig ehrgeizig und sich ständig halb auf meine Spielfeldseite wirft und schreit: »Meiner! Meiner!«, also werde ich nicht viel zu tun haben.

Muss jetzt schnell zur Post laufen. Bleib gesund! Viele liebe Grüße an dich und Jean.
Dorrie

»Sie schreibt tolle Briefe«, sagte Jeans Mutter.

»Tja, das liegt daran, dass sie ein tolles Leben hat, über das sie schreiben kann«, gab Jean zurück.

Diese fröhlichen Berichte machten sie immer ein klein wenig unzufrieden. Liebe Erinnerungen an ihre Verbundenheit als Kinder wurden jetzt von Verbitterung über ihre so unterschiedlichen Schicksale getrübt.

Um halb neun stemmte sich Jeans Mutter umständlich von ihrem Sessel hoch und sagte, als wäre ihr die Idee genau in diesem Moment gekommen: »Ich glaube, ich nehme jetzt mein Bad.«

Auch wenn Jean gelegentlich Bedenken wegen ihrer häuslichen Routine hatte und manchmal die dumpfe Ahnung zu ihr durchdrang, dass andere Leute die Dinge auf eine andere, freiere Art machten, erhielt sie das Badetag-Ritual ihrer Mutter sehr gern aufrecht. Zweimal in der Woche, immer dienstags und freitags zwischen halb neun und neun, war Jean die Herrin des Hauses und konnte tun und lassen, was sie wollte. Sie konnte ohne die Kommentare ihrer Mutter Radio hören, im Stehen in der Küche essen, in vollkommener Ruhe lesen oder nackt durch die Zimmer rennen, wenn ihr danach war.

Von den verschiedenen zur Verfügung stehenden Freiheiten war ihr die liebste, ihr Mieder zu öffnen und lang ausgestreckt auf der Couch zu liegen, einen Aschenbecher auf dem Bauch, und zwei Zigaretten nacheinander zu rauchen. Es gab keinen Grund, warum sie das in Anwesenheit ihrer Mutter nicht tun sollte – sich tagsüber hinzulegen könnte eine Erkundigung nach ihrer Gesundheit nach sich ziehen, mehr nicht –, aber in Gesellschaft war es nicht annähernd so angenehm. Die Sommervariante dieser Tätigkeit war, barfuß in den Garten hinunterzugehen und ihre Zigaretten im kühlen Gras liegend zu rauchen.

An diesem speziellen Abend hatte sie gerade ihre miefigen Strümpfe ausgezogen und in die Spitzen ihrer Schuhe gestopft, als in der hinteren Stube ein gewaltiges Geklirr zu hören war, als wären alle Fliesen auf einmal vom Kamin gefallen. Ihre Nachforschung ergab, dass eine Amsel durch den Kamin heruntergekommen war und eine Lawine an Ruß und Schutt mitgebracht hatte. Sie lag ein paar Augenblicke benommen in dem leeren Rost, und als Jean näher kam, begann sie, zu flattern und zu kämpfen, und stieß sich selbst am Gitter.

Jean wich entsetzt zurück, ihr Herz machte vor Schreck einen Satz. Sie sah sich weder in der Lage, einen verletzten Vogel zu retten noch ihm den Gnadenstoß zu versetzen. Jetzt konnte sie erkennen, dass es sich um eine junge Taube handelte, schwarz vom Ruß, und dass sie vielleicht eher verängstigt als verletzt war. Sie war vom Kaminrost geplumpst und begann jetzt, unsicher im Raum herumzuflattern, brachte den Nippes in Gefahr und hinterließ dunkle Streifen auf der Tapete.

Jean riss die Tür zum Garten auf und versuchte, sie in Richtung Ausgang zu scheuchen, mit steifen Armbewegungen, die eher dazu geeignet waren, den Verkehr umzulenken, bis der Vogel endlich die Freiheit spürte und davonflog, tief über den Rasen, und sich auf einem Ast des Kirschbaums niederließ. Während Jean dastand und zusah, kam die rote Katze von nebenan mit Mordlust im Blick aus dem Gebüsch geschlichen.

Als sie damit fertig war, die krümelige Schmiere aus dem Kamin zu kehren, die gröbsten Flecken von den Wänden zu wischen und die Tür hinter dem feuchten, unterirdischen Geruch nach Ruß geschlossen hatte, hörte sie, wie draußen das Badewasser in den Abfluss rauschte. Sie rauchte ihre Zigarette im Stehen am Küchenherd, während sie darauf wartete, dass die Milch für das *Allenbury's* ihrer Mutter aufkochte.

Jetzt, wo sich ihr Puls wieder normalisiert hatte, war sie ziemlich stolz auf sich, weil sie eine weitere häusliche Krise abgewehrt hatte, ohne jemanden um Hilfe zu rufen – wenn es denn jemanden zum Zuhilferufen gegeben hätte.

Sägespäne eignen sich hervorragend zur Teppichreinigung.

Befeuchten Sie die Sägespäne, bestreuen sie damit dünn den zu säubernden Teppich, und bürsten sie sie dann mit einer harten Bürste aus. Selbst auf Teppichen mit den zartesten Farben bleibt kein Fleck zurück.

2

Burdett Road 7 in Sidcup war eine Doppelhaushälfte aus den 1930ern in etwas besserem Zustand als Jeans eigene. Im Vorgarten blühte eine symmetrische Anordnung von Ringelblumen und Begonien, an drei Seiten unkrautfrei gesäumt von sauberen Rasenrechtecken. An beiden Enden der niedrigen Gartenmauer gedieh ein Zwillingspaar gestutzter Hortensien. Der Briefkasten und der Türklopfer aus Messing waren auf Hochglanz poliert. Jean blieb vor der Tür einen Moment stehen, um sich zu sammeln, bevor sie klingelte, und beschloss, auf dem Heimweg Brasso Metallpolitur zu kaufen. Allzu leicht vernachlässigte sie die Arbeiten in den Teilen des Hauses, die ihre Mutter nicht sah.

Kurz darauf zeichnete sich ein Schatten hinter der Buntglasscheibe ab, und eine schlanke Frau von ungefähr dreißig Jahren mit dunkelbraunen Locken, die von einer Schildpattspange aus dem Gesicht gehalten wurden, öffnete die Tür. In der Hand hielt sie ein zusammengeknülltes Staubtuch und ein Paar Gummihandschuhe, die sie verunsichert von einer Hand in die andere wechselte, bevor sie sie auf der Garderobenablage neben sich deponierte.

»Mrs Tilbury? Ich bin Jean Swinney vom *North Kent Echo*.«

»Ja, kommen Sie rein, kommen Sie rein«, sagte die Frau, die gleichzeitig die Hand zum Schütteln ausstreckte und zur Seite trat, um Jean hereinzulassen, womit sie jetzt außer Reichweite war.

Nachdem sie diese ziemlich verpfuschte Begrüßung bewältigt hatten, wurde Jean ins Empfangszimmer gebeten, das nach Wachspolitur roch und die makellose, tote Atmosphäre eines Raumes besaß, der für besondere Gelegenheiten geschont wurde.

Mrs Tilbury bot Jean den bequemeren von zwei Sesseln am Fenster an, die mit einem kleinen Tisch dazwischen einander gegenüber angeordnet waren.

»Ich dachte, Sie möchten sich vielleicht Notizen machen«, sagte sie. Es war weniger ihr Akzent als der leicht stakkatohafte Duktus, der sie als Ausländerin kennzeichnete.

»Danke – das tue ich normalerweise«, sagte Jean, zog ihren Spiralblock und den Stift aus ihrer Tasche und legte sie auf den Tisch.

»Ich habe Tee gemacht. Ich hole ihn schnell.«

Mrs Tilbury eilte hinaus, und Jean hörte sie in der Küche herumklappern. Sie nutzte diese kurze Abwesenheit, um mit geübtem Auge ihre Umgebung zu begutachten. Nackte Dielen, müde aussehender Läufer, gefliester Kamin, der Rost leer und sauber gekehrt. Auf dem Klavier im Alkoven standen ein halbes Dutzend Fotografien in silbernen Rahmen. Eine war ein Gruppenbild mit Familie, alle mit ernsten Mienen und edwardianischer Strenge, der Patriarch stehend, seine Frau sitzend mit einem Baby im Taufkleid auf dem Schoß, ein Mädchen im Trägerkleid, das mit glasigem Blick in die Kamera sah. Ein anderes war ein Studioporträt von einem neun- oder zehnjährigen Mädchen mit dunklem Lockenkopf – vielleicht Mrs Tilbury selbst –, das nach oben sah, als bestaunte es etwas direkt außerhalb der Aufnahme. Usambaraveilchen und ein Weihnachtskaktus auf dem Fensterbrett, ein Wandteppich mit der Darstellung einer alpinen Landschaft mit schneebedeckten Berggipfeln und einer Holzhütte in einer Wildblumenwiese, ein Stickbild mit der Aufschrift »Home Sweet Home«.

Mrs Tilbury kam mit einem Tablett mit zwei zarten Porzellantassen, Milchkännchen, Zuckerschale und Teekanne mit gehäkeltem Wärmer zurück. Während sie den Tee eingoss, zitterte ihre Hand ein bisschen, der Schnabel der Teekanne klirrte an den Tassenrand. Vielleicht nervös, dachte Jean. Oder nur ungeschickt mit dem besten Porzellan.

Jetzt, wo sie sie richtig betrachten konnte, sah Jean, dass Mrs Tilbury eine dieser von der Natur gesegneten Frauen war. Sie hatte reine, schimmernde Haut, eine winzige, gerade Nase und schräg stehende blaue Augen, die ihrem Gesicht eine unenglische Art von Schönheit verliehen. Sie trug ein Oberteil mit rundem Ausschnitt, das sie in einen eng anliegenden Rock gesteckt hatte.

Jean ertappte sich bei einer Mischung aus Bewunderung und Neid. Sie hätte diesen Stil mit der betonten Taille selbst gern getragen, aber da war keine Taille, die sie hätte betonen können. Schon als junges Mädchen war sie kräftig gebaut gewesen. Nicht direkt fett – dafür waren Teile von ihr nie üppig genug gewesen –, sondern mit einer geraden, wenig kurvigen Figur ausgestattet, viel eher Standuhr als Sanduhr.

»Sie sind keine Engländerin?« Jean versuchte, es nicht wie einen Vorwurf klingen zu lassen.

»Nein. Ich bin Schweizerin. Aus dem deutschsprachigen Teil, um genau zu sein. Aber ich lebe hier, seit ich neun war.«

Sie lächelten einander über ihre Teetassen hinweg an, und Schweigen senkte sich herab, während Jean überlegte, ob sie weiter Konversation über Mrs Tilburys Herkunft machen oder direkt zum Thema kommen sollte.

»Wir fanden Ihren Brief alle sehr interessant«, sagte sie schließlich. »Sie haben nicht viel verraten, aber es war höchst faszinierend.«

»Ich nehme an, Sie haben eine Menge Fragen. Sie können mich alles fragen. Es macht mir nichts aus.«

»Na ja, vielleicht könnten Sie damit anfangen, mir von der Geburt Ihrer Tochter zu erzählen.«

Mrs Tilbury verknotete die Hände auf dem Schoß und fingerte an ihrem Ehering herum. »Vielleicht sollte ich vorausschicken, dass ich als Heranwachsende zwar ein sehr unschuldiges Mädchen war, dass ich aber durchaus wusste, wo die Babys herkommen. Meine Mutter war ziemlich streng – sie war eine sehr religiöse Frau –, und natürlich gab es keine festen Freunde oder dergleichen; aber ich wurde nicht im Dunkeln gelassen. Als ich also nicht lange vor meinem neunzehnten Geburtstag zum Arzt ging, weil ich immer müde war und meine Brüste schmerzten, konnte ich es nicht glauben, als er mir sagte, ich würde ein Baby bekommen. Denn ich wusste, das war nicht möglich – ich hatte noch nicht einmal einen Mann auch nur geküsst.«

»Das muss ein furchtbarer Schock gewesen sein.«

»Ja, das war es«, sagte Mrs Tilbury. »Aber ich dachte wirklich, das kann nicht stimmen. Ihnen wird gleich auffallen, dass sie einen Fehler gemacht haben.«

»Vermutlich haben Sie das dem Arzt, der Sie untersucht hatte, alles erklärt?«

»Ja, natürlich. Er sagte, die Art und Weise der Empfängnis sei nicht seine Sorge, und meine Überraschung ändere nichts an der Tatsache, dass ich ganz eindeutig ein Baby erwarte.«

»Mit anderen Worten, er glaubte Ihnen nicht.«

»Ich denke nicht. Er sagte, er habe viele Mädchen in meinen Umständen kennengelernt, die genauso bestürzt waren, als sie erfuhren, schwanger zu sein. Aber sie hätten sich schnell an den Gedanken gewöhnt, als ihnen klar wurde, dass ihr Leugnen nichts am Ergebnis ändern würde, und er hoffte, ich würde das ebenfalls tun.«

»Was für ein schrecklicher Mann«, sagte Jean mit mehr Wucht, als sie vorgehabt hatte. »Ich hasse Ärzte.«

Falls Mrs Tilbury überrascht war, dann war sie zu höflich, es zu zeigen.

»Aber natürlich hatte er ganz recht. Und er hat sich am Ende sehr gut um mich gekümmert«, gab sie zu.

»Als Ihnen also klar wurde, dass es kein Irrtum war, wie haben Sie es sich dann selbst erklärt? Ich meine, was glauben Sie, was *passiert* ist? Dachten Sie, es sei eine Heimsuchung durch den Heiligen Geist – oder irgendein medizinisches Phänomen, das die Wissenschaft nicht erklären kann? Oder was?«

Mrs Tilbury breitete in einer Geste der Hilflosigkeit die Hände aus. »Ich weiß es nicht. Ich bin keine Wissenschaftlerin. Ich bin nicht religiös wie meine Mutter. Ich weiß nur, was *nicht* passiert ist.«

»Und wie haben Ihre Eltern auf die Nachricht reagiert? Vermutlich mussten Sie es ihnen sagen.«

»Mein Vater war da schon tot, es war also nur meine Mutter.«

»Und sie glaubte Ihnen?«

»Natürlich.«

»Nicht alle Mütter wären so zugänglich.« Jean dachte an ihre eigene Mutter und musste ein plötzliches Aufwallen von Hass unterdrücken.

»Aber sie wusste, ich konnte keine Beziehung mit irgendeinem Mann gehabt haben. Sehen Sie, zur Zeit der vermuteten Empfängnis war ich in einer Privatklinik und wurde wegen schwerer rheumatischer Arthritis behandelt. Ich war vier Monate bettlägerig, in einem Krankensaal mit drei anderen jungen Frauen.«

»Oh.«

Jean konnte ihre Überraschung über diese Enthüllung nicht verbergen. Sie schien Mrs Tilburys Darstellung auf unerwartete Weise zu bekräftigen. Ihre Behauptung war plötzlich viel schwerer abzutun, und zu Jeans eigener Überraschung war sie froh darüber. Aus Gründen, die nicht nur mit dem journalistischen Hunger nach einer guten Story zu tun hatten, wollte sie, dass es wahr war.

»Ich nehme an, Sie wären froh, wenn ich alle Daten und so weiter überprüfe«, sagte sie.

»O ja. Ich war von Anfang Juni bis Ende September 1946 im Pflege- und Genesungsheim St. Cecilia. Am ersten November erfuhr ich, dass ich schwanger war, und Margaret wurde am 30. April 1947 geboren.«

»Sie war keine Frühgeburt oder so?«

»Nein. Eigentlich sogar zu spät. Sie mussten sie holen, weil mein Blutdruck zu hoch war.«

»Mrs Tilbury, macht es Ihnen etwas aus, wenn ich Ihnen eine persönliche Frage stelle? Ich fürchte, wenn wir damit weitermachen, werden Ihnen viele persönliche Fragen gestellt werden.«

»Ich verstehe«, erwiderte Mrs Tilbury, und leichte Röte stieg ihr in die Wangen.

»Hatten Sie, als Sie zum Arzt gingen, bemerkt, dass Sie nicht menstruierten? Hätten da nicht die Alarmglocken schrillen müssen?«

»Na ja, es war nicht das erste Mal, dass es eine Lücke gab. Ich war in der Beziehung nie sehr verlässlich. Manchmal vergingen Monate.«

Die beiden Frauen wechselten ein komplizenhaftes Lächeln über die Widrigkeiten des Frauseins. Jean fiel auf, wie merkwürdig es war, solche intimen Details über dem besten Porzellan zu besprechen, mit jemandem, den sie gerade erst kennengelernt hatte. Jetzt, wo das Eis gebrochen war, beschloss sie, mit weiteren heiklen Fragen nachzuhaken.

»Es war eine mutige Entscheidung, das Baby zu behalten«, sagte sie, auch wenn die Alternativen sicherlich mutiger gewesen wären, denn sie hätten mehr Leid für die Mutter bedeutet. »Haben Sie je daran gedacht, sie zur Adoption freizugeben ... oder ...« Sie konnte das andere Wort nicht laut aussprechen.

»Oh, nein«, sagte Mrs Tilbury. »Das niemals. Meine Mutter war eine fromme Katholikin. Und sie war überzeugt, das Baby sei ein Geschenk Gottes.«

»Hat sie sich keine Sorgen deswegen gemacht, was die Nachbarn von einer unverheirateten Mutter denken würden? Die Leute sind manchmal sehr schnell mit ihrem Urteil.«

»Wir waren sowieso schon Außenseiter.« Sie unterbrach sich plötzlich. »Das ist Margaret«, sagte sie, als ihr wachsames mütterliches Ohr ein für Jean unhörbares Signal empfing.

Erst jetzt hörte sie das Scheppern des Gartentors und das Schrammen von Schuhen auf dem Weg. Einen Moment später öffnete sich knarrend die Hintertür.

»Wir sind hier«, rief Mrs Tilbury. »Komm und sag hallo.«

Ein Mädchen in grüner Baumwoll-Schuluniform und mit Strohhut kam ins Zimmer, die Wangen gerötet und außer Atem von der Hitze.

»Darf ich zu Lizzie?«, fragte sie. »Sie haben kleine Kätzchen.« Als sie Jean bemerkte, bremste sie sich.

»Das ist Margaret«, sagte Mrs Tilbury, und ihr Gesicht leuchtete vor Stolz. »Diese Dame ist Miss Swinney.« Mit ihrem Schweizer Akzent klang es wie »Miss Sfinni«. »Sie arbeitet für eine Zeitung.«

»Hallo«, sagte Margaret, nahm ihren Hut ab und schüttelte ihre Haare aus. Sie beäugte Jean misstrauisch. »Haben Sie schon mal Queen Elizabeth getroffen?«

»Nein«, gab Jean zu. »Aber Harold Macmillan habe ich mal getroffen, als er zum Abgeordneten für Bromley gewählt wurde.«

Margaret schien davon unbeeindruckt. Sie hatte wahrscheinlich noch nie von Harold Macmillan gehört, dachte Jean. Und warum sollte sie auch, mit zehn Jahren? Jean musste über die entzückende Ähnlichkeit zwischen Mutter und Tochter unwillkürlich lächeln. Sie hatte noch nie eine so verblüffende Ähnlichkeit zwischen zwei Menschen gesehen, die keine Zwillinge waren. In Margarets wolkigen Locken und zarten Gesichtszügen konnte sie eine getreue Nachbildung des hübschen Kindes erkennen, das Mrs Tilbury zwanzig Jahre zuvor gewesen war. Es war nicht schwer zu glauben, dass sie ganz und gar zueinander gehörten. Falls jemand eine Rolle in Margarets Empfängnis gespielt hatte, dann hatte er keine sichtbare Spur hinterlassen.

»Tja, sie ist von Ihnen, daran besteht kein Zweifel«, sagte Jean. »Sie ist Ihnen wie aus dem Gesicht geschnitten.«

Margaret und ihre Mutter sahen einander an und lachten erfreut. Das kleine Mädchen war noch jung genug, um sich von dem Vergleich geschmeichelt zu fühlen. In ein paar Jahren, dachte Jean, würde es ihr zuwider sein.

Mrs Tilbury ging zum Klavier und nahm die Fotografie in die Hand, die Jean zuvor bemerkt hatte.

»Das bin ich, als ich kaum älter war als Margaret jetzt«, sagte sie und hielt sie hoch.

Margaret tat ihr den Gefallen und setzte den gleichen sehnsuchtsvollen Blick auf, die Augen himmelwärts gewandt. Sie waren nicht zu unterscheiden, außer vielleicht durch die gewisse melancholische Aura, die Motive alter Fotografien immer zu umgeben schien.

»Würde es Ihnen etwas ausmachen, mir das zu leihen?«, fragte Jean und stellte sich vor, wie die beiden Bilder nebeneinander in der Zeitung wirken würden. »Wir könnten eines von Margaret in der gleichen Pose machen, wenn Sie einverstanden sind.«

»Ja, natürlich, nehmen Sie es mit«, sagte Mrs Tilbury.

Wirklich, dachte Jean, die Frau ist so offen und direkt, man kann sich unmöglich vorstellen, dass sie irgendetwas anderes als vollkommen ehrlich sein sollte.

»Darf ich jetzt zu Lizzie?«, bettelte Margaret.

Ihre Mutter wuschelte ihr durch die Haare. »Also gut, ja. Eine halbe Stunde. Aber wenn du wiederkommst, übst du sofort Klavier.«

Margaret nickte eifrig, verabschiedete sich höflich von Jean und wuselte aus dem Raum.

Was für ein herziges kleines Mädchen, dachte Jean sehnsüchtig. Laut sagte sie: »Sie haben großes Glück.«

»Ich weiß«, sagte Mrs Tilbury. »Sie ist ein Engel.«

Der Tee war inzwischen kalt, aber Jean lehnte das Angebot einer frischen Kanne ab. Jetzt, wo Margaret außer Hörweite war, konnten sie wieder frei reden, und es gab noch so viel zu besprechen.

»Haben sie Sie geheilt?«

»Wer?«

»Im St. Cecilia. Sie sagten, Sie seien vier Monate lang bettlägerig gewesen.«

»Ich würde nicht sagen, dass es die Ärzte waren, die mich geheilt haben. Aber gegen Ende ging es mir auf jeden Fall viel besser, und auch wenn ich seitdem ab und zu Rückfälle hatte, ist es kein Vergleich zu meiner Kindheit. Seit ich Margaret bekommen habe, sind meine Symptome beinahe verschwunden.« Sie wackelte mit den Händen. »Wenn ich viel mit der Hand nähe, spüre ich manchmal die alte Steifheit in den Handgelenken, dann trage ich einfach meine komischen Bandagen, bis es wieder weggeht.«

»Sind Sie Schneiderin?«

»Ja – ich mache Änderungen und Reparaturen und schneidere auf Bestellung. Hochzeitskleider und solche Sachen.«

»Meine Güte. Sie sind sicher sehr versiert.« Jeans eigene Nähkünste waren rudimentär und beschränkten sich auf das Notwendige. Hängende Säume, lose Knöpfe. Flickarbeiten waren ihr ein besonderer Graus, sie führte sie so unsauber aus, dass ihre Mutter gezwungen gewesen war, die Aufgabe selbst zu übernehmen. »Ich könnte niemals ein Kleid nähen.«

»Es ist schrecklich einfach«, sagte Mrs Tilbury. »Ich könnte es Ihnen beibringen.«

»Ich bin unbelehrbar«, sagte Jean. »Meine Schulzeugnisse beweisen das.«

Sie lächelten einander an.

»Weiß Margaret von ihrem … Ursprung?«, fragte Jean und rang nach dem angemessenen Wort. »Abstammung« hätte vielleicht nach Skepsis geklungen.

»Sie weiß, dass ihre Geburt etwas Besonderes war. Sie nennt meinen Ehemann Papa, aber sie weiß, dass er nicht ihr richtiger Vater ist. Ich meine, er *ist* ihr richtiger Vater, in dem wesentlichen Sinn, dass er sie aufgezogen hat und wie seine eigene Tochter liebt.«

»Darf ich fragen, was Sie sich von dieser Nachforschung erhoffen? Sie scheinen mir niemand zu sein, der unbedingt berühmt werden möchte.«

Das war sie – die Frage, die sie mehr als alle anderen umgetrieben hatte. Was hatte Gretchen Tilbury zu gewinnen, wenn sie ihre Familie der Öffentlichkeit aussetzte? Falls ihre Behauptung bewiesen würde, wäre sie ein Phänomen, ein Objekt des unbändigen, aufdringlichen Interesses der Medizin. Falls sie sich als Schwindlerin herausstellte, wären ihr Ruf und womöglich auch ihre Ehe ruiniert.

»Ich glaube, ich habe nur diesen Artikel in Ihrer Zeitung gelesen und dachte: Ja! Das bin ich! Und ich wollte, dass jemand beweist, was ich immer wusste.«

»Aber Sie müssen verstehen, dass unsere Haltung – meine, die der Zeitung, der Wissenschaftler, der Öffentlichkeit – extrem skeptisch sein wird. Es ist umgekehrt wie vor Gericht – Ihr Wort wird so lange angezweifelt werden, bis es als wahr bewiesen werden kann. Und ich werde jeden Stein umdrehen.«

»Das verstehe ich. Aber ich habe nichts zu verbergen, deshalb muss ich mir keine Sorgen machen.«

»Was ist mit Ihrem Ehemann? Ist er damit einverstanden?«

»Ja, natürlich.«

»Und er setzt Sie nicht unter Druck, sich zu … beweisen?«

»Nein, nein. Er glaubt mir schon uneingeschränkt.«

»Nichtsdestotrotz würde ich gern mit ihm sprechen, wenn Ihnen das recht ist. Und auch wenn nicht«, fügte Jean hinzu, als sie an die umgedrehten Steine dachte.

Mrs Tilbury warf einen Blick auf ihre Uhr. »Er kommt erst um halb sieben nach Hause. Er hat ein Juweliergeschäft in der Nähe von Covent Garden – Bedford Street. Es gibt ein Telefon im Laden. Wir haben hier keines.«

Jean drehte ihren Notizblock zu ihr hin, und Mrs Tilbury schrieb seinen Namen und die Nummer auf, in ihrer ungewöhnlichen kontinentalen Schrift; diese Siebener mit dem Strich und die Neuner wie kleine Gs.

»Danke«, sagte Jean, auch wenn sie nicht vorhatte, ihn anzurufen. Sie plante, unangekündigt in seinem Geschäft aufzutauchen. Um zu signalisieren, dass das Interview vorbei war, klappte sie den Notizblock zu.

»Was passiert jetzt?«, fragte Mrs Tilbury.

»Ich werde die Genetikerin kontaktieren, die den ursprünglichen Artikel geschrieben hat, und sie fragen, ob man an Ihnen und Margaret möglicherweise Tests durchführen kann, um festzustellen, ob Parthenogenese stattgefunden hat. Sie müssten nach London kommen können. Ich nehme an, das wird kein Problem sein?«

»Werden Sie mit uns kommen?«

Jean hatte noch nicht so weit gedacht, aber sie zögerte nur einen Augenblick, bevor sie sagte: »Ja, natürlich.«

Die Zeitung würde damit leben müssen. Es war jetzt ihre Geschichte, und sie würde es auf ihre Weise machen. Wenn es zu viel wurde, konnte jemand anderes *Die Woche im Garten* übernehmen. Sie war sicherlich nicht die Einzige bei der Zeitung, die wusste, wie man Rosen stutzte.

»Oh, gut.«

Mrs Tilbury wirkte erleichtert, als wäre sie auf Jean als eine Art Anwältin und Beschützerin angewiesen, die sie durch den ganzen Prozess begleitete.

Jean spürte freundschaftliche Gefühle aufkommen, aber dem würde sie sich widersetzen müssen. Für den Fall, dass es zu gegebener Zeit dazu käme, unwillkommene Nachrichten überbringen zu müssen, war eine vernünftige, professionelle Distanz unerlässlich.

3

»Sie wollen also sagen, dass Sie ihr glauben?«

»Ich will sagen, ich sehe keinen Grund, ihr nicht zu glauben. Noch.«

Jean saß in Roy Drakes Büro und sah ihm zu, wie er die ausgetrockneten Pflanzen auf dem Fenstersims goss. Eine Rauchsäule stieg von seiner geparkten Zigarette auf und kräuselte sich dann in die bereits dichte Wolke unter der Zimmerdecke. Während er ihr den Rücken zukehrte, nahm Jean heimlich einen Zug und legte die Zigarette wieder auf den Aschenbecher.

»Oh, Entschuldigung, nehmen Sie eine von meinen«, sagte er, ohne sich umzudrehen.

Jean zuckte zusammen und sah auf, ihre Blicke trafen sich in der Spiegelung im Fenster.

»Ihnen entgeht nichts, oder?« Jean seufzte und nahm sich eine *Capstan* aus der Packung auf seinem Tisch.

Er schüttelte selbstzufrieden den Kopf. Jahre zuvor, während der allerschlimmsten Zeit in Jeans Leben, hatte er sie einmal gegen Feierabend weinend in der Poststelle ertappt. Er hatte väterlich (obwohl er nicht ausreichend alt genug war, um ihr Vater zu sein) die Arme um sie gelegt und, ohne sich die geringste Neugier oder auch Widerwillen anmerken zu lassen, gesagt: »Na, kommen Sie, altes Mädchen.« In Ermangelung irgendeines anderen Trostspenders hatte sie seine Freundlichkeit zutiefst berührend gefunden. Sie hatten es nie wieder erwähnt, doch es stand immer als Thema zwischen ihnen.

»Aber es kann eigentlich nicht sein, oder?«, sagte Roy.

»Es gab Fälle von spontaner Parthenogenese bei Fischen und Wirbellosen, nicht bei Säugetieren. Aber Experimente mit Kaninchen haben bewiesen, dass es möglich ist, sie im Labor künstlich auszulösen.«

Roy zog die Augenbrauen hoch. »Kaninchen? Wenn ein Säugetier, warum dann kein anderes?« Er war jetzt mit den Pflanzen fertig und drehte sich mit seinem Ledersessel zu ihr um.

»Es war ein ziemlich hohes Maß an Eingreifen nötig – die Eileiter einzufrieren –, und die Fehlerrate war sehr hoch.«

»Arme Kreaturen.« Roy machte ein Gesicht. »Woher wissen Sie das alles?«

»Ich habe mich mit der Ärztin in Verbindung gesetzt, deren Artikel das alles ausgelöst hat – Hilary Endicott –, und sie hat mir einige ihrer Forschungsberichte geschickt. Sie waren keine leichte Lektüre, deshalb habe ich sie einfach gefragt, ob ihrer Meinung nach eine Jungfrauengeburt wissenschaftlich möglich wäre oder nicht. Sie hat sich aufs hohe Ross gesetzt und gesagt, Wissenschaft sei nicht dazu da, zu erklären, was möglich sei und was nicht. Man könne lediglich sagen, dass es bisher keine nachweisbaren Fälle von spontaner Parthenogenese bei Säugetieren gegeben habe.«

»Das klingt für mich nach einem Nein.«

»Tja, sie hat zugegeben, dass sie die Chancen für verschwindend gering hielte, aber viele neue wissenschaftliche

Entdeckungen seien ursprünglich für unmöglich gehalten worden, und sie hätte Interesse daran zu sehen, was die Tests zeigen.«

»Und doch finden Sie sie weniger überzeugend als Mrs Tilbury?«

»Ja. Nein. Ich weiß es nicht. Halten Sie es für möglich, zwei gegensätzliche Meinungen gleichzeitig zu haben?«

»Vollkommen. Religiöse Leute machen das ständig.«

»Also nehmen wir an, ich denke, Mrs Tilbury sagt die Wahrheit, aber ich glaube trotzdem nicht an Jungfrauengeburt und sehe es als meine Aufgabe, diese Lücke zu schließen.«

»Wie wollen wir dann vorgehen?«

»Vorsichtig. Ich will nicht, dass irgendetwas in die Zeitung kommt, bevor wir alle Testergebnisse haben. Falls es sich als wahr herausstellt, wird das gewaltig, und es gehört *uns*. Ich will nicht, dass es eine der Überregionalen stiehlt, bevor wir überhaupt wissen, ob es eine Story ist. Wir haben keine Eile, oder?«

»Überhaupt nicht.«

»Ich wünschte, Sie könnten sie kennenlernen. Sie sieht ein bisschen wie Deanna Durbin aus.«

Roy griff sich ans Herz. »Jetzt interessiert es mich wirklich.«

»Und das kleine Mädchen ist ein Schatz.« Jean holte die Fotografie im Silberrahmen aus ihrer Handtasche und stellte sie auf den Schreibtisch.

»Ist das die Tochter?«

»Nein – es ist die Mutter, aber es könnten beide sein.«

»Und diese Endicott ist scharf darauf, mitzumischen?«

»Sie ist schärfer als scharf. Sie hat ein ganzes Team im Charing Cross Hospital, das es nicht abwarten kann, sie in ihre OP-Handschuhfinger zu bekommen.«

»Ausgezeichnet.«

»Und während sie die medizinischen Tests durchlaufen, mache ich noch ein paar Hintergrundrecherchen, um zu sehen, ob die Geschichte Hand und Fuß hat.«

»Bekommen Sie das alles zwischen Ihren sonstigen Aufgaben unter, oder möchten Sie etwas abgeben?«

Roys Ton war neutral, aber sie wusste, welche Antwort erwartet wurde.

»Nein. Ich beabsichtige, alles unterzubekommen.«

»Guter Kerl. Alles andere in Ordnung *chez* Swinney? Wie geht's der Mutter?«

Er fragte oft nach ihr, obwohl sie sich nie kennengelernt hatten. Jean hatte ihm über die Jahre ein paar Geschichten über ihre Schwächen erzählt, und er hatte sie jetzt als »Persönlichkeit« abgespeichert. Falls sie sich je begegneten, wäre er enttäuscht. Sie schaffte es, jegliche Gewissensregung zu unterdrücken, indem sie sich sagte, die beschriebene »Mutter« sei beinahe eine fiktive Erzählung, nicht unähnlich den imaginären Freunden ihrer frühen Kindheit.

»Mutter hält das warme Wetter für eine Zumutung.«

»Aber ich dachte, sie mag kein kaltes Wetter?«

»Das stimmt. Und kein windiges Wetter. Für jemanden, der aufs Haus beschränkt ist, hat sie ziemlich spezielle Ansichten zu dem Thema.«

Roy lachte entzückt. »Ich stelle sie mir als Orchidee vor.«

»Aber heute Abend wird sie gute Laune haben, denn es gibt Erdbeeren zum Tee.«

»Na, dann grüßen Sie sie ganz herzlich von mir«, sagte Roy.

4

Juwelier H. R. Tilbury (Secondhand und Antiquitäten – Reparaturen – beste Preise im Ankauf) lag in einer der schmalen Straßen nördlich von the Strand, zwischen einem Tabakhändler und einem Geschäft, das antiquarische Bücher und Notenblätter verkaufte. Der Name hob sich in eleganten goldenen Lettern von der flaschengrünen Hauswand ab.

Durch die Bleiglasscheiben der Tür konnte Jean sehen, dass sich nur eine Kundin im Laden befand, die mit dem Mann hinterm Ladentisch im Gespräch war. Offensichtlich kaufte sie eine Uhr oder ließ ein neues Armband anbringen, denn sie kam nach kurzer Zeit heraus und drehte ihr Handgelenk hierhin und dorthin, um zu sehen, wie es aussah. Jean wartete, bis sie die Straße entlangging, bevor sie das Geschäft betrat und die Glocke über der Tür läuten ließ.

Der Besitzer hatte sich in seine Werkstatt zurückgezogen und die Zwischentür offen gelassen, und Jean sah ihn an einer Werkbank sitzen, über der sauber geordnete Regale mit Werkzeugen hingen. Beim Geräusch der Ladenglocke blickte er auf und legte den Hefter zur Seite, den er in der Hand gehalten hatte.

Von innen war das Geschäft winzig. Jean war an drei Seiten von Glasvitrinen umgeben und fühlte sich, als füllte sie den ganzen verbleibenden Raum aus und könnte mit einer plötzlichen Bewegung etwas zerschlagen.

»Ich suche Howard Tilbury«, sagte sie, nicht ganz überzeugt, dass der Mann, der vor ihr stand, der Ehemann der hübschen jungen Frau mit der schmalen Taille und der Deanna-Durbin-Frisur sein könnte.

Er war dünn und gebeugt und wurde kahl; der Rest seiner Haare war grau. Er trug am bisher heißesten Tag des Jahres ein Tweed-Jackett, Flanellhosen, einen handgestrickten Pullover, Hemd und Krawatte und darunter aller Wahrscheinlichkeit nach lange Unterwäsche. Doch als Jean sich vorstellte, richtete er sich ein wenig auf und lächelte, und einen Moment lang sah er nicht ganz so alt aus.

»Oh, ja, Sie sind die Dame, von der mir meine Frau erzählt hat.« Sie schüttelten sich über den Ladentisch hinweg die Hände, und er fügte mit einem besorgten Stirnrunzeln hinzu: »Hätte ich heute mit Ihrem Besuch rechnen müssen?«

»Überhaupt nicht. Ich war gerade in der Gegend, also dachte ich, ich komme kurz herein. Hätten Sie zwischen zwei Kunden vielleicht ein, zwei Augenblicke für mich Zeit?«

Er sah misstrauisch drein, aber sie hatte es nicht ironisch gemeint.

»Dienstags ist nie viel los. Ich weiß nicht, warum. Also mache ich hauptsächlich Reparaturen. Wir könnten uns in die Werkstatt setzen.« Er entriegelte den Tresen zwischen zwei Vitrinen, damit sie durchgehen konnte.

»Wenn Sie meinen«, sagte Jean und warf, als er sie in die Werkstatt bat, die kaum geräumiger war, einen Blick zurück auf die unbewachten Kostbarkeiten im Schaufenster.

»Wenn jemand hereinkommt, läutet die Glocke, und ich lasse die Tür auf.«

Unter Entschuldigungen für den mangelnden Komfort bot er ihr einen durchhängenden grünen Lehnsessel in einer Ecke an. Als sie sich setzte, befanden sich die Armlehnen auf Höhe ihrer Ohren und die Sitzfläche knapp über dem Boden. Ihre langen Beine streckten sich zwischen ihnen beiden über den Boden, ungelenk wie bei einem gestürzten Pferd. Die einzige andere Sitzgelegenheit, auf der Mr Tilbury sich nun niederließ, war der Drehhocker an der Werkbank, an der er gerade gearbeitet hatte. Neben ihr auf einem niedrigen Tisch befanden sich eine elektrische Herdplatte, ein Teekessel, eine Tasse, die Reste eines Sandwichs in Fettpapier und ein abgegessener Apfel. Eilig nahm er die Überbleibsel weg und warf sie in einen Mülleimer unter der Werkbank.

»Darf ich Ihnen eine Tasse Tee anbieten, Miss Swinney?«, fragte er.

Seine Erleichterung, als sie ablehnte, bestätigte ihre plötzliche Eingebung, dass die benutzte Tasse neben ihr die einzige war, die er besaß, und dass sie die einzige Besucherin war, die er je hier bewirtet hatte.

»Sie und Ihre Frau haben das Interesse des *North Kent Echo* an ihrer Geschichte offenbar besprochen«, begann Jean und sah von ihrer benachteiligten Position in Bodennähe zu ihm auf. »Ich wollte mich versichern, dass Sie sich mit der Vorstellung wohlfühlen.«

»Das ist aufmerksam von Ihnen«, antwortete er. »Aber diese Angelegenheit ist so sehr die meiner Frau, dass ich mich nach ihr richte. Solange es keine schlechte Auswirkung auf Margaret hat.«

»Ja. Margaret.« Jean rutschte auf die steife Sitzkante nach vorn, um ein paar wertvolle Zentimeter an Höhe zu gewinnen. Sie konnte schwerlich den Anschein von Autorität erwecken, solange ihre Knie höher waren als ihre Hüften.

»Sie haben sie kennengelernt?« Bei der Erwähnung ihres Namens hellte sich sein besorgtes Gesicht auf.

»Kurz. Ich fand sie entzückend.«

»Ja.« Er strahlte. »Das ist sie. Wirklich das Beste, was mir je passiert ist.«

Jean blätterte in ihrem Block zu den Seiten mit der gekritzelten Kurzschrift, die sie während ihres Besuchs bei den Tilburys in Sidcup in der vorigen Woche notiert hatte.

»Wie alt war Margaret, als Sie Ihre Frau kennenlernten?«

»Ungefähr sechs Monate. Ich kam als Untermieter in ihr Haus in Wimbledon. Gretchens Mutter, Frau Edel, vermietete Zimmer, damit Geld hereinkam. Eine der anderen Mieterinnen war ausgezogen, weil ihr die Vorstellung, mit einer ledigen Mutter zu leben, nicht gefiel. Mir machte es natürlich nichts aus. Und als ich dann die Edels besser kennenlernte, erzählten sie mir Gretchens Geschichte.« Auf Jeans Nachfrage berichtete er alles genauso, wie es Mrs Tilbury selbst beschrieben hatte.

»Und Sie haben an dieser Version der Ereignisse nie gezweifelt?«

»Nein. Ich weiß, für einen Außenstehenden klingt es weit hergeholt. Aber nicht, wenn man die Edels kennt. Ich hatte nie einen Grund, an der Ehrlichkeit meiner Frau zu zweifeln. Ich glaube nicht, dass sie fähig ist, etwas Unwahres zu sagen.«

»Aber unverheiratete Frauen haben sehr gute Gründe, über die Umstände ihrer Schwangerschaft zu lügen. Die Gesellschaft ist so gnadenlos.«

»Menschen urteilen schnell, das ist wahr. Aber ich kann nur sagen, dass sie keinen Grund hatte, mich zu belügen. Ich habe ziemlich deutlich gemacht, dass es für mich keinen Unterschied macht, wie Margaret entstanden ist.«

»Und sie wich nie von ihrer Geschichte ab?«

»Nie. Und ich muss ihr glauben.«

»Vermutlich wären Sie froh, wenn die Wissenschaft beweisen würde, dass sie recht hat?«

»Ich hatte nie das Bedürfnis nach irgendeinem ›Beweis‹. Aber wenn Sie mich fragen, ob ich unterm Strich froh wäre zu wissen, dass kein anderer Mann als ich einen Anspruch auf Margaret hat, dann ja.«

»Und vielleicht wären Sie auch froh, wenn alle Zweifler ein für alle Mal zum Schweigen gebracht würden?«

»Da bin ich überfragt«, sagte Mr Tilbury und strich sich die Haare am Hinterkopf mit einer Hand glatt. Es war eine nervöse Angewohnheit; alle paar Minuten schoss sein Ellbogen nach vorn, wenn er sich in den Nacken fasste. »Ich weiß nicht, ob es Zweifler gibt, die uns stören. Frau Edel starb, kurz nachdem Gretchen und ich geheiratet hatten, und wir zogen von Wimbledon weg nach Sidcup und begannen als ganz normales Paar mit Baby von vorn. Keiner unserer neuen Nachbarn weiß etwas über unsere Vergangenheit.«

Genau, dachte Jean. Warum um alles in der Welt sollten Sie Ihre Ruhe jetzt aufs Spiel setzen? Stattdessen sagte sie: »Sind Sie religiös, Mr Tilbury?«

»Nicht mehr oder weniger als die meisten, nehme ich an. Ich gehe nicht oft zur Kirche, außer zu Hochzeiten und Beerdigungen, aber ich bin froh, dass es sie gibt.«

»Haben Sie kirchlich geheiratet?«

»Nein. Es war unter den Umständen einfacher so. Frau Edels Priester war nicht sehr entgegenkommend.«

»Man würde meinen, ausgerechnet ein Priester müsste offen sein für die Vorstellung einer Jungfrauengeburt«, sagte Jean.

Mr Tilbury sah ihr zum ersten Mal in die Augen. »Sie können ziemlich besitzergreifend sein, was Wunder angeht, habe ich festgestellt.«

»War es eine lange Brautwerbung?«

»Ungefähr vier Monate. Wir haben im selben Haus gewohnt, was das Ganze natürlich beschleunigte. Und Frau Edel war da schon krank, es bestand unter diesen Umständen also eine gewisse Dringlichkeit für sie, Gretchen sicher verheiratet zu wissen.« Eine Pause trat ein. »Ich weiß, was Sie denken«, sagte er leise.

Jean errötete. »Oh, ich bin mir sicher, das wissen Sie nicht«, erwiderte sie.

Tatsächlich hatte sie darüber nachgedacht, ob sie wohl eine Zigarette rauchen könnte oder ob es in dieser Werkstatt Material und Ausrüstung gab, die rauchempfindlich waren. Es war nicht die Spur eines Aschenbechers zu sehen.

»Sie denken, eine Frau wie Gretchen hätte einem Mann wie mir keinen zweiten Blick geschenkt, wenn das Baby nicht gewesen wäre.«

»Das habe ich nicht gedacht. Ehrlich.«

»Nun ja, Sie haben recht. Das hätte sie tatsächlich nicht. Ich weiß das. Eine Frau wie sie hätte jeden haben können, und ich bin bestimmt nichts Besonderes.«

»Ich bin mir sicher, sie schätzt sich sehr glücklich, Sie zu haben«, sagte Jean, die dieses Schauspiel von Selbsterniedrigung peinlich und unangebracht fand.

Ihrer Meinung nach hatte Gretchen keinen Grund zur Klage. Mit einer Mutter und einem in sie vernarrten Ehemann, die beide von ihrer Tugend überzeugt waren, war die Frau schon doppelt gesegnet. Und sie hatte Margaret. Was könnte sie noch wollen?

Die Ladentür läutete, und Mr Tilbury stand auf. »Entschuldigen Sie mich bitte einen Moment?«, sagte er. »Bitte fühlen Sie sich ganz wie zu Hause.«

Leichter gesagt als getan in so einem Sessel, dachte Jean, stemmte sich hoch und spürte, wie im Stehen das Blut in ihren tauben Beinen und Füßen kribbelte. Hinter der Tür war das Gemurmel von Stimmen zu hören, männlichen und weiblichen. Sie begann, ihre Umgebung zu inspizieren, wie sie es immer tat, wenn sie unbeobachtet war. Lebenslange stille Wachsamkeit hatte sie davon überzeugt, dass die Wahrheit über die Menschen selten in dem zu finden war, was sie freiwillig zugaben. Es war immer mehr unter der Oberfläche als darüber.

Bei einer Kommode mit breiten, flachen Schubladen öffnete sie die oberste. Sie war in Dutzende von winzigen hölzernen Fächern unterteilt, jedes enthielt ein Schmuckstück, das auf seine Reparatur wartete. Es gab Caméebroschen, Verlobungsringe, Armbänder, Anhänger, alle mit gebrochenen Verschlüssen oder fehlenden Steinen, und alle trugen ein braunes Papierschildchen, sorgfältig von Hand beziffert und datiert. In der Schublade darunter lagen die Gehäuse zahlreicher Armbanduhren, die Körper für die Reparatur ausgeschlachtet.

Jean nahm eine zierliche Bogensäge in die Hand und berührte das haarfeine Sägeblatt mit der Fingerkuppe. Als sich die Haut teilte und Blut aus dem Schnitt quoll, zuckte sie zusammen. Sie betupfte es immer noch mit ihrem Taschentuch, als Mr Tilbury zurückkehrte, in der Hand eine Saphirbrosche, die er mit einem Etikett versah und der flachen Schublade überantwortete.

Da er höflich davon abgesehen hatte, ihr Herumschnüffeln zu bemerken, verspürte Jean einen perversen Drang zu beichten.

»Ich habe leider mit dieser kleinen Säge herumgespielt«, sagte sie, hielt ihm ihre Hand zur Begutachtung hin und fühlte sich ziemlich dumm dabei. »Ich wollte sehen, wie scharf sie ist.«

Er schien das höchst amüsant zu finden.

»Tja, Miss Swinney, dann haben wir ja Glück, dass ich zurückgekommen bin, bevor Sie beschlossen haben, den Lötkolben zu testen, um zu sehen, wie heiß er ist.«

»Ich bin sehr neugierig, fürchte ich«, sagte Jean. »Das gehört zum Job.«

Er holte eine verbeulte Erste-Hilfe-Dose von einem Regal und nahm ein Pflaster heraus, mit dem er ihren Finger verband.

»So kleine Hände haben Sie«, sagte er, als er fertig war. Von jedem anderen Mann hätte sie das als billiges Kompliment gewertet, denn das war das einzige körperliche Attribut, das es an ihr zu loben gab. Doch er fuhr fort: »Mit diesen zarten Fingern würden Sie eine gute Goldschmiedin abgeben« und hielt zum Vergleich seine eigene klobige Hand hoch. »Manchmal fühle ich mich wie ein Bär in Boxhandschuhen.«

»Ich habe eben darüber nachgedacht, was für eine befriedigende Arbeit das sein muss«, antwortete Jean und setzte sich wieder. »Die Schätze der Leute herstellen und reparieren. Ich bin viel zu ungeschickt für so etwas.«

»Es ist nichts Erhabenes daran, Eheringe anzupassen oder Uhrenarmbänder zu tauschen«, sagte er. »Aber damit verdiene ich meinen Lebensunterhalt, also kann ich mich nicht beklagen.«

»Wenn Sie den ganzen Tag an der Schreibmaschine verbringen, ist die Vorstellung, etwas Echtes mit den Händen zu machen, sehr verlockend.«

»Ich bin mir sicher, die meisten würden Ihre Welt für die aufregendere halten«, erwiderte er.

Jean schüttelte den Kopf. »An der Fleet Street vielleicht. Aber das *North Kent Echo* ist sehr bieder. Wenn jemand bei der British Legion einbricht und eine Flasche Gin mitgehen lässt, schafft er es auf die Titelseite.«

Sie dachte an den Artikel, den sie an diesem Morgen zur nationalen Salatwoche schnell aufs Papier geworfen hatte:

Der bescheidene Kopfsalat kann, richtig herausgeputzt, die Grundlage vieler nahrhafter Mahlzeiten für die Familie darstellen. Versuchen Sie ihn mal mit gebackenen oder frittierten Farcebällchen, das verleiht ihm eine ganz neue, unerwartete Knusprigkeit …

»Sie tragen selbst keinen Schmuck, wie ich sehe«, sagte er.

Jeans Hände, Handgelenke und Hals waren wie immer ungeschmückt.

»Nein, aber nicht aus Prinzip. Ich besitze einfach keinen. Das ist nichts, was man sich selbst kauft.« Sie unterbrach sich, als ihr bewusst wurde, dass sie auf ein Territorium geriet, das eher persönlich als professionell war.

»Ich denke nicht. Auch wenn es dafür keinen Grund gibt.«

»Und falls ich es täte, würde ich den Schmuck wahrscheinlich nie tragen; ihn nur in einer Schachtel aufbewahren und ab und zu ansehen.« So gut kannte sie sich.

»Das wäre Verschwendung. Er muss atmen.«

Jean spürte, wie ihr nun selbst der Atem stockte. Das war das intimste Gespräch, das sie seit Jahren mit einem Mann geführt hatte.

Wieder läutete die Ladenglocke. Jean nahm das als Zeichen zum Aufbruch. Sie hatte sich überzeugt, dass Mann und Frau sich über Mrs Tilburys Kontaktaufnahme mit dem *Echo* vollkommen einig waren und dass er sie nicht unter Druck gesetzt hatte. Natürlich konnte man unmöglich wissen, was in einer Ehe hinter diesen sauberen Erkerfenstern vor sich ging, aber sie hatte schon schikanöse Männer kennengelernt, bei der Arbeit oder anderswo, und Mr Tilbury war ganz anders als sie.

»Ich lasse Sie weiterarbeiten«, sagte sie.

Er sprang vor, um ihr aus dem Sessel zu helfen. Es gab einen gefährlichen Moment, als sie seine Hand nahm und sich ziemlich schwer hochzog, da sie beide aus dem Gleichgewicht gerieten und es aussah, als würde sie womöglich zurückplumpsen und ihn auf sich ziehen. Sie wechselten einen erschrockenen Blick, dann stemmte er die Füße fester in den Boden und hielt ihre Hand so lange, bis sie wieder stabil stand.

»Meine Güte, da haben wir uns schwergetan.« Jean lachte. »Ich habe Ihnen ja gesagt, ich bin ungeschickt.«

»Ich habe nicht das Gefühl, von großem Nutzen gewesen zu sein«, sagte Mr Tilbury. »Aber ich habe mich trotzdem gern mit Ihnen unterhalten.«

»Da wäre noch eine Sache«, erinnerte sich Jean. »Ihre Frau sagte, sie sei in einer Klinik oder einem Sanatorium gewesen, bevor Margaret geboren wurde. Ich habe mich gefragt, ob sie wohl noch Kontakt mit Freunden aus diesem Abschnitt ihres Lebens hat. Oder mit jemandem, der sie als junges Mädchen kannte.«

Mr Tilbury dachte mit schräg geneigtem Kopf darüber nach.

»Wissen Sie, mir fällt niemand ein. Die Klinik war unten in Küstennähe – Broadstairs, glaube ich. Davor war sie in der Schule in Folkestone. Ich denke, falls sie Freunde hatte, müssten sie in dieser Gegend leben. Als ich die Edels kennenlernte, wohnten sie in Wimbledon, und die wenigen Menschen, mit denen sie Umgang hatten, waren neuere Bekanntschaften, deshalb weiß ich es nicht. Meine Frau hat jetzt natürlich Freunde in Sidcup. Mütter von Margarets kleinen Kameraden und so weiter. Aber zu allem, was weiter zurückliegt, müssten Sie sie selbst fragen.«

Jean folgte ihm ins Geschäft, wo die Kunden warteten, ein junges Paar. Frischvermählte, entschied Jean, danach zu urteilen, wie das Mädchen an seinem Arm hing und voller Verehrung zu ihm aufsah. Oder vielleicht frisch verlobt, und jetzt wollten sie einen großen und teuren Ring. Jean hoffte es um Mr Tilburys willen. Als sie sich in dem engen Raum an ihnen vorbeiquetschte, spürte sie das Glück, das ihnen aus allen Poren quoll.

Später, nachdem Jean Kartoffelbrei mit Hackfleischsoße zum Abendessen gekocht, abgewaschen und den Garten gegossen hatte, formulierte sie ihre Kurzschrift-Notizen des Treffens aus und unterstrich das Wort Broadstairs. Dann blätterte sie zu ihrem Interview mit Gretchen Tilbury zurück und fand einen Hinweis auf St. Cecilia und umkringelte ihn ebenfalls. Darauf wollte sie sich bei ihren Recherchen als Nächstes konzentrieren.

Es war natürlich nicht eilig. Mrs Tilbury und Margaret sollten bald zu ersten Tests und Beobachtungen ins Charing Cross Hospital; es war möglich, dass die Ergebnisse weitere Recherchen ihrerseits überflüssig machen würden. Aber sie freute sich schon darauf. Es war einige Jahre her, seit sie an der Küste gewesen war. Da war noch Worthing, natürlich, 1946, aber das zählte nicht, wegen dem, was danach gekommen war.

Vielleicht, überlegte sie, und richtete ihre Gedanken auf Broadstairs, könnte sie sogar über Nacht bleiben und erst am nächsten Tag nach Hause fahren. Sie dachte nur einen kurzen Moment darüber nach, dann verwarf sie die Idee schon wieder, so verführerisch die Vorstellung auch war, beim Kreischen der Möwen und dem Rauschen der Wellen aufzuwachen. Es war ziemlich unmöglich; ihre Mutter würde nicht allein bleiben wollen, nicht einmal für eine Nacht. Bereits die bloße Andeutung würde ihr ohnehin schon hoch entwickeltes Gefühl der Hilflosigkeit sofort verschlimmern.

Weil sie für ihren Lebensunterhalt auf Jeans Gehalt angewiesen waren – Mr Swinney hatte ihnen weder eine Pension noch Erspartes hinterlassen –, konnte sie sich für die Dauer eines Arbeitstages mit Jeans Abwesenheit arrangieren, aber nicht länger. Krisen, die sie zwischen neun und halb sechs in Schach halten konnte, traten mit großer Wahrscheinlichkeit außerhalb dieser Zeiten auf und überwältigten sie dann. Jean als rationale Frau hatte sich immer wieder vorgenommen, dieses Naturgesetz zu hinterfragen, aber die Zeit war vergangen, und sie hatte es nie getan, und jetzt hatte sich die Angewohnheit verfestigt.

Ab und zu war es vorgekommen, dass sie das bereute. Freitagabends gingen Bill, Larry, Duncan, der Bildredakteur, und ein paar der Vertretungen auf einen Drink nach der Arbeit rüber ins Black Horse in Petts Wood. Ein- oder zweimal hatten sie sie eingeladen, mitzukommen, denn sie war schließlich »einer von ihnen«, aber sie hatte abgelehnt, weil sie es nicht vorher mit ihrer Mutter abgeklärt hatte, und jetzt fragten sie nicht mehr.

Jetzt saß Mrs Swinney in ihrem Ohrensessel im Empfangszimmer und wartete auf Jean, damit sie ihr beim Wolle-Aufwickeln half. Sie hatte einen Pullover gestrickt, den sie Dorrie zu Weihnachten schicken wollte, aber er war während ihrer Arbeit daran immer größer und breiter geworden, und in das Endresultat hätten zwei Dorries nebeneinander gepasst. In Stillen bezweifelte Jean, dass es in Kitale je kalt genug wurde, um eine solche Menge Wolle zu rechtfertigen, aber ihre Mutter bestand darauf. Es blieb nichts anderes übrig, als das ganze Ding wieder aufzutrennen, die Stränge zu waschen und zu trocknen und von vorn anzufangen.

Doch Jean fand keine rechte Ruhe. Jedes Mal, wenn sie sich setzte, sprang sie wieder auf, weil sie ihre Brille brauchte oder sich erinnerte, dass irgendwo anders eine unvollendete Hausarbeit wartete. Sie streifte von Zimmer zu Zimmer, gelangweilt und ruhelos, und fand schließlich, was sie suchte – ein altes Maniküreset mit Perlmuttgriffen in einer Ledermappe, mit dem sie begann, ihre von der Hausarbeit in Mitleidenschaft gezogenen Nägel in Ordnung zu bringen. Als das erledigt war, sprang sie wieder auf und eilte aus dem Zimmer.

»Wo willst du denn jetzt wieder hin?« Die klagende Stimme ihrer Mutter folgte ihr die Treppe hinauf.

In Jeans Schlafzimmer befand sich eine Frisierkommodenschublade voller Dinge, die zu wertvoll waren, um je benutzt zu werden. Seifen, Kosmetik, Parfum, Briefpapier – hauptsächlich Geschenke und der eine oder andere Spontankauf –, sie hatten sich über viele Jahre angesammelt und wurden hier gehortet. Die Betrachtung dieser Schätze, immer noch makellos in ihren Verpackungen, befriedigte Jean mehr, als ihre Benutzung es je vermocht hätte. Ein ledernes Notizbuch mit marmorierten Vorsatzblättern und Goldschnitt war nur so lange eine Schönheit, wie seine Seiten leer blieben. Ein Lippenstift war verdorben, sobald er ihre Lippen berührte – unbenutzt versprach er unendliche Möglichkeiten.

Heute öffnete Jean jedoch einen Tiegel mit reichhaltiger Handcreme, ließ eine Bö nach Rosen duftender Luft frei und zog die Finger mit kaum mehr als einem schwachen, bedauernden Zittern über die Oberfläche. Als sie die Hände aneinanderrieb, schien ihre knittrige Haut weich und glatt zu werden. Sie wusste, die Veränderung war nur eine Illusion und flüchtig, aber einen Moment lang fühlte sie eine seltene Verbundenheit mit den Legionen von Frauen, die sich mit solchen Dingen beschäftigten und Freude daran hatten.

»Was ist das für ein Geruch?«, fragte ihre Mutter, als Jean wiederkam. Ihre Nase war in letzter Zeit feiner geworden, vielleicht eroberte sie Terrain von ihrem Gehör, das sich rasch zurückzog.

»Pink Roses.«

»Das dachte ich mir. Normalerweise riechst du nach dem Büro.« Ihre Mutter verzog das Gesicht. »Zigaretten und Zeitungspapier und Arbeit. Die Rosen mag ich lieber.«

»Na ja, ich war heute Nachmittag nicht im Büro. Ich habe einen Juwelier in der Nähe von Covent Garden besucht.«

»Jüdisch?«

»Keine Ahnung. Ich hab nicht gefragt.«

»Ich denke schon. Das sind sie meistens.«

»Sein Name war Tilbury. Er hat mir seine Werkstatt gezeigt, wo er all die Reparaturen macht. Es war ziemlich interessant.«

»Das kann ich mir denken. Ich frage mich, ob er das hier reparieren könnte.« Sie begann, an dem Clusterring mit Granat und Perlen an ihrem Mittelfinger zu zerren, zog ihn mit Gewalt über ihr knotiges Gelenk. »Da fehlt ein Stein.«

»Einen Stein zu ersetzen ist teuer.«

»Tja. Der Ring ist wertvoll. Und eines Tages wird er dir gehören.«

Es ist nicht alles Gold, was glänzt, dachte Jean.

»Nimm ihn jetzt nicht ab – er geht nur verloren. Vielleicht sehe ich ihn eine ganze Weile nicht wieder, falls überhaupt.« Doch als sie das sagte, war sie sicher, sie würde ihn wiedersehen, und das bald.

»Sollen wir dann die Wolle aufwickeln?«, sagte sie und zog ihren Sessel heran, damit sie einander gegenübersaßen, ihre Knie berührten sich fast.

Ihre Mutter zog das Vorderteil von Dorries Pullover aus ihrem Strickbeutel und löste die Sicherheitsnadel. Es brauchte nicht mehr als ein leichtes Zupfen, da begannen sich auch schon Monate mühevoller Arbeit aufzudröseln. Jean streckte die Arme aus und beobachtete mit heimlicher Befriedigung, wie sich die aufgetrennte Wolle Runde um Runde um ihre kleinen, zarten Hände wickelte.

Um Ihre Finger weiß und weich zu erhalten, graben Sie Ihre Nägel nach sämtlichen schmutzigen Arbeiten an der Küchenspüle in das restliche Fruchtfleisch einer ausgepressten Zitronenschale.

5

Die ehemalige Oberschwester der Klinik St. Cecilia in Broadstairs hieß Alice Halfyard, ein kurioser und einprägsamer Name, für den Jean sehr dankbar war, denn das machte es bedeutend leichter, sie zu finden. Jean erkundigte sich vor ihrem Besuch dort und erfuhr, dass St. Cecilia selbst kein Genesungsheim mehr war, sondern eine Prep School für Jungen im Süden der Stadt, an der Ramsgate Road.

Weniger als ein Jahr nach Gretchen Edels Aufenthalt hatte die Jungenschule um die Ecke nach größeren Räumlichkeiten gesucht und ein Angebot für die große edwardianische Villa gemacht. Die Patienten waren nach Hause geschickt oder in andere Sanatorien an der Küste verlegt worden, und was einst Krankenhausflügel und Behandlungszimmer gewesen waren, enthielt jetzt Pulte und Stühle, Tafeln und Kleiderhaken.

Der Schulleiter dieser Einrichtung, die jetzt Anselm House hieß, hatte ein Holzbein und ging mit einem Ebenholzstock. Er bot Jean eine Führung durch das Gebäude an, bevor er ihr das Archiv von St. Cecilia zeigte. Es war Unterrichtszeit und ruhig in der Schule; die Klassenzimmertüren standen wegen der Hitze offen, und wenn sie im Korridor daran vorbeikamen, verstummten die murmelnden Stimmen beim Tippen und Schlurfen seiner näherkommenden Schritte.

Vor der letzten Klasse hielt er an. Die Jungen standen mit feierlichem Stühlescharren alle gleichzeitig auf. Der Lehrer, unangekündigte Unterbrechungen dieser Art offenbar gewöhnt, hielt an der Tafel inne, auf die er gerade etwas zeichnete, was für Jean aussah wie ein schreckliches Monster, tatsächlich aber nur eine stark vergrößerte Fliege war.

»Das ist Miss Swinney, eine wichtige Zeitungsreporterin aus London«, sagte er in recht freier Interpretation der Tatsachen. Vielleicht war London für die Leute in Broadstairs etwas, das sich so weit erstreckte wie der Medway. »Wir müssen also hoffen, dass sie einen guten Eindruck von unserer Schule bekommt.«

Jean schenkte dem Raum ihr wärmstes, beruhigendstes Lächeln. Sie hätte gern gesehen, wie die Unterrichtsstunde weiterging.

»Das sah ziemlich interessant aus«, sagte sie fast flüsternd, als sie weitergingen. »Ich frage mich, ob es eine Einführung in die Poesie von John Donne war.«

»Das möchte ich nicht hoffen«, sagte der Rektor stirnrunzelnd.

Jean entschied, dass der Schmerz ihn wohl humorlos machte, und beschloss, Mitleid mit ihm zu haben.

Sie hatte einen frühen Zug ab Bromley South genommen. Der Bahnsteig war voller Kinder in Uniform auf dem Weg zu einem Schulausflug. Zwei Lehrer mit Klemmbrettern versuchten, sie in Reihen aufzustellen, während sich immer wieder Jungengruppen absonderten, um sich die Dampflok am gegenüberliegenden Bahnsteig anzuschauen.

Jean stellte ihr Fahrrad ins Schaffnerabteil und wählte ein Abteil weiter vorn im Zug. Darin saß nur eine Frau, die von ihrem Buch aufblickte, als sich die Tür öffnete, und ihr ein erleichtertes Lächeln schenkte, das Jean verstand und erwiderte. Sie wählte einen Sitzplatz in der Ecke, diagonal gegenüber, damit sie beide möglichst viel Platz hatten. In ihrer Tasche war ihr Mittagessen, ein Agatha Christie für die Fahrt, ihr Notizblock natürlich und ein Badeanzug mit Handtuch, falls noch Zeit wäre, an den Strand zu gehen.

Das war der Teil der Tages, auf den sie sich am meisten freute; sie war eine gute Schwimmerin, und im Meer fühlte sie sich gleichzeitig stark und elegant, ein Gefühl, das sich in der öffentlichen Badeanstalt von Beckenham mit ihren frostigen Fliesen und dem Chlorgeruch nicht herstellen ließ, und auf dem Trockenen schon gar nicht. Sie hatte vorgehabt zu lesen, aber ihr Buch nicht einmal geöffnet, sondern stattdessen aus dem Fenster geschaut, während die schwindenden Vorstädte den von der Sonne ausgedörrten Feldern des nördlichen Kent Platz machten.

Nach einer kurzen Führung durch die Klassenräume nahm der Rektor Jean mit in sein Büro, um St. Cecilias Archiv durchzusehen, das fast ein Jahrzehnt unangetastet geruht hatte. Er schloss einen hölzernen Aktenschrank auf und legte verschiedene Bestandsbücher und ein Fotoalbum auf seinem Schreibtisch zu ihrer Ansicht aus. Beim Umzug waren auch einige Artefakte zurückgelassen worden, die nie jemand holen gekommen war: eine Nierenschale, eine Bettpfanne, eine Sammlung Gebetskärtchen, ein paar Fingerlinge aus Leder und eine Garnitur Messschieber.

Jean nahm eine der Gebetskarten in die Hand und las.

Nichts soll dich ängstigen, nichts dich erschrecken.
Alles geht vorüber.
Gott allein bleibt derselbe.
Alles erreicht der Geduldige,
und wer Gott hat, der hat alles.
Gott allein genügt.
– Teresa von Ávila

»Darf ich das behalten?«, fragte sie.

»Sie können alle mitnehmen«, antwortete der Rektor. »Ich habe keine Verwendung dafür.«

»Ich nehme an, die Nonnen haben sie früher den Patienten gegeben«, sagte Jean, während sie die Seiten des Fotoalbums durchblätterte und bei einem Mitarbeiterfoto einer Gruppe von Frauen innehielt, die auf der Kiesauffahrt vor dem Haus standen.

Manche trugen Krankenschwesteruniformen, andere Nonnentrachten. Sie lächelten und blinzelten in die Sonne; manche schirmten sich sogar die Augen mit der Hand ab, als wären sie nicht daran gewöhnt, für Fotos zu posieren.

»Das nehme ich auch an«, sagte der Rektor.

Sie fragte sich, ob seine Abneigung der Religion galt oder nur ihrem römisch-katholischen Arm.

»Würde es Sie überraschen, wenn Sie erführen, dass in diesen Mauern ein Wunder geschehen ist?«, fragte Jean ihn.

»Ich glaube, meine Mitarbeiter haben das Gefühl, hier täglich Wunder zu vollbringen«, sagte er mit einem kaum wahrnehmbaren Lächeln.

Also hat er doch Sinn für Humor, dachte Jean. Sie hatte nicht vorgehabt, mehr Einzelheiten als unbedingt notwendig darüber preiszugeben, warum sie sich für St. Cecilia interessierte, aber sein Mangel an Neugier machte sie redselig.

»Eine Patientin behauptet, hier ein Kind empfangen zu werden. Spontan, gewissermaßen.«

Endlich hatte sie seine Aufmerksamkeit.

»Das halte ich für unwahrscheinlich. Da kommen einem andere Erklärungen in den Sinn.«

»Und die wären?«

»Die Frau ist entweder verblendet oder unehrlich.«

Wie bereitwillig die Menschen eine Frau, die sie nie kennengelernt haben, für eine Lügnerin halten, dachte Jean.

»Und doch wirkt sie aufrichtig.«

»Das tun unehrliche Menschen oft. Suchen Sie nach Beweisen, um sie zu diskreditieren?«

»Falls es welche gibt, sicherlich.«

»Nun, ich hoffe, Sie finden sie. Es wäre mir nicht recht, wenn dieser Ort hier zur Pilgerstätte würde.«

Jean lachte. »Ich muss zugeben, daran hatte ich noch gar nicht gedacht.«

»Wir werden von Jungfrauen belagert werden«, sagte er schaudernd.

Du hältst mich wahrscheinlich auch für eine, dachte Jean.

»Diese Person hier«, sagte sie und zeigte auf eine Fotografie, auf der eine Frau mittleren Alters in dunklem Kleid und weißer Haube inmitten anderer Schwestern in farblosen Uniformen und gestärkten Schürzen saß, »muss die Oberschwester sein.« Sie tauchte in ähnlicher Aufmachung auf mehreren anderen Bildern auf. »Darf ich?«

Jean hob den Abzug vorsichtig aus seinen fragilen, hauchdünnen Ecken und drehte ihn um. Wie sie gehofft hatte, war die Rückseite von einer pflichtbewussten Archivarin mit bräunlicher Tinte beschriftet worden: von l nach r: J. Soames, R. Forbes, M. Cox, A. Halfyard, M. Smith, D. Baker, V. (Pegs) Austin, 1946.

»A. Halfyard«, sagte Jean. »Das muss sie sein.«

»Das ist ein Segen«, sagte der Rektor, nahm ihr das Bild ab und setzte es wieder ins Album ein. »Davon kann es nicht viele im Telefonbuch geben. Miss Trevor hat sicher eines in ihrem Büro.«

Die Sekretärin telefonierte und drehte gleichzeitig konzentriert die Kurbel einer Kopiermaschine, als Jean an die offene Tür klopfte. Ohne innezuhalten, bat sie Jean mit einem Rucken ihres Kinns herein.

»Ich denke, in einem gewissen Rahmen können wir Auslagen erstatten«, sagte sie gerade. »Allerdings kommen die anderen Bewerber von weiter weg und haben nicht darum gebeten.«

In der Luft hing schwer der Geruch von Alkohol; Jean spürte, wie er ihr in den Augen brannte. Miss Trevor bearbeitete weiter ihre Gestetner, bis das letzte Blatt mit verschwommenen violetten Lettern in die Ablage herausgeflattert war. Ihr Schreibtisch war unter einem Wust von Wirrwarr begraben – Bücher, Kontenbücher, Aktenmappen, Ablageordner. Und dennoch wedelte sie bei den Worten: »Ja, in Ordnung, ich notiere mir Ihre Adresse« mangels eines Schreibgeräts hilflos mit der Hand, bis Jean sich verpflichtet fühlte, ihr ihren eigenen Notizblock mit Stift anzubieten.

Nachdem sie den Anrufer abgefertigt und ihren Rock glattgestrichen hatte, der sich während ihrer Anstrengungen ziemlich verdreht hatte, schenkte sie Jean ihre volle Aufmerksamkeit.

»Haben Sie ein örtliches Telefonbuch?«, fragte Jean.

»Irgendwo«, erwiderte Miss Trevor und schenkte dem übervollen Schreibtisch einen unheilvollen Blick. »Hier sieht es nicht immer so aus«, vertraute sie Jean mit gesenkter Stimme an. »Morgen kommen eine Menge Kandidaten, und ich habe gerade das Büro gewechselt. Alles geht drunter und drüber.«

»Ich werde Ihnen nicht ins Gehege kommen«, versprach Jean. »Ich suche jemanden, der früher hier gearbeitet hat, als es noch eine Privatklinik war. Ich hoffe, sie wohnt noch in der Gegend.«

Die Sekretärin war unter den Schreibtisch getaucht und kam mit einem dünnen gelben Büchlein und triumphierender Miene wieder an die Oberfläche.

»Ich wusste doch, ich habe es irgendwo. Welchen Namen suchen Sie? Du meine Güte, ist das klein gedruckt.«

Jean fand ihren Mangel an Selbstvertrauen selbst für die einfachste Verwaltungstätigkeit langsam ziemlich entwaffnend.

»Halfyard«, sagte Jean. »Da kann es sicherlich nicht viele geben.«

Miss Trevor hörte auf zu blättern. »Alice Halfyard? Also, wo *die* wohnt, kann ich Ihnen sagen.«

»Sie kennen sie?«

»Sie ist eine Freundin meiner Mutter. Sie wohnt im Wickfield Drive – das Eckhaus. Sie können von hier aus zu Fuß hingehen – es ist nur ungefähr eine Meile.«

»Sie war früher die Oberschwester in St. Cecilia?«

»Ja, das ist richtig. Sie hat hier den ganzen Krieg über gearbeitet, bis es geschlossen wurde.«

»Ich nehme nicht an, Sie kennen jemand von den anderen, die hier direkt nach dem Krieg gearbeitet haben?«

Miss Trevor schüttelte den Kopf. »Nein. Ich hatte keinen Bezug dazu, bis die Schule die Gebäude übernommen hat. Ich kenne Alice nur, weil sie eine Freundin von Mutter war. Nach Mutters Tod habe ich ab und zu selbst bei ihr vorbeigeschaut, aber das ist eingeschlafen. Ich nehme an, sie freut sich über Besuch. Sie hat eigentlich ein scheußliches Leben, aber sie hat sich immer gefreut, mich zu sehen.«

Das Telefon begann wieder zu klingeln, und so konnte Jean entkommen, ohne Einzelheiten über Alice Halfyards scheußliches Leben hören zu müssen, über das sich Miss Trevor allem Anschein nach nur zu gern verbreitet hätte.

Es war jetzt Mittag, also entschied Jean, ihren Ausflug zum Wickfield Drive auf den Nachmittag zu verschieben, denn sie nahm an, eine ehemalige Oberschwester hätte sicherlich strenge Ansichten zum Thema Besuchszeiten. Sie radelte in die Stadt zurück und setzte sich auf eine Bank mit Blick auf den Strand, um ihr Sandwich zu essen: Cheddar mit dem Rest des Grüne-Tomaten-Chutneys vom vorigen Jahr. Es musste eingemacht werden, und wenn es einmal eingemacht war, musste es gegessen werden, aber sie hatte keine Freude daran. Ich messe mein Leben mit Einkochtöpfen aus statt mit Kaffeelöffeln, dachte sie manchmal.

Unten auf dem Sand gab es Lager aus Liegestühlen und Windschutzen, kleine Kinder, die in den Wellen herumtapsten, sonnenbadende Eltern, alte Männer mit bis zu den Knien aufgerollten Hosen, ein paar Mutige, die über Wellen sprangen. Jean hätte sich furchtbar gern dazugesellt, aber das würde warten müssen.

Es war kaum ein Wölkchen am Himmel, der das Tiefblau des Mittsommers hatte, und es wehte genau das richtige Maß an kühlender Brise. Jean hatte ihre Strickjacke ausgezogen und setzte ihre winterweißen Arme der Sonne aus. Bis zum Abend würden sie rosa sein und kribbeln und das V aus Haut, das ihre ausgeschnittene Bluse freigab, würde feuerrot sein, aber jetzt in diesem Moment war die Hitze köstlich und tröstlich.

Als sie mit ihrem Sandwich fertig war, kaufte Jean sich in einem Café auf dem Hügel ein Eis. Sie war im besten Fall eine unordentliche Esserin, und diese spezielle Leckerei, ein rechteckiges Stück Vanilleeis zwischen zwei Waffeln, das schnell schmolz und von allen Seiten gefährdet war, stellte eine zu große Herausforderung dar. Ihre Bluse bekam einen frontalen Treffer ab, und sie musste den Rest der glitschigen Schweinerei über einem Mülleimer essen, um die Tropfen aufzufangen. In der Öffentlichkeit zu essen, was ihre Mutter niemals tun würde, also angenommen, sie würde ausgehen, kam ihr immer noch verwegen und rebellisch vor und trug sehr zu ihrem Vergnügen bei.

Wickfield Drive 1 war ein einstöckiges Häuschen auf einem großen Eckgrundstück, von der Straße abgeschirmt durch wuchernde Lorbeerbüsche und kleine Bäume, es passte so gar nicht zu den anderen Häusern in der Straße, die ordentliche, offene Rasenflächen bis hinunter zum Gehsteig vorwiesen. Jeans Erfahrung nach war so eine Laubbarriere normalerweise der Vorbote eines gewissen Grads an Verwahrlosung dahinter; sie war überrascht, als sie feststellte, dass sie in Wirklichkeit einen gut gepflegten Garten und ein tadelloses Häuschen verbarg. Die rot geflieste Türschwelle war poliert und staubfrei, die Fenster mit den weißen Tüllgardinen sauber bis in die Ecken, die Rahmen leuchtend und frisch gestrichen.

Sie hatte ihre Strickjacke zugeknöpft, um den Eiscremefleck zu verstecken, und knotete jetzt ihr Kopftuch auf und strich sich mit der Hand durch die platten Haare, dann drückte sie die Klingel. Irgendwo im Haus läutete es schwach, und einen Augenblick später wurde die Tür von einer weißhaarigen Frau geöffnet, mittwinterlich gekleidet in Wollkleid, Hausmantel, dicken Strumpfhosen und Schaffellhausschuhen. Sie war von den Fotografien im Archiv von St. Cecilia sofort zu erkennen, und in ihrem festen Blick, der jetzt auf Jean gerichtet war, lag auf alle Fälle etwas sowohl Gebieterisches als auch Beruhigendes, das entschieden oberschwesternhaft war.

»Kommen Sie herein, ich habe Sie erwartet«, sagte sie und fügte, als sie Jeans überraschten Blick bemerkte, hinzu: »Ich bin keine Hellseherin. Susan Trevor hat von der Schule aus angerufen und mir gesagt, dass Sie kommen.«

Da eine Vorstellung jetzt überflüssig war, wurde Jean ins Hinterzimmer geschoben, das von einer offenen Vitrine voller Porzellanpuppen beherrscht wurde. Es waren vielleicht dreißig oder vierzig, die mit ihren glasigen Augen auf sie herunterstarrten, und auf einem Tisch lagen noch mehr zwischen verschiedenen Lappen und Schwämmen, im Begriff, geputzt zu werden. Eine fette getigerte Katze hatte die Abwesenheit ihres Frauchens genutzt, war auf den Tisch gesprungen und trampelte auf den zarten Spitzenkleidern herum, als walzte sie Gras platt.

»Runter da, Ferdie, du Stromer«, sagte Alice und scheuchte ihn weg. »Sie erwischen mich gerade beim Frühjahrsputz meiner Mädchen«, sagte sie. »Sie sammeln fürchterlich Staub an.«

»Das kann ich mir vorstellen«, sagte Jean, die die Porzellangesichter, schlaffen Körper und stumpfen Haare in solchen Mengen leicht verstörend fand und das Sammeln davon ein bedauernswertes Hobby für eine erwachsene Frau. Doch aus Höflichkeit und vielleicht als Überkompensation für ihre instinktive Aversion beugte sie sich über die Exemplare auf dem Tisch, drückte murmelnd ihre Bewunderung aus, deutete auf eine in einem Hirtenkostüm, die weniger schaurig war als die anderen, und sagte: »Die ist recht hübsch. Was für ein niedliches Gesicht.« Waren es die dunklen Locken und blauen Augen, die schwache Ähnlichkeit mit Margaret Tilbury vielleicht, die ihre Hand geleitet hatten?, fragte sie sich später.

Alice Halfyard war entzückt. »Oh, gefällt sie Ihnen? Sie ist mein absoluter Liebling. So ein intelligentes Gesicht – für eine Schäferin.«

»Und die Details«, fügte Jean hinzu und besah sich den Miniatur-Faltenbesatz am Mieder und die winzigen bezogenen Knöpfe, staunte darüber, wie viel Fleiß hineingesteckt wurde, nur um ein Spielzeug anzuziehen. Ihre eigenen Kleider waren nie so gut gemacht.

»Ich nehme an, Sie halten mich für eine alberne alte Frau, die mit ihren Puppen spielt«, sagte Alice.

»Überhaupt nicht«, erwiderte Jean, auch wenn sie das mehr oder weniger tatsächlich dachte. »Das ist eine ganz schöne Sammlung – Sie könnten ein Museum eröffnen.«

»Ich sage immer, ich kaufe keine mehr, aber dann komme ich an einem Gebrauchtwarengeschäft vorbei und sehe eine, die vernachlässigt aussieht, und dann kann ich nicht anders. Sammeln Sie auch etwas?«

»Eigentlich nicht«, antwortete Jean und erinnerte sich mit plötzlichem Unbehagen an ihre Schublade mit den unbenutzten »Schätzen«.

»Tja, wenn Sie eine Nachrichtenreporterin sind, sammeln Sie Geschichten, nehme ich an«, sagte Alice.

»Das ist eine schöne Betrachtungsweise«, sagte Jean.

Wenn sie nächstes Mal die Amtsgerichtsmeldungen schrieb, würde sie sich als Kuratorin der Geschichten der Menschen sehen. Beatrice Casemore aus der Frant Avenue, Sidcup, die sich schuldig bekannte, bei Dawson & Co. Drapers ein Paar Handschuhe im Wert von x Pfund gestohlen zu haben. Roland Crabb, der eine Strafe von y Pfund bezahlen musste, weil er unangemeldet einen Hund hielt. Das waren ihre Puppen.

»Die Geschichte, die ich im Moment sammle«, fügte sie hinzu, denn sie hatte das Gefühl, dass das Gespräch damit haarscharf an seinem eigentlichen Ziel angekommen war, »ist die einer Patientin in St. Cecilia, während Sie dort Oberschwester waren. Falls sie stimmt, ist sie recht bemerkenswert.«

Alice legte die Puppe in ihrer Hand ab und schenkte Jean einen aufmerksam forschenden Blick. Das Blau ihrer Augen wurde durch einen gelblichen Stich zum Weiß hin noch strahlender, dem Porzellangesicht der Puppe nicht unähnlich.

»Erzählen Sie.«

»Ich weiß nicht, ob Sie sich an ein Mädchen namens Gretchen Tilbury erinnern, ich meine Edel, wie sie damals hieß.«

»Ich erinnere mich an alle meine Patienten«, sagte Alice, »also ja, ich erinnere mich sehr gut an Gretchen. Ein nettes Mädchen. Sie litt schrecklich an Gelenkrheumatismus; sie hatte ständig Schmerzen, das arme Ding.«

»Würden Sie sie als ehrliche Person bezeichnen?«

Alice musste nicht nachdenken. »Ja. Das würde ich nicht unbedingt über alle Mädchen in St. Cecilia zu meiner Zeit sagen, aber Gretchen war, was man ein braves Mädchen nennen würde.«

»Hat sie die Klinik während ihres Aufenthalts je aus irgendeinem Grund verlassen?«

»Gütiger Himmel, nein! Sie verließ kaum das Bett. Es brauchte zwei Schwestern, um sie auf den Nachtstuhl zu setzen. Sie konnte sich wirklich kaum bewegen.«

»Ich nehme an, wenn ich Ihnen die Zeiten nenne, zu denen sie Patientin war, könnten Sie sie mir bestätigen?«

»Nicht aus dem Gedächtnis«, antwortete Alice. »Aber ich habe meine Tagebücher aus den Jahren, die ich dort gearbeitet habe.«

Das war vielversprechend – besser, als Jean erwartet hatte.

»Sie haben die ganze Zeit Tagebuch geführt?«

»Kein persönliches Tagebuch. Nur die Aufzeichnungen des Arbeitstages – wer aufgenommen oder entlassen wurde, wer welche Behandlung bekam. Ob der Heizkessel ausgefallen war. Solche Sachen.«

»Das wäre extrem hilfreich – wenn ich sie lesen dürfte«, sagte Jean.

Sie überlegte schon, wie machbar es für Gretchen hätte sein können, von einem Heizkessel-Reparateur geschwängert zu werden.

»Sie klingen sehr rätselhaft«, sagte Alice. »Ich hoffe, Sie sagen mir nicht, dass Gretchen etwas passiert ist.«

»O nein, Gretchen ist lebendig und wohlauf.«

»Ich freue mich sehr, das zu hören.«

»Und Mutter eines kleinen Mädchens, das anscheinend während ihres Aufenthalts in St. Cecilia empfangen wurde.«

Alice Halfyard hob unwillkürlich die Hände zum Hals, wo sie an ihrem goldenen Kruzifix zur Ruhe kamen. »Nein! Das ist unmöglich! Wer um alles in der Welt hat Ihnen denn so eine Geschichte erzählt?«

»Na ja, Gretchen selbst, und sie war genauso verblüfft wie Sie. Sie besteht darauf, dass das Kind eine Jungfrauengeburt gewesen sei.«

Jean meinte, auf Alices blassem Gesicht das Vorüberziehen der Gefühle erkennen zu können: Schock, Unglauben, Bestürzung. Es dauerte einen Moment oder zwei, bis sie ihre Stimme wiederfand.

»Ich weiß nicht, was ich sagen soll. Das kann nicht sein.« Sie schüttelte den Kopf. »Dieses Kind war so unschuldig wie ein Lämmchen. Sie hätte das eine Ende eines Mannes nicht vom anderen unterscheiden können. Nicht, dass es dort Männer gegeben hätte. Die Nonnen hätten das niemals erlaubt. *Ich* hätte das niemals erlaubt.«

»Was ist mit den Ärzten? Manche von ihnen müssen doch sicherlich Männer gewesen sein?«

»Doktor Reardon war Ärztin, und zwar eine sehr gute. Und Gretchen lag in einem Zimmer mit drei anderen Mädchen –eine mit Rheuma, wie hieß sie noch? Martha. Und Brenda – die mochten sie nicht so gern – und die arme Kitty in der eisernen Lunge. Die Mädchen waren keine Minute allein. Sie konnten nicht einmal niesen, ohne dass es eine der Nonnen mitbekommen hätte.«

»Wie steht es mit Besuchern? Väter, Brüder, Männer für gelegentliche kleine Dienstleistungen?«

»Wir hatten keinen Handlanger. Wir hatten Nonnen, und die waren sehr patent. Die Familien kamen am Samstagnachmittag zu Besuch. Die meisten Patienten wohnten in einiger Entfernung, deshalb kamen die Eltern nur einmal die Woche. Es gab keine Möglichkeit für die Mädchen, mit einem Besucher allein zu sein – sie lagen alle zusammen in einem Saal. Und die Schwester war auch dort drin und sorgte dafür, dass für die Patientinnen alles ruhig und friedlich blieb.«

»Hatte Gretchen männliche Besucher?«

»Nein – nur ihre Mutter. Sie standen sich sehr nahe.«

»Ihrer professionellen Meinung nach wäre es also unmöglich gewesen, dass Gretchens Kind auf normalem Weg empfangen wurde?«

»Völlig unmöglich«, sagte Alice fest.

Das musst du natürlich sagen, dachte Jean, die noch nicht entschieden hatte, wie sie Alice als Zeugin einschätzte. Sie wirkte wie eine intelligente Frau, aber die Puppen wogen schwer. Sie würde niemals zugeben, dass es absolut möglich war, dass ein krankes und schutzloses junges Mädchen in ihrer Obhut hätte schwanger werden können, aber ein wirklich skrupelloser Mensch würde nach einer alternativen Version suchen, die die Schuld auf jemand anderen schob. Jean beschloss, sie auf die Probe zu stellen.

»Die naheliegende Erklärung ist, dass Gretchen lügt und schon schwanger war, als sie aufgenommen wurde, und irgendwie die Daten gefälscht hat.«

Alice schüttelte den Kopf. »Das würde ich keine Sekunde gelten lassen. So ein Mädchen war sie nicht.«

»Aber es ist die einzige logische Lösung.«

»Dann müssen Sie anfangen, die unlogischen in Betracht zu ziehen.«

»Sie sind medizinisch ausgebildet. Sie glauben doch sicherlich nicht an Jungfrauengeburten?«

»Es ist hier in Broadstairs schwer vorstellbar.« Sie schenkte Jean ein schwaches Lächeln. »Aber ich habe in meiner Berufslaufbahn so viele merkwürdige Dinge gesehen – Dinge, die, wenn nicht übernatürlich, dann auf jeden Fall unerklärlich waren –, dass ich einsehen musste, dass der menschliche Verstand Grenzen hat. Mein Verstand zumindest.«

»Ich glaube lieber, dass die Antworten da draußen sind und gefunden werden wollen, wenn wir es versuchen«, sagte Jean, der das zum ersten Mal an sich selbst bewusst wurde.

»Ach, das liegt daran, dass Sie noch jung sind«, sagte Alice. »Sie haben Zeit.«

Jean lachte. Mit neununddreißig war es schon einige Jahre her, seit sie jemand jung genannt hatte. Es hatte doch Vorteile, wenn man seine Zeit mit Pensionären verbrachte.

»Ich muss Ihnen das Tagebuch holen gehen.« Alice stand mit einiger Mühe auf. »Vielleicht brauche ich Ihre Hilfe.«

Jean folgte ihr den Flur entlang in ein spärlich möbliertes Schlafzimmer mit Blick auf den Garten. Es enthielt ein Einzelbett, einen Schreibtisch, einen Holzstuhl mit Gobelinsitzbezug und einen riesigen viktorianischen Kleiderschrank, der eine ganze Wand verdunkelte. Es war zwar sauber, trug aber den abgestandenen Geruch eines vernachlässigten, selten betretenen Raumes. Über dem Kamin hing ein gerahmtes Foto von, wie es schien, vier Generationen weiblicher Halfyards – vom pummeligen Kleinkind mit fließenden Locken bis zur weißhaarigen Frau in einem Lehnsessel. Jean meinte, Alice unter ihnen zu erkennen.

»Meine Familie«, sagte Alice, die Jeans Blickrichtung bemerkt hatte. »Vor dem Krieg.«

Jean lächelte. Das letzte Bild ihrer eigenen Familie mit allen zusammen war vermutlich um dieselbe Zeit gemacht worden. Aber es war natürlich nicht aufgestellt worden.

»Die Tagebücher sind da drin«, sagte Alice und zeigte auf einen grünen Koffer mit einem Seilgriff und Metallschließen, der in der Lücke zwischen dem geschnitzten Schrankrahmen und der Decke steckte. »Wenn es Ihnen nichts ausmacht, auf den Stuhl zu steigen.«

Jean tat, wie ihr geheißen, und wurde kurz nervös, als der schmächtige Stuhl unter ihrem Gewicht schwankte und knarrte. Sie zog den Koffer heraus, stabilisierte ihn an ihrer Brust, bevor sie ihn vorsichtig aufs Bett absenkte, in Alices flatternde Hände.

Darin befand sich ein kleinerer Koffer, darin noch einer. Dieser innere Kern schien ein Behältnis für alle möglichen kuriosen Andenken zu sein – eine schäbigere, staubigere Version von Jeans Schatzschublade. Während Alice den Inhalt durchwühlte, entdeckte Jean einen Hörtrichter, ein Paar Spitzenhandschuhe, eine Babymütze, eine Mundharmonika, eine braune Haarsträhne mit einer Schleife darum, einen Kricketball, eine Spieluhr, verhedderte Perlenschnüre und Ketten. Als sie aus dem Innersten eine Pappschachtel und daraus ein Tagebuch hervorgezogen hatte, eines von vielen, identischen Heften, hatte Alice schnell eine Auskunft über Gretchen Edel gefunden.

»Aufgenommen 2. Juni 1946. Entlassen am 28. September desselben Jahres.«

Jean nickte. Es überraschte sie nicht, dass die Datumsangaben bestätigten, was Mrs Tilbury ihr gesagt hatte. Nur eine Närrin würde in einer so leicht überprüfbaren Sache lügen.

»Was ist mit den Nonnen, die zur selben Zeit hier waren wie Gretchen? Wohnen sie noch in der Gegend?«

»Sie sind nach Irland zurückgegangen, als St. Cecilia verkauft wurde. Nach Galway, glaube ich.«

»Das ist sehr schade«, sagte Jean und verwarf diesen Ermittlungsansatz.

»Campkin!«, rief Alice aus, die immer noch die Einträge durchging. »Das war der Name. Martha Campkin. Sie waren engste Freundinnen. Sie hätten die ganze Nacht geschwatzt, wenn wir sie gelassen hätten. Das kommt oft vor bei Patienten, die in einem Saal zusammenstecken – vor allem, wenn sie dasselbe Leiden haben.«

Jean hatte in ihrem ganzen Leben nur eine Woche im Krankenhaus verbracht. Sie hätte all ihren Besitz für eine freundliche Seele im Nebenbett gegeben.

»Gretchen hat sie nie erwähnt«, sagte sie. »Und als ich ihren Mann gefragt habe, ob sie mit Freundinnen aus dieser Zeit in Kontakt geblieben sei, sagte er Nein.«

»Nun ja, diese Freundschaften halten draußen nicht immer«, erwiderte Alice. »Marthas Familie kam aus Chatham, glaube ich. Während die Edels meines Wissens nach irgendwo in London lebten.«

»Wimbledon«, sagte Jean.

»Die Leute geben immer Versprechen ab, in Kontakt zu bleiben«, sagte Alice. »Aber sie tun es selten.« Plötzlich klang sie wehmütig. »Die Einzige, die mir noch eine Weihnachtskarte schickt, ist Brenda, aber sie lebt jetzt in Südafrika.«

»Haben Sie ihre Adresse?«

»Ja. Wenn Sie ihr in meinem Namen schreiben möchten, werfe ich den Brief sehr gerne ein.«

»Es klingt, als würde es sich auch lohnen, mit Martha Campkin zu sprechen«, sagte Jean. »Falls ich sie finde.«

»Ihr Vater war Vikar, falls das hilft.«

»Das könnte es.«

»Sie war nicht so entgegenkommend wie Gretchen. Ein bisschen stachliger, wenn Sie wissen, was ich meine. Aber auch ein nettes Mädchen«, fügte sie loyal hinzu. »Und sehr tapfer. Bei ihr wirkte irgendwie nichts, was wir versuchten.« Sie hielt Jean das kleine Tagebuch hin. »Sie können es leihen, solange Sie es brauchen. Aber ich würde es irgendwann gern wiederbekommen. Ich weiß nicht, warum.«

»Natürlich.« Jean wurde klar, dass das ihr Stichwort zum Gehen war, und merkte erst jetzt, dass Alice erschöpft aussah. »Ich lasse Sie weitermachen. Sie waren mir eine große Hilfe.«

»Ich habe mich sehr gerne mit Ihnen unterhalten, Miss ...«

»Swinney. Jean.«

»Vielleicht kommen Sie irgendwann wieder und erzählen mir, was bei Ihrer Untersuchung herausgekommen ist. Ich glaube nicht, dass wir hier draußen das *North Kent Echo* bekommen.«

»Das werde ich gerne tun.«

»Und grüßen Sie Gretchen von mir«, sagte Alice, als sie an der Haustür ankamen. »Ich mochte sie sehr. Und Martha auch, falls Sie sie finden.«

Nachdem sie ihr Fahrrad, das in die Lorbeerhecke gefallen war, aufgehoben und ihr Kopftuch wieder umgebunden hatte, drehte sich Jean noch einmal zum Haus um. Im vorderen Zimmer, zwischen den geteilten Tüllgardinen, stand Alice und hielt die Hirtenpuppe vors Fenster. Jean hatte das schreckliche Gefühl, wenn sie zum Abschied winkte, würde Alice die Puppe zurückwinken lassen, und das konnte sie nicht ertragen, also lächelte sie nur und drehte ihr schnell den Rücken zu.

6

Mrs Tilbury und Margaret warteten wie vereinbart um zehn Uhr am Fahrkartenschalter in der Charing Cross Station. Alle Kommunikation zu diesem Treffen war über Mr Tilbury im Juweliergeschäft gelaufen. Margaret trug ihre Schuluniform mit Tornister und Hut, denn Jean hatte versprochen, dass sie rechtzeitig zum Nachmittagsunterricht zurück sein würde. Mrs Tilbury trug ein grünes, mit Gänseblümchen besticktes Baumwollkleid und ein weißes Jäckchen, als gingen sie zu einer Sommerhochzeit und nicht in ein Pathologielabor in einem schäbigen Krankenhausnebengebäude.

Köpfe drehten sich, als sie in ihren Riemchensandalen die Halle durchquerte, vielleicht vor Bewunderung oder auch nur fasziniert von der Ähnlichkeit zwischen Mutter und Tochter. Jean lächelte vor sich hin. Wer in aller Welt würde für so einen Ausflug Weiß tragen?

»Das ist ein hübsches Kleid«, sagte sie und musste gegen das Pfeifen, Kreischen und Fauchen rangierender Züge und den unaufhaltsamen Strom der Lautsprecherdurchsagen beinahe anschreien. »Ich nehme an, Sie werden mir sagen, Sie hätten es selbst genäht.«

»Natürlich«, erwiderte Mrs Tilbury. »Ich nähe alle meine Kleider selbst.«

Sie eilten auf den Ausgang zu, umtost von der gewaltigen Lärmsymphonie.

»Es passt Ihnen viel zu gut, als dass es aus einem Geschäft kommen könnte.«

Jean zupfte an ihrem eigenen formlosen Kleid in braunem Paisley herum und raffte eine Faustvoll überschüssigen Stoffs an der Taille zusammen. Sie hatte es gekauft, um damit dem unvermeidlichen Staub und Dreck der Stadt Paroli zu bieten, aber es passte ihr nur um die Schultern herum, nirgendwo sonst.

»Ich könnte Ihnen eines nähen, wenn Sie möchten«, sagte Mrs Tilbury, als sie am Bordstein stehen blieben, um ein Taxi vorbeirauschen zu lassen. »Sie könnten sich mein Schnittmusterbuch anschauen und sich Stoffe aussuchen. Ich bräuchte keine zwei Minuten.«

»Sie haben sicherlich genug zu tun«, sagte Jean.

»Ach, aber ich möchte es gern. Es wäre meine Art, Ihnen zu danken.«

»Wofür? Ich habe noch nichts getan. Und es könnte sein, dass nichts daraus wird.«

»Doch, das haben Sie. Sie haben meinen Brief gelesen und mich ernst genommen.«

Sehen wir einfach mal, was die Wissenschaftler finden, dachte Jean, während sie an the Strand warteten, bis die Ampel grün wurde. Dann werden wir erfahren, wie dankbar du bist. Sie war in Schriftkontakt mit Hilary Endicott, der Autorin des Artikels über Parthenogenese, und jetzt wartete ein Team aus gelehrten Medizinern im Charing Cross Hospital gespannt darauf, Mutter und Tochter kennenzulernen, zu vermessen, zu testen und zu analysieren.

Den Bemerkungen Dr. Endicotts hatte sie entnommen, dass ihre Kollegen äußerst gründlich waren und dass ein halbes Jahr im Leben eines Forschungsprojekts nur ein Wimpernschlag war. Tatsächlich hätten sie Glück, wenn sie die Ergebnisse vor Jahresende bekämen. Das hatte Jean Mrs Tilbury noch nicht gesagt, die den Eindruck zu haben schien, die Erleuchtung stünde nur Stunden bevor.

»Ich sage Ihnen was«, sagte Jean. »Wenn Sie mich Ihren üblichen Satz bezahlen lassen, nehme ich an. Aber Sie werden den Stil und den Stoff aussuchen müssen. Ich habe keine Ahnung davon.«

»Dann ist es abgemacht. Sie müssen vorbeikommen und sich vermessen lassen, und wir suchen gemeinsam ein Muster aus. Etwas Körperbetontes. Nicht zu verspielt, denke ich«, sagte sie und musterte Jean bereits mit zusammengekniffenen Augen.

»Oje«, sagte Jean, die die Demütigung schon auf sich zukommen sah.

»Bekomme ich heute eine *Spritze?*«, fragte Margaret, als sie die Straße überquerten, fast schon getragen von einem Schwall Fußgänger.

Der Geruch nach Dieselabgasen von Bussen im Leerlauf war überwältigend hier auf the Strand. Jean konnte den Qualm auf ihrer Zunge schmecken.

»Ich habe ihr schon gesagt, es könnten Nadeln beteiligt sein«, sagte Mrs Tilbury.

»Nein – das Gegenteil einer Spritze«, antwortete Jean Margaret. »Bei einer Spritze wird etwas in dich hineingespritzt, und bei einem Bluttest nimmt man etwas heraus. Es tut nicht weh.«

»Ich habe keine Angst«, beharrte Margaret. »Ich habe nicht mal geweint, als ich auf eine Wespe getreten bin. Ich kann mich nicht erinnern, geweint zu haben, seit ich sieben war.«

»Was ist passiert, als du sieben warst?«, fragte Jean, denn sie hatte das Gefühl, das werde von ihr erwartet.

»Ich sollte im Krippenspiel die Maria sein, aber ich habe Windpocken bekommen, deshalb konnte ich nicht hingehen, und da habe ich geweint.«

»Das stimmt«, sagte Gretchen. »Ich hatte dir ein kleines blaues Kostüm genäht, und dann musste dieses andere Mädchen es tragen.«

Margarets Gesicht umwölkte sich einen Augenblick und hellte sich dann genauso plötzlich wieder auf. »Du hast mir meine Belinda-Puppe gekauft, um mich aufzumuntern«, sagte sie.

Ihre Gefühle sitzen so herrlich dicht unter der Oberfläche, dachte Jean.

»Übrigens«, sagte Jean zu Gretchen, als die Erwähnung von Puppen eigene Erinnerungen auslöste. »Ich habe neulich jemanden kennengelernt, der Sie grüßen lässt. Ich frage mich, ob Sie erraten können, wer.«

Einen Moment lang flackerte Unsicherheit in Mrs Tilburys Blick auf, und eine leichte Röte stieg ihr in die Wangen. Es dauerte nicht mehr als eine Sekunde, bis sie sich wieder gefangen hatte und erwiderte: »Nein, kann ich nicht. Sie werden es mir sagen müssen.«

Jean hatte nicht vorgehabt, ihren Besuch in Broadstairs überhaupt zu erwähnen. Es erschien ihr etwas taktlos, Mrs Tilbury daran zu erinnern, dass sie immer noch unter Überprüfung stand. Doch Jean hatte mit Interesse gesehen, wie ihr vorübergehend die Fassung entglitt. Also hatte sie jemanden im Sinn.

»Alice Halfyard. Von St. Cecilia. Sie lässt Sie herzlich grüßen.«

»Oh!« Mrs Tilbury lachte auf und schüttelte ein wenig ihre Locken.

War sie enttäuscht oder erleichtert? Jean konnte es nicht erkennen; ihr Gesicht war wieder eine Maske.

»Die *Oberschwester*. Ich hatte keine Ahnung, dass sie Alice heißt. Sie sieht kein bisschen wie eine Alice aus. Für uns war sie einfach nur die Oberschwester.«

»Sie hat Sie in sehr guter Erinnerung.«

»Wirklich? Ich hatte ein klein wenig Angst vor ihr.«

»Tatsächlich? Mir kam sie nicht sehr Furcht einflößend vor. Sie wirkte eher ... mütterlich.«

»Ich hatte damals wahrscheinlich vor fast allen Menschen Angst. Ich war so ein schüchternes Kind. Sie war nicht unfreundlich, aber Sie wissen schon, sie war die Oberschwester und sie duldete keinen Unsinn. Einmal bekam ich einen Rüffel von ihr, weil ich geschwatzt hatte, als wir die Ruhezeit einhalten sollten, und danach hatte ich ziemlichen Respekt vor ihr.«

»Sie sagte, Sie seien gut mit einem anderen Mädchen namens Martha befreundet gewesen.«

»Ach ja, Martha. Ich frage mich, was aus ihr geworden ist. Und aus Brenda.«

»Sie sind nicht mit ihnen in Kontakt geblieben, nachdem Sie entlassen wurden?«

»Eigentlich nicht. Ich wollte immer. Martha habe ich auch einmal zu Hause in Chatham besucht, aber es war weit weg, und wenn Sie wieder in der Außenwelt sind, nehmen andere Dinge Ihre Zeit in Anspruch.«

»Margaret zum Beispiel.«

»Ja. Wenn man ein Baby hat, ändert sich alles.«

Margaret wurde aufmerksam, als sie ihren Namen hörte. »Ist das the Strand?«

»Ja, Darling.«

»Wenn wir Zeit haben, können wir dann zum Mittagessen zu Simpson's gehen?«

Mrs Tilbury lachte und drückte den Nacken ihrer Tochter. »Natürlich nicht. Ich habe Sandwiches für dich gemacht, und wir müssen dich zur Schule zurückbringen.« Sie wandte sich an Jean. »Letztes Jahr sind wir zu Margarets Klavierprüfung nach London gekommen, und hinterher waren wir im Geschäft meines Mannes, und er hat uns als besondere Belohnung zum Mittagessen zu Simpson's ausgeführt. Jetzt will Margaret andauernd dort hingehen.«

»Waren Sie je bei Simpson's auf the Strand?«, fragte Margaret.

»Nein, war ich nie«, gab Jean zu. Zum Essen auszugehen, das taten andere Leute. Über die Jahre hatte sie sich antrainiert, dass es ihr nichts ausmachte.

»Ich hatte Roastbeef und Sherry-Trifle. Ich war aber nicht betrunken.«

»Wenn das alles vorbei ist, führe ich dich zum Feiern dorthin aus«, sagte Jean impulsiv und bereute es dann.

Wer wusste schon, wie schnell und auf welche Art »das alles« vorbei sein würde und ob es am Ende etwas zu feiern gab. Und es war unbesonnen, einem Kind Versprechungen zu machen, die man vielleicht brechen musste. Kinder vergaßen nichts.

»Wir sind jetzt nicht mehr weit von Daddys Laden«, kam Mrs Tilbury ihr zur Rettung. Sie gestikulierte vage nach links. »Vielleicht können wir hinterher, wenn noch Zeit ist, kurz reinschauen und ihn überraschen.«

»Können wir?«, bettelte Margaret. »Haben Sie den Laden von meinem Daddy gesehen?«, fragte sie Jean.

»Ja, das habe ich.«

»Im Schaufenster ist ein Ring, der kostet *vierhundert Pfund!*«

»Du meine Güte. Ich hoffe, er schließt ihn gut weg.«

Sie hatten jetzt die Agar Street erreicht, und Jean lenkte sie zu einer kurzen Steintreppe, die zu einer anonymen Holztür hinaufführte. Von außen sah das Gebäude eher wie eine ausländische Botschaft oder ein Verlagsgebäude aus, aber in der Marmor-Lobby hing dieser unverkennbare Geruch, streng und antiseptisch, der jedem Krankenhaus zu eigen war, das Jean je besucht hatte.

Eine Tafel wies Besuchern den Weg zu Blutabnahme, Pathologie, Röntgen und Wartezimmern. Eine Putzfrau arbeitete sich langsam die breite Treppe herunter, tauchte ihren Wischmopp in einen Blecheimer mit Desinfektionsmittel und wirbelte damit durch die Ecken, bevor sie zweimal über jede Stufe wischte. Es war etwas beinahe Hypnotisches an ihren rhythmischen Bewegungen und dem Klapper, Klatsch, Wisch von Mopp und Eimer. Zu beiden Seiten des Korridors öffneten und schlossen sich Schwingtüren mit einem leisen »Wump« von Druckluft, wenn Schwestern und Pfleger kamen und gingen, lautlos auf weich besohlten Schuhen, aber mit enormer Zielstrebigkeit und Eile. Die Patienten, Jeans Reisegruppe eingeschlossen, bewegten sich tendenziell mit weniger Entschlossenheit.

Am Empfang saßen zwei Frauen, die leise plaudernd einen Stapel Karteikarten einsortierten. Sie fuhren mit ihrem Gespräch fort, bis es an eine natürliche Pause geriet – eine höchst gekonnt gewählte Zeitspanne, die signalisieren sollte, dass sie der Allgemeinheit zu ihren eigenen Bedingungen dienten –, bevor sie die Besucherinnen zur Kenntnis nahmen.

»Wir haben einen Termin bei Dr. Sidney Lloyd-Jones«, sagte Jean pikiert.

Bei der Erwähnung seines Namens wurden die beiden Torwächterinnen augenblicklich ehrerbietig.

»O ja, Miss Swinney, nicht wahr? Er sagte, Sie sollen direkt zu seinem Behandlungszimmer am Ende des Flurs durchgehen.«

»Wir werden erwartet«, flüsterte Jean Mrs Tilbury zu. »Das ist ein guter Anfang.«

Dr. Lloyd-Jones war ein großer, professoral aussehender Mann Ende fünfzig, mit wilden Haaren und verschmierten Brillengläsern, über die er hinwegspähte und blinzelte, wie geblendet von der Manifestation der menschlichen Parthenogenese in weiblicher Form vor seinen Augen. Er schüttelte ihnen allen die Hände, sogar Margaret, bevor er seinen Kollegen von nebenan rief, um die Ähnlichkeit zwischen Mutter und Tochter zu begutachten.

»Das ist Dr. Bamber aus der Abteilung Pathologie«, sagte Dr. Lloyd-Jones, als sie verlegen zu fünft in seinem Behandlungszimmer herumstanden wie Gäste auf einer Sherry-Party. »Er wird die Analyse der Blutproben durchführen. Er ist ein bedeutender Fachmann für Blutgruppen, Sie können also absolutes Vertrauen in seine Ergebnisse haben.« Er wandte sich an Dr. Bamber. »Ein guter Anfang, meinen Sie nicht?«

»Er könnte kaum besser sein.«

Sie strahlten einander und dann Mrs Tilbury an. Jean hatte das Gefühl, sie schärften schon ihre Skalpelle, bereit, sie für Objektträger in Scheibchen zu schneiden.

»Es ist bestimmt eine schöne Abwechslung, mal nicht die Mühe zu haben, jemanden heilen zu müssen«, bemerkte sie.

»Das macht viel mehr Spaß«, stimmte Dr. Bamber zu. Er war der jüngere, kleinere und umgänglichere der beiden Männer. »Das ist natürlich sehr aufregend für uns. So eine Gelegenheit bekommt man nicht oft in seiner Karriere. Es ist sehr freundlich von Ihnen, sich in unsere Hände zu begeben.«

Jean warf einen Blick auf seine Hände, die unbeschädigt von körperlicher Arbeit waren und fast schon unmännlich in ihrer Weichheit.

»Vielleicht«, sagte Dr. Lloyd-Jones, »könnten Sie Mutter und Tochter zur Blutabnahme für die Bluttests nach drüben bringen und mögliche Fragen beantworten, während ich mit Miss Swinney spreche.«

Sobald sich die Tür hinter ihnen geschlossen hatte, sagte Jean: »Wie viele andere Leute werden an diesen Tests beteiligt sein? Ich denke nur daran, dass die Story durchsickern könnte.«

»Oh, machen Sie sich deswegen keine Sorgen«, kam die Antwort. »Es ist alles absolut vertraulich. Ich meine, Patientenakten sind immer vertraulich, aber in diesem Fall halte ich sie unter Verschluss. Sie werden lediglich als Mutter A und Tochter bezeichnet. Die Krankenschwestern werden ihnen nur Blut abnehmen – sie haben keine Ahnung, woraufhin wir es untersuchen. Dr. Bamber macht die Analysen selbst.«

»Ich wollte nicht misstrauisch klingen«, sagte Jean. »Aber das ist eine große Story für uns.«

»Für uns möglicherweise auch.«

»Ich könnte es nicht ertragen, wenn eine der Tageszeitungen vorzeitig Wind von der Sache bekommen würde.«

»Nein, ganz bestimmt nicht. Ich muss zugeben, ich hatte Bedenken, als wir anfangs darüber sprachen. Aber Mrs Tilbury scheint eine vernünftige Frau zu sein, und ihr Fall ist sehr überzeugend.«

»Ich recherchiere noch«, sagte Jean. »Mein erster Instinkt war, ihr zu glauben. Aber mein zweiter war, nicht meinen Instinkten zu vertrauen.«

»Es wird ein Schlag für Sie sein, wenn die Ergebnisse der Bluttests eine andere Geschichte erzählen.«

»Ja. Ich habe womöglich zu viel in die ganze Geschichte investiert. Aber für Gretchen wird es noch schlimmer. Mrs Tilbury, meine ich.«

»Man muss sich fragen, was ihre Beweggründe sind. Ihr wurde kein Geld angeboten?«

»Kein Penny.«

»Eine Wahrheitssuchende vielleicht. Wie wir. Ich hoffe, sie wird nicht zu enttäuscht sein.«

»Sie gehen also nicht davon aus, dass ihr die Ergebnisse recht geben?«

»Nach Erwägung der Wahrscheinlichkeiten, nein. Aber greifen wir den Ergebnissen nicht vor.«

Das Telefon auf Dr. Lloyd-Jones' Schreibtisch klingelte. Er nahm ab und hörte einen Moment zu, ohne etwas zu sagen. Jean nahm das ferne Geräusch einer Männerstimme am anderen Ende wahr.

»Ja, mach ich«, sagte er und legte auf.

»Das war Dr. Bamber. Er möchte drüben ein, zwei Minuten ohne das kleine Mädchen mit der Mutter sprechen. Vielleicht könnten Sie rübergehen und sie beschäftigen.«

»Gern«, sagte Jean.

»Es war schön, Sie endlich persönlich kennenzulernen, Miss Swinney. Auf einen – ich zögere zu sagen *positiven*, also sagen wir einfach *interessanten* Ausgang für alle Beteiligten.«

Er streckte ruckartig den Arm über den Schreibtisch, und sie ließ zu, dass an ihrer Hand gezerrt wurde.

Sie fand Margaret auf einem der harten Holzstühle im Wartezimmer der Blutabnahme sitzend vor. Sie baumelte mit den Beinen und las eine Gesundheitserziehungsbroschüre übers Rauchen mit dem Titel *Die Abenteuer der Familie Weise*. In ihrer Ellbogenbeuge war mit chirurgischem Pflaster ein Wattebausch festgeklebt. Der Anblick ihrer weißen Söckchen, blau verschmiert, wo sie an den Kanten ihrer Fesselriemchensandalen scheuerten, tat Jean im Herzen weh. Sie erinnerte sich, wie ihre eigene Mutter jeden Sonntagabend die Schachtel mit den Bürsten und Politurtiegeln herausgeholt hatte, um ihre und Dorries Schulschuhe zu putzen, und verspürte einen Moment lang Bedauern, dass sie nie wieder gerufen werden würde, um dieses feierliche Ritual zu vollziehen.

»Ich dachte, das wäre ein Comic«, sagte Margaret und legte die Broschüre zur Seite, »aber das ist es nicht.«

»Wir könnten einen Zeitschriftenkiosk suchen gehen, wenn du ein Comic haben möchtest«, schlug Jean vor. Sie waren vorhin an the Strand an einem vorbeigekommen.

»Warum rauchen die Leute?«, fragte Margaret, als sie auf der Agar Street zurückgingen. »Wie schmeckt das?«

»Merkwürdigerweise schmeckt es genauso wie es riecht. Nach brennenden Blättern. Am Anfang ist es unangenehm, ein bisschen wie Tee ohne Zucker trinken, aber man macht weiter, und nach einer Weile schmeckt es ganz gut. Und noch eine Weile später kann man nicht mehr damit aufhören.«

»Ich werde nie rauchen. Bist du mal schlafgewandelt? Ich schon.«

»Nein, ich glaube nicht. Wohin bist du gewandelt?«

»Nur in Mamis Zimmer. Man soll die Leute nicht aufwecken, wenn sie schlafwandeln.«

»Das habe ich auch gehört.«

»Sie könnten sterben. Hast du Haustiere?«

»Nein. Du?«

»Ich hätte so gern ein Kaninchen. Oder vielleicht ein Kätzchen. Aber Kätzchen werden groß und werden überfahren.«

Jean musste unwillkürlich lachen. Sie fand Margarets vielseitige Herangehensweise an Gespräche und ihre morbide Vorstellungskraft höchst unterhaltsam. Sie verspürte mehr als nur einen Anflug von Neid auf Gretchen; die bedenkenlose Liebe solch einer Tochter zu haben, sie jeden Tag wachsen zu sehen und zu wissen, dass sie einem ganz und gar gehörte.

Inzwischen hatten sie den Zeitungskiosk erreicht, und nach einigen Aufforderungen deutete Margaret scheu auf eine Ausgabe der *Girl*. Ihre Dankbarkeit, als sie die Zeitschrift in den Händen hielt, stand in keinem Verhältnis zu ihrem Wert, sie zitterte fast vor Aufregung.

Spontane Großzügigkeit war eine neue Erfahrung für Jean – bis heute waren ihr selten solche Gelegenheiten untergekommen und wären wahrscheinlich unbemerkt vorübergegangen. Natürlich tauschten sie und ihre Mutter an Weihnachten kleine, praktische Geschenke aus, aber anspruchsvollere Formen des Schenkens waren ihr fremd. Dorrie hatte ihnen vor langer Zeit verboten, etwas für sie oder die Kinder nach Kitale zu schicken. Das Porto war exorbitant, und die Wahrscheinlichkeit, dass etwas beim Zoll beschlagnahmt wurde oder verlorenging, zu hoch.

Früher hatte es Jean einen Stich versetzt, wenn sie an einem Schaufenster vorbeikam und ein Spielzeug oder ein Modeschmuckstück sah, das ihrem Neffen oder ihrer Nichte gefallen hätte, und eine Weile hatte sie Dorries Verfügung ignoriert und trotzdem Geschenke geschickt. Aber es kam nie ein Wort zurück, um ihr mitzuteilen, dass sie angekommen waren, und Jean brachte es selbst nicht über sich, zu fragen, also hatte sie diese Angewohnheit fallen lassen. Als sie sich jetzt an das alles erinnerte, schämte sie sich für sich selbst.

Neben ihr plauderte Margaret daher. Jean schloss gedanklich wieder zu ihr auf, als sie sagte: »Hast du mal einen gesehen?«

»Einen was?«

»*Engel!*«

»Nein«, antwortete Jean entschieden und lenkte dann ein wenig ein. »Aber die Schwerkraft habe ich auch noch nie gesehen, und sie ist trotzdem da.«

Margaret wirkte stumm beeindruckt davon. »Ich habe noch nie einen gesehen«, sagte sie. »Aber ich habe sie gehört.«

Das war eine so unerwartete Bemerkung, vorgebracht auf eine so sachliche Weise, dass Jean spürte, wie ihre Kopfhaut kribbelte. »Was sagen sie?«, fragte sie mit einem Gefühl des Unbehagens.

»Sie *sagen* nichts. Sie *singen*. Daher weiß ich ja, dass es Engelsstimmen sind.«

»Oh. Singen sie Choräle?«

»Nein. Nur komische Wörter, immer wieder. Gabardine zum Beispiel.«

Jean brach in Gelächter aus. Was für ein praktisch veranlagter Engel beschäftigte sich mit Regenmantelstoff? Vielleicht ein Engel, dessen Mutter Schneiderin war?

Margaret lachte auch und ließ ein halbfertiges Lächeln aus Milchzähnen, Zahnlücken und neuen, gezackten Schneidezähnen sehen. »Hörst du auch manchmal Stimmen?«, fragte sie.

»Gewissermaßen« wagte sich Jean vorsichtig vor. Sie hatte nicht vor, zu übernatürlichem Geschwätz zu ermutigen, aber es war auch nicht notwendig, gesunden Menschenverstand niedersausen zu lassen wie eine große Fliegenklatsche. »Aber meine Stimmen sagen eher Sachen wie: ›Ich glaube, du hattest genug Kuchen‹ oder ›Wird es nicht mal wieder Zeit, deiner Schwester zu schreiben?‹«

Margaret ließ sich nicht so leicht abspeisen. »Ach, die habe ich auch, aber das ist nicht dasselbe. Das bin nur ich selbst, wenn ich Sachen denke. Engelsstimmen sind anders.«

»Deswegen muss man sich bestimmt keine Sorgen machen«, sagte Jean, obwohl Margaret sowieso schon ziemlich unbesorgt wirkte.

»Ich mache mir keine Sorgen«, kam die Antwort. »Ich mag sie. Außer, wenn sie ein Wort sagen, das ich nicht kenne – dann ärgere ich mich.«

»Wenn du ›Ein Wort, das du nicht kennst‹ sagst, meinst du dann ein Wort, das du schon mal gehört hast, von dem du aber die Bedeutung nicht kennst?«

»Nein. Ich meine ein Wort, das ich noch nie im Leben gehört habe. Wie Lindenbaum. Oder Phalanx.«

Bei diesem Gespräch fühlte sich Jean, als würde sie von einem schlammigen Fluss in Untiefen gezogen, die sie nicht durchschaute. Wie war es möglich, dass man eine Stimme im Kopf ein Wort sagen hörte, das es in diesem Kopf nicht schon gab?

»Du bist viel zu schlau für mich«, sagte sie und ertappte sich zu ihrem eigenen Entsetzen dabei, wie sie damit einen Satz wiederholte, den ihre Mutter immer zu ihr und Dorrie gesagt hatte, um jede Diskussion zu beenden, die drohte, einen unkonventionellen Weg einzuschlagen. Damals hatte es sich wie ein Kompliment angehört, aber es war eine Tür, die ihnen vor der Nase zugeschlagen wurde, und jetzt tat sie es selbst. »Ich rede wirklich gern mit dir, Margaret«, sagte sie. »Du bist viel interessanter als die meisten Erwachsenen, die ich kenne.«

»Mami sagt, ich stelle zu viele Fragen.«

»Fragen stellen ist in Ordnung. Es ist ein Zeichen von Intelligenz. Wie soll man sonst Sachen herausfinden?«

Vielleicht ist es nur Einsamkeit, dachte Jean. Sie braucht dieses Kaninchen oder Kätzchen. Sie dachte an andere Einzelkinder, die sie gekannt hatte; zu viel in der Gesellschaft von Erwachsenen und dem widerstandsfähig machenden Umgang mit Geschwistern nicht ausgesetzt, wirkten sie oft frühreif oder seltsam.

Margaret spähte durch lange, gebogene Wimpern zu ihr herauf. »Du bist nett«, sagte sie mit entschiedener Miene, und Jean, ungeübt im Empfangen von Komplimenten, spürte, wie sie vor Freude und Überraschung errötete.

Sie hatten inzwischen das Foyer der Klinik erreicht, und da trat Mrs Tilbury, aufgewühlt und ein bisschen rot um die Augen, aus der Damentoilette. Sie hatte ihre Nase nachgepudert, aber die Haut darunter war gespannt und glänzend. Einen schrecklichen Moment lang dachte Jean, dass sie sich vielleicht Sorgen gemacht hatte, wo Margaret hin war, und sich in einen Angstzustand hineingesteigert hatte.

»Es tut mir leid – Sie müssen sich gefragt haben, wo wir geblieben sind.«

»Nein – ich komme gerade erst heraus.«

»Schau, Miss Sfinny hat mir eine Zeitschrift gekauft.« Margaret hielt demonstrativ ihre Ausgabe der *Girl* hoch.

»Das war sehr nett von ihr.«

»Hat Sie etwas durcheinandergebracht?«, fragte Jean mit gesenkter Stimme. »Geht es Ihnen gut?«

»Ja, es ist nichts.« Mrs Tilburys Stimme war klar vor Selbstkontrolle. »Mir geht es gut.«

»Sind Sie sicher? Sie haben Ihnen doch nicht wehgetan, oder?«

»Nein, überhaupt nicht. Es war alles sehr schmerzlos. Es war nur ...« Sie blinzelte ein paarmal und schüttelte den Kopf. »So dumm von mir. Ich dachte, es wäre alles sofort erledigt und entschieden.«

»Ach du liebe Zeit«, sagte Jean.

»Aber Dr. Bamber sagte, das sei nur der Anfang vieler Untersuchungen. Es könnte Wochen oder Monate dauern.«

»Ich hätte das besser erklären müssen«, sagte Jean und führte sie zu einer Reihe von Stühlen. »Mir war nicht klar, dass es sehr eilig ist.«

»Ich dachte einfach, es würde geklärt und wäre erledigt.«

»Nein, ich fürchte, es ist ein bisschen komplizierter. Es tut mir leid, dass Sie enttäuscht sind.«

Mrs Tilbury tupfte mit einem zarten Taschentuch an ihren Augen.

»Sind es die Fahrten nach London, die Sie stören? Wir erstatten Ihnen natürlich Ihre Unkosten.«

Jean würde vor der giftigen Muriel in der Buchhaltung im Staub kriechen müssen. Sie gab niemals kampflos auch nur einen Penny heraus.

»Ach, das ist es nicht.« Mrs Tilbury schluckte. »Die Fahrt macht mir nichts aus.«

»Ich komme gern mit dir nach London, Mami«, sagte Margaret und quetschte die Hand ihrer Mutter. »Es macht mir nichts aus, wenn ich die Schule verpasse.«

»Dr. Bamber sagte, selbst wenn die Bluttests übereinstimmen, beweist das gar nichts. Warum machen wir sie dann?«

»Nun ja, der Bluttest selbst kann eine Jungfrauengeburt nicht beweisen. Aber ein negatives Ergebnis – eine Fehlpaarung – würde sie auf jeden Fall *widerlegen*. Es ist nur der erste Schritt.«

»Ich bekomme das Gefühl, dass Sie mir nicht glauben.«

»Ob ich Ihnen glaube oder nicht ist nicht wichtig«, sagte Jean, die das ungute Gefühl hatte, Mrs Tilbury könnte Zweifel an der ganzen Angelegenheit haben – dass sie nach Ausreden suchte, um abzuspringen.

»Für mich schon«, kam die vorwurfsvolle Antwort.

»Ich glaube Ihnen nicht nicht.« Diese doppelte Verneinung ergab zusammen nicht ganz eine Bejahung, aber es war schon weiter, als sie eigentlich hatte gehen wollen.

Mrs Tilbury nickte und schien sich zu sammeln. »Es tut mir leid. Sie haben schon recht. Ich sollte einfach die Ärzte ihre Arbeit machen lassen. Ich glaube, es sind Krankenhäuser, die mich dünnhäutig machen. Bitte achten Sie nicht auf mich.«

»Das ist sehr verständlich«, sagte Jean, und so machten sie sich wieder auf den Weg in Richtung the Strand und gingen dort getrennte Wege, damit Mutter und Tochter in die Bedford Street gehen konnten, um Mr Tilbury zu besuchen, während Jean Charing Cross ansteuerte.

Die allgemeine Stimmung hatte sich von diesem leichten Knick wieder erholt, bis sie sich verabschiedeten, aber Jean ertappte sich dabei, wie sie das Gespräch auf dem Heimweg in Gedanken noch einmal hin und her wälzte, ratlos und nicht überzeugt, Mrs Tilburys seltsamer Ungeduld ganz auf den Grund gekommen zu sein.

7

Sehr geehrte Mrs Van Lingen,
ich hoffe, es stört Sie nicht, dass ich Sie über diesen Umweg kontaktiere.

Unsere gemeinsame Bekannte Mrs Halfyard hat freundlicherweise angeboten, Ihnen diesen Brief weiterzuleiten, denn ich habe Interesse an Ihren Erinnerungen an die Zeit, die Sie zwischen Juni und September 1946 im Pflege- und Genesungsheim St. Cecilia verbracht haben. Besonders interessieren mich Ihre Erinnerungen an eine Mitpatientin, Gretchen Edel, die ein Kind empfing, während sie in diesem Zeitraum Patientin auf Ihrer Station war – ein außergewöhnlicher Vorfall, wie Sie mir zustimmen werden, der sich sozusagen vor Ihrer aller Nase ereignete.

Falls Sie etwas zur Aufklärung beitragen oder sich an etwas erinnern können, das vielleicht von Bedeutung sein könnte, wäre ich zutiefst dankbar, wenn Sie mir unter der obigen Anschrift schreiben würden. Sie können mich während der Bürozeiten auch per R-Gespräch telefonisch erreichen.

(Jean wurde blass, als sie diese Worte tippte, und fragte sich, wie sie diese Ausgabe je vor Muriel von der Buchhaltung rechtfertigen wollte.)

Ich sollte vielleicht hinzufügen, dass ich diese Nachforschungen mit Gretchen Edels vollstem Einverständnis durchführe.

Mit freundlichen Grüßen
Jean Swinney
Angestellte Reporterin
The North Kent Echo

8

»Entspann dich. Zieh nicht zu sehr den Bauch ein, sonst bekommen wir keine korrekten Maße.«

Jean stand mit ausgestreckten Armen da, als würde sie gekreuzigt, während Gretchen mit einem Maßband um sie herumflitzte und Zahlen auf das Schaubild eines weiblichen Körpers kritzelte, durch das kreuz und quer Linien verliefen. Abgesehen von Brust, Taille und Hüften gab es anscheinend noch andere Maße, deren Erfassung ebenso entscheidend für ein gut sitzendes Kleid waren. Nacken bis Knie (hinten), Unterarm bis Ellbogen, Taille bis Knie (vorn), Schulter zu Schulter (hinten), Unterarm bis Taille (seitlich), Oberarm (Umfang).

Jean war froh, dass sie vorsichtshalber ihren am wenigsten alten Slip trug – das geringste Übel – und ein strammes Unterhemd, das jetzt das weiche Kissen ihres Bauches einschnürte.

»Es ist gar nicht einfach, sich zu entspannen, wenn man so kitzlig ist«, sagte sie und zuckte, als das Maßband über den seidigen Nylonstoff glitt.

»Schon fertig. Ich glaube, du bist eine Größe Vierzehn, die ein paar Anpassungen braucht.«

»So kann man es auch ausdrücken«, sagte Jean und griff nach Rock und Bluse. Das Feingefühl fiel Gretchens unvollkommener Sprachbeherrschung oft als Erstes zum Opfer.

Sie befanden sich oben in dem Zimmer, das Gretchen für ihre Näharbeiten nutzte. In einer Ecke stand eine Schneiderpuppe, die ein graues Abendkleid aus Satin trug, auf links gedreht und zusammengehalten von Heftstichen und Nadeln. Eine Singer-Nähmaschine thronte am Rand eines langen Schertisches, auf dem ein bedrucktes Stück Baumwolle ausgebreitet lag; hauchdünne Schnittmusterstücke für ein nicht identifizierbares Kleidungsstück waren darauf festgesteckt – merkwürdige abstrakte Formen, die in keinem Zusammenhang mit der menschlichen Form zu stehen schienen. Jean sah Gretchen mit neuem Respekt an; in dieser Arbeit steckte mehr Kunstfertigkeit und Geschick als Plackerei.

Irgendwie waren sie, ohne darüber zu sprechen, inzwischen beim Du angekommen. In diesem Stadium des Entkleidetseins und der Intimität war es zu seltsam, einander Miss Dies und Mrs Das zu nennen. Jean tat es nicht leid, »Miss Sfinny« los zu sein.

Die Einladung war gekommen, während sie bei der Arbeit war. Howard hatte sie auf Gretchens Drängen hin bei der Zeitung angerufen. Seine Stimme klang wie aus weiter Ferne und zögerlich, und Jean konnte sich vorstellen, wie widerwillig er diese spezielle Aufgabe hinter sich brachte.

»Meine Frau würde gern wissen, ob Sie am Sonntag zum Tee zu uns kommen möchten. Sie sagte etwas von einem Kleid. Es wären nur wir und Margaret – nichts Formelles.«

Seit ihrem letzten Treffen mit Gretchen im Krankenhaus hatte sie sich ermahnt, eine strikt professionelle Distanz zu wahren und jedes Freundschaftsangebot abzulehnen, damit es nicht womöglich ihr Urteilsvermögen beeinflusste und ein potenziell heikles Gespräch in der Zukunft noch heikler machte. Aber angesichts dieser gestammelten Einladung war sie eingeknickt und hatte sofort zugesagt.

In Wahrheit waren sympathische neue Bekannte ein zu seltenes Phänomen, um abgelehnt zu werden. Ihre Kollegen in der Zeitung waren eine recht angenehme Gesellschaft, aber nur während der Arbeitszeiten. Sie gingen außerhalb der Arbeit nicht unter Leute, abgesehen von diesen Freitagabenden im Pub, von denen Jean sich schon selbst ausgeschlossen hatte. Alte Schulfreundinnen waren jetzt verheiratet und im ganzen Land verstreut, ihre Wochenenden wurden vom Familienleben beansprucht. Eine alleinstehende Frau passte da nicht gut dazu.

Aber die Tilburys schienen sie zu mögen, sie schienen sie sogar als jemanden mit Einfluss und Bedeutung zu schätzen.

Es war unmöglich, sich von ihrem Interesse nicht geschmeichelt und bezaubert zu fühlen, in ihrer Gesellschaft aufzublühen und die interessante Frau zu werden, für die sie sie hielten. Abgesehen davon war da noch Margaret, die entweder ein ganz normales Kind war oder einzigartig, auf wundersame Weise besonders. Egal, was von beidem sie war, sie hatte in Jean eine Sehnsucht ausgelöst, die sie sicher begraben geglaubt hatte.

Nachdem sie zugesagt hatte, stand Jean jetzt vor zwei neuen Problemen: Wie sollte sie ihre Mutter den größten Teil des Sonntags allein lassen und wie die Einladung zu gegebener Zeit erwidern? Die Lösung für Ersteres fiel ihr glücklicherweise eines Abends ein, als sie mit dem Fahrrad von einem Arzttermin nach Hause fuhr. Vor ihr plagte sich Winnie Melsom mit mehreren prall gefüllten Einkaufsnetzen den

Hügel hinauf, eine Bekannte ihrer Mutter aus den Zeiten, als sie noch zur Kirche ging.

Es hatte eine Meinungsverschiedenheit über die jährliche Sammlung von Weihnachtsgeschenken für die armen Kinder der Gemeinde gegeben. Jemand hatte angemerkt, handgestrickte Puppen, ausgestopft mit zerschnittenen Nylonstrumpfhosen, seien nicht hygienisch. Mrs Swinney, die diese kleinen Puppen gern herstellte, hatte Anstoß daran genommen und war nicht mehr hingegangen. Sie war keine religiöse Frau und hatte die Gottesdienste sowieso nie besonders gemocht, es war also kein großer Verlust.

Jean strampelte fester und fuhr neben Mrs Melsom her, die furchtsam über diese Störung aufblickte.

»Hallo. Was halten Sie davon, wenn ich Ihnen damit helfe?«, fragte Jean, stieg von ihrem Fahrrad und befreite die geplagte Frau von ihren Einkaufstaschen, stellte eine in ihren Fahrradkorb und hängte die anderen beiden an den Lenker.

»Oh, Sie sind nett«, sagte Mrs Melsom, die einen Augenblick oder zwei gebraucht hatte, um Jean zu erkennen und sich von der Vorstellung zu erholen, am helllichten Tage ausgeraubt zu werden. »Ich habe den Fehler gemacht, mehr zu kaufen, als ich eigentlich tragen kann. Ich bin froh, dass Sie vorbeigekommen sind.«

Zusammen gingen sie weiter den Hügel hinauf, und Jean schob ihr Fahrrad. Mrs Melsom wohnte in einem der viktorianischen Häuschen an der Keston Road, ein Stück weiter, als Jean musste. Sie erinnerte sich, dass es eine Tochter gab, Ann, die in Übersee lebte wie Dorrie. Der Trennungsschmerz hatte die beiden Mütter früher einmal verbunden – in einem gewissen Maße. Im Gegensatz zu Dorrie kam Ann regelmäßig nach Hause.

»Wie geht es Ann?«, fragte Jean.

»Oh, sehr gut. Ich habe erst gestern einen Brief von ihr bekommen. Sie schreibt alle vierzehn Tage.«

»Dorrie auch«, erwiderte Jean, entschlossen, ihr Fähnchen hochzuhalten, mehr um ihrer Mutter willen als für Dorrie.

Das hatte auch mal gestimmt, aber jetzt war selbst dieses karge Opfer anscheinend zu viel verlangt. Das gesellschaftliche Leben von Kitale – Tennis, Cocktails, szenische Lesungen – hatte sogar diese kleine Geste der töchterlichen Aufmerksamkeit verdrängt. Jean spürte den vertrauten Groll in der Magengrube und versuchte, ihn zu unterdrücken. Sie hätte sonst Verdauungsprobleme bekommen.

»Ich hatte immer vor, Ihre Mutter anzurufen. Ich habe von jemandem gehört, ich weiß nicht mehr von wem, dass sie nicht mehr viel rauskommt.«

»Nein. Sie ist ein bisschen wacklig auf den Beinen. Ich fürchte, sie hat das Vertrauen in sich verloren.«

Das war nicht die ganze Geschichte, aber ein Teil davon, den man Außenstehenden unbefangen erzählen konnte.

»Ich frage mich, ob sie gern Besuch bekommen würde?«

»Ja, das würde sie.« Jean musste sich Mühe geben, dass sich keine Verzweiflung in ihren Tonfall schlich. »Ich glaube, sie wird langsam ein bisschen einsam, wenn sie nur mich als Gesellschaft hat.«

»Vielleicht könnte ich am Wochenende hereinschauen?«

Es hatte ein wenig Taktieren gebraucht, um Mrs Melsom dazu zu bringen, den Sonntagnachmittag für den idealen Zeitpunkt zu halten. Jetzt musste Jean die Idee nur noch ihrer Mutter nahebringen, die es ihr möglicherweise übelnehmen würde, wenn sie das Gefühl bekäme, nur eine Babysitterin verpasst zu bekommen. Sie beschloss, ihre eigenen Pläne nicht zu erwähnen, bevor der Melsom-Besuch akzeptiert war.

Donnerstag, am Haarwasch-Abend, war der vielversprechendste Zeitpunkt für so ein Gespräch. Jeans Mutter war am entgegenkommendsten und dankbar, während ihr die Haare gemacht wurden. Sie beugte sich über das Waschbecken, während Jean Sunsilk einmassierte und den Seifenschaum mit einem Krug Wasser ausspülte, und setzte sich dann mit einem Handtuch um die Schultern und einem Beutel Lockenwicklern auf dem Schoß an den Küchentisch. Mit ihren nassen Haaren sah sie alt und verletzlich aus und war kaum mehr als weiblich zu erkennen. Jean spürte, wie ihr in einem Anfall von Zärtlichkeit die Tränen in die Augen traten, während sie einen Kamm über die fast nackte Kopfhaut ihrer Mutter zog, und beschloss, in Zukunft netter zu ihr zu sein.

»Ich habe neulich Mrs Melsom getroffen«, sagte sie, teilte eine Haarsträhne ab und drehte sie um einen rosa Nylon-Lockenwickler. »*Nadel.*«

Ihre Mutter reichte ihr eine Haarnadel und zuckte leicht zusammen, als Jean sie zu fest steckte.

»Sie hat gesagt, sie wolle anrufen und dich am Sonntag besuchen kommen.«

»Ach ja? Ich frage mich, was sie will.«

»Sie will gar nichts. *Wickler.* Sie kommt nur, um nach dir zu sehen.«

»Tja, das Reden wirst du übernehmen müssen. Ich habe nichts zu sagen.«

Das lief nicht, wie Jean gehofft hatte.

»Du hast sehr viel zu sagen. *Nadel.* Sie kommt schließlich nicht mich besuchen.«

»Tja, ich frage mich, warum. Ich habe sie seit Jahren nicht gesehen. Au!«

»Entschuldigung. Jetzt einen gelben.«

Jeans Mutter wühlte in dem Beutel und reichte ihr einen gelben Lockenwickler. Die waren dicker mit längeren Borsten und hielten traumhaft.

»Wir waren mal ganz gut befreundet.«

»Genau. Es wird dir guttun, Gesellschaft zu haben. *Nadel.*«

»Ich glaube nicht, dass sie wirklich kommt.«

»Natürlich kommt sie. Es ist schon alles ausgemacht. Ich backe euch einen schönen Biskuitkuchen.« Sie zuckte zusammen. Das Pronomen war verräterisch, und Jeans Mutter stürzte sich sofort darauf.

»Und wo wirst du sein?«

»Ich ... ich bin zum Tee bei den Tilburys. *Gelb, bitte.*«

»Nie von ihnen gehört.«

»Ich habe es dir doch erzählt. Die Frau aus der Schweiz. Ich schreibe einen Artikel über sie.«

»An einem Sonntag? Du musst doch sonst nicht am Wochenende arbeiten?«

»Nein. Es ist ein privater Besuch.«

»Oh. Na ja, dann werde ich Mrs Melsom wohl allein unterhalten müssen.«

Sie verfielen in Schweigen, Jean innerlich jubilierend, weil sie Erfolg gehabt hatte, ihre Mutter den Verdacht hegend, dass sie ausgetrickst worden war. Später, als ihre Haare trocken und zu einer ordentlichen, weißen Wolke ausgebürstet und ihr Aussehen wiederhergestellt war, wurde ihre Laune wieder besser.

»Sehr schön, danke«, sagte sie und drehte den Kopf hin und her, um ihr Erscheinungsbild in den zwei Handspiegeln zu prüfen, die Jean ihr zu ihrer Begutachtung vorn und achtern hinhielt.

Als sie mit ihrer Maßtabelle fertig war, förderte Gretchen einen schweren Katalog mit Schnittmustern zutage, schlug den Teil mit den Kleidern auf und forderte Jean auf, sie durchzublättern. Die Aquarell-Illustrationen zeigten eine Sorte Frauen, unmöglich groß und schmal mit eingeschnürten Taillen, verkürzten Körpern und verlängerten Beinen, die in neckisch spitzen Zehen endeten. Es war schwierig, sich nicht entmutigt zu fühlen angesichts dieses karikierten Glamours. Jean blätterte lustlos die Seiten um.

»Ich verstehe nicht viel von Mode«, sagte sie schließlich. »Such du etwas aus – etwas nicht zu Schwieriges.«

»Mir macht es nichts aus, wenn es schwierig ist. Das ist interessanter. Aber ich glaube, ein einfacher Stil ist besser für dich.« Gretchen schlug eine Seite auf, die mit einem Eselsohr markiert war. »Ich glaube, das würde elegant an dir aussehen.«

Es war ein figurbetontes Hemdkleid mit rundem Kragen, weißen Paspeln und dreiviertellangen Ärmeln. Es sah wirklich sehr elegant aus, so wie die Künstlerin es gezeichnet hatte, würde aber in Jeans »Größe vierzehn mit ein paar nötigen Anpassungen« sicherlich schon weniger so sein. Doch sie war beeindruckt, dass Gretchen, ohne ein Gespräch darüber und ohne ihren Geschmack zu kennen, aus einer großen Sammlung etwas ausgewählt hatte, das sie selbst vielleicht auch ausgesucht hätte und von dem sie sich vorstellen konnte, sie könnte es mit Freude tragen.

»Ja, das ist hübsch.«

»Aber nicht schwarz. Zu streng. Ich denke an marineblau oder grün.«

»Ja. Blau.«

»Das wird genau richtig«, sagte Gretchen und klappte das dicke Buch mit einem Knall wie ein Pistolenschuss zu.

Aber wann werde ich Gelegenheit haben, es zu tragen?, dachte Jean.

Als sie wieder nach unten gingen, konnte sie sich einen Blick durch die offene Schlafzimmertür nicht verkneifen und war überrascht, als sie zwei Einzelbetten sah, Seite an Seite, ordentlich gemacht mit passenden grünrosa Federbetten und mit einer schmalen Rinne dazwischen, nicht breit genug, um darin zu stehen, aber dennoch eine Kluft. Sie war bei verheirateten Leuten vorher nie über so ein Arrangement gestolpert, es sei denn als Alternative zu einer (undenkbaren) Scheidung. Ihre Großeltern hatten jahrzehntelang freudlos auf diese Weise nebeneinanderher gelebt, bis der Tod sie erlöste, aber die Ehe der Tilburys wies keine Ähnlichkeit mit deren frostiger Beziehung auf.

Draußen im Garten spielten Margaret und ihre Freundin Lizzie Badminton über ein zerkautes Stück Netz, das zwischen den Zaun und einen Pflaumenbaum gespannt war. Das Spielfeld wurde links und rechts von Blumenbeeten begrenzt, an einem Ende durch den Steingarten und am anderen durch das Gemüsebeet.

Howard stand zwischen den Bohnenreihen und rückte mit einem Eimer Seifenwasser und einer Sprühpumpe der Schwarzen Bohnenblattlaus zu Leibe. Sein Jackett hing über einem Spaten, der in der Erde steckte. Er trug Hemd und Krawatte wie für einen Tag im Büro. Er winkte den beiden Frauen zu, als sie auf die kleine Veranda herauskamen, wo ein Tisch und drei Segeltuchstühle für den Tee aufgestellt waren.

»Euer Garten ist makellos«, sagte Jean. »Ihr beschämt mich.«

Das war nicht nur reine Höflichkeit; die Blumenbeete waren parallele Streifen krümeliger Erde, die gestutzte Stauden in verschiedenen Farben, Beschaffenheiten und Höhen beherbergten, dazu ordentliche Büschel einjähriger Pflanzen in voller Blüte. Die Rasenränder waren sauber getrimmt; im Gemüsebeet wuchsen Lauch und Kohl in geraden Linien mit perfekten Zwischenräumen.

Es lag eine gewisse Schönheit in dieser auferlegten Ordnung, fand Jean. Sie war selbst eine gewissenhafte Gärtnerin, hatte aber in den wenigen Stunden pro Woche, die sie dafür erübrigen konnte, nie solche Ergebnisse erzielt. Ihre Zeit, so schien es ihr, ging dafür drauf, dem Chaos Einhalt zu gebieten, statt für solche Verfeinerungen.

»Das macht alles Howard«, sagte Gretchen. »Wir teilen uns die Arbeiten sehr streng auf. Ich bin die Hausarbeit, er ist der Garten.«

»Tja, ich bin beides«, sagte Jean. »Keins davon mit besonders hohen Maßstäben, leider.«

Sie konnte sich nicht mehr erinnern, was sie schon über ihre häusliche Situation preisgegeben hatte, falls überhaupt, also erwähnte sie jetzt das glückliche Eingreifen von Mrs Melsom, das ihren Besuch möglich machte.

Gretchen war das sehr unangenehm. »Ich hatte keine Ahnung, dass es schwierig werden könnte«, sagte sie. »Deine Mutter wäre natürlich auch herzlich eingeladen gewesen.«

»Das ist nett von dir, aber manchmal ist es schön, auch mal allein rauszukommen.«

»Natürlich. Ist deine Mutter so gebrechlich, dass man sie nicht alleinlassen kann?«

»Nicht direkt gebrechlich, aber sie verlässt selten das Haus. Während ich bei der Arbeit bin, geht es ihr gut, denn sie versteht, dass das notwendig ist. Aber davon abgesehen ... Sie hat nie direkt gesagt: ›Du darfst nicht ausgehen und mich alleinlassen‹. Es ist subtiler. Ich fühle mich schuldig, wenn ich ausgehe und mich allein vergnüge, während sie es nicht tut.«

»Sie würde dich doch sicherlich nicht davon abhalten wollen, dich zu vergnügen?«

»Ich glaube nicht, dass sie an ›Vergnügen‹ glaubt. Nicht, seit mein Vater gestorben ist.« Sie hatte zu viel gesagt. Das war kein Gesprächsthema zum Tee. Sie fuhr trotzdem fort. »Sie ist zu alt für Veränderungen. Jetzt geht es nur noch um Bequemlichkeit und Routine und die Freude an kleinsten Genüssen.« Einen Moment lang hatte Jean das grausige Gefühl, sich selbst zu beschreiben.

»Routinen können sehr hilfreich sein«, sagte Gretchen. »Vor allem, wenn man einen Haushalt führen muss. Aber sie müssen« – sie breitete die Hände aus – »*elastisch* sein.«

Jean lachte. »Die Metapher einer Schneiderin.« Etwas an diesem Gespräch weckte ihre Erinnerung. Gabardine, das war es. Sie senkte die Stimme. »Margaret hat mir neulich von ihren Engelsstimmen erzählt. Ich wusste nicht so recht, was ich davon halten soll.«

Gretchen lächelte. »Vielleicht ist das nicht so ungewöhnlich. Kinder haben so viel Fantasie.«

»Ich hatte keine«, sagte Jean.

»Aber für mich ist Margaret sowieso schon ein Wunder, das ist also bei Weitem nicht das Ungewöhnlichste an ihr.«

»Das kann ich mir vorstellen. Ich wollte nur sichergehen, dass sie mit dir auch darüber gesprochen hat.«

»O ja. Ich hielt es nicht für einen Grund zur Sorge. Die Stimmen scheinen sehr harmlos zu sein.«

»Kam die Idee mit den Engeln von Margaret selbst, oder hast du ihr das nahegelegt?«

»Das war ich«, gab Gretchen zu. »Ich fand es beruhigender, mir auszumalen, dass die Stimmen vom Himmel kommen.«

»Die Vorstellung eines Schutzengels ist ziemlich reizvoll«, stimmte Jean ihr zu. Sie verspürte fast so etwas wie Neid auf alle, die an solch einen tröstlichen Unsinn glauben konnten.

»Es ist nicht so viel anders als eine imaginäre Freundin. Und die hatten wir doch alle. Solange es Margaret nicht beunruhigt, mache ich mir keine Sorgen.« Eine Wespe landete auf ihrem Arm und wurde von einem glänzenden rosa Fingernagel weggeschnippt.

»Du bist sehr besonnen«, sagte Jean.

»Ich bin mir sicher, das wird sich auswachsen, aber danke, dass du es erwähnt hast. Ich würde nicht wollen, dass sie Geheimnisse vor mir hat.«

»Elternschaft ist ein ziemliches Minenfeld.«

»Das fand ich bisher nicht«, sagte Gretchen. »Es heißt, die schwierigen Jahre kommen noch.«

Sie warfen einen Blick durch den Garten zu Margaret und Lizzie, die den von der Brise geschüttelten Federball jagten. Ihre lachenden Rufe klangen glockenhell. Jetzt gaben die beiden Mädchen erschöpft auf und warfen sich nach Luft schnappend ins Gras. Man konnte sich schwer vorstellen, dass je aufgewühlte Gefühle ihre unschuldigen Gesichter umwölken könnten.

Gretchen entschuldigte sich und ging hinein, um den Tee zu holen. Als er sah, dass Jean vorübergehend allein gelassen wurde, ließ Howard seine Plackerei im Gemüsegarten sein und kam mit einem Korb frisch geerntetem Rhabarber, Roter Bete und Kopfsalat zu ihr herüber. Als kleines Zugeständnis an die Zwanglosigkeit hatte er seinen obersten Hemdknopf geöffnet und die Krawatte gelockert. Jetzt knöpfte er ihn hastig wieder zu und ließ dabei einen Matschfleck auf seinem Kragen zurück.

»Möchten Sie vielleicht etwas davon mit nach Hause nehmen?«, fragte er und stellte ihr den Korb zur Besichtigung zu Füßen. »Wir haben in manchen Bereichen ein Überangebot.«

»Das würde ich sehr gern«, sagte Jean. »Ich habe eine große Schwäche für Rhabarber.« Die Ernte sah unanständig gesund aus; einige der Stangen waren von einem dunklen Rosa und dicker als ihr Handgelenk. Sie wurde übermütig und sagte: »Ich habe noch nie jemanden in Hemd und Krawatte ein Gemüsebeet abernten sehen.«

Er sah einen Augenblick lang perplex aus, dann lächelte er. »Ach, na ja, ich finde, formelle Kleidung zeigt den Schnecken und Läusen, wer der Boss ist.«

Gretchen war gerade rechtzeitig mit einem beladenen Teetablett in der Tür erschienen, um diesen Austausch zu hören.

»Howard ist der einzige Mann, den ich kenne, der am Strand Jackett und Krawatte trägt«, sagte sie, als er ihr entgegeneilte, um ihr die Teekanne abzunehmen, die gefährlich ins Rutschen gekommen war.

Er erduldete das Gelächter der Frauen mit einem gnädigen Schulterzucken.

»Das ist eine Frage der Vermeidung unnötiger Entscheidungen«, sagte er.

Gretchen hatte das Tablett abgestellt, schüttelte ein Geschirrtuch aus und hielt es sich unters Kinn, sodass ihr Oberkörper verdeckt war. »Und welche Farbe hat meine Bluse heute?«

Howard sah leidgeprüft drein. »Rosa? Weiß? Ich bin mir sicher, deine Bluse ist sehr hübsch, welche Farbe auch immer sie hat.«

Gretchen zog das Geschirrtuch weg und enthüllte ihre primelgelbe Bluse.

»Jetzt erinnere ich mich«, sagte Howard betreten. »Miss Swinney wird mich für ein Monster halten.«

»Sie heißt jetzt Jean«, sagte Gretchen. »Wir haben die Förmlichkeiten abgelegt.«

Margaret und Lizzie waren an den Tisch gekommen. Es gab nur drei Stühle, deshalb setzten sie sich mit einem Teller auf den Knien und Kissen auf die Hintertreppe.

»Ist das eine neue Teekanne?«, fragte Margaret.

»Nein, die ist nicht neu. Sie ist ziemlich alt – sogar älter als du«, sagte ihre Mutter und begann einzuschenken.

»Also, ich habe sie noch nie gesehen.«

»Die benutzen wir, wenn wir Gäste haben«, sagte Gretchen.

Also ist es doch nicht ganz vorbei mit den Formalitäten, dachte Jean.

»Aber wir haben nie Gäste, abgesehen von Großtante Edie, und die kriegt die braune Teekanne.«

»Woher weißt du, ob ich Gäste habe, wenn du den ganzen Tag in der Schule bist?«

Das brachte Margaret zum Verstummen. Es war klar, dass ihr nie in den Sinn gekommen war, ihrer Mutter könnte irgendetwas Interessantes passieren, wenn sie nicht da war, um es zu bezeugen.

»Deine Mutter hat allerhand Spaß, wenn du aus dem Haus bist«, sagte Howard. »Sobald sie dich in die Schule verabschiedet hat, haut sie auf den Putz und holt die besten Teekannen heraus.«

»Du bist nur albern«, sagte Margaret. »Mummy macht überhaupt nichts, wenn ich in der Schule bin.«

Diese Bemerkung wurde mit empörtem Prusten der zwei Frauen und schallendem Gelächter von Howard quittiert.

»Tja, wenn ich den ganzen Tag nichts tue, kann ich diese Sachertorte nicht gebacken haben, also möchtet ihr bestimmt auch kein Stück davon.« Gretchen schnitt große Stücke für Jean und Lizzie ab und legte die Tortenschaufel dann mit einem Seufzen weg. »Was für ein Jammer.«

»Ich meinte, du machst nichts *Lustiges*«, sagte Margaret und klimperte mit ihren langen Wimpern. »Weil du viel zu beschäftigt damit bist, die beste Sachertorte in ganz England zu backen.«

»Das klingt schon besser«, sagte Howard und schnitt noch drei Stücke ab.

Während sie aßen, herrschte genüssliche Stille.

Schließlich sagte Jean: »Ich habe noch nie etwas so Köstliches gegessen.«

Sie hatte selbst weder Zeit noch Talent für aufwendiges Backen und musste ihren süßen Zahn mit Karamellbonbons befriedigen, die sie in ihrem Zimmer hortete, oder mit einem Löffel Zuckersirup auf ihrem morgendlichen Haferbrei. Doch das hier war etwas Besonderes – dichter und saftiger als ein Biskuit, körniger als eine Torte, mit einer köstlichen nussigen Süße und der Bitterkeit dunkler Schokolade. Außer der Torte gab es auch noch kleine, mit Kaffeecreme und Haselnusssplittern gefüllte Baisers und ein paar Scheiben dunkles, trockenes Brot mit einer dünnen Schicht Butter. Das Brot war weniger nach Jeans Geschmack, aber sie aß es pflichtbewusst.

Nach dem Tee gingen die Mädchen wieder Badminton spielen und bettelten die Erwachsenen an, es zu viert zu versuchen. Der Wind hatte sich jetzt gelegt, und es regte sich kaum noch ein Blatt. Der Garten flirrte in der Nachmittagshitze.

»Ich spiele gern mit«, sagte Jean, die als ehemaliger Wildfang alle Arten von Sport liebte.

Sie trat die Schuhe von den Füßen, um den Rasen zu schonen, der in dieser Jahreszeit schon ziemlich strapaziert worden zu sein schien, mit abgetretenen Flecken auf beiden Seiten des Netzes.

»Howard, wie wäre es, wenn du und Lizzie gegen Jean und Margaret spielt?«, schlug Gretchen vor. »Ihr wisst, wie hoffnungslos ich bin. Mich will nie jemand auf seiner Seite haben.«

»Also komm, Lizzie«, sagte Howard, hob einen Schläger auf und ließ seinen Handballen von den Saiten abprallen. »Wir verschonen dich aber nicht, nur weil du Gast bist, musst du wissen«, sagte er zu Jean, bevor er unter dem Netz durchtauchte. »In diesem Haus ist Gewinnen alles.«

»Wir brauchen keine Gefälligkeiten, nicht wahr, Margaret?«, erwiderte Jean, und das kleine Mädchen schüttelte ernst den Kopf.

Sie fühlte sich unerklärlich unbeschwert. Es war Jahre her, seit sie gespielt hatte, aber wer mit einem Schläger umgehen konnte, verlor diese Fähigkeit nie, und sie brauchte nur ein paar Ballwechsel, um sich an den Rhythmus der Schläge zu erinnern und an die zarte Berührung, die der Federball brauchte, um gerade übers Netz zu fliegen und nicht weiter.

Howard, immer noch in Hemd und Krawatte, sah gar nicht aus wie ein Sportler, war aber überraschend flink und geschickt, holte Jeans beste Schläge mühelos aus den hinteren Ecken, während Lizzie das Netz bewachte. Er spielte als Gentleman, bemerkte Jean, rückte seiner Partnerin nie auf die Pelle, kam ihr bei ihren Schlägen zuvor oder machte einen einfachen Punkt, indem er den Federball zu Margaret schmetterte, die die schwächste Spielerin war. Gleichzeitig bevormundete er sie aber auch nicht, indem er es ihnen zu leicht machte, sie mussten sich jeden Punkt erarbeiten.

Gretchen hatte die Füße auf einem der leeren Stühle abgelegt und las eine Zeitschrift, sah ab und zu hoch und warf ihnen einen aufmunternden Kommentar zu oder sprach das Urteil in strittigen Fragen.

»Das Gemüsebeet ist *aus!*«

»Was ist, wenn der Ball auf einem Rhabarberblatt landet, das ein bisschen übers Gras ragt?«

»Dann ist er trotzdem aus.«

»Nicht fair!«

Ab und zu blickte Jean durch einen Nebel aus Schweiß auf und sah Howard über ihre Strapazen lachen, wenn er sie von einer Ecke in die andere trieb, und sie verdoppelte ihre Entschlossenheit zu gewinnen. Sie gewannen je einmal, aber bevor sie um die Entscheidung spielen konnten, fiel Lizzie wieder ein, dass sie um fünf hätte zu Hause sein sollen, was zehn Minuten her war, denn sie sollte ihre Großeltern in Bexleyheath besuchen.

»Nur noch eins«, bettelte Margaret mit der unendlichen Ausdauer eines Kindes, wenn es um Spaß ging.

»Das werden wir uns für ein andermal aufheben müssen«, sagte Howard, und alle vier schüttelten sich über dem Netz die Hände. »Aber ich halte ein Unentschieden für das einzig faire Ergebnis.« Sein Händedruck war kurz und geschäftsmäßig, aber er durchfuhr Jean trotzdem wie ein Stromschlag. »Du spielst gut«, sagte er zu ihr. »Du spielst sicher öfter.«

»Nicht seit meinen Schulzeiten«, antwortete sie. »Ich hatte ganz vergessen, wie viel Spaß das macht. Und wie anstrengend es ist.«

Sie war sich ihres feuerroten Gesichts und des Schweißfilms auf ihrer Stirn bewusst. Ihre Baumwollbluse klebte ihr am Rücken. Mit dem Unterarm strich sie sich ungeduldig die feuchten Haare aus dem Gesicht. Oben auf der Veranda konnte sie Gretchen sehen, kühl und elegant in Primelgelb, die für die durstigen Spieler gerade aus einer Kristallkaraffe Wasser in Gläser goss – zweifellos noch ein Gegenstand, der nur für Gäste herausgeholt wurde.

»Wir müssen irgendwann eine Revanche spielen«, sagte Howard gerade.

Sie erkannte es als konventionelle Höflichkeit, aber Margaret war sofort Feuer und Flamme.

»Ja! Morgen. Nach der Schule.«

Die beiden Erwachsenen lachten und mussten sich eingestehen, wie unmöglich ein Leben war, das von unbekümmerter Spontaneität geleitet wurde.

»Miss Swinney möchte nicht morgen schon wieder herkommen, nur um dich zu unterhalten!«, sagte Howard und wuschelte Margaret durch die Haare.

»Woher weißt du das? Du hast sie nicht gefragt!«

»Weil sie ein eigenes Leben hat.«

Tatsächlich konnte sich Jean kaum etwas vorstellen, was sie lieber getan hätte, als mit Howard und Margaret Badminton zu spielen.

»Aber ihr seid *erwachsen*. Ihr könnt alles machen, was ihr wollt.«

»Wie um alles in der Welt kommst du auf die Idee, dass Erwachsene tun können, was sie wollen?«, fragte ihr Vater mit ungläubigem Gesicht. »Das hast du auf keinen Fall von mir oder von deiner Mutter, das ist klar.«

»Erwachsene haben niemanden, der sie die ganze Zeit rumkommandiert«, sagte sie. »Sie kommandieren einfach immer selber.«

Wie zum Beweis von Margarets Theorie klapperte das Seitentor, und Lizzies Mutter erschien voller Ungeduld auf der Jagd nach ihrer verirrten Tochter.

»Wir hatten fünf Uhr ausgemacht, junges Fräulein«, sagte sie und tippte auf ihre Armbanduhr, während Lizzie durch den Garten schlurfte, um mit ihr zu gehen.

»Seht ihr, was ich meine?«, fauchte Margaret, nachdem die Besucher verabschiedet waren.

»Das war unglückliches Timing.« Jean lachte. »Aber Erwachsene können nicht immer tun, was sie wollen, zumindest meistens nicht.«

»Es gibt da diese Sache namens Pflicht«, erklärte Howard.

Immer, wenn sich Jean die Pflicht vorstellte, war sie eine Frau, groß gewachsen und hager, mit einem strengen Dutt und grauen, schlaff herunterhängenden Kleidern. Aus irgendeinem Grund trug sie ein Paar Herren-Schnürschuhe, vielleicht, damit sie einen besser treten konnte.

»Das bedeutet normalerweise das, was man nicht machen will, von dem man aber weiß, dass man es muss«, sagte sie.

»Wie Klavierüben?«

»Ja. Oder in meinem Fall Mrs Bowlands Rasen mähen«, sagte Jean und spürte einen Stich der Treulosigkeit der armen Mrs Bowland gegenüber, die es wahrscheinlich gekränkt hätte, zu wissen, dass ihr Rasenstück zu solch einem Symbol der Knechtschaft geworden war.

»Oder den Wolseley reparieren«, sagte Howard mit einer Grimasse.

»Was ist mit dir, Mummy?«

Sie drehten sich erwartungsvoll zu Gretchen um. Die strahlte sie an.

»Ich bin wahrscheinlich sehr egoistisch oder sehr schlau, denn ich habe alles so eingerichtet, dass ich nie etwas tun muss, was ich nicht möchte.«

Jean nahm dieselbe unbehagliche Regung wahr, die sie zum ersten Mal im Krankenhaus überkommen hatte. Während sie drei sich unterhielten, hatte sie einen Blick durch den Garten geworfen und erschrocken einen Ausdruck äußerster Trostlosigkeit über Gretchens Gesicht gehen sehen, als sie sich unbeobachtet glaubte. Der Anfall von Melancholie, oder was immer es war, hatte ein paar Sekunden gedauert; sobald Margaret ihren Namen rief, war sie sofort wieder aufmerksam gewesen und hatte ein strahlendes Lächeln aufgesetzt.

Jean nahm die Unterbrechung, die durch Lizzies Aufbruch entstand, als Zeichen, dass es Zeit wurde, sich selbst auch zu verabschieden. Die Tilburys drängten sie zwar, noch ein wenig zu bleiben, und Jean hatte es nicht eilig, nach Hause zu kommen, aber es war tief in ihr verwurzelt, dass es ein Affront gegen jegliche Sitten war, nach einer Einladung zum Tee länger als bis sechs Uhr zu verweilen, und sie lehnte ab.

Sie konnte nicht einschätzen, ob die Tilburys konventionelle Menschen waren, die viel Wert auf solche Regeln legten; das war schwer zu sagen, weil Gretchen aus dem Ausland kam, und sie Schwierigkeiten hatte, sich vorzustellen, wie sie ihren Abend verbringen würden, wenn sie weg war. Vielleicht hörten sie Radio oder lasen still die Sonntagszeitung, während Margaret nebenan Klavier spielte.

Howards Zeit wurde möglicherweise von Papieren aus der Bedford Street in Anspruch genommen, und Gretchen zog sich womöglich in ihren Arbeitsraum zurück und machte an ihren Schnittmustern weiter. Keine dieser Möglichkeiten überzeugte sie so recht; sie würde sie besser kennenlernen müssen.

»Bist du mit dem Fahrrad hergekommen?«, fragte Gretchen, als Jean ihre Handtasche, Schuhe und Strickjacke einsammelte und begann, sich fertigzumachen.

»Nein. Mit dem Bus.«

Genau genommen waren es zwei Busse gewesen, und es hatte an die fünfzig Minuten gedauert, inklusive der Wartezeit beim Umsteigen.

»Dann fährt Howard dich nach Hause. Die Verbindungen sind sonntags einfach schrecklich.«

»Das würde mir nicht im Traum einfallen«, sagte Jean, als Howard mit einer Tragetasche aus der Küche wiederkam, in die er den Inhalt des Gartenkorbs packte – Rhabarber, Kopfsalat und Rote Bete. »Der Bus ist gar kein Problem.«

»Wir bestehen darauf, nicht wahr, Howard?«

»Ja, du kannst das alles nicht schleppen wie ein Träger auf dem Markt.«

Ihre gemeinsame Entschlossenheit fegte all ihre Einwände weg.

»Und du musst bald zur Anprobe wiederkommen«, sagte Gretchen, als sie und Margaret am Tor standen, um ihr nachzuwinken.

»Und um unser Badmintonturnier fertigzuspielen«, erinnerte Margaret sie.

Sie umklammerte die Ausgabe der *Girl* von dieser Woche, die Jean ihr gekauft hatte, aber zu taktvoll gewesen war, um sie ihr zu geben, solange Lizzie da war. Zum Dank hatte sie Jean schüchtern umarmt.

Da sie sich nicht überwinden konnte, eine Gegeneinladung zum Tee auszusprechen, solange sie nicht darüber nachgedacht hatte, was sie in diesem Fall mit ihrer Mutter machen sollte, sagte Jean: »Ich melde mich, sobald ich von Dr. Lloyd-Jones höre.«

Im selben Moment, als sie es ausgesprochen hatte, fiel ihr auf, dass es einen falschen Ton hereinbrachte, während dieses rein gesellschaftlichen Anlasses über geschäftliche – und zudem noch medizinische – Dinge zu sprechen, aber Gretchen schien es nicht zu bemerken.

Das Innere des Wolseley roch nach Benzin und Leder und nach der Erinnerung an jedes Auto, in dem Jean je gefahren war. Am makellosen Zustand, den polierten Chromzierleisten, dem glänzenden Armaturenbrett aus Walnussholz, am staubfreien Boden und daran, wie Howard die Beifahrertür für sie öffnete und sanft wieder schloss, spürte sie, dass er so stolz auf seinen Wagen war wie Gretchen auf ihr ordentliches Haus.

»Fährst du selbst auch?«, fragte er Jean, als sie sich auf leeren Vorortstraßen auf den Weg machten.

»Das tue ich tatsächlich«, antwortete sie. »Aber ich habe kein Auto. Im Krieg war ich Fahrerin beim ATS. Eine Weile war ich sogar Fahrlehrerin.«

»Ach ja?« Er warf ihr einen kurzen Seitenblick zu, als sähe er sie in einem neuen Licht. »Ich habe versucht, es Gretchen beizubringen, aber sie ist schrecklich nervös hinterm Steuer. Sie ist gern die Beifahrerin.«

»So ist es den meisten Ehemännern ja auch lieber«, sagte Jean.

»Ich habe wirklich versucht, sie zu ermutigen. Aber vielleicht nicht genug«, gab er zu.

Er nahm die Kurve mit dem Fuß auf der Kupplung, etwas, wovon sie ihren Schülerinnen immer abgeraten hatte, denn es bedeutete, das man den Wagen nicht voll unter Kontrolle hatte.

»Ich glaube, Männer behalten ihre Autos gern für sich, deshalb verbreiten sie das Gerücht, Fahren sei schwerer als es in Wirklichkeit ist. Wenn man es mal gelernt hat, ist nichts dabei.«

»Da könnte was dran sein«, räumte er ein.

Seine Hand am Schaltknüppel streifte seitlich ihr Knie, als er beim Ausfahren aus der Kurve herunterschaltete, aber er schien es nicht zu bemerken, also beschloss Jean, es ebenfalls nicht zu bemerken.

»Das Auto ist so ein unglaubliches Ding, findest du nicht?«, sagte er jetzt. »Nicht nur die Technik. Ich meine die Freiheit, die es verkörpert.«

»Und die Privatsphäre.«

Sie dachte darüber nach, dass die ganze Geschichte des menschlichen Liebeswerbens möglicherweise anders wäre ohne die Möglichkeiten, die das Auto einem Mann und einer Frau bot, auf engem Raum allein zu sein. Aber das war vielleicht in genau solch einer Situation kein angemessenes Gesprächsthema.

»Du arbeitest irgendwo hier in der Nähe, nicht wahr?«, fragte er, als sie sich dem Orpington War Memorial näherten.

»Nicht weit von hier«, antwortete Jean. »Petts Wood. Es ist sehr anständig von dir, mich nach Hause zu fahren, wenn du dich eigentlich im Garten entspannen könntest.«

»Ich entspanne mich nie im Garten«, sagte Howard. »Wenn ich mich umschaue, sehe ich nur Arbeiten, die gemacht werden müssten. Wie auch immer, es ist mir ein Vergnügen. Ich hoffe, du kommst wieder. Es ist so schön, dass Gretchen eine Freundin hat.«

Jean war von diesem Kompliment ein bisschen überrascht und beschämt. Sie hatte sich selbst als die offensichtlich Einsame unter ihnen betrachtet.

»Gretchen kommt mir nicht wie jemand vor, dem es an Freunden mangelt«, sagte sie.

»Wir sind beide nicht das, was man gesellig nennen würde«, erwiderte er. »Du bist abgesehen von Tante Edie seit Ewigkeiten die Erste, die zum Tee da war.«

»Wir haben selbst nicht oft Gäste. Eigentlich nie. Das heute war also eine schöne Besonderheit.«

»Für uns alle.«

Dieses Gespräch, das Jean sich als würdevollen Tanz vorstellte, der sie vor und zurück bewegte, hin zu echter Offenheit und wieder davon weg, brachte sie zu ihrer Abzweigung. Gerade, als sie auf das Haus mit der roten Tür als ihres hinwies, öffnete sich diese Tür, und Mrs Melsom erschien und verabschiedete sich auf der Schwelle von Mrs Swinney. Sie spähten beide mit unverhohlener Neugier zu dem Wolseley herüber, während Howard heraussprang, um Jean mit ihren Taschen zu helfen.

Verflixt, dachte Jean mit einem Anflug von Ärger, von dem sie nicht so genau wusste, wo er herkam.

»Also dann, auf Wiedersehen ... Howard«, sagte sie und probierte den Klang seines Namens zum ersten Mal aus.

»Auf Wiedersehen ... Jean.«

Diese Woche im Garten:

Radieschen und Rüben ernten. Salat aussäen. Den Kohl mit Salzwasser besprühen, um die Raupen unter Kontrolle zu halten. Wintergemüse auspflanzen: Grünkohl, Wirsing und Brokkoli. Bei den Kartoffeln die Hauptfrucht anhäufeln. Beeren mit Flüssigdünger düngen. Obstbäume nach Blutläusen absuchen; befallene Stellen mit Derris bestreichen.

9

Jean war immer davon ausgegangen, dass Chelsea ein schickes Viertel mit teuren Boutiquen und Cafés sei, und war deshalb überrascht, als sie zwischen eleganten Plätzen schäbige und vernachlässigte Straßen entdeckte, die nicht viel besser waren als Slums.

Einmal als Teenager war sie von ihrer alten Patentante, die in einer hochherrschaftlichen Wohnung am Cadogan Square wohnte, zum Lunch eingeladen worden. Sie trug den Höflichkeitstitel »Tante Rosa«, obwohl sie keine Verwandte war, sondern aus einer Dynastie belgischer Industrieller stammte, und sie hatte die junge Jean mit dem Taxi in einen anglo-belgischen Club in Knightsbridge ausgeführt. Sie hatten Vichyssoise und Kaninchenfrikassee gespeist – schreckliches, fremdartiges Essen, das Jean mit tränenden Augen hinuntergewürgt hatte, während sie sich sehr wohl bewusst war, dass das etwas ganz Besonderes darstellte, und sehr zum Neid von Dorrie, die nicht mit durfte. Nicht lange danach war Rosa an einer aggressiven Art Krebs gestorben, und das war das Ende der gehobenen Küche und der Taxifahrten gewesen.

Möglicherweise war die Erinnerung an diesen Ausflug der Grund dafür gewesen, dass sie sich elegant in ihr graues Wollkostüm mit dem Pelzkragen und Pumps gekleidet hatte – eine Entscheidung, die sie inzwischen bereute. Am Sloane Square war ihr der Aufzug nicht unangemessen erschienen, als sie einen Abstecher zu Peter Jones machte, um ein neues Nachthemd für ihre Mutter und ein paar Florentiner zu kaufen, aber in der Luna Street sah sie entschieden fehl am Platze aus.

An der Ecke wurde ein stehen gelassener und ramponierter Ford Popular, auf vier zerstochenen Reifen zusammengesunken und mit eingeschlagenen Fenstern, von drei Jungen ohne Hemden mit Metallrohren als Schlagzeug benutzt. Ein Stück weiter war auf der leeren Straße ein Fußballspiel im Gange, ein Drahthaarterrier jagte kläffend einen Ball und tanzte um die Beine der Kinder herum. Jean hatte gute Lust, sie zu fragen, warum an einem Donnerstagnachmittag keiner von ihnen in der Schule sei, aber sie waren ein verwildert aussehender Haufen und hätten sie mit großer Wahrscheinlichkeit beschimpft, wenn sie sich einmischte, und sie fühlte sich in ihrem Sonntagsstaat im Nachteil.

Sie war davon ausgegangen, dass Martha Campkin eine respektable, wohlhabende Chelsey-Bewohnerin sei, im Stil von Tante Rosa, aber die hohe, rußverschmierte Villa in der Luna Street, in der sie das Erdgeschoss bewohnte, erzählte eine etwas andere Geschichte. Als Jean zögernd auf dem Gehsteig stehen blieb und die Adresse in ihrem Taschenkalender überprüfte, bewegte sich etwas in den Kellerschatten, und eine Ratte huschte hinter einer überquellenden Mülltonne aus Metall hervor. Sie schien weder Angst noch Eile zu haben – sie stolzierte eher daher, dachte Jean bei sich, als sie, selbst mausähnlich, die Treppe zur Haustür hinaufeilte und klingelte.

Da sie von Alice Halfyard die nützliche Information bekommen hatte, dass Marthas Vater Vikar war, hatte es sie nicht mehr als eine Minute gekostet, seinen Eintrag im Crockford's zu finden: Campkin, William Sefton, Pfarrhaus St John, Chatham, b. 1903; Keb. Coll. Oxf.; BA, MA Wells Th. Coll.

Sie hatte am Sonntagnachmittag zu einer einigermaßen sicheren Uhrzeit zwischen Mittagessen und Abendandacht im Pfarrhaus angerufen. Die Stimme am anderen Ende der Leitung hatte sanft und zögerlich geklungen, keine, die man sich von der Kanzel tragend vorgestellt hätte, und Jean war überrascht, als sich der Sprecher als Reverend Campkin vorstellte. Auf ihre Frage nach Marthas Aufenthaltsort erklärte er entschuldigend, er habe keinen Kontakt mehr zu seiner Tochter, was ihr für einen Geistlichen ein erstaunliches Geständnis zu sein schien.

»Ich fürchte, ich habe nur eine alte Adresse von ihr, aber vielleicht weiß dort jemand etwas über ihre jüngere Vergangenheit. Wir leider nicht. Sie steckt doch nicht in Schwierigkeiten, hoffe ich?«

Das brachte Jean einen Moment lang aus dem Konzept. »O nein«, sagte sie. »Na ja, nicht, soweit ich weiß. Ich stelle nur einige Nachforschungen über Bewohnerinnen des Genesungsheims St. Cecilia nach dem Krieg an.«

»Ah, ich verstehe. Nun ja, Martha war sicherlich dort. Vielleicht möchten Sie sie von uns grüßen, falls Sie sie finden. Ihre Mutter ist nicht bei bester Gesundheit.«

Nachdem sie diesen eigenartigen Auftrag von einem völlig Fremden entgegengenommen hatte, schrieb sie sich Marthas letzte bekannte Nummer in Forest Hill auf.

Es hatte sie genau zwei weitere Anrufe gekostet, Martha an ihrem aktuellen Aufenthaltsort in der Luna Street aufzuspüren. Die Abfolge der Adressen war bemerkenswert kurz, was Jean dazu führte, sich zu fragen, wie viel Mühe sich ihr

Vater gegeben hatte, sie zu finden, falls überhaupt, und was ihre Entfremdung ausgelöst haben mochte.

Als sie schließlich mit Martha telefonierte, deren selbstsicherer, kultivierter Tonfall vielleicht mit dazu beigetragen hatte, sich jetzt für den Anlass zu elegant zu kleiden, erwähnte sie Gretchen nicht, sondern blieb bei ihrer Geschichte über ihr Interesse an St. Cecilia. Es war ja trotzdem wahr, nur nicht die ganze Wahrheit.

»Ja, St. Cecilia. Ich war dort. Ich erinnere mich gut, vor allem an die Decke.«

»Was war besonders an der Decke?«

»Absolut gar nichts, leider. Ich habe nur furchtbar viel Zeit auf dem Rücken verbracht und sie angestarrt.«

»Oh. Ich verstehe. Es tut mir leid, ich bin heute ein wenig langsam.«

»Wie haben Sie mich überhaupt gefunden?«

»Beharrliche journalistische Vorarbeit. Dürfte ich irgendwann vorbeikommen und mit Ihnen sprechen? Ich bin an einem Gemeinschaftstelefon, deshalb kann ich es nicht allein für mich beanspruchen.«

»Also gut. Jeden Tag außer Mittwoch und Freitag. Da unterrichte ich.«

»Also Donnerstag?«

»Nachmittags passt es mir besser. Drei Uhr?«

»Drei Uhr.«

Die Tür zur Luna Street 16 wurde von einer großen, eindrucksvollen Frau mit scharlachrotem Lippenstift, einem farbverschmierten Malerkittel und einem weiten Rock geöffnet. Ihre dunklen Haare waren mit einem Tuch zusammengebunden, nicht unterm Kinn, wie Jean und alle normalen Leute es trugen, sondern um die Stirn mit dem

Knoten vorn. Sie musterte Jeans Jacke und fragte: »Ist der Kragen Pelz?«

»Ja«, gab Jean, verdutzt von dieser eigenartigen Begrüßung, zu. »Wahrscheinlich Fuchs, aber ich weiß es nicht – es ist aus zweiter Hand.«

»Tja, ich fürchte, den müssen Sie leider hier draußen lassen – ich habe eine scheußliche Allergie. Tut mir leid, dass ich so schwierig bin.«

Sie trug rote Lederpantoffeln, die auf den Fliesenboden klatschten, als sie Jean durch einen Gemeinschaftskorridor zu einer Reihe von Kleiderhaken führte. Das Bemerkenswerteste an ihr, was Jean, so gut sie konnte, zu übersehen versuchte, während sie sich aus ihrer Jacke wand und sie aufhängte, war, dass sie mit einem Stock ging. Und ihre Hände und Handgelenke waren mit sonderbaren Lederschienen umwickelt, die nur ihre Finger und Daumen freiließen.

»Möchten Sie Tee? Er wäre schwarz. Die Milch ist schlecht geworden«, sagte Martha, während sie die Tür zu ihrer Wohnung öffnete, die das Erdgeschoss im hinteren Teil des Hauses einnahm, und Jean in einen großen Raum mit hoher Decke führte.

Er war als Künstleratelier eingerichtet, aber mit einem Diwan an einer Wand und einem Sofa und Couchtisch am Fenster. Den Raum dominierte eine Staffelei, auf der eine vorbereitete Leinwand mit geisterhaften Linien darauf stand. Ein auf Böcken ruhender Tisch war mit krummen Farbtuben, Marmeladengläsern mit Pinseln, fleckigen Lappen und verkrusteten Paletten bedeckt. In einer Ecke stapelten sich Leinwände wie riesige Scheiben Toast. Es herrschte eine Mischung aus konkurrierenden Gerüchen, keiner davon war angenehm – Terpentin, Schmutzwäsche, ein voller Aschenbecher und die Überreste des Mittagessens.

Jean erkannte Armut, zog die Florentiner aus ihrer Peter-Jones-Tasche und überreichte sie Martha ein wenig verlegen. »Ich habe Ihnen die hier mitgebracht.«

Langsam verwandelte ein strahlendes Lächeln Marthas verkniffenes Gesicht, und während es andauerte, sah sie recht schön aus.

»Ach, wirklich? Dem Himmel sei Dank für Sie. Ich hatte seit Ewigkeiten keine solche Leckerei mehr. Wir essen sie sofort.« Sie begann, die Pappschachtel zu zerreißen, bevor Jean überhaupt eine Chance hatte, sich zu setzen. »Ich mache uns Kaffee dazu. Ich hasse Tee ohne Milch. Kommen Sie in die Küche.«

Sie scheuchte Jean mit ihrem Gehstock vor sich her in einen langen, schmalen Raum von beachtlicher Unordnung. In der Spüle und auf dem Abtropfbrett stapelte sich das schmutzige Geschirr, während auf einem kleinen Tisch mit einer gelben Wachstischdecke, die an einigen Stellen durch den Kontakt mit heißen Töpfen angekokelt und geschmolzen war, ein Paar Lederstiefel und eine Dose Lederfett standen. Die gekachelten Wände trugen Schlieren von fettigem Kondenswasser und Ölspritzer; diese Spuren verdichteten sich zum Kochfeld hin. Auf den durchhängenden Regalen drängten sich abgeschlagenes Steingut, staubige Gläser mit Kochutensilien und verschiedene unappetitliche Packungen und Dosen.

Jean bewegte sich vorsichtig über den klebrigen Boden, auf verschüttetem Salz oder Zucker, der unter ihren Füßen knirschte, an einem hölzernen Trockengestell vorbei, an dem Stücke von Damenunterbekleidung hingen, die normalerweise nicht öffentlich ausgestellt wurden – robuste schwarze Schlüpfer, gerippte Leibchen und fleischfarbene Strümpfe wie welke Beine.

Selbst Jean, deren Bemühungen um den Haushalt nie groß übers Oberflächliche hinausgingen, war bestürzt. Martha selbst schien sich angesichts der Unordnung nicht zu schämen oder sie vielleicht nicht einmal zu bemerken. Sie machte sich zwischen den Trümmern fröhlich summend auf die Jagd nach zwei sauberen Tassen und wischte sie kurz am Saum ihres Kittels ab.

Als sie mit ihrem Kaffee und der aufgerissenen Schachtel Florentiner zwischen sich wieder im Atelier saßen, sagte Jean: »Erinnern Sie sich an viel aus Ihrer Zeit in St. Cecilia?«

»Ja«, sagte Martha mit dem Mund voller Kekskrümel. »Ich erinnere mich an alles, natürlich abgesehen von den Zeiten, wo ich bis zum Kragen mit Beruhigungsmitteln vollgestopft war. Sie konnten überhaupt nichts für mich tun. Als ich wieder rauskam, ging es mir nicht besser als beim Reinkommen. Aber vielleicht war das Ziel auch nie, mich zu heilen – vielleicht sollte es nur eine Ruhepause für meine Eltern sein. Zu der Zeit habe ich daran gar nicht gedacht, das ging mir erst später auf.«

»Sie sehen Ihre Eltern nicht mehr, wenn ich das richtig verstehe«, versuchte Jean, sich um dieses heikle Thema herumzutasten.

»Woher wissen Sie das? Haben Sie mit ihnen gesprochen?« Martha nahm sich noch einen Florentiner.

»Nur auf der Suche nach Ihrer Adresse. Ihr Vater bat mich, Ihnen seine guten Wünsche auszurichten.« So etwas in der Art. Jean konnte sich nicht mehr an seinen genauen Wortlaut erinnern, nur an einen Eindruck der Unnahbarkeit, der weder elterlich noch christlich war.

Martha zog die Augenbrauen hoch. »Na, so was«, sagte sie. »Das ist ja mal was anderes.«

»Er sagte, Ihre Mutter sei nicht bei bester Gesundheit. Das war die Kernaussage.«

»Ach, verflucht. Dann werde ich wohl Kontakt aufnehmen müssen.«

»Sie könnten es bereuen, wenn Sie es nicht tun«, sagte Jean, jetzt in einer bizarren Vermittlerrolle zwischen Menschen, die Fremde für sie waren.

Sie konnte sich nicht gegen das Gefühl wehren, dass diese ungebeten aufgebürdete Verantwortung sie zu einer gewissen Neugier berechtigte.

»Hatten Sie ein Zerwürfnis?«

»Ich war ihre Missbilligung leid.« Sie zupfte abwesend an einer Kruste aus blauer Farbe an ihrem Kittel.

»Dann teilen Sie ihren Glauben nicht?«

Unter der Kruste war die Farbe noch weich, und innerhalb von wenigen Sekunden hatte es Martha geschafft, blaue Flecken auf ihre Kaffeetasse, den Rock und ihr Gesicht zu übertragen.

»Das ist eine gnädige Art, es auszudrücken. Wir sind uns über alles uneinig. Religion, Politik, Kunst, das Leben. Mein Leben jedenfalls. Sie leben im Grunde immer noch in der edwardianischen Zeit, absolut verloren in der modernen Welt. Sie können nicht anders.«

»Die Welt hat sich so sehr verändert, seit sie jung waren«, sagte Jean, etwas abgelenkt von dem Schmutz, den Martha verteilte, und überlegte, ob sie sie darauf hinweisen sollte.

»Meiner Meinung nach nicht annähernd genug«, sagte Martha und wischte ihren Finger am Ärmel ab. »Wie auch immer, was interessiert Sie an St. Cecilia?«

Jean zog ihren Stift und den Notizblock heraus und klappte eine leere Seite auf.

»Erinnern Sie sich an die Mädchen auf Ihrer Station?«

»Ja. Gretchen, Brenda und die arme Kitty.«

»Jeder nennt sie ›die arme Kitty‹«, sagte Jean.

»Na ja, sie verbrachte ungefähr dreiundzwanzig Stunden am Tag in einer Eisernen Lunge. Was für ein Leben. Und sie war trotzdem noch wahnsinnig religiös. Man fragt sich, wie sie Zeit für einen Gott haben konnte, der es für richtig hielt, Polio zu erschaffen.«

»Ich bin mir sicher, Ihr Vater könnte Ihnen die christliche Lehre über das Leiden erklären, wenn Sie ihn fragen würden«, erwiderte Jean.

Sie nahm es langsam übel, dass sie ohne ihre Jacke sein musste. Draußen war zwar ein warmer Tag, hier drin aber war es rätselhaft kühl, und das Sofa in ihrem Rücken fühlte sich klamm an.

»Nein, danke. Ich frage mich, ob Kitty immer noch dort ist.«

»Nicht in St. Cecilia. Das ist jetzt eine Jungenschule.«

»Das ist eine ziemliche Veränderung. Ich wüsste nicht, dass ich in der ganzen Zeit, die ich dort war, auch nur von Weitem einen Jungen zu Gesicht bekommen hätte.«

»Interessant, dass Sie das sagen«, warf Jean ein. »Ich bin wegen Gretchen hier. Sie waren Freundinnen, wenn ich das richtig weiß?«

»Ja, kurz. Es war die Wahl zwischen ihr auf der einen Seite oder der garstigen Brenda auf der anderen. Kitty kam da ja eigentlich gar nicht infrage.«

»Arme Kitty.«

Ohne den Blickkontakt zu verlieren, begann Jean, auf ihrem Notizblock herumzukritzeln. Es war immer dieselbe Zeichnung – ein einzelnes, starrendes Auge.

»Allerdings. Und was ist mit Gretchen? Geht es ihr gut?«

»Sie hat eine recht außergewöhnliche Behauptung aufgestellt, die ich jetzt nach Möglichkeit nachprüfen möchte, nämlich, dass sie während ihrer Zeit dort schwanger wurde, obwohl sie noch Jungfrau war.«

Martha stellte ihre Kaffeetasse mit einem Ruck ab und starrte Jean an.

»Ernsthaft?«, fragte sie.

»Sie meint es todernst. Und sie ist bereit, sich allen möglichen medizinischen Untersuchungen zu unterziehen, um es zu beweisen.«

»Mein Gott. Ich kann nicht glauben, dass sie nach all der Zeit immer noch damit ankommt.«

Jeans Stift glitt auf dem Blatt ab. »Sie wussten es schon?«

»Ja – sie hat es mir damals erzählt. Sie kam mich in Chatham besuchen, kurz nachdem ich dort weg war. Damals erzählte sie mir, sie sei schwanger und dass es ein ›Wunder‹ sei.«

»Und was dachten Sie? Ich meine, Sie waren ja dort, als es passiert sein muss.«

»Ich ging einfach davon aus, dass sie bei den Zeiträumen gelogen hat.«

»Wie kommen Sie darauf? Warum sollte sie Sie anlügen – ihre Freundin?«

»Warum lügen Frauen? Aus Selbstschutz, natürlich.«

Dieser Wortwechsel brachte Jean ins Schwimmen.

»Wissen Sie, was? Sie sind der einzige Mensch, mit dem ich gesprochen habe, der Gretchen kennt, der auch nur angedeutet hat, sie könnte lügen.«

Martha lachte kurz und rau auf. »Das liegt wahrscheinlich daran, dass Sie nur mit netten Menschen gesprochen haben. Sie hätten sofort zum Miststück kommen sollen.«

Sie wurden von einem Hämmern an der Haustür und dem gleichzeitigen Läuten aller Klingeln in den Wohnungen unterbrochen.

»O Gott. Das wird Dennis sein. Seine Frau hat ihn rausgeschmissen, und er kommt ständig zurück, wenn sie bei der Arbeit ist, weil er hofft, dass ihn jemand anderes wieder hereinlässt. Entschuldigen Sie mich einen Augenblick.« Sie faltete sich aus dem Sessel und hinkte hinaus in den Flur, wobei sie die Tür hinter sich zuzog.

Jean glaubte nicht, dass Dennis gegen Martha eine Chance hatte, Gehstock hin oder her. Von Ferne hörte sie laute Stimmen. Während der Abwesenheit ihrer Gastgeberin beschäftigte sie sich damit, die Leinwände durchzusehen, die an der Wand lehnten. Sie war überzeugt, dass es Martha nichts ausmachen würde, wenn sie schnüffelte, sie es vielleicht sogar erwartete.

Die Gemälde, hauptsächlich Stadtansichten von bombenbeschädigten Gebäuden, Kirchenruinen und Flecken von Ödland, überraschten Jean. Sie verstand nichts von Kunst, nur was sie bei Ausflügen in die National Gallery aufgeschnappt hatte, und hatte sich Marthas Stil als kühn, abstrakt und unverständlich vorgestellt. Diese Bilder hier waren, zumindest für Jeans ungeübtes Auge, altmodisch, naturalistisch und ziemlich hübsch. In jeder Szene gab es ein winziges Detail, das etwas Schönheit oder Optimismus in die Trostlosigkeit brachte – eine zarte Blume, die in einer Mauerritze wuchs, ein Regenbogen in einer öligen Pfütze, ein Vogel, der in einem zerstörten Kamin nistete.

Während sie die Bilder durchsah, wanderten ihre Gedanken immer wieder zu Marthas merkwürdiger Annahme, dass Gretchen sie belog. Es ergab keinen Sinn. Warum hätte

Gretchen Martha belügen müssen, ihre Freundin, und mehr noch, jemand, der sie wohl kaum ablehnen oder verurteilen würde?

Der Tumult im Flur erreichte seinen Höhepunkt, und Jean fühlte sich bewogen, nachzuforschen. Sie fand Martha und den Möchtegern-Eindringling bei einem Tauziehen durch den Briefkastenschlitz vor, mit Marthas Gehstock als dem umkämpften Seil. Vielleicht inspiriert von der Ankunft der Verstärkung, ließ Martha den Griff plötzlich los, der nach hinten flog, sich im Maul des Briefkastens verfing und den Angreifer die Treppe hinunterpurzeln ließ. Sie schnappte sich den Stock und zog ihn schnell wieder auf ihre Seite der Tür, während er weiter Verwünschungen schrie.

Mehrere andere Hausbewohner kamen jetzt nachsehen, was der Radau zu bedeuten hatte, der offensichtlich ein regelmäßiges Vorkommnis ohne größere Tragweite darstellte. Nachdem sie sich überzeugt hatten, dass es »nur Dennis« war, kehrten sie achselzuckend in ihre Wohnungen zurück und ließen ihn draußen auf dem Gehsteig toben.

»Tut mir leid«, sagte Martha fröhlich und richtete ihr Kopftuch, das sich bei der Rauferei verdreht hatte. »Das war nicht anders zu erwarten.«

Sie wirkte recht belebt von der Auseinandersetzung. Jean verspürte eine Welle der Zuneigung für ihre ruhige Vorortstraße, wo das einzige Geräusch, das den Frieden stören konnte, das Surren eines Kreiselmähers war oder das Gebimmel eines Milchwagens.

»Ich habe mir Ihre Gemälde angeschaut«, sagte sie. Sie wollte es gerade näher ausführen, verlor aber den Mut, als sie sah, wie sich Marthas Gesichtsausdruck verdüsterte. »Sie gefallen mir«, endete sie lahm.

»Bitte sagen Sie nichts mehr«, sagte Martha und hob die Hand, als wolle sie Schläge abwehren. »Ich hasse es, wenn Leute meine Arbeit loben.«

»Das ist doch sicher besser als Kritik?«, fragte Jean, die sich verpflichtet fühlte, sich zu verteidigen. Sie hatte noch nie jemanden getroffen, der sich so gegen Schmeicheleien wehrte.

»Sie können nicht auf der einen Seite Komplimente entgegennehmen und auf der anderen all die abfälligen Bemerkungen an sich abprallen lassen. Man muss beide Gaukler genau gleich behandeln. Meinem Seelenfrieden zuliebe ignoriere ich sie also beide.« Sie fingerte nervös an ihren Handgelenksbandagen herum, während sie das sagte, öffnete deren Riemen und zog sie wieder fest.

»Stellen Sie aus? In Galerien und so?« Jean spürte, dass sie sich wieder auf dünnes Eis wagte, konnte sich aber nicht bremsen.

»Ich versuche, ein Œuvre aufzubauen, mit dem ich mich ganz und gar wohlfühle.« Marthas Ton klang spröde. »Es ist schwer, in dieser Welt Fuß zu fassen.«

»Das kann ich mir vorstellen«, murmelte Jean und zog sich damit wieder auf festen Boden zurück.

»Zum Glück habe ich meine zwei Tage Unterricht die Woche, das bringt genug zum Leben ein.«

»Es muss schwierig sein, beides miteinander zu vereinen.«

»Der Unterricht zehrt an meiner Zeit und Energie. Aber ich bin gut darin«, sagte sie ein wenig defensiv. »Und an den anderen Tagen male ich.«

»Tja, dann will ich Sie nicht länger aufhalten«, sagte Jean. »Ich möchte Ihnen keine wertvolle Zeit zum Malen stehlen.«

»Ist schon gut. Das Licht ist hier am Nachmittag sowieso schlecht. Also ... Gretchen.« Martha setzte sich wieder und durchsuchte die Keksschachtel, sah verwirrt aus, als sie entdeckte, dass sie leer war. »Ich nehme an, sie ist jetzt verheiratet.«

»Ja, mit einem netten Mann namens Howard. Nicht der Vater des kleinen Mädchens, natürlich. Margaret.«

»Margaret. Sieh mal einer an. Ich fühle mich jetzt schuldig, weil ich ihr nicht geglaubt habe. Aber andererseits kann man dieses ganze Gewäsch über Jungfrauengeburt ja nicht ernstnehmen, oder?«

»Ich bleibe aufgeschlossen«, sagte Jean. »Oder besser gesagt, ich bin überzeugt, dass die Wissenschaft dem Ganzen auf den Grund gehen wird. Aber mich interessiert Ihre Sicht von Gretchen.«

»Ich wollte nicht den Eindruck erwecken, dass ich sie generell für eine Lügnerin hielt. Überhaupt nicht. Aber ich glaube nicht an Übernatürliches, und sie kann in ihrer Zeit in St. Cecilia nicht schwanger geworden sein. Wir waren nie allein. Man konnte nicht mal ein Bonbon auswickeln, ohne dass die verfluchte Brenda es hörte.«

»Das ist auch mehr oder weniger Miss Halfyards Ansicht. Allerdings war sie nicht so hart gegenüber Brenda.«

»Die Oberschwester«, sagte Martha und schüttelte bei der Erinnerung den Kopf. »Sie mochte mich nicht besonders. Wir hatten ein paar Zusammenstöße, soweit ich mich erinnere.«

»Sie lässt Sie sogar grüßen«, sagte Jean in der Hoffnung, Martha damit zu beschämen und zu einem etwas gemäßigteren Urteil zu bewegen. Sie hatte schon häufiger die Beobachtung gemacht, dass, wenn Leute sagten: »Der und der mag mich nicht«, die Abneigung eigentlich in die andere Richtung ging.

»All diese Leute, die mir Gutes wünschen!«, rief Martha aus. »Ich sollte gerührt sein.«

Jean erinnerte sich an Alice' Bemerkung, Martha sei »stachelig«. Es stimmte, man konnte sie sich nur schwer als gute Freundin der zurückhaltenden und anständigen Gretchen vorstellen.

»Ich nehme an, Sie haben keinen Kontakt zu irgendjemand anderem aus diesen Tagen?«

Martha schnaubte höhnisch. »Wohl kaum.«

»Nun ja, ich kann Sie leider nicht von Gretchen grüßen, weil sie nicht weiß, dass ich hier bin«, sagte Jean.

»Werden Sie wieder mit ihr zu tun haben?«

»O ja. Die medizinischen Untersuchungen laufen noch.«

»Vielleicht könnten Sie ihr ja ein kleines Geschenk von mir geben«, sagte Martha und zog einen Ordner aus einer Schublade in der Werkbank.

Darin befand sich eine Auswahl an postkartengroßen Siebdrucken von Vögeln, Früchten und Blumen. Sie waren kühn, plakativ und bunt und im Stil ganz anders als die grauen Stadtansichten.

Sie blätterte eine Weile mit ihrer geschienten Hand durch die Sammlung, wählte und verwarf, bis sie sich auf das Bild einer Schale Mandarinen festlegte.

»Das ist ... äh ...«, sagte Jean, der gerade noch rechtzeitig das Komplimenteverbot einfiel. »Ich bin mir sicher, Gretchen wird entzückt sein.«

Zum Glück war Martha damit beschäftigt, einen Umschlag für das Bild zu suchen, und beachtete oder hörte es nicht. Sie verließ kurz den Raum, während Jean ihre Jacke zuknöpfte und ihre Taschen aufhob. Sie überlegte, ob sie die Florentiner auf ihrem Weg nach Hause ersetzen oder ohne auskommen sollte, als Martha mit einem Umschlag mit festem Rücken wiederkam.

»Damit sie sich an mich erinnert«, sagte sie.

»Das ist sehr nett von Ihnen«, sagte Jean und versuchte, sich die Mandarinen an der Wand der Tilburys vorzustellen, zwischen der Alpenlandschaft und der Stickerei. »Da fällt mir ein«, sagte sie, als ihr eine Idee kam. »Erinnern Sie sich gut genug an den Grundriss von St. Cecilia, dass Sie eine Skizze davon für mich machen könnten?«

»Ja – zumindest vom Erdgeschoss, wo wir waren. Ich habe es nie nach oben geschafft.«

Jean reichte ihr ihr Notizbuch, schlug eine frische Seite auf und sah zu, wie Martha mit konzentriert gerunzelter Stirn und raschen, sicheren Strichen eine sorgfältige Skizze zeichnete und mit einem ironischen Schnörkel ihre Signatur daruntersetzte.

»Danke«, sagte Jean anerkennend lächelnd. »Jetzt muss ich Sie aber in Ruhe lassen.«

Sie fragte sich, ob es wohl sicher war, jetzt zu gehen, oder ob Dennis vielleicht noch draußen schmollte, bereit, die Tür einzudrücken, sobald sie sich öffnete, aber alles war ruhig auf der Luna Street.

»Tja, das war interessanter, als ich zu hoffen gewagt hatte«, sagte Martha, als sie sich verabschiedeten. »Sie haben meine Vergangenheit aufgerührt. St. Cecilia und meine Eltern – alles an einem Tag!«

Sind die Fersenkappen Ihrer Hausschuhe abgetreten? Ich habe erfolgreich mehrere Paare repariert, indem ich ein Stück alten Stoff eingenäht habe. Gestärkte Männerhemdkrägen eignen sich dazu ideal und werden das Leben Ihrer Hausschuhe verlängern.

10

In Charing Cross hatte es irgendeinen Zwischenfall gegeben, und die Bahnstation war ein einziges Durcheinander. Die Menschenmassen der Rushhour versammelten sich in der Bahnhofshalle, starrten auf die Anzeigetafeln, die es ablehnten, irgendwelche Bahnsteignummern anzuzeigen, und warteten Ansagen aus der Lautsprecheranlage, die unerklärlicherweise verstummt war. Draußen hatten sich Schlangen am Taxistand gebildet, weil die Leute die Geduld verloren. Alle paar Minuten warf die U-Bahn eine neue Ladung Reisender aus, die sich zu dem Gewühl gesellten. Es gab Geraune, jemand sei im Bahnhof London Bridge auf die Gleise gefallen; ankommende Züge hatten Verspätung.

»Wenn sich jemand vor den Zug wirft, bekommt der Fahrer einen Tag frei«, sagte die Frau vor Jean in wichtigtuerischem Ton zu ihrer Begleitung.

»Das wusste ich nicht«, kam die Antwort.

»Sie verbreiten es nicht gern«, sagte die erste Frau und übertönte damit den Lautsprecher, der gerade knisternd zum Leben erwacht war.

Idiotin, dachte Jean und biss die Zähne zusammen. Diese Art selbstgefälliger Äußerung vollkommenen Unsinns machte sie rasend. Und jetzt hatte sie die Durchsage verpasst. »Was war das?«, »Was haben sie gesagt?«, fragten die Leute einander. Die Abfahrtsanzeige flatterte – Bahnsteig vier für den Zug nach Ramsgate –, und die Menge stürmte vor, der Sog zog auch die mit, die gar nicht die Absicht hatten, nach Ramsgate zu fahren.

Jean ließ sich ein paar Schritte zurückfallen, um dem Hauptstrom zu entgehen, und überlegte, ob ihre Mutter wohl daran dachte, die halbe Portion überbackenen Blumenkohl von gestern aufzuwärmen, oder hilflos und hungrig auf ihre Ankunft warten würde, als sie vor sich eine vertraute Gestalt bemerkte. Er mühte sich damit ab, eine Zigarette anzuzünden und gleichzeitig seine Aktentasche und einen Strauß gelber Rosen zu halten.

»Howard«, rief sie und schlängelte sich durch die Menge zu ihm vor.

»Hallo«, sagte er, versuchte mit der Hand, in der er immer noch das Feuerzeug hielt, den Hut zu lüften, und hätte sich dabei um ein Haar die Krempe angesengt.

Er parkte die Aktentasche zwischen seinen Füßen und die Blumen unterm Arm, dann konnte er die Zigarette zwischen seinen Zähnen retten und sich den Rauch aus den tränenden Augen wedeln.

Jean lachte. Es lag etwas Beruhigendes, beinahe Schmeichelhaftes an seiner Unbeholfenheit.

»Ist das zu fassen?«, sagte er und nickte zur Abfahrtstafel, auf der just das Wort »Verspätet« angezeigt wurde. »Weißt du, was da los ist?«

»Ich habe nichts Offizielles gehört. Die Leute sagen, jemand sei auf die Gleise gefallen, aber das ist wahrscheinlich Unsinn.«

»Niemand kann auf alle Gleise gleichzeitig gefallen sein«, sagte Howard vernünftigerweise. »Einige der Linien müssen fahren. Du brauchst den Zug nach Hayes, nehme ich an?«

»Ja. Oder ich könnte einen nach Orpington nehmen und dann den Bus, aber dann komme ich sehr spät nach Hause. Mutter wird außer sich sein.«

»Warte hier, ich gehe einen Mitarbeiter suchen«, sagte Howard und steuerte auf den Kartenschalter zu, der bereits von entrüsteten Pendlern belagert wurde.

Jean taten in ihren Absatzschuhen langsam die Füße weh. Sie dachte etwas neidisch an Martha Campkins rote Lederschlappen und fragte sich, ob sie wohl je in der Lage wäre, so etwas zu tragen. Es war etwas Bewundernswertes an ihrem einsamen Leben in dieser schäbigen Wohnung, wo sie sich Mühe gab, Kunst zu schaffen, auf die sie stolz sein konnte. Martha hatte zwar nichts davon gesagt, aber Jean war überzeugt, dass sie bisher kein einziges Bild verkauft oder auch nur ausgestellt hatte.

Endlich hustete die Lautsprecheranlage, und eine blecherne Stimme kündigte die Abfahrt des verspäteten Zugs nach Sidcup von Bahnsteig zwei an. Es folgte eine entsprechende wilde Flucht der Menge in der Halle, als die Glücklichen zum Zug eilten, und ein allgemeines Zusammensacken derer, die zurückbleiben mussten. Jean sah sich nach Howard um und fragte sich, ob er die Durchsage gehört hatte, aber es war nichts von ihm zu sehen. Sie dachte gerade darüber nach, ob sie ihm zum Fahrkartenschalter folgen sollte, um ihm zu sagen, dass sein Zug da war, und damit zu riskieren, ihn ganz zu verlieren, als sie ihn sah. Er schlängelte sich gegen den Strom in ihre Richtung durch und entschuldigte sich, wenn Leute sich vorbeidrängelten oder gegen seinen Blumenstrauß stießen.

»Dein Zug ist da«, sagte Jean, als er ein wenig gebeutelt aussehend bei ihr ankam. »Du solltest dich beeilen.«

»Ich kann dich nicht hier allein lassen«, protestierte er. »Es könnte sein, dass du hier stundenlang feststeckst. Anscheinend ist jemand auf den Gleisen zwischen London Bridge und Ladywell. Das verursacht einen Rückstau bis runter zur Hayes-Linie.«

»Ich komme schon zurecht«, sagte Jean. »Ich warte auf den Zug nach Orpington und nehme dann einen Bus.«

Ihr wurde das Herz schwer beim Gedanken an diesen Umweg, der ihre Fahrtzeit verdoppelte. Sie würde anrufen und ihre Mutter warnen müssen.

»Komm mit und nimm mit mir den Zug nach Sidcup, dann fahre ich dich nach Hause. Mein Auto steht am Bahnhof«, sagte Howard.

»O nein, wirklich.«

»Na, komm«, drängte er. »Ich kann dich hier nicht einfach so zurücklassen. Gretchen würde mir das nie verzeihen.«

Gretchens Einverständnis, wenn auch nur vorausgesetzt, verlieh dem Plan einen gewissen Anstrich von Unvermeidbarkeit, und Jean folgte Howard, wich Fahrgästen aus und stolperte, so schnell sie konnte, durch die wartende Menge zu Bahnsteig zwei, wo der Schaffner bereits am Zug entlangging und die Türen zuschlug. Die meisten der hinteren Waggons waren voll, stehende Passagiere wurden bis an die Fenster gedrückt. Immerhin hatte ein Schaffner Mitleid mit ihnen, hielt ihnen eine Tür auf und nötigte die, die schon im Waggon standen, sich murrend noch enger zu drängen.

Howard half Jean zuerst hinein und sprang dann hinter ihr herauf; das Schrillen der Pfeifen erreichte seinen Höhepunkt, der Zug schlingerte los, indem er mehrmals nacheinander einen Satz machte, als würde er an einem Gummiband gezogen. Ihr Blick huschte zu dem Rosenstrauß, der jetzt unrettbar schlaff und ramponiert herunterhing, und sie begannen zu lachen.

»Du meine Güte«, sagte Jean; sie konnte ihr Kichern nicht unterdrücken. »Die sehen gar nicht gut aus. Waren sie für einen besonderen Anlass?«

»Nein, gar nicht. Ich habe sie heute Morgen am Covent Garden aus einer Laune heraus mitgenommen. Ich werde einfach morgen wieder eine Laune haben, denn die hier sind nicht mehr zu gebrauchen.«

Glückliche Gretchen, dachte Jean, dass sie einen Mann hat, der ohne Grund an einem Donnerstagabend Blumen mitbringt.

Um sie herum trugen die anderen Passagiere steinerne Mienen; entweder waren sie verstimmt, weil sie stehen mussten, oder schuldbewusst und gereizt, weil sie einen Sitzplatz ergattert hatten, den sie nicht richtig genießen konnten, weil andere über ihnen aufragten.

»Hätte ich nur einen Sitzplatz, dann würde ich ihn dir anbieten«, sagte Howard ein bisschen zu laut, oder vielleicht gerade laut genug, denn ein junger Mann, der in der Mitte der Reihe saß, schwang sich mit resigniertem Gesichtsausdruck hoch und nickte Jean zu.

Sie wäre lieber geblieben, wo sie war, neben Howard, wollte aber den jungen Mann nicht beschämen, der ob seiner verspäteten Galanterie schon betreten genug aussah. Abgesehen davon war jetzt, wo er aufgestanden war, wirklich nicht genug Platz, also half es nichts, sie musste entschuldigend über ein

Gewirr aus Füßen an ihm vorbeikraxeln, um sich auf seinen Platz zu setzen.

Die Fenster auf beiden Seiten waren trüb vom Dreck, und es war eine Linie, die sie nicht kannte, deshalb hatte Jean keine Ahnung, wo sie sich befanden. Die grauen Umrisse großer viktorianischer Häuser und schmaler ummauerter Hinterhöfe glitten vorbei, keine Straße war von der anderen zu unterscheiden. Sie suchte in ihrer Handtasche nach etwas, um sich zu beschäftigen – die Frau neben ihr häkelte geduldig, das Wollknäuel hüpfte auf ihrem Schoß –, und bemerkte den Umschlag für Gretchen. Sie konnte ihn Howard geben, damit er ihn weiterreichte, und sich eine Briefmarke sparen. Sie zog ihren Notizblock heraus und begann, in ihrer schönsten Schreibschrift einen Bericht über ihr Treffen mit Martha zu verfassen.

In Hither Green leerte sich der Waggon etwas, und Howard setzte sich auf den Platz gegenüber Jean. Er zog eine Ausgabe der *Times* aus seiner Aktentasche und faltete sie zu einem kleinen Rechteck, damit er nicht zu viel Platz brauchte, und schien ins Kreuzworträtsel vertieft zu sein. Aber jedes Mal, wenn Jean aufblickte, sah er sie ohne Scham an und lächelte oder zog die Augenbrauen hoch wie über die Länge und Unannehmlichkeit der Reise.

Schließlich hatten sie den Waggon für sich allein, und Jean, die mit ihrem Briefchen fertig war, setzte sich neben ihn, um zu sehen, wie er mit dem Kreuzworträtsel vorankam.

»Du hast ja gar nichts ausgefüllt!«, beschwerte sie sich. »Es ist komplett leer.«

»Ich habe keinen Stift«, erwiderte Howard mit großer Würde. »Ich habe es blind gemacht. Wenn ich nach Hause komme, fülle ich es einfach so aus!« Er schnippte mit den Fingern.

Jean reichte ihm mit skeptischem Blick ihren Kugelschreiber.

Er schenkte ihr einen unfreundlichen Blick und begann dann zu schreiben, sehr schnell und indem er die Seite vor ihrem neugierigen Blick abschirmte. Einen Moment später warf er mit dem Wort »Fertig!« die Zeitung zur Seite. Und als sie sie aufhob, sah sie, dass er das Raster mit den Worten ausgefüllt hatte:

Sie lachte schallend.

»Wir sind da«, sagte er, als der Zug in den Bahnhof Sidcup einfuhr und mit einem Ruck anhielt, der sie auf ihren Sitzen zurückwarf. »Ich hoffe, du kommst nicht zu spät nach Hause.«

»Mutter weiß, dass ich heute Nachmittag in der Stadt bin, aber sie wird trotzdem immer nervös, wenn ich auch nur ein bisschen zu spät komme.«

»Seid ihr nur zu zweit?«, fragte Howard, als er sie aus dem Bahnhof in die Nebenstraße führte, wo er den Wolseley geparkt hatte.

»Ja. Nur wir zwei. Meine Schwester Dorrie lebt in Kenia, und mein Vater ist im Krieg umgekommen. Wie so viele.«

»Was aber für dich nicht weniger traurig ist«, sagte Howard.

Jean war normalerweise geschickt darin, persönliche Fragen zu umgehen und Gespräche auf sicheres, neutrales Terrain zu lenken. Aber da war etwas am Schutzraum und der Stille in einem Privatauto, wo man sprechen konnte, ohne Augenkontakt herstellen zu müssen, das sie untypisch offen machte. Sie war sich bewusst, dass Howard wohl kaum ein passender Vertrauter war, aber er war so vernünftig und vertrauenerweckend, und es war unwahrscheinlich, dass er irgendetwas tun würde, außer Verständnis zu zeigen, dass sie sich nicht bremsen konnte.

»Ich habe ihn wie einen Helden klingen lassen. Das war er nicht. Er hat meine Mutter sitzenlassen, als gerade der Krieg anfing. Ich glaube, er hatte eine Art Zusammenbruch. Er hatte im Ersten Weltkrieg gekämpft und überlebt. Und als es aussah, als würde alles noch einmal passieren, war das zu viel für ihn.«

»Ich glaube, das war keine unübliche Reaktion unter Weltkriegsveteranen«, sagte Howard. »All diese Opfer für gar nichts.«

»Ja, aber er hatte auch eine andere Frau kennengelernt. Das war der wahre Grund, warum er ging. Er hat sich einfach verkrümelt. Ich glaube, die Ehe war schon einige Zeit nicht mehr glücklich; es war nur die Pflicht, die sie zusammenhielt.«

Jean konnte sich heute nicht mehr erinnern, auch vor dem Zerwürfnis je irgendwelche Zeichen körperlicher Zuneigung zwischen ihnen gesehen zu haben – Händchenhalten oder den Begrüßungskuss am Ende des Arbeitstages. Sie war davon ausgegangen, das sei normal und jede Ehe gleich, bis sie bemerkte, dass ihre Tante und ihr Onkel in Harrogate es anders machten: Er nannte seine Frau Liebling und ließ nie eine Gelegenheit aus, sie auf seinen Schoß zu ziehen oder den Arm um ihre Taille zu legen; auch höher, wenn er sich unbeobachtet glaubte.

»Vielleicht wäre er ohne den Krieg nicht gegangen. Ich glaube, er hatte einfach das Gefühl, im ersten Krieg schon all sein Glück aufgebraucht zu haben, und wollte die letzte Chance, glücklich zu werden, ergreifen. Und die Sache ist die, er hatte *recht*. Es war seine letzte Chance.«

»Wenigstens konnte er es sich aussuchen«, sagte Howard nach einer Pause. »Deine Mutter hatte keine Wahl.«

»Ja – genau das ist es«, sagte Jean, und ihre Verschlossenheit schmolz dahin unter der Wärme seines Verständnisses und seiner Anteilnahme. »Ihr wurde es einfach aufgezwungen. Und trotzdem fühlte sie sich furchtbar schuldig und schämte sich, als wäre es irgendwie ihre Schuld, weil sie ihren Mann nicht halten konnte.«

»Hat sie je mit dir darüber gesprochen?«

»Nein, nein, das wäre unmöglich gewesen. Sie konnte nicht über persönliche Dinge sprechen. Aber ich habe es gespürt – es war in jeder Faser ihres Wesens zu erkennen. Ihr ganzer Lebenszweck war, Ehefrau und Mutter zu sein.«

Sie hielten an der Ampel auf der Croydon Road und konnten jetzt ein rasches Lächeln wechseln – ein verständnisvolles seitens Howard und ein dankbares seitens Jean.

»Also hat sie sich stattdessen auf dich gestützt?«

»Ja. Und wie. Sie ist absolut unselbstständig – sie wurde so erzogen. Man liest von diesen unverwüstlichen Frauen, die ganz allein fünf Kinder großziehen und dazu noch für andere die Wäsche waschen und ihre Schweine selbst schlachten und das alles. Na ja, so eine war sie nicht. Und dann, bevor sie sich überhaupt an die Vorstellung gewöhnt hatte, dass er sie verlassen hatte, kam er bei einem Luftangriff um. Also war es, als hätte er sie zum zweiten Mal verlassen. Sie hatte nie die Möglichkeit, es mit ihm auszufechten, und sie konnte ihn nicht einmal als Witwe betrauern, denn jeder wusste, dass er sie schon verlassen hatte.«

Das war das Schwerste, dachte Jean. Zusätzlich zum Verlust alles anderen – ihres Mannes, ihrer Zukunft, ihrer Pension – war sie auch noch um das Mitgefühl betrogen worden, das ihr zustand.

»Und du hast dich seitdem um sie gekümmert?«

»Mehr oder weniger. Es war klar, dass eines von uns Mädchen es würde tun müssen. Diejenige, die zuerst heiratete, würde davonkommen. Und das war Dorrie.«

Der Gedanke an ihre Schwester löste wie immer eine Mischung aus widerstreitenden Gefühlen aus, vor allem Verbitterung und Neid, aber auch starke Liebe, Beschützerinstinkt und Traurigkeit über die Entfernung zwischen ihnen. Sie skizzierte Howard Dorries Situation in Kitale und versuchte, dabei nicht zu viel von ihrem Gefühl der Benachteiligung preiszugeben.

»Noch ein Verlassenwerden«, war seine Feststellung. »Das muss deine Mutter hart getroffen haben.«

»Ja. Ohne die Enkelkinder sein zu müssen. Ein weiterer Schlag.«

»Hast du deinen Vater je gesehen, nachdem er euch verlassen hatte?«

»Einmal. Ich bin in sein Büro gegangen, um ihn nach Geld zu fragen. Er war Obstgroßhändler in Covent Garden, aber er hatte sich mit dem Geschäft verschuldet. Er entschuldigte und schämte sich furchtbar. Es war schrecklich anzusehen – wir waren vorher so gut miteinander ausgekommen. Er sagte, er liebe Dorrie und mich immer noch, aber wir seien jetzt erwachsen und er habe jemand anderen kennengelernt, und das war's. Er gab mir alles Bargeld im Büro, das er gerade bei der Bank einzahlen wollte. Es war nicht sehr viel. Ungefähr zwanzig Pfund.«

»Was für eine unglückliche Geschichte«, sagte Howard. »Männer können sehr egoistisch sein.«

»Und doch schienen sie die zwanzig Jahre davor glücklich gewesen zu sein. So kam es mir wenigstens vor. Aber wer weiß schon wirklich, was in einer Ehe vor sich geht?«

»Ja, wer weiß das schon?«

Jean warf einen Blick zu ihm hinüber, aber er hielt den Blick auf die Straße gerichtet, sein Gesicht war ausdruckslos.

»Und die meisten Männer sind nicht egoistisch. Mein Onkel hat Dorries Hochzeit bezahlt und uns geholfen, unser Haus in Hayes zu kaufen. Ich dachte, Mutter könnte vielleicht woanders, wo uns niemand kannte, einen Neustart machen. Sie schämte sich so, weil sie verlassen worden war; sie hatte immer das Gefühl, die Leute in Gipsy Hill tratschten und bemitleideten sie. Aber dann waren wir ungefähr einen Monat, nachdem wir in unser neues Haus gezogen waren, im Kino, und eine Frau in der Schlange sprach uns an und sagte hallo. Es war eine unserer alten Nachbarinnen, die jetzt um die Ecke wohnte. Sie wollte nur nett sein, aber das war das Schlimmste, was hätte passieren können; Mutter ist seitdem so gut wie nicht mehr aus dem Haus gegangen.«

Howard schüttelte den Kopf. »Hilft euer Onkel euch immer noch?«

»Er lebt in Harrogate, das ist also ein bisschen weit weg. Früher waren wir dort jedes Jahr im Urlaub, aber er ist nicht mehr bei bester Gesundheit. Na ja, wir kommen zurecht. Mein Gehalt reicht fürs Nötigste. Er schickt uns immer noch Postanweisungen zu den Geburtstagen und zu Weihnachten.«

Nach dieser Bemerkung über Geld – eines der Dinge, über die man nicht sprach – schämte sich Jean plötzlich. Und doch war es eigentlich gar nichts gegen die Enthüllungen davor. Sie war sich des Risikos bewusst, das sie eingegangen war, indem sie so freimütig ihr Herz ausschüttet hatte, aber es war so erleichternd, dass sie es nicht bereuen konnte.

»Ich habe nie zuvor mit jemandem darüber gesprochen. Es tut mir leid, dass ich so viel geredet habe.«

»Bitte entschuldige dich nicht. Es ehrt mich, dass du das Gefühl hattest, mit mir reden zu können.«

Sie schauten beide stur geradeaus und tauschten so etwas wie eine stumme feierliche Freundschaftserklärung aus, ohne auch nur einen Blick zu wechseln. Das wäre zu viel gewesen.

»Mir ist gerade wieder eingefallen, ich habe etwas für Gretchen«, sagte Jean, zog Marthas Umschlag aus der Tasche und legte ihn aufs Armaturenbrett. Das schien den Bann zu brechen und zog das Gespräch wieder auf sicheres Terrain – Gretchen, Margaret, der Artikel, die Arbeit. »Ich habe heute eine Freundin von ihr aus St. Cecilia kennengelernt. Sie wollte, dass ich ein kleines Geschenk von ihr überbringe.«

»Was für eine schöne Geste«, sagte Howard. »Sie wird sich sehr freuen.«

Jeans Mutter hielt am Fenster Ausschau, als der Wagen draußen vorfuhr, eine blasse, geisterhafte Gestalt in einem unbeleuchteten Raum.

»Dieser Mann hat dich wieder nach Hause gebracht«, merkte sie an, als die Tür sich schloss. »Ich dachte, du warst in Chelsea.«

»War ich auch. Schau, was ich dir mitgebracht habe.« Jean übergab ihr die Tüte von Peter Jones und lächelte, als ihre Mutter mit einer kindlichen Freude an neuen Sachen hineinspähte.

»Ein Nachthemd. Genau das, was ich brauche. Oh, du bist so aufmerksam!« Sie hielt es vor sich hin, streckte einen Fuß und warf sich in Pose, als präsentierte sie ein Ballkleid.

»Sehr elegant«, sagte Jean. »Du wirst heute Abend mit Abstand die bestgekleidete Person in diesem Haus sein.«

»Hast du für dich selbst auch etwas Nettes gekauft?«, fragte ihre Mutter, dann verdüsterte ein Schatten der Bestürzung ihr Gesicht. Es war sicher nicht genug Geld für zwei solcher Vergnügen da gewesen.

»Ach, ich brauche nichts«, sagte Jean, die sich nach ihrem Gespräch mit Howard immer noch ein wenig verletzlich fühlte und doch merkwürdig beschwingt. »Gretchen näht mir sowieso ein neues Kleid, also werde ich bald ziemlich aufsehenerregend aussehen.«

Das Gefühl der Euphorie hielt noch über den aufgewärmten überbackenen Blumenkohl hinaus an, über die Haarwäsche und noch länger, so lange, dass Jean sogar anbot, aus dem Büchereibuch ihrer Mutter, *Meine Cousine Rachel*, vorzulesen. Es war der harmonischste Abend, an den sie beide sich erinnern konnten.

11

Liebe Dorrie,
ich weiß, wir machen uns keine Geschenke, aber ich bin neulich in Chelsea an einem Antiquitätengeschäft vorbeigekommen und habe dieses exquisite kleine Zigarettenetui gesehen und an dich gedacht. Ich werde es in Seidenpapier verpacken und hoffen, dass es an einem Stück durch den Zoll kommt.

Uns geht es beiden gut. Keine weiteren Neuigkeiten.

Alles Liebe
Jean

Alice' Tagebuch

12. Juli 1946
M hat heute eine kleine Szene gemacht. Sie wird so gern theatralisch.

Wir hatten gehofft, die Malaria-Medikamente könnten wirken, wo Antibiotika, Spritzen und Diäten alle versagt haben. Aber sie schreit immer noch vor Schmerzen. Vielleicht wäre es besser gewesen, wenn sie ein Zimmer für sich allein hätte, aber wir dachten, die Gesellschaft wäre gut für sie alle.

Heute Nachmittag hat sie Besuch von ihrer Mutter bekommen, sie brachte ein Geschenk von einem ihrer gut betuchten Gemeindemitglieder mit – einen Beutel mit vier Mandarinen. So eine Köstlichkeit hat seit Jahren keiner gesehen. Schwester Maria Goretti sagte, sie hoffe, M werde sie mit den anderen Mädchen teilen. Sie meinte es gut, aber sie ist manchmal sehr direkt. M sagte nein, das werde sie verdammt noch mal nicht tun: B teile schließlich auch nie irgendwas.

Schwester MG versuchte (vielleicht unklugerweise), ihr den Beutel wegzunehmen, der riss, und die Mandarinen kullerten auf den Boden. M belegte sie mit einem fürchterlichen Schimpfwort. Schwester MG ging sehr aufgebracht weg und sagte, M könne sie mit ihren bandagierten Händen nicht selbst schälen und sicher werde ihr auch niemand helfen, wenn sie so egoistisch, undankbar und unflätig sei.

Die Mandarinen lagen immer noch auf dem Boden, als Schwester Phil ihren Dienst antrat, also legte sie sie wieder auf Ms Nachttisch.

13. Juli

Die Mandarinen wurden über Nacht gegessen. G muss sie geschält haben. Ich nehme an, sie haben sie geteilt, als die anderen beiden schliefen. Zwei so gegensätzliche Freundinnen.

M hat – zweifellos mit Absicht – ins Bett gemacht, um Schwester MG zu bestrafen, die sie saubermachen musste. Später beschwerte sich M, dass Schwester MG sie grob behandelt habe; die beiden sind Todfeindinnen. Es ist eine üble Angelegenheit.

17. Juli

B hat sich beschwert, dass sie nachts nicht schlafen könne, weil M und G miteinander flüstern. Ich habe den Verdacht, sie fühlt sich ausgeschlossen, das arme Ding. Als ich mit M und G einzeln darüber gesprochen habe, entschuldigte sich G sofort. M stritt es ab und beschuldigte B, Ärger zu machen. Wenn sie könnte, würde sie von ihrem Bett aus eine Meuterei starten.

B versuchte, Unterstützung von K zu bekommen, aber K am anderen Ende des Raums sagt, sie wisse nichts von irgendwelchem Lärm aus den anderen Betten. Vielleicht übertönt das mechanische Schnaufen der Eisernen Lunge den Krach, vielleicht war sie aber auch nur diplomatisch.

20. August

Ich musste ein ernstes Wort mit Schwester Phil sprechen. Es kam ans Licht, dass sie bei der Verabreichung der abendlichen Dosen Schmerzmittel und Schlaftabletten alles andere als aufmerksam war. M und G haben sie offenbar drei Tage lang gehortet und dann eine dreifache Dosis genommen.

Darauf angesprochen, erklärte M, das sei ein Versuch gewesen, tief und schmerzfrei zu schlafen. In den pillenfreien Nächten lenkten sie einander ab, indem sie die ganze Nacht flüsterten. Es ist eine erbärmliche Geschichte und sie tun mir mit ihren Schmerzen von Herzen leid, aber M ist ein kleiner Teufel, so ein Risiko einzugehen. Ich glaube nicht, dass G hinter diesem unverantwortlichen Plan steckt – sie wird von M angestiftet.

28. September

G wurde heute entlassen. Sie ist kaum als dasselbe Mädchen wiederzuerkennen, das vor all diesen Monaten in einem Rollstuhl hergebracht wurde, so blass und verhärmt vor Schmerzen. Sie ging zu Fuß an zwei Stöcken und bestand darauf, allen Schwestern einzeln zu danken. Sie ist ein nettes Mädchen und bei allen beliebt. Ihre Mutter hatte Tränen in den Augen, als sie sah, wie viel besser es ihr geht.

30. September

M ist untröstlich ohne ihre Freundin. B versucht, sie in Gespräche zu verwickeln, jetzt, wo G aus dem Weg ist und sie nicht mehr in der Unterzahl. Aber M gibt stur vor zu schlafen oder schreit über sie weg zu K hinüber. Es ist merkwürdig – ich habe oft beobachtet, dass die Ankunft einer Neuen oder die Abreise einer fest Etablierten das Gleichgewicht in einem Krankensaal durcheinanderbringt, sogar wenn diese Person selbst entgegenkommend und bescheiden ist.

Charing Cross Hospital
Agar Street
London W1
Juli 1957

Sehr geehrte Miss Swinney,
ich schreibe, um Sie zu informieren, dass die Ergebnisse unserer vorläufigen Bluntuntersuchungen von Mutter A und Tochter ergeben haben, dass sie die gleiche Blutgruppe A1 Rhesus-Phänotyp cdecde haben. Die Ergebnisse weiterer, detaillierterer Untersuchungen zeigen eine völlige Übereinstimmung der Blutgruppen – siehe beigefügte Tabelle.
Wir würden deshalb gern mit dem nächsten Schritt unserer Untersuchung fortfahren und wären dankbar, wenn Mutter

A und Tochter am 21. Juli um 9:30 Uhr noch einmal für weitere Untersuchungen im Nebengebäude des Charing Cross Hospital in der Agar Street vorstellig werden könnten.

Mit freundlichen Grüßen
Sidney Lloyd-Jones

Liebe Jean,
ich habe große Fortschritte mit deinem Kleid gemacht und frage mich, ob Du wohl dieses Wochenende zur Anprobe kommen könntest, wann immer es günstig für Dich (und Deine Mutter) ist. Vielleicht könntest Du Howard im Laden anrufen, um eine Uhrzeit auszumachen.

Mit guten Wünschen
Gretchen

12

»Was um alles in der Welt ist das?« Jeans Mutter stand in der Küchentür und hielt die Einzelteile einer Zuckerdose in den Händen, die sie gerade auf die Fliesen vor dem Kamin fallen lassen hatte.

Ihr Mund stand vor Staunen offen. Als hätte sie ein Einhorn gesehen, dachte Jean.

»Das ist ein Kaninchen«, antwortete sie. »Das siehst du doch sicherlich?«

Das Tier saß zwischen ihnen auf dem Linoleum und knabberte an einem Haufen äußerer Kohlblätter. Abgesehen von einem schwarzen Fleck auf der Nase, die jetzt zuckte, und einem schwarzen Ohr war es vollkommen weiß und immer noch klein genug, um in die hohlen Hände zu passen.

»Ja, natürlich. Aber was tut es *hier*?«

»Ich habe es heute in einer Tierhandlung gekauft, aber ich hatte keine Möglichkeit, den Käfig mitzunehmen, deshalb sagte der Ladenbesitzer, er werde ihn heute Abend auf dem Heimweg vorbeibringen. Ich hoffe, er denkt daran«, erklärte Jean.

Auf diese Störung hin hoppelte das Kaninchen in ungelenker Zeitlupe auf ein Stück Karotte zu, das knapp außer

Reichweite gerollt war, und Jeans Mutter wich gegen den Türrahmen zurück.

»Es frisst dich schon nicht, Mutter.« Jean lachte. »Die sind Pflanzenfresser.«

»Aber warum um alles in der Welt hast du es gekauft? Wir hatten noch nie Haustiere.«

»Es ist ein Geschenk für Margaret. Sie hat mir erzählt, sie wünsche sich ein Kaninchen oder ein Kätzchen. Ich glaube, sie ist einsam.«

Jeans Mutter schien keinen Trost darin zu finden, dass die Besetzung der Küche durch das Kaninchen von kurzer Dauer sein sollte. Wenn überhaupt, schien die Erklärung sie nur noch mehr zu erschüttern.

»Du kannst doch niemandem ein lebendes Kaninchen schenken«, stammelte sie.

»Na ja, ich würde ihr sicher kein totes schenken«, entgegnete Jean. »Das wäre zu makaber.«

»Hast du nachgefragt, ob ihre Eltern möchten, dass sie ein Kaninchen hat? Sie haben möglicherweise starke Einwände.«

»Nein.« Jean verlor einen Moment lang das Vertrauen in ihren genialen Plan. »Es soll eine Überraschung sein.«

»Das wird es sicherlich«, kam die bissige Antwort. »Was ist bloß in dich gefahren?«

»Ich fand es eine nette Idee. Es ist keine Python. Es sitzt nur in einem Stall und frisst übrig gebliebene Kohlblätter, bis Margaret mit ihm kuscheln möchte. Ich wüsste nicht, was dagegen einzuwenden wäre.«

»Tja, ich finde, du warst ein wenig voreilig«, sagte ihre Mutter. »Es wird ein riesiges Spektakel geben, wenn du unangekündigt damit auftauchst und die Eltern sich weigern, es zu nehmen. Das kleine Mädchen wird schrecklich aufgebracht sein.«

Jean fühlte sich von dieser Bemerkung getroffen; sie hatte nur Margaret glücklich machen wollen und sich in ihrer Begeisterung über ihren eigenen Einfallsreichtum hinreißen lassen. Ihr ging auf, dass ihre Mutter genau das beschrieb, was vor Jahren passiert wäre, wenn sie selbst die unvorbereiteten Empfängerinnen eines geschenkten Kaninchens gewesen wären. Einen Moment lang war sie dieses enttäuschte kleine Mädchen; es war unerträglich.

»Ach, Himmel, ich wollte nur nett sein«, platzte sie heraus. Sie wetterte damit gegen eine Kritik, von der sie wusste, dass sie berechtigt war. »Und du musstest es mir verderben.«

Ihre Mutter erstarrte und blinzelte in stummem Protest gegen diese Überschreitung unüberschreitbarer Grenzen. Egal, wie sehr sich ihre Ansichten unterschieden, erhobene Stimmen oder Konfrontationen waren so undenkbar wie ein Messer an der Kehle.

»Das hat nichts mit mir zu tun«, sagte sie schließlich kühl. »Du tust, was du für richtig hältst.«

Später, nach dem Abendessen, saßen sie wieder einvernehmlich zusammen im vorderen Wohnzimmer und hörten sich das *Light Programme* im Radio an. Jean konnte sich nicht für ihren Ausbruch entschuldigen; damit hätte sie die unangenehme Situation nur noch einmal heraufbeschworen. Besser, sie einigten sich ohne Diskussion darauf, dass er nie stattgefunden hatte. Es gab andere, bewährte Arten, Reue zu zeigen: die ungleiche Aufteilung des Shepherd's Pie zugunsten ihrer Mutter, das Angebot, ihre schmerzenden Füße zu massieren, den Vorschlag, sich – schon wieder – gemeinsam Dorries Hochzeitsalbum anzusehen.

Das Kaninchen schlummerte auf einem gefalteten Handtuch auf Jeans Schoß und ließ es zu, gestreichelt zu werden. Sein Gewicht und seine Wärme waren überraschend tröstlich, und sie ertappte sich bei der Hoffnung, dass die Tilburys es am Ende doch ablehnen könnten.

Der Ladenbesitzer hatte wie versprochen den Stall vorbeigebracht. Er sah in einer Küche größer aus als im Laden, er nahm fast den ganzen Platz neben der Hintertür ein. Jean legte ihn mit Zeitungspapier und Stroh aus und befestigte die Glaswasserflasche mit einem Gummiband am Hasendrahtfenster.

Im Moment roch er noch frisch und grün nach neuem Holz; sehr schnell würde er den weniger angenehmen tierischen Geruch annehmen, den keiner der üblichen Küchengerüche – Ajax, abgebrannte Streichhölzer, Essensgerüche – ganz überdecken konnte. Natürlich hätte das Kaninchen draußen sein müssen – das verlangte die Hygiene –, aber es lohnte nicht, den Stall in den Schuppen zu schleppen, wenn das Kaninchen in ein paar Tagen sowieso in ein neues Zuhause zog.

»Ein recht friedfertiges kleines Ding«, räumte Jeans Mutter auf dem Weg ins Bett ein.

So ganz war sie noch nicht bereit, das Kaninchen zu berühren, deshalb schwebte ihre ausgestreckte Hand direkt über seinem Kopf, als wollte sie ihm ihren Segen geben.

»Howard?«

»Ja. Am Apparat.«

»Hallo, Howard, hier ist Jean Swinney.«

Sie hatte einen hieb- und stichfesten Vorwand für ihren Anruf, den er fraglos erwartet hatte, das verlieh ihr Selbstbewusstsein, deshalb war ihre Stimme einigermaßen fest.

Immer, wenn sie an ihr Gespräch neulich dachte, verspürte sie eine leise Panik, weil sie so viel von sich preisgegeben hatte. Ohne die schützende Entfernung des Telefons zwischen ihnen wäre sie vielleicht weniger beherrscht gewesen.

»Hallo, Jean.«

In seiner Begrüßung lag keine Spur Unbeholfenheit, nur seine übliche Wärme und Höflichkeit.

»Gretchen hat mir geschrieben und mich gebeten, wegen einer Anprobe am Wochenende anzurufen.«

»O ja. Sie hat es erwähnt.«

»Es tut mir leid, dass du als mein Privatsekretär fungieren musst, aber sie hat mich gebeten, dir eine passende Uhrzeit mitzuteilen.«

»Natürlich. Ich habe Stift und Papier hier und bin bereit fürs Diktat.«

Sie konnte das Lächeln in seiner Stimme hören.

»Sollen wir Samstag elf Uhr sagen?«

»Sehr gut.«

»Und ... Howard?«

»Ja.«

»Ich glaube, ich habe etwas ein wenig Vorschnelles getan.«

»Ach?« Sein Ton war plötzlich ernst. »Sagst du mir, was es ist?«

»Ich möchte, dass du ganz ehrlich bist.«

»Nur zu.«

»Ich habe ein Kaninchen für Margaret gekauft. Sie sagte, sie wünsche sich so sehr ein Haustier, und ich kam an dem Geschäft vorbei und bin spontan hineingegangen und habe eins gekauft. Erst als ich später darüber nachgedacht habe, wurde mir klar, dass es vielleicht eine schreckliche Zumutung sein könnte.«

»Ist das alles? Was für eine Erleichterung.«

»Bist du entsetzt von der Idee? Sag es bitte. Ich bin nicht beleidigt.«

»Ein Kaninchen?«, sinnierte er. »Was für eine aufmerksame ... Aufmerksamkeit. Nein, ich kann nicht sagen, dass mich irgendein Entsetzen überkommt. Ganz im Gegenteil.«

»Was ist mit Gretchen? Wird sie etwas dagegen haben?«

»Soll ich dir was sagen? Es ist mir peinlich, es zugeben zu müssen, aber ich habe keine Ahnung von den Ansichten meiner Frau zum Thema Kaninchen. In fast zehn Jahren Ehe haben wir nie darüber gesprochen.«

Jean merkte, wie sie sich langsam entspannte.

»Vielleicht sollte ich ihr schreiben.«

»Wie wäre es, wenn ich sie heute Abend frage, und wenn sie entsetzt die Hände über dem Kopf zusammenschlägt, rufe ich dich morgen an. Wenn du nichts von mir hörst, kannst du davon ausgehen, dass sie einverstanden ist.«

»Das Letzte, was ich möchte, ist, irgendwelche Schwierigkeiten zu machen.«

In den folgenden Monaten würde sie an diese Bemerkung zurückdenken – die sie so ernst meinte – und über ihre eigene Ahnungslosigkeit staunen.

13

Jean stand wieder einmal in Gretchens Arbeitsraum und atmete kaum, als das Skelett eines Kleids, nach außen gekehrt und vor Nadeln starrend, über ihren Kopf abgesenkt und gekniffen und gezogen und um sie herum mit noch mehr Nadeln enger gesteckt wurde, bis Gretchen mit dem Sitz zufrieden war. Die kleinste Bewegung von Jean, und sie wurde von einem Dutzend scharfer Spitzen durchbohrt.

»Du hast abgenommen, seit ich dich das letzte Mal vermessen habe?«, sagte Gretchen mit ihrer eigentümlichen, fremdartigen Intonation, die Fragen aus Feststellungen machte, und zwickte den Stoff zwischen Daumen und Zeigefinger ein.

»Nicht absichtlich«, sagte Jean und zuckte zurück. »Ich esse wohl weniger, wenn ich beschäftigt bin. Und mehr, wenn es mir schlecht geht.«

»Und jetzt gerade bist du überarbeitet, aber glücklich?«, sagte Gretchen und hob das Kleid vorsichtig an, einen Zentimeter nach dem anderen, zog es Jean über den Kopf und legte es auf den Schertisch.

»Ja, das kommt hin.«

Sie war beschäftigt, weil Gretchens Fall so viel ihrer Zeit in Anspruch nahm, dass sie jeden anderen Moment auf der

Arbeit damit verbrachte, ihre üblichen Aufgaben aufzuholen. Der Grund für ihr Glück war etwas, worüber sie sich lieber keine Gedanken machte.

Jetzt, wo die Nadelstichfolter vorüber war, gingen die beiden Frauen wieder nach unten in die Küche, wo Margaret auf dem Boden saß und mit dem Kaninchen spielte. Ihre ausgestreckten Beine bildeten die vierte Seite einer Umzäunung, die aus der Wand, der hölzernen Anrichte und einem Gemüseregal bestand. Sie war in einem Zustand so knapp vor der Ekstase, wie man es sich nur vorstellen konnte.

»Ich nenne sie Jemimah«, sagte sie.

Von Howard war kein Folgeanruf gekommen, um das Kaninchengeschenk zu verhindern, was Jean vor das Problem gestellt hatte, wie sie den Stall nach Sidcup transportierten sollte. Sie hatte halb gehofft, dass Howard die Schwierigkeit vorhersehen und ihr anbieten würde, zu kommen und ihn zu holen, aber das war nicht passiert, und so war sie gezwungen gewesen, ein Taxi zu bestellen – was den Preis des Geschenks fast verdoppelte. Der Fahrer hatte ihr geholfen, es zum Auto und dann zur Haustür zu tragen, und sich jeden Penny seines Shillings Trinkgeld verdient. Sie hatten sich mit dem Käfig durch den engen Durchgang seitlich an der Doppelhaushälfte der Tilburys nach hinten in den Garten durchgeschlängelt, und Jean hatte sich, als sie stolperte, die Fingerknöchel an der Hausmauer aufgeschürft.

Alle Kosten und Unannehmlichkeiten hatten sich aber als lohnend erwiesen, als Margaret zur Enthüllung der Überraschung nach unten gerufen wurde. Ihr Gesichtsausdruck, als Misstrauen und Neugier der Verzückung Platz machten, trieb Jean die Tränen in die Augen. Das kleine Mädchen zitterte beinahe vor Aufregung, als sie sich auf Jean stürzte und sie umarmte.

Während Jean ihre bebenden Schultern tätschelte, wurde ihr zu spät bewusst, dass das gut und gerne der größte, glücklichste Moment in Margarets Kindheit sein konnte, der, an den sie sich immer erinnern würde. Von Rechts wegen gehörte er ihren Eltern, aber sie, Jean, ein Eindringling, hatte ihn sich angeeignet.

Jetzt verstand sie die Befürchtungen ihrer Mutter und konnte Gretchen kaum in die Augen sehen, denn sie erwartete in ihrem Gesicht Zeichen von Groll. Gretchen jedoch schien sich dieser Feinheiten nicht im Geringsten bewusst zu sein, sondern zeigte nur großherzige Freude über das Glück ihrer Tochter und brauchte keine Anerkennung dafür.

»War das nicht nett von Jean?«, war alles, was sie sagte.

Von Howard war weder im Haus noch im Garten etwas zu sehen gewesen, obwohl der Wolseley in der Einfahrt stand. Erst als Margaret etwas davon sagte, ihr Daddy werde einen Auslauf für Jemimah bauen, wenn er von der Arbeit käme, erinnerte sich Jean, dass für Juweliere und andere Ladenbesitzer der Samstag natürlich ein Arbeitstag wie jeder andere war. Sie verspürte einen Stich der Enttäuschung, was sie ziemlich beunruhigte.

Dann war es also nicht nur die Freude gewesen, Margaret zu sehen, als sie an diesem Morgen leichten Herzens aufgebrochen war. Seit dem bewussten Gespräch im Auto, als sie ihre Enttäuschungen und Frustrationen vor Howard ausgeschüttet hatte, als kannte sie ihn schon seit Jahren und nicht erst seit Wochen, hatte sie sich in untätigen Momenten bei Gedanken an ihn ertappt, mehr als zulässig oder weise war. Sie würde sich vorsehen müssen.

Da dieser Besuch in ihre morgendlichen Erledigungen eingegliedert werden musste, die sie immer noch zu machen hatte, konnte Jean nicht bleiben, nachdem sie mit der Anprobe fertig waren, auch wenn Gretchen sie dazu einlud und sie bat, mit ihnen Käse auf Toast zu Mittag zu essen. Sie hatte ihrer Mutter versprochen, dass sie an diesem Nachmittag gemeinsam ihre Wintergarderobe durchgehen und alles aussortieren würden, was gereinigt oder geflickt werden musste, und dass sie alles, was besonders fadenscheinig war, für den Wohltätigkeitsverkauf der Kirche zurücklegen würden.

Als sie sich im Flur verabschiedeten, wurde Gretchen plötzlich ernst und zutraulich.

»Du bist Margaret gegenüber so aufmerksam, und ich weiß, sie mag dich sehr ...«

»Ach, das ist doch gar nichts«, sagte Jean, die nicht an das Kaninchen erinnert werden wollte. »Haustiere kaufen ist einfach. Die harte Arbeit, sich darum zu kümmern, wird ganz deine sein.«

»Na ja, mir würde die Vorstellung gefallen, du könntest eine Freundin für Margaret sein. Falls mir etwas passiert. Ich würde mich freuen, wenn ich wüsste, dass sie sich an dich wenden kann.«

»Warum sollte dir etwas passieren?«, fragte Jean, erschrocken über den düsteren Unterton dieses Gesprächs. »Du bist doch nicht krank, oder?«

»Nein, nein, natürlich nicht.« Gretchen lachte. »Sieh mich an!« Sie breitete die Arme aus und vollführte einen kleinen Hüpfer auf der Stelle, als beweise das irgendwie, dass sie vor Gesundheit strotzte.

»Warum sagst du das dann?«, fragte Jean nach. »Ist bei den Blutuntersuchungen etwas herausgekommen, was dich beunruhigt?«

»Nein, überhaupt nicht. Ich verspreche es. Ich dachte nur, es ist ein Jammer, dass Margaret keine Tanten oder Patentanten hat und dass du sie so gut zu verstehen scheinst. Das ist alles.«

»Natürlich, mir ist Margaret sehr ans Herz gewachsen, und ich wäre sehr gern eine ... besondere Freundin für sie«, sagte Jean, geschmeichelt, aber immer noch beklommen.

»Ich glaube, du wärst ein guter Einfluss – jemand, zu dem sie aufsehen und den sie respektieren könnte. Mädchen nehmen nicht immer gern Ratschläge ihrer Mütter an. Und vielleicht geben Mütter auch nicht immer die besten Ratschläge.«

Berührt von dieser plötzlichen Beschleunigung in ihrer Freundschaft, fehlten Jean die Worte. Die Vorstellung, mehr Zeit mit Margaret zu verbringen, vielleicht eine säkulare Patin zu werden oder eine inoffizielle »Tante«, die möglicherweise die Erlaubnis bekam, Ausflüge mit ihr zu machen und sie zu verwöhnen, war alles, was sie sich je hätte erhoffen können.

Gretchen, die ihr Zögern als Widerstreben missdeutete, sagte: »Vielleicht verlange ich zu früh zu viel.«

»Oh, überhaupt nicht«, stammelte Jean. »Ich dachte nur gerade, ich könnte sie mit deiner Erlaubnis vielleicht ab und zu ausführen, in Museen und zu Konzerten, wenn sie Interesse an so etwas hätte.«

Sie erinnerte sich an ihre »Tante« Rosa, die Taxifahrten, das bedenkliche Essen und das Gefühl, für eine Sonderbehandlung auserwählt worden zu sein.

»Das wäre wunderbar.«

»Ich könnte sie sogar zum *Echo* mitnehmen und ihr zeigen, wie eine Zeitung gemacht wird.« Sie erwärmte sich für ihr

Thema und vergaß in ihrer Begeisterung ganz das drohende Hindernis ihrer Mutter, das wie ein Felsbrocken auf ihrem Weg lag. »Vielleicht nicht die Zeitung«, räumte sie ein, als sie sich an die blühende Sprache von Bill und Larry erinnerte. »Aber falls du und Howard je einen Babysitter braucht, damit ihr mal zusammen ausgehen könnt, dann könnte ich das auch machen.«

Gretchen lächelte. »Das alles«, sagte sie. »Ich finde das eine wunderbare Idee.«

14

»Du wirkst in letzter Zeit so fröhlich«, sagte Roy Drake, als Jean ausnahmsweise zu früh in die Redaktionssitzung fegte und einen Stapel Papiere auf dem Tisch ablud. »Gibt es dafür einen Grund?«

»Sehr witzig.«

»Du bist beschwingt. Und du hast ein neues Kleid, wenn ich mich nicht irre.«

Sie waren die Ersten und hatten den Raum für sich; sonst hätte er keinen Kommentar abgegeben.

Jean wirbelte herum wie ein Model. »Danke, dass du es bemerkt hast. Das ist Couture, weißt du? Nicht von der Stange.«

Er zog die Augenbrauen hoch.

»Das hat Mrs Tilbury für mich gemacht. Sie ist nicht nur eine jungfräuliche Mutter, sondern auch eine hervorragende Näherin.«

»Hmm. Geschenke von ›Quellen‹ annehmen. Das muss ich der Kammer melden.«

Sie lachte.

»Sehr elegant jedenfalls.«

»Es ist erstaunlich, was es für einen Unterschied macht, wenn etwas wirklich passt.«

Howard hatte das Kleid, in Seidenpapier eingewickelt, vorbeigebracht, während Jean noch bei der Arbeit war.

»Dieser Mann war da, mit einem Päckchen für dich.« Ihre Mutter hatte den Vorfall mit leicht geschürzten Lippen beschrieben, aber sie war milder geworden, als sie die Meisterschaft sah, mit der das Kleid gearbeitet war. Es war so schön gemacht – keine grobe Kante zu sehen, mit Paspeln an allen Nähten –, man hätte es auf links tragen können. »Das solltest du für besondere Anlässe aufheben«, merkte sie an.

»Ich habe keine *besonderen Anlässe*, für die ich es aufheben könnte«, erwiderte Jean. »Ich werde es zur Arbeit tragen.«

Das Hauptthema der Sitzung war eine Veränderung in der Aufmachung der Zeitung. Man plante, den Veranstaltungskalender, das Fernsehprogramm, die Hochzeitsanzeigen, die Haushaltstipps, *Pam's Kolumne*, das Feature und die Mode im Mittelteil der Zeitung zu versammeln (wodurch sich die Immobilien- und die Verkehrsnachrichten verschieben würden). Das würde dann einen achtseitigen Teil ergeben, der hauptsächlich an Frauen gerichtet war und den man aus dem Hauptteil der Zeitung heraustrennen konnte. Man befand, dadurch könnten Paare sich das *Echo* teilen und harmonischer genießen. Die Redaktion teilte sich in diejenigen, die jeder Veränderung feindlich begegneten (die Mehrheit), diejenigen, die der Beilage grundsätzlich positiv gegenüberstanden, aber angelehnt an ihre eigenen Präferenzen Alternativvorschläge hatten, und diejenigen (wenige), die die neue Aufmachung befürworteten.

Nach einigen Diskussionen wurde entschieden, die Änderung wie geplant zu vollziehen. Die Zeit, argumentierte Roy, werde das mit den Gegnern der Veränderung schon richten. Das Neue und Bedrohliche werde schon bald zum Alten und Vertrauten werden. Die Bedürfnisse der zweiten

Gruppe waren zu vielfältig und gegensätzlich, um jemals bedient werden zu können. Damit trug die dritte und kleinste Gruppe den Sieg davon.

Nachdem das geklärt war, oblag es Jean, von ihren Fortschritten im Fall »unsere Jungfrau Maria von Sidcup«, wie Larry es betitelte, zu berichten. Man hatte ihre regelmäßige Abwesenheit im Büro bemerkt, und Roy fand, der Rest des Teams verdiene einen Bericht über den Fortgang der medizinischen Untersuchungen.

»Ihr werdet euch vielleicht erinnern, aber wir sind mit ziemlicher Skepsis an diese Story herangegangen«, sagte Jean, »und dachten uns, sie werde ziemlich schnell wieder verworfen.«

Kopfnicken. Die meisten der Anwesenden hatten sich vor einigen Wochen wirklich genau das vorgestellt und zeigten sich überrascht, dass die Story immer noch nicht abgeschlossen war.

»Ich habe die Behauptungen der Frau recherchiert und verschiedene Leute interviewt, die in der fraglichen Zeit mit ihr in Verbindung standen, und ich kann nichts finden, was ihre Version der Ereignisse untergräbt. Ich persönlich bin geneigt, ihr zu glauben. Was aber noch wesentlicher ist, sind die Ergebnisse der diversen Untersuchungen, denen sie und ihre Tochter sich im Charing Cross Hospital unterzogen haben und die zweifelsfrei beweisen sollten, dass eine Parthenogenese – das heißt Jungfrauengeburt – stattgefunden hat. So weit, so gut.«

Sie war sich bewusst, dass ihre Kollegen still und aufmerksam geworden waren, seit sie sprach. Während der Diskussion über die neue Aufmachung hatte das übliche Gezappel stattgefunden, Herumspielen mit Stiften und Feuerzeugen, das Ausdrücken von Zigaretten, aber jetzt waren sie alle auf sie konzentriert.

»Die Bluttests waren kompatibel und«, sie blickte auf ihre Papiere und den jüngsten Brief von Dr. Lloyd-Jones hinab, »ich zitiere hier den Doktor – beim ›Geschmackstest‹ konnten sowohl Mutter als auch Tochter Phenylthiocarbamid bei genau demselben Schwellenwert von zwei Komma fünf vier Milligramm pro Liter schmecken. Das ist signifikant. Beim Speicheltest waren sowohl Mutter als auch Tochter ›Non-Sekretoren‹ und produzierten identische Titer, nachdem man ihre Speichelprobe mit einem Anti-A-Antiserum behandelt hatte.«

»Kommt das einem Beweis gleich?«, fragte Bill.

»Nicht hundertprozentig.« Sie konsultierte noch einmal ihre Notizen. »Die Wahrscheinlichkeit dieser Art von Übereinstimmung liegt, wenn ein Vater beteiligt wäre, bei weniger als null Komma null eins Prozent. Es wird noch ein Serumtest gemacht, und wenn sie den bestehen, ist das Zünglein an der Waage eine Hauttransplantation, aber damit machen sie wohl nur weiter, wenn keiner der vorherigen Tests scheitert.«

»Das wirklich Überzeugende daran, wenn ich es richtig verstanden habe«, schaltete sich Roy zum ersten Mal in die Diskussion ein, »ist, dass Mrs Tilbury sich selbst als Beispiel einer jungfräulichen Mutter dargestellt hat, bevor sie die Ergebnisse dieser Tests kannte, und nicht umgekehrt.«

»Ja, genau«, sagte Jean.

»Weiß die Dame, was bei den Tests herausgekommen ist?«, wollte Larry wissen.

Jean nickte. »Sie wird in jedem Stadium informiert. Der leitende Arzt hat darauf bestanden, ihr keine Ergebnisse vorzuenthalten.«

»Was soll sie, nachdem sie ihren Fall sozusagen auf unsere Kosten bewiesen hat, davon abhalten, mit ihrer Geschichte zu einer der Überregionalen zu rennen? Hat sie schon irgendeine Art von Exklusivvertrag unterschrieben?«

»Nein«, sagte Jean. »Das ist nicht nötig. Sie ist nicht im Mindesten an Geld oder Berühmtheit interessiert.«

»Das könnte sich ändern«, sagte Larry. »Sobald sie herausfindet, wie viel da möglich ist.«

»Ich habe eine Beziehung zu ihr aufgebaut. Sie vertraut mir, und ich vertraue ihr. Trotzdem«, sie wandte sich an Roy, »bin ich bereit, sie zu bitten, etwas zu unterschreiben, wenn du es für nötig hältst.«

Roy sah sie nachdenklich über seine Brille an.

»Allerdings glaube ich«, fuhr sie fort, »es würde das Thema Geld überhaupt erst in den Vordergrund stellen und möglicherweise unserer Beziehung schaden, deshalb wäre ich aus diesen Gründen dagegen.«

»Ich stimme bis zu einem gewissen Grad mit Larry überein. So ein Vertrag ist eigentlich nicht zu viel verlangt. Aber in diesem Fall vertraue ich Jeans Urteil.«

»Danke«, sagte Jean.

»Was ist mit den Ärzten? Sind die in Ordnung?«, fragte Larry.

»Die stehen unter ärztlicher Schweigepflicht«, beruhigte Jean ihn. »Sie wissen, wenn die Studie irgendeinen wissenschaftlichen Wert hat, können sie sie veröffentlichen und für sich beanspruchen. Und im Gegensatz zu uns erwarten sie nicht, dass irgendwas bis gestern passiert sein muss.«

»Natürlich sind sie auf ihre verhaltene, akademische Weise fasziniert von der Sache«, sagte Roy.

»Das sollten sie auch sein«, sagte Bill. »Das ist eine Wahnsinnsgeschichte.«

»Allein Jeans Verdienst«, sagte Larry, und es gab zustimmendes Klopfen auf dem Tisch, das sie mit erhobener Hand zum Schweigen brachte.

»Wir sind noch nicht am Ziel, Leute.«

»Wo wir gerade dabei sind, unsere Anerkennung ausdrücken«, sagte Roy, »sei auch noch lobend der neue Ton von *Pam's Kolumne* erwähnt.«

»Warum, was ist damit?«, wollte Bill wissen.

»Er ist wärmer, reflektierter geworden«, sagte Roy.

»Was du wüsstest, wenn du die Zeitung je wirklich lesen würdest«, sagte Jean zur allgemeinen Erheiterung.

Er ist faul, dachte sie. Er ging den Weg des geringsten Widerstands und tat nicht mehr als das absolute Minimum, aber er war immer umgänglich und zückte schnell die Brieftasche, und aus diesem Grund konnte man ihn nicht nicht mögen.

Später an diesem Nachmittag kam er zu ihrem Schreibtisch spaziert, wo sie gerade an einem neuen Teil von *Pam's Kolumne* mit dem Titel »Die inoffizielle Tante« arbeitete.

»Die Jungs und ich gehen nach der Arbeit auf ein schnelles Bier ins *Black Horse*, falls du Lust hast. Der junge Tony hat Geburtstag.«

Der junge Tony war der neue Fotograf. Jean hatte erst kürzlich mit ihm darüber gesprochen, ein paar Bilder von Gretchen und Margaret zu machen. Er war um die fünfundzwanzig und wippte beim Gehen, als hätte er Sprungfedern in den Schuhen. (Der alte Tony war eine der Aushilfen. Er war Alkoholiker und ging nie ins Pub.)

»Ich weiß, du gehst im Allgemeinen lieber nach Hause, aber ich dachte, ich frag mal.«

»Tut mir leid«, sagte Jean. »Es ist wegen meiner Mutter. Aber danke, dass du gefragt hast.«

Jetzt hatte sie noch weniger Zeit: Alle Gelegenheiten, in ihrer Freizeit außer Haus zu sein, musste sie sorgfältig für die Tilburys reservieren.

15

Jean stand im vorderen Wohnzimmer auf einer Trittleiter und hängte die Vorhänge wieder auf, als sie Mrs Melsom aufs Haus zukommen sah. Es war eine dieser Aufgaben, die man im Frühling hätte erledigen sollen, aber bis Spätsommer immer irgendwie vernachlässigte. Sie hatte die roten Damastgardinen, schwer vom Staub, über die Wäscheleine gehängt und geschüttelt und gebürstet, bevor sie zur Erholung ein paar Stunden im Freien auslüften durften, um ihren abgestandenen Geruch loszuwerden.

»Diese langweilige Frau«, sagte ihre Mutter, die von ihrer Korrespondenz aufblickte. »Was will sie?«

»Warum sagst du das?«, fragte Jean und hüpfte von der Leiter. »Sie ist sehr nett.«

Langweilig oder nicht, sie war Jeans Chance auf ein paar Stunden Freiheit an den Wochenenden, wenn nur ihre Mutter umgänglicher wäre. Seit jenem ersten Besuch hatte Jean versucht, Mrs Melsoms Bekanntschaft mit ihrer Mutter zu kultivieren, indem sie ihr einen Beutel Stangenbohnen aus dem Garten vorbeibrachte, unter dem Vorwand, sie hätten zu viele.

»Es war so nett von Ihnen, dass Sie gekommen sind und sich zu ihr gesetzt haben; Mutter hat das so gefreut«, hatte sie gesagt und auf ein Wiederholungsangebot gehofft.

Ihr war nicht klar gewesen, dass ihre Mutter schon so schnell eine Abneigung gegen die arme Frau entwickelt hatte, dabei war es vollkommen vorhersehbar gewesen. Bereits bevor sie zur Einsiedlerin geworden war, hatte sie die Angewohnheit gehabt, neue Freundschaften zu schließen und sie dann wieder abzulegen, normalerweise wegen irgendeiner eingebildeten Kränkung. Ihre Zerwürfnisse geschahen schnell und unwiderruflich, die Opfer waren zahlreich. Der Bruch mit der Strickgruppe der Kirche war nur ein Beispiel.

Mrs Melsom stand in einem verblassten Sommerkleid und einem zerdrückten Strohhut auf der Schwelle und hielt eine Glasschüssel mit Himbeeren in den Händen.

»Die habe ich für Ihre Mutter mitgebracht«, sagte sie. »Sie hat erwähnt, wie gern sie sie mag, und unsere tragen gut. Wir haben mehr, als wir essen können.«

»Das ist sehr aufmerksam von Ihnen«, sagte Jean und nahm die Schüssel entgegen. »Möchten Sie nicht hereinkommen?«

»Wer ist da?«, ertönte die flötende Stimme ihrer Mutter.

Jean warf ihr über Mrs Melsoms strohbehuteten Kopf einen finsteren Blick zu, während sie die Besucherin in den Vorraum schob.

»Schau, Mutter«, sagte sie und hielt ihr die Himbeeren zur Begutachtung hin, als wären sie eine Opfergabe, eine reizbare Gottheit zu besänftigen. »Ist das nicht nett?«

»Die werden gut zum Tee schmecken«, gab ihre Mutter zu und schraubte die Hülle auf ihren Füllfederhalter.

Sie war eine wählerische Esserin und schätzte ihre kleinen Leckereien. Mrs Melsom hatte, vielleicht unwissentlich, den sichersten Weg gefunden, ihr Wohlwollen zu gewinnen.

»Hallo, Mrs Swinney«, sagte Mrs Melsom mit dieser künstlich hohen, hellen Stimme, mit der man Schwerhörige oder Schwachsinnige ansprach. »Ich sehe, Sie sind mit Ihren Papieren beschäftigt.«

»Ich muss einen Berg von Briefen schreiben«, antwortete die alte Dame und tippte auf ihren Notizblock.

Jean blinzelte überrascht. Abgesehen von Dorrie war die einzige regelmäßige Briefpartnerin ihrer Mutter eine alte Freundin in Toronto. Das schützende Hindernis eines Ozeans zwischen ihnen hatte diese davor bewahrt, den Weg aller anderen Beziehungen zu gehen.

»Das Schwierige ist, etwas zu erzählen zu finden«, fügte sie hinzu, einen Augenblick lang die Maske fallenlassend. »Wenn man nicht viel tut.«

»Nun, ich hatte mir überlegt, ob ich Sie wohl am Samstag aus dem Haus locken könnte«, sagte Mrs Melsom und warf Jean einen vorsichtigen Blick zu. »Der christliche Mütterverein veranstaltet einen Strawberry Tea in der Stadthalle. Der Handglockenchor gibt ein kleines Konzert, und es gibt einen Wohltätigkeitsmarkt. Es dürfte ein recht netter Nachmittag werden.« Sie legte den Kopf schief.

Jeans Mutter sah einen Moment lang erschrocken aus. »Oh, ich glaube, das ist vielleicht zu viel für mich«, sagte sie.

»Natürlich nicht«, rief Jean aus. »Das klingt wunderbar.«

»Wir finden einen bequemen Sitzplatz für Sie – Sie müssen keine Konversation machen, wenn Sie nicht möchten.«

Jean wusste nicht mehr, ob sie Mrs Melsom über die Sozialphobie ihrer Mutter in Kenntnis gesetzt oder sich dieselbe schon während ihres gemeinsamen Tees gezeigt hatte.

»Es ist das Gehen«, sagte ihre Mutter und schüttelte entschlossen den Kopf. »Ich bin nicht gut genug auf den Beinen.«

»Mein Mann wird uns im Riley hinfahren«, sagte Mrs Melsom. »Von Tür zu Tür.«

»Na, siehst du«, sagte Jean. »Was könnte netter sein?«

»Na ja, ich nehme an, wenn du auch mitkommst«, sagte ihre Mutter.

Das war nicht der Ausgang gewesen, auf den Jean gehofft hatte.

»Die Einladung ist für *dich*, Mutter«, sagte sie und schoss einen flehenden Blick auf Mrs Melsom ab. »Es würde dir so guttun, wenn du mal aus dem Haus kommst.«

Sie hatte diese Formulierung nicht wählen wollen. Wenn etwas als wohltuend dargestellt wurde, fand es mit großer Wahrscheinlichkeit eher wenig Anklang. Sie überlegte schon fast, ob es die Mühe wert wäre, einen Strawberry Tea und einen Wohltätigkeitsmarkt über sich ergehen zu lassen, nur um ihre Mutter schrittweise in eine neue Welt aushäusiger Aktivitäten einzuführen. Aber die unmittelbare Möglichkeit eines freien Samstags war zu verlockend.

»Nun ja, denken Sie einfach darüber nach und lassen Sie es mich wissen«, sagte Mrs Melsom.

Jean sah ihre Aussicht auf Freiheit entschwinden. Wenn sie die Sache nicht sofort regelte, solange Mrs Melsom noch hier war und als Zugkraft diente, war der Kampf verloren.

»Es könnte gut sein, dass du dich amüsierst. Und du hättest etwas, was du Dorrie in deinem nächsten Brief erzählen kannst.«

Ihr Mutter wackelte mit ihrer Hand, als schwenkte sie eine weiße Fahne. »Ach, na gut. Wenn ihr so erpicht darauf seid.«

Mrs Melsom, das musste man ihr lassen, weigerte sich, sich von dieser unhöflichen Antwort kränken zu lassen, sondern strahlte, als hätte man ihr einen riesigen Gefallen getan.

Das mache ich wieder bei dir gut, dachte Jean. Sie hatte kein großes Vertrauen in den Langzeiterfolg des Experiments. Es war eine fromme Hoffnung, dass ihre Mutter eine Freundin gewinnen und behalten könnte und damit eine Quelle der Unterhaltung oder des Trostes, die über sie selbst und ihre vier Wände hinausgingen.

»Ich nehme an, du wirst mit deinen neuen Freunden herumscharwenzeln, während ich weg bin«, sagte ihre Mutter scharfsinnig, sobald sich die Tür hinter der Besucherin geschlossen hatte. »Sie scheinen aus irgendeinem Grund ein ziemliches Projekt aus dir zu machen.«

»Falls ich ›herumscharwenzle‹«, sagte Jean, großherzig angesichts ihres Siegs, »dann ist es sicherlich besser, wenn ich es tue, während du nicht da bist und dich amüsierst, als wenn du allein hier sitzt.«

»*Amüsieren?*«, wiederholte ihre Mutter mit leichtem Schaudern. »Das wird wohl eher ein Haufen alberner Frauen.«

»Ich bin mir sicher, sie sind nicht alle albern. Mrs Melsom ist sehr anständig.«

»Solange sie nicht versuchen, mich in irgendein Komitee zu stecken. Du weißt, wie diese Kirchenfrauen sind, wenn sie dich in die Finger kriegen.«

Jean lachte. »Du übertreibst wirklich! Es ist der christliche Mütterverein, kein Rudel wilder Bestien.«

»Ich hatte nicht den Eindruck, dass du dich darum gerissen hast.«

»Ich bin auch keine Mutter«, sagte Jean.

16

Pam's Kolumne
DIE INOFFIZIELLE TANTE

Gibt es Frauen, die mehr Spott über sich ergehen lassen müssen als ledige Tanten? Die Männerknappheit nach dem Krieg hat dafür gesorgt, dass ihnen Heirat und Mutterschaft versagt blieben, und so nimmt man sie als gleichermaßen komisch wie tragisch wahr. Die ledige Tante ist prüde und leicht zu schockieren, misstrauisch gegenüber allem Modernen, mag Katzen und den örtlichen Pfarrer und ist zu bemitleiden, aber auch zu verspotten. In der Literatur waren ihr nur Nebenrollen vergönnt wie zum Beispiel Jane Austens törichte Miss Bates, bis Agatha Christie Jane Marple zu ihrer Heldin erhob – die selbstverständliche Neugier und scheinbare Harmlosigkeit der ledigen Tante machten aus ihr die ideale Detektivin.

Doch inzwischen gibt es eine neue Sorte unverheirateter Frauen – moderne, gebildete Frauen mit Geld und eigenem Beruf –, und unter Druck stehende Eltern profitieren davon.

Diese Frauen haben die Zeit und Energie, »inoffizielle Tanten« für die Kinder ihrer Freunde oder Nachbarn zu sein. Was könnte dankbarer und mehr zum gegenseitigen Vorteil sein?

Der junge Mensch gewinnt eine weise Ratgeberin und Vertraute, unbelastet von elterlichen Erwartungen. Die kinderlose Frau genießt eine flüchtige Kostprobe der Freuden der Elternschaft und erlangt ein tieferes Verständnis für die jüngere Generation. Die Eltern haben mehr Zeit für ihre eigenen Angelegenheiten. Ein Gewinn für alle!

Die schwungvollen Weisen des Rondo Alla Turca erfüllten die Kirche St Mary le Strand, die Vibrationen des Flügels ließen die Blumen an der schlanken Holzsäule unter der Kanzel erzittern. Überbleibsel der Hochzeit der vorigen Woche, dachte Jean, während sie sich mit dem gedruckten Programmheft Luft zufächelte. Sie waren am Eingang durch einen Brei aus Papierkonfetti gewatet. Neben ihr saß Margaret und baumelte im Takt der Musik mit den Beinen, die in weißen Socken und marineblauen Riemchensandalen steckten. Auf dem Schoß hielt sie eine Tüte Karamellbonbons. Jean hatte sie als Vorsichtsmaßnahme alle vorher ausgewickelt, damit sie nicht knisterten. Jetzt waren sie in der Hitze weich geworden und zusammengeklebt, und es erwies sich als schwierig, sie auseinanderzuklauben.

Ihr Vater hatte sie, als sie ein kleines Mädchen war, einmal zu genau so einem Nachmittagskonzert mitgenommen. Sie hatte die Musik damals nicht sehr gemocht – und jetzt war es, um ehrlich zu sein, nicht anders. Es war die Erfahrung eines besonderen Tages allein mit ihrem Vater, die in ihrer Seltenheit so wertvoll für sie gewesen war. Ein Klavierkonzert war ihr eine gute Idee erschienen, um diese Ausflüge mit Margaret feierlich zu eröffnen – es sollte sie in ihren Musikstunden unterstützen –, aber sie spürte, dass das kleine Mädchen sich langweilte.

Es war ein ziemlich langer Vortrag, und die Kirchenbänke waren hart. Der Rest des Publikums war größtenteils sogar noch älter als Jean – Abonnementsbesitzer vielleicht –, und es gab keine anderen Kinder. Sie würde wahrscheinlich lieber zu Hause mit dem Kaninchen spielen, dachte Jean. Vielleicht ist das gar keine besondere Belohnung für sie, sondern eine schreckliche Zwangsaufgabe, die sie erdulden muss, um ihrer Mutter einen Gefallen zu tun. Und doch hatte sie Margaret, als sie mittags in dem Haus in Sidcup angekommen war, um sie abzuholen, in ihren besten Kleidern und voller Vorfreude vorgefunden.

Gretchen selbst schien sich fast genauso für sie zu freuen, und Jean spürte einen kurzen Stich des Schuldbewusstseins, dass sie von ihrem Abenteuer ausgeschlossen war.

»Kommst du ohne mich zurecht, Mummy?«, hatte Margaret mit plötzlich ernster Stimme gefragt, als sie gerade gehen wollten.

»Ich werde versuchen, es zu meistern, so gut ich kann«, hatte Gretchen lachend geantwortet und ihre Tochter auf die glänzende Wange geküsst.

»Falls du dich einsam fühlst, hast du immer noch Jemimah.«

»Danke, ich werde es mir merken.«

Zwischen Mozart und Rachmaninow gab es eine kurze Pause, in der die Pianistin das Kreuzschiff verließ, vielleicht, um sich zu sammeln oder einen Schluck Wasser zu trinken.

Die Luft war trocken und staubig; Partikel schimmerten in den Lichtstrahlen, die durch die hohen Fenster hereinfielen, und blieben einem im Hals stecken.

»Ist es vorbei?«, flüsterte Margaret während des Applauses mit einer Stimme, die mehr Hoffnung als Bedauern zu transportieren schien.

Jean stand auf und machte Margaret ein Zeichen, ihr zu folgen, und sie schlichen sich aus der Bank und den Mittelgang entlang, schlüpften durch das schwere Westtor ins blendende Sonnenlicht und den plötzlichen Lärm der Straße hinaus.

»Ich hatte genug, du nicht?«, sagte Jean, als sie das stille Kirchengelände sicher verlassen hatten.

Sie war nie mitten in einem Konzert oder irgendeiner anderen Vorstellung einfach gegangen, und ihre eigene Kühnheit machte sie fast schwindlig. Auch wenn man keine Freude dabeihatte, war es trotzdem Verschwendung und damit eine Sünde gegen die Sparsamkeit – die einzige Religion, die Jean praktizierte.

Margaret nickte. »Ich mochte das letzte Lied, aber es war ziemlich lang.«

»Du könntest eines Tages auch so spielen, weißt du?«

Margaret schüttelte den Kopf und verzog erschrocken das Gesicht.

»Diese Frau da drin war einmal genau wie du – hat ihre Tonleitern gelernt, hat geübt; sie konnte nicht von Geburt an so spielen.«

»Ich spiele nicht gern vor Leuten. Sobald Leute anfangen, zuzuhören, mache ich Fehler. Ich mag Singen. Da muss man die Töne nicht erst machen; sie sind schon in einem drin.«

Sie schäumte nur so über vor charmanten und unerwarteten Kommentaren – gleichzeitig unschuldig und tiefsinnig. Fragen schienen aus ihr herauszusprudeln, ausgelöst durch alles und nichts. »Glaubst du, Jemimah mag mich? Ich meine, glaubst du, Kaninchen können Menschen wirklich mögen?« »Wenn du den Himmel anschaust, glaubst du, du siehst dieselbe Farbe wie ich?« »Wenn du ein Baby bekommen hast, heißt das dann, dass du auf jeden Fall noch eins bekommen kannst?« Jean wusste nicht so genau, wie sie die letzte Frage beantworten sollte, ohne die komplizierten Themen der menschlichen Fortpflanzung anzusprechen, die weit über ihr Aufgabengebiet als inoffizielle Tante hinausgingen. Angesichts von Margarets eigentümlicher Entstehungsgeschichte war es ungefährlicher zu sagen: »Nicht immer. Babys kommen nicht immer dann, wenn man es möchte.«

Sie gingen auf der Suche nach einer Erfrischung the Strand entlang. Margaret trug eine kleine Schultertasche – eine ähnliche Version von Gretchens, nur in Kindergröße – und schwang sie auf Knöchelhöhe. Dann und wann traf sie Jean an der Wade.

»Das ist eine hübsche kleine Tasche«, sagte Jean und machte einen Ausfallschritt, um einem erneuten Schwung auszuweichen. »Was hast du da drin?«

Margaret hob sie über den Kopf und frontal vor den Körper wie einen Postsack, bevor sie sie öffnete, um den Inhalt zu präsentieren.

»Taschentuch, Geldbörse, Karamellbonbons, Notizblock, Stift.«

»Wofür ist der Notizblock?«

»Das brauche ich, wenn die Engelsstimmen ein Wort sagen, das ich nicht kenne, damit ich es aufschreiben und später nachschauen kann.«

»Oh«, sagte Jean. Sie hatte nicht vorgehabt, nach den Stimmen zu fragen. Gretchen hatte gesagt, es sei am besten, keine große Sache daraus zu machen, aber das Thema war ganz von selbst aufgetaucht. »Hast du in letzter Zeit etwas von ihnen gehört?« Es hätte genauso gut die Frage nach einer Brieffreundin oder entfernten Verwandten sein können.

»Sie sind ein bisschen still, seit ich Jemimah bekommen habe. Ich glaube, sie sind eifersüchtig.«

»Das kann gut sein«, sagte Jean, die Mühe hatte, sich die menschlichen Schwächen dieser geisterhaften Flüsterer vorzustellen. Vielleicht sprach da nur die Einsamkeit. Vielleicht war Jemimah wirklich ein »Heilmittel«.

Margaret zog den Spiralblock heraus und klappte ihn beim jüngsten Eintrag auf.

»Testamentsvollstrecker, Gesetzesübertretung, Goldbronze«, las sie über die Silben stolpernd.

»Gütiger Himmel. Ich weiß nicht einmal genau, ob ich diese Wörter selbst alle verstehe«, sagte Jean und fragte sich wieder einmal, wie Gretchen dieses bizarre Phänomen mit solcher Gleichmut akzeptierte. Wenn es nach ihr ginge, würde sie alles daransetzen, diese »Engel« unter die Lupe zu nehmen. »Wenn das so weitergeht, hast du irgendwann einen fantastischen Wortschatz.«

»Meine Lehrerin Mrs Garpitt hat gesagt, ich habe ein Lesealter von guten dreizehn«, antwortete Margaret.

Jean konnte erkennen, dass sie unbedingt jemandem von diesem Lob erzählen wollte, es ihr aber gleichzeitig peinlich war, für prahlerisch gehalten zu werden.

»Mindestens, würde ich sagen«, erwiderte sie. »Sollen wir zum Tee zu Simpson's gehen? Ich habe nach all diesen Karamellbonbons schrecklichen Durst.«

Sie wurde mit einem strahlenden Lächeln belohnt.

Der Kellner geleitete sie nach oben in den Speiseraum für Damen zu einem Tisch am anderen Ende des großen Raums mit der hohen Decke, ein Stück entfernt vom Gros der anderen Gäste. Jean hatte den Verdacht, dass er sie absichtlich etwas abseits platziert hatte, und empfand eine gewisse Genugtuung, als Margaret auf eine Gruppe elegant gekleideter Damen in der Nähe des Fensters zeigte und in seiner Hörweite sagte: »Dort haben wir letztes Mal gesessen.«

Es war ein paar Jahre her, seit Jean das letzte Mal schick essen gewesen war, und sie musste ihre Überraschung über die Preise verbergen – fünf Shilling für ein Stück Strudel!

Sie bestellte eine Kanne Tee mit Scones und Marmelade, und Margaret wählte von einem Rollwagen mit Gebäck ein Erdbeer-Millefeuille und dazu ein Glas Milch. Der Anblick der Erdbeeren erinnerte Jean an ihre Mutter, und sie überlegte, wie sie wohl in der Stadthalle zurechtkam. Ihr Magen zwickte kurz nervös in Erwartung der Anschuldigungen, die einem erfolglosen Nachmittag folgen könnten.

Der Scone war warm und mürbe und duftete nach Rosenwasser. Er kam mit einem Schälchen Erdbeermarmelade und etwas fast zu Butter geschlagener Sahne. Die könnte ich auch ganz einfach zu Hause machen, dachte Jean, aber ich tue es nie. Sie war im Sommer immer lieber im Garten als in der Küche. Margaret sezierte ihr Millefeuille und aß es eine Schicht nach der anderen von oben nach unten.

»Du könntest es auch einfach mit einer Gabel in Angriff nehmen«, schlug Jean vor, die ihren Kampf beobachtete.

»Aber dann wird das ganze Innere herausgequetscht«, sagte Margaret. »Es ist aber herrlich.« Sie verdrehte genießerisch die Augen.

Sie hatte es geschafft, sich die Sahne überall an die Finger und einen Fleck Puderzucker auf die Wange zu schmieren. Für Jean war es die reine Freude, ihr kindliches Vergnügen zu beobachten; der Zeitraum zwischen dem Einsetzen der Selbstbewusstwerdung und dem Beginn der Befangenheit war so kurz. Margaret war jetzt zehn; es würde vielleicht noch höchstens zwei Jahre andauern.

»Was möchtest du danach gerne tun?«, fragte Jean und schenkte sich noch mehr Tee nach. Eine Kunstgalerie wäre vielleicht zu viel des Guten. Man konnte es auch übertreiben mit der Kultur.

Margaret sah schüchtern drein. »Soll ich dir sagen, was ich am allerliebsten machen möchte?«

»Ja, bitte.«

»Ich würde gern Daddy in seinem Laden überraschen.«

»Oh.« Das hatte Jean nicht erwartet, und sie hatte keine Ausflucht zur Hand, also sagte sie: »Also dann, na gut. Wenn du das gern möchtest. Aber wenn er mit Kunden beschäftigt ist, dürfen wir ihm nicht im Weg sein.«

Als die Rechnung kam, zog Margaret eine kleine, perlenbestickte Börse aus ihrer Schultertasche und versuchte, Jean einen Shilling zu geben.

»Mummy hat mir Geld gegeben, um zu bezahlen«, sagte sie.

»O nein«, erwiderte Jean lachend. »So funktioniert das nicht. Das geht auf meine Rechnung.«

Margaret akzeptierte das wie alles, was Jean sagte, und ließ die Münze in ihre Börse zurückfallen.

Es war nur ein kurzer Fußweg zur Bedford Street, und Jean spürte, wie sich beim ersten Blick auf die flaschengrüne Ladenfassade und das goldene gemalte Schild ihre Stimmung hob. Auf dem Gehweg vor dem Laden parkte ein Kinderwagen; ein Baby in einem blauen gestrickten Strampler trat energisch unter seiner Decke mit den Füßchen und kaute auf seiner Faust. Eine seiner Wangen war vor Zahnschmerzen feuerrot. Jean und Margaret blieben stehen, um mit ihm zu plaudern, bis die Mutter aus dem Laden nebenan kam und mit ihm weiterging.

Howard sprach an der Kasse mit einem Mann und bemerkte die Besucher nicht, die durchs Fenster spähten. Selbst als sie die Tür öffneten und die Glocke in Bewegung setzten, brauchte er ein oder zwei Sekunden, bis er seine eigene Tochter erkannte, und dann strahlte auf seinem Gesicht ein überraschtes und erfreutes Lächeln auf.

»Ich weiß nicht, was ihr gefallen würde«, sagte der Kunde gerade und sah hilflos auf die Samtablagen mit Ketten und Armbändern, die auf der Vitrine ausgelegt waren. »Für mich sehen die alle ziemlich gleich aus.«

»Vielleicht kann diese Dame Sie beraten«, sagte Howard und deutete auf Jean. »Sie kann eine weibliche Sichtweise einbringen.«

Der Mann, der vielleicht Ende zwanzig war, mit einem Haarschnitt von militärischer Strenge, sah sie mit hilfloser Dankbarkeit an.

»Aber seien Sie gewarnt, sie hat einen sehr teuren Geschmack«, fügte er hinzu.

»Das ist überhaupt nicht wahr«, versicherte Jean dem Kunden, der jetzt ziemlich verwirrt schien. »Ich verstehe so gut wie gar nichts von Schmuck. Aber ich kann Ihnen sagen, welches ich am hübschesten finde.«

Sie deutete auf ein zartes, mit Mondsteinen besetztes Silberarmband – das billigste aller ausgestellten Stücke, auch wenn das dieses eine Mal gar keine Rolle für sie spielte.

»Mir gefällt das«, sagte Margaret und deutete mit einem abgeknabberten Finger auf einen prahlerischeren und teuren Rubinanhänger.

»Der ist auch hübsch«, stimmte Jean zu, die jetzt bemerkte, dass sie Howard wohl kaum einen Gefallen getan hatte, indem sie das Stück mit dem bescheidenen Preisschild empfahl.

»Ja. Vielleicht ein Rubin«, sagte der junge Mann. »Ich glaube, das sendet die richtigen Signale.«

Howards Lippen zuckten, und Jean wandte den Blick ab, heuchelte plötzliches Interesse an einer Auslage mit Herrenarmbanduhren.

»Es gibt sogar passende Ohrringe dazu«, sagte Margaret. »Die könnten Sie auch noch kaufen.«

»Gütiger Himmel, Margaret«, sagte Howard. »Ich fürchte, diese junge Dame ist meine Tochter«, erklärte er. »Und deshalb keine ganz unbeteiligte Partei.«

»Und schon eine richtig gute Verkäuferin!«, sagte der Mann und schien schon fast so weit zu sein, die Ohrringe ebenfalls zu nehmen, als ihm aufging, dass er nicht sicher war, ob seine Verlobte Ohrlöcher hatte. Dass er sich nicht an dieses Detail erinnern konnte, bekümmerte ihn. »Man sollte meinen, so etwas hätte ich bemerken müssen«, sagte er kopfschüttelnd, als Howard den Rubinanhänger polierte und in eine Samtschachtel legte.

Die Schachtel wanderte in eine elegante grüne Tüte mit Griffen aus Satinband. Jean spürte ein kurzes Aufwallen von Neid auf diese unbekannte junge Frau, die bald die Empfängerin eines solch großzügigen Geschenks sein würde. Sie konnte sich zwar keine Gelegenheit vorstellen, zu der sie einen Rubinanhänger tragen könnte, aber es wäre ein aufregender Neuzugang für ihre Schatzschublade.

Margaret sah mit schamlosem Interesse zu, wie der Mann vier neue Fünfpfundnoten aus seiner Brieftasche zog und sie mit einem beinahe widerwilligen Schaudern auf die Ladentheke legte. Jean konnte seine Beklommenheit nachempfinden, sich auf einmal von einer so großen Summe Geld zu trennen. Sie hätte fast einen Monat dafür arbeiten müssen.

»Gut gemacht, ihr beiden!«, sagte Howard, als der Kunde seiner Wege gegangen war und die verspielte Tasche ein klein wenig gehemmt an der Hand trug, nachdem er vergeblich versucht hatte, sie in seine Tasche zu quetschen. »Das war das beste Geschäft des ganzen Tages.«

»Das war nicht mein Verdienst«, sagte Jean. »Ich glaube nicht, dass ich irgendein Verkaufstalent habe.«

»Ich bin mir auch nicht sicher, ob ich welches habe«, gab Howard zu. »Was bedauerlich ist.«

»Ich denke, um überzeugend verkaufen zu können, muss man selbst gern Geld ausgeben. Ich bin viel zu vorsichtig.«

»Ich habe früher gern Spielzug gekauft, aber jetzt, wo ich Jemimah habe, brauche ich sonst nichts mehr«, sagte Margaret andächtig.

»O ja, Jemimah ist ein großer Erfolg«, sagte Howard zu Jean. »Ich weiß gar nicht mehr, wie wir ohne sie ausgekommen sind. Jetzt sitzen wir nur herum und bereuen bitterlich die verschwendeten kaninchenlosen Jahre.«

Jean lächelte. Er hatte so eine drollige Art zu reden, dass es eine Freude war, von ihm geneckt zu werden. Sie dachte wieder an ihre erste Begegnung zurück; wie ungeschickt und wenig beeindruckend sie ihn gefunden hatte und wie seiner hübschen jungen Frau unwürdig. Jetzt hatte sie das Gefühl, das Glück sei ganz auf Gretchens Seite. Er war bei Weitem der netteste Mann, den sie je kennengelernt hatte.

Außerdem dämmerte ihr, dass sein erster Eindruck von ihr womöglich auch nicht besonders vorteilhaft gewesen sein könnte. Sie machte sich keine Illusionen oder Sorgen über ihren eigenen Mangel an physischer Schönheit; ihr durchschnittliches Aussehen störte sie tatsächlich mit jedem vergehenden Jahr weniger. Mit zwanzig war es entmutigend gewesen, so unscheinbar zu sein, aber mit vierzig war es ihr nicht mehr so wichtig. Die Zeit hatte die meisten ihrer hübscheren Altersgenossinnen eingeholt, und die, die in der Hinsicht am meisten zu verlieren hatten, schienen ihren Zahn am härtesten zu spüren.

Die Ankunft einer neuen Kundin, einer Frau, deren makellose Frisur, Hut, Handschuhe und modisches Kostüm auf eine vielversprechende Kombination aus Wohlstand und Eitelkeit hindeuteten, war für Jean ein Zeichen, dass es Zeit zum Aufbruch war. Mit den Mienen zufriedener Käuferinnen schlüpften sie und Margaret mit einer diskreten Verabschiedung nach draußen.

»Ich frage mich, ob es Mummy gut geht«, sagte Margaret und wirbelte ihre Handtasche herum, während sie die Bedford Street in Richtung Charing Cross entlanggingen. »Sie hat versprochen, Spitzbuben zum Tee zu machen.«

»Was sind Spitzbuben?«

»Das sind marmeladige Kekse.«

»Ich habe heute so viele neue Wörter gelernt«, sinnierte Jean. »Goldbronze. Spitzbuben. Ich glaube, ich brauche auch ein Notizbuch, um sie mir merken zu können.

Du musst entscheiden, was du bei unserem nächsten Ausflug machen möchtest«, sagte Jean, als sie sich der Burnett Road Nummer sieben näherten. »Vielleicht in den Zoo gehen, wenn du dort in letzter Zeit nicht warst?«

»Ich würde gern schwimmen gehen«, sagt Margaret. »Aber nur, wenn du mit mir ins Wasser kommst. Es zählt nicht, wenn du nur am Rand sitzt und zusiehst.«

»Ich gehe sehr gern schwimmen«, sagte Jean.

»Mummy mag es nicht, deshalb gehen wir nie.«

Vielleicht hatte das etwas damit zu tun, dass sie Schweizerin war und ohne Zugang zum Meer aufgewachsen, dachte Jean. Auch wenn es in der Schweiz sicherlich keinen Mangel an Seen gab.

Sie unterbreitete Margaret diese Theorie, die gründlich darüber nachdachte und dann sagte: »Nein. Sie mag es nur nicht, wenn ihre Haare nass werden.«

Im ersten Moment schien es, als wäre niemand zu Hause. Die Seitentür – der übliche Eingang – war verriegelt, aber als sie klingelten und durch das Milchglas spähten, kam Gretchen mit einem Korb Bügelwäsche unter dem Arm die Treppe herunter.

»Du bist ganz heiß«, sagte Margaret und befreite sich aus der Begrüßungsumarmung ihrer Mutter.

»Tut mir leid«, antwortete die ein wenig atemlos und fächelte sich mit dem Rock ihrer Schürze Luft zu. »Ich war beschäftigt.«

»Hast du die Spitzbuben gebacken?«

Gretchen machte ein erschrockenes Gesicht. »O nein. Hab ich nicht. Ich hatte so viele andere Sachen zu tun.«

Margaret knautschte ihr Gesicht zu einem wütend verstimmten Knoten zusammen.

»Ich mache heute Abend welche, wenn ich mit dem Bügeln fertig bin«, versprach ihre Mutter.

»Aber ich wollte Jean einen schenken.«

»Arme Mummy«, sagte Jean, die Margaret recht unvernünftig fand. Sogar verwöhnt, auch wenn es sie schmerzte, dieses Wort zu denken. »Sie hat den ganzen Nachmittag geschuftet, während wir aus waren und zum Tee bei Simpson's eingekehrt sind.«

»Ehrlich – Simpson's? Margaret, du kleines Äffchen! Dann brauchst du ja wohl nicht auch noch Spitzbuben.«

Margaret sah angemessen verlegen drein. Eigentlich war sie ein gutherziges Mädchen, dachte Jean, und ließ sich leicht zurechtweisen.

»Und wir haben Daddy im Laden besucht. Wir haben ihm geholfen, einen Kettenanhänger mit Rubin für zwanzig Pfund zu verkaufen!«

Gretchen warf Jean einen Blick zu. »Ach ja? Das ist eine hübsche Idee. Ich wette, er war überrascht, euch zu sehen.«

Jean hoffte, es sei offensichtlich, dass die hübsche Idee allein von Margaret stammte, aber sie hätte es zu auffällig gefunden, jetzt die Sprache darauf zu bringen. Sie konnte sowieso nicht bleiben; ihre Mutter und die Obduktion der Teegesellschaft warteten auf sie, also sagte sie auf Wiedersehen zu Margaret, die es eilig hatte, nach draußen zu kommen und sich mit Jemimah zu beschäftigen.

Sobald die beiden Frauen allein waren, war es allerdings Gretchen, die es noch einmal ansprach.

»Ich bin so froh, dass ihr Howard besucht habt«, sagte sie. »Er mag dich sehr, weißt du? Und es ist gut, dass er eine weibliche Freundin hat, mit der er reden kann.«

Sie war so empathisch in ihrer Zustimmung, dass Jean der Verdacht kam, sie könnte genau das Gegenteil meinen. Es war auch seltsam, dass Howard die Vorzüge von Jeans Einfluss auf Gretchen ganz ähnlich beschrieben hatte. Sie erinnerte sich an die eifersüchtige Bemerkung ihrer Mutter: »Sie scheinen aus irgendeinem Grund ein ziemliches Projekt aus dir zu machen.«

17

September 1957

Liebe Jean,
ich habe mir überlegt, ob du vielleicht Zeit hast, nächsten Sonntag einen kleinen Familienausflug zu Howards Tante Edie in der Nähe von Maidstone mit uns zu machen. Wir gehen jedes Jahr ihre Äpfel und Cobnuts ernten. Sie hat einen wunderschönen Garten zum Tennisspielen und ein Picknick, und es ist immer ein schöner freier Tag.
Ich hoffe wirklich, du kannst mitkommen.
Mit guten Wünschen
Gretchen

Am Tag, nachdem dieser Brief angekommen war, hofierte Jean wieder einmal Mrs Melsom. Als Geschenk brachte sie Stangenbohnen und Tomaten aus ihrem eigenen Gemüsebeet mit und ein paar Pflaumen und rote Johannisbeeren, die Gretchen ihr in der vorigen Woche aufgedrängt hatte. Mrs Melsom kniete in ihrem Vorgarten auf einem Kissen, das aus der Kirche gemopst war, und rupfte Unkraut in ihren Blumenbeeten. Als Jean näher kam, hievte sie sich entgegen all ihrer Proteste auf eine Grabegabel gestützt hoch.

»Ich möchte Sie um einen kleinen Gefallen bitten«, sagte Jean, sobald die Opfergaben in Form von Obst und Gemüse angenommen waren. »Ich bin nächsten Sonntag den Tag über weg und habe mich gefragt, ob Sie wohl im Lauf des Tages mal nach Mutter sehen könnten. Anscheinend findet sie niemanden außer Ihnen sympathisch.« Angesichts ihrer eigenen Schamlosigkeit wäre sie beinahe errötet.

Mrs Melsom wischte sich die erdbestäubten Hände an ihrem Rock ab und lehnte sich einen Moment auf die Gabel, um zu Atem zu kommen.

»Aber natürlich, Liebes. Ich habe gerade erst zu Mr Melsom gesagt, wir sollten sie eines Tages zu einer Ausfahrt mit dem Riley mitnehmen.«

»Ach, das wäre ganz wunderbar. Der Strawberry Tea hat ihr so gut gefallen.«

Das war keine allzu gewaltsame Verzerrung der Wahrheit. Mrs Swinney hatte die Veranstaltung nicht annähernd so sehr kritisiert, wie Jean befürchtet hatte, ihr Urteil war gewesen: »Erträglich, würde ich sagen.«

»Wirklich? Dann bin ich froh. Ich war mir nicht sicher. Ich dachte, es könnte vielleicht ein bisschen zu laut für sie gewesen sein, aber die Erdbeeren schienen ihr geschmeckt zu haben.«

»O ja, mit ihrem Appetit ist alles in Ordnung«, sagte Jean und überlegte, ob Mrs Melsom damit einen diskreten Hinweis auf die Genusssucht ihrer Mutter machen wollte. Sie war sich deren Schwächen zwar deutlich bewusst, aber der Gedanke, andere könnten sie bemerken und verurteilen, schmerzte Jean dennoch.

Es wurde Mrs Melsom überlassen, die Möglichkeit einer sonntäglichen Ausfahrt aufs Land mit ihrem Mann zu besprechen. Jean ging mit ihrer üblichen verwirrenden Mischung aus leichtem Herzen und schwer lastenden Schuldgefühlen nach Hause, die noch schwerer wogen, weil ihr langsam dämmerte, dass die Triebkraft hinter diesen Planungen und Mauscheleien vor allem der Gedanke war, Howard zu sehen.

Am verabredeten Morgen wachte Jeans Mutter, die den größten Teil des Vorabends Hinweise und Ermunterungen von ihrer Tochter entgegengenommen hatte, die sie in eine positive Gemütsverfassung hatten versetzen sollen, nach einer unruhigen Nacht auf und schien kurz davor zu sein, die Ausfahrt abzusagen. Es kostete Jean alle Geduld und ihr ganzes Ermutigungsvermögen, sie zur Einwilligung zu beschwatzen, bis sie endlich angezogen, gekämmt und herausgeputzt in den Riley verladen wurde wie auf einen Karren zu ihrer letzten Reise.

Als Jean bei den Tilburys ankam, stand Howard in der Einfahrt und pumpte einen der Reifen des Wolseleys auf, während Gretchen in der Küche einen Picknickkorb mit Essen für zehn hungrige Männer packte. Kalbs- und Schinkenpastete, Hühnchen, Eiersandwiches, die berühmten Spitzbuben, gefüllte Scones, der von Tante Edie besonders geliebte Hefezopf – eine von Gretchens Schweizer Spezialitäten – und Tomaten und Pflaumen aus dem Garten.

Sie trug eine ihrer eigenen Kreationen – ein Sommerkleid aus Baumwolle mit Kellerfalten und einem verwegenen Mohnblumenmuster. Jean, die aus der Einladung geschlussfolgert hatte, dass körperliche Arbeit und Bäumeklettern erforderlich sein würden, trug eine Twillhose, eine kurzärmlige Bluse und Turnschuhe.

»Ich komme mir ein bisschen abgerissen vor«, sagte sie. »Ich dachte, ich soll an Baumstämmen hinaufklettern.«

»Oh, das überlasse ich immer Howard und Margaret«, sagte Gretchen. »Aber du siehst gut aus. Tante Edie ist sehr informell.«

Margaret kam hereinspaziert. Sie umklammerte zwei Tennisschläger und sah blass und ungut aus, gar nicht ihr übliches überschwängliches Selbst. Sie beobachtete die Vorbereitungen ihrer Mutter ein, zwei Minuten ohne Begeisterung.

»Ich finde die Tennisbälle nicht, und ich habe Bauchweh«, sagte sie.

»Die Bälle sind im Schrank unter der Treppe«, erwiderte Gretchen. »Ich habe sie neulich dort gesehen. Geht es dir nicht gut?«, fügte sie dann hinzu, als sie den matten Gesichtsausdruck ihrer Tochter bemerkte. »Du bist sehr blass.«

Auf diese Erkundigung antwortete Margaret, indem sie die Tennisschläger fallen ließ und mit der Hand vor dem Mund aus dem Raum stürmte. Dem Geräusch trappelnder Füße auf der Treppe folgten kurz darauf entfernte Würgegeräusche.

Die beiden Frauen tauschten erschrockene Blicke, und Gretchen ging eilig nachsehen; Jean blieb in der Küche zurück und fühlte sich überflüssig. Der Ausflug würde jetzt sicherlich nicht mehr stattfinden, auf einen anderen Tag verlegt werden, was einen erneuten Gefallen von Mrs Melsom erfordern und Jeans Verschuldungsgrad noch weiter in den roten Bereich treiben würde.

Von der Einfahrt kam Howard herein, die ölverschmierten Hände von sich gestreckt.

»Alles bereit«, sagte er. »Reifen aufgepumpt. Öl und Wasser nachgefüllt. Werkzeugkasten im Kofferraum. Wie geht es in der Verpflegungsabteilung voran?«

»Es gab einen Rückschlag«, antwortete Jean. »Ich glaube, Margaret hat sich übergeben. Sie sagte, sie fühle sich nicht wohl, und ist dann nach oben gerannt.«

»Sie hat heute Morgen ihr Frühstück nicht gegessen«, sagte Howard. »Das fand ich schon komisch. Arme kleine Maggie.«

Gretchen kam mit beunruhigtem Ausdruck zu ihnen zurück. »Tja, sie geht nirgendwo hin«, sagte sie.

»Armes Ding«, sagte Jean und versuchte, angesichts von Margarets größerem Unglück ihrer eigenen Enttäuschung über den ins Wasser gefallenen Ausflug Herr zu werden. »Was hat sie denn?«

»Eine Magenverstimmung, denke ich. Ich habe sie ins Bett gesteckt. Was für ein Jammer – dabei ist heute so ein schöner Tag.«

»Ich laufe schnell zur Telefonzelle und schaue, ob ich Tante Edie erreiche«, sagte Howard. »Wir verschieben das.«

»Oh, du kannst sie nicht in letzter Minute im Stich lassen«, protestierte Gretchen. »Sie hat sich bestimmt große Mühe gemacht. Und die Äpfel müssen gepflückt werden. Fahrt ihr beide – ich bleibe mit Margaret hier.«

»Aber das ist so schade für dich, Gretchen«, sagte Jean. »Wie wäre es, wenn ich hier bei Margaret bleibe?«

Sie hatte das Gefühl, das kleine Mädchen inzwischen gut genug zu kennen, um so ein Angebot zu machen. Seit dem Besuch bei Simpson's hatten sie noch zwei weitere Ausflüge unternommen – einen ins Schwimmbad in Beckenham, wo Jean eine löbliche Bereitwilligkeit gezeigt hatte, sich die Haare nass zu machen, und zu den Swinneys nach Hause, wo sie *Sponge Toffees* gebacken hatten. Beide Ereignisse waren erfolgreich vonstattengegangen, und sogar Jeans Mutter, die neuen Bekanntschaften gegenüber immer misstrauisch war, hatte eingeräumt, Margaret sei »ein liebes kleines Ding«.

»O nein. Ich möchte sie nicht allein lassen, wenn sie sich nicht wohlfühlt. Ihr beide müsst fahren. Das Picknick ist fertig vorbereitet, und Tante Edie wäre enttäuscht, wenn niemand auftaucht.« Sie sah von Jean zu Howard und strahlte vor Freude über ihr Opfer.

Jean spürte einen Anflug von Unsicherheit. Schickte Gretchen sie wirklich zu einer Spritztour mit ihrem Ehemann weg?

Als hätte sie ihre Gedanken gelesen, fragte Gretchen: »Du hältst es doch einen Tag mit Howard aus, oder, Jean?«

»Ich werde versuchen, sie nicht zu Tode zu langweilen«, sagte Howard bescheiden.

»Und Tante Edie ist eine großartige Gesellschafterin. Du wirst sie lieben.«

»Wird sie das nicht merkwürdig finden – wenn ihr Neffe mit einer fremden Frau auftaucht?«, gab Jean zu bedenken.

Gretchen lachte. »O nein. Sie ist für alles zu haben.«

Sie fuhr fort, Sandwiches in Butterbrotpapier einzuwickeln und in den bereits vollen Deckelkorb zu legen, während sich Howard am Spülbecken die Hände wusch.

»Wir brauchen doch jetzt sicherlich nicht mehr das ganze Essen?«, fragte Jean entgeistert. »Du musst etwas für euch hierbehalten.«

»Na ja, Margaret wird sicher nichts essen«, antwortete Gretchen, ließ sich aber überreden, ein Stück Pastete und eine Tomate von dem Festmahl zurückzubehalten.

Nachdem sie sich überzeugt hatte, dass genug Proviant da war, schloss sie die Schnallen des Korbs und sammelte eilig die restliche Ausrüstung für den Ausflug zusammen. Holzkisten für die Äpfel, Picknickdecke, Tennisschläger und Bälle waren bald alle im Kofferraum des Wolseley verstaut und sie abfahrbereit. Gretchen wirkte recht belebt von ihren Bemühungen um sie und beinahe begierig, sie zu verabschieden. Entweder war sie erleichtert, um eine lästige Familienverpflichtung herumzukommen, was höchst unwahrscheinlich war angesichts ihrer offenkundigen Begeisterung für den Ausflug, oder ... Jean war ratlos.

Selbst jetzt, als das Auto im Rückwärtsgang aus der Einfahrt fuhr, kam Gretchen ihnen nachgerannt und wedelte mit einem Strohsonnenhut mit breiter Krempe, den sie Jean durchs vordere Fenster hineinreichte.

»Den wirst du brauchen, sonst verbrennst du dich«, keuchte sie. »Das wird ein sehr heißer Tag.«

Als sie in Howards üblichem bedächtigem Tempo davonfuhren, konnte Jean Gretchens kleiner werdende Gestalt im Seitenspiegel sehen, die zum Abschied winkte und sich dann beinahe beschwingt wieder zum Haus umdrehte.

Selbst in ihren kühnsten Tagträumen hatte Jean es nie gewagt, sich eine Gelegenheit wie diese auszumalen – einen ganzen Tag mit Howard allein zu sein, und das mit Gretchens vollkommener fröhlicher Zustimmung. Sie konnte ihr Glück kaum fassen.

Im Auto war es warm und stickig, und Howard kurbelte sein Fenster herunter und legte den Ellbogen auf den Rahmen.

»Sag mir, wenn es dir zu zugig ist«, sagte er mit einem Blick auf ihre im Wind flatternden Haare.

Ein Schweigen legte sich auf sie – das nicht ganz behagliche Schweigen zweier eher schüchterner Menschen, die sich höflichkeitshalber gezwungen sahen, Konversation zu machen, denen aber nichts Geistreiches einfiel.

So fuhren sie ein paar Meilen, in ihren jeweiligen Gedanken verloren, bis Jean schließlich hervorstieß: »Es tut mir leid, Howard. Ich bin eine sehr schlechte Gesellschaft. Ich bin keine große Rednerin.«

»Ist schon gut«, antwortete er. »Ich auch nicht. Wir werden uns also mit kleinen Reden begnügen müssen oder ganz ohne Reden.«

Das brach den Bann der Peinlichkeit, und sie tauschten ein erleichtertes Lächeln, bevor sie den Blick wieder auf die Straße richteten.

»Deine Frau ist sehr selbstlos«, sagte Jean. »Die meisten Frauen wären bitter enttäuscht, wenn sie so einen freien Tag wie diesen verpassen würden.«

»Ja. Gretchen ist ein sehr geduldiges Exemplar. Und für Margaret würde sie natürlich alles tun. Sie ist das, was man eine ›hingebungsvolle Mutter‹ nennt.«

»Habt ihr je daran gedacht, noch weitere Kinder zu bekommen?«, fragte Jean. »Ihr macht eure Aufgabe als Eltern so gut.«

Falls es eine impertinente Frage war, ließ Howard nicht erkennen, dass er Anstoß daran nahm.

»Es gab mal eine Zeit«, antwortete er. »In den Anfangstagen fanden wir, es könnte nett für Margaret sein, einen Bruder oder eine Schwester zu haben. Und ich glaube, Gretchen ging davon aus, ich würde ein eigenes Kind haben wollen, sozusagen. Das war für mich aber nie ein besonderes Anliegen – meinem Gefühl nach ist Margaret genauso meine Tochter, wie es ein eigenes Kind nur sein könnte.«

»Natürlich.«

»Aber es ist nicht passiert. Und irgendwie war Gretchen nicht überrascht. Ich glaube nicht, dass sie je wirklich geglaubt hat, sie könnte auf normalem Weg ein Kind bekommen.«

»Sie ist immer noch jung genug«, sagte Jean. »Sie ist noch nicht einmal dreißig.«

»Aber ich nicht«, sagte Howard. »Und Margaret ist jetzt zu alt, als dass ein neues Baby ihr noch ein richtiger Spielgefährte sein könnte.«

»Das stimmt wahrscheinlich.«

»Jetzt könnte es ohnehin nicht mehr passieren«, sagte Howard. Seine Stimme war im Motorenlärm kaum zu hören.

»Oh.« Jean erinnerte sich an die Einzelbetten und die Lücke dazwischen – schmal genug, um sich an den Händen zu halten, aber nicht mehr – und errötete.

»Gretchen und ich haben schon seit einigen Jahren nicht mehr diese Art von Beziehung.«

»Das tut mir leid. Ich wollte nicht neugierig sein. Ihr seht für mich immer wie ein perfektes Paar aus.«

»Gibt es so etwas? Ich bezweifle es. Aber ja, wir kommen auf unsere Weise sehr gut miteinander aus.«

»Gretchen ist dir vollkommen ergeben«, beharrte Jean.

»Hat sie das gesagt?«

»Das muss sie nicht – es ist absolut offensichtlich.«

Noch während sie es sagte, merkte sie, dass das nicht genügte. Was verstand sie schon von Gretchens Gefühlen, wenn sie es kaum ertragen konnte, ihre eigenen zu befragen?

»Ich bezweifle nicht, dass sie mich liebt – wie einen Bruder oder einen Lieblingsonkel.«

»Oh, sicher mehr als das!«

»Vielleicht übertreibe ich, aber nur ein bisschen. Jedenfalls nicht wie eine Ehefrau.«

»Manche Männer würden das vielleicht als einen Freibrief zum Fremdgehen auslegen.«

»Zweifellos. Aber das wäre meiner Ansicht nach schäbiges Verhalten.«

»Nun ja, wer weiß schon, wie andere Ehefrauen sind? Oder Ehemänner. Euer ... Arrangement ist vielleicht nichts Ungewöhnliches.«

»Du bist sehr weise, Jean, aber ich hoffe ehrlich, dass du dich in diesem Fall irrst.«

»Warum?«

»Nachdem ich anfangs eine richtige Ehe geführt habe – wenn man davon ausgeht, dass es so etwas gibt –, kann ich nur sagen, dass es sehr schade wäre, wenn sich viele mit einer blassen Kopie davon zufriedengeben müssten.«

»Manche von uns müssen sich mit weit weniger zufriedengeben«, konterte Jean warm. Sie wusste nicht mehr genau, ob sie seiner Meinung war oder nicht; es war, als wäre sie mit einem Vorschlaghammer einem Buntglasfenster zu Leibe gerückt. »Verbundenheit, Zuneigung und Familienleben – diese Dinge kann man nicht einfach so abtun.« Sie war sich bewusst, dass ihre Stimme zitterte. Es war erleichternd und gleichzeitig eine Qual, einmal so offen zu sprechen.

»Du hast ganz recht. Ich gebe übrigens nicht Gretchen die Schuld. Ich gebe sie mir. Ich frage mich oft, ob es damals nicht besser für sie gewesen wäre, noch zu warten, bis sie jemandem begegnet, den sie ganz und gar lieben kann. Aber ich war sozusagen zur Stelle, als eine gewisse Dringlichkeit bestand, Margaret einen Vater und ein sicheres Zuhause zu bieten. Das fand jedenfalls ihre Mutter.«

»Du willst aber nicht andeuten, dass sie gegen ihren Willen zur Ehe gedrängt wurde?«, protestierte Jean. »Niemand, der euch je zusammen gesehen hat, könnte das denken.«

»Nein, nein, nichts so Brutales. Sie hat mich dankbar angenommen, aber jetzt glaube ich, ich habe ihr keinen guten Dienst erwiesen, als ich um ihre Hand anhielt, solange sie so verletzlich war und ihre Mutter im Sterben lag. Es war wohl kaum eine freie Wahl.«

»Du redest, als hättest du allein das große Los gezogen. Weil sie jung und hübsch ist. Aber auch sie hat Glück, dich zu haben. Nette, anständige Männer sind eine Seltenheit.«

Natürlich war er mehr als nur nett und anständig, dachte sie – Wörter, die wohl kaum die Seele rührten. Er war der beste Mann, den sie kannte, und Gretchen die Frau mit dem größten Glück. Aber das konnte sie ja schlecht aussprechen.

»Sind sie das?«

»Meiner Erfahrung nach schon.«

Ihr fielen nur drei ein – Roy Drake, Dorries Mann Kenneth, und dann eben Howard selbst. Sogar ihr eigener Vater hatte am Ende versagt. Zu ihrer Bestürzung merkte sie, dass ihre Augen zu brennen anfingen, und sie wandte sich ab und schaute aus dem Fenster auf die grünen Hecken, bis sie sich wieder gefangen hatte. Es war nicht Traurigkeit, die sie an den Rand der Tränen trieb, sondern ein allgemeines Gefühl der emotionalen Überfülle, das mit jedem Versuch einherging, über ihr Innenleben zu sprechen.

»Es tut mir leid, das zu hören, Jean«, sagte Howard. »Ich bin mir sicher, du hast viel Besseres verdient.«

»Das weiß ich nicht. Ich habe wahrscheinlich genau das bekommen, was ich verdient habe. Anscheinend fühle ich mich immer zu genau der Sorte Mann hingezogen, die nicht zum Ehemann gemacht ist. Nicht zu meinem Ehemann jedenfalls.« Sie lachte hohl auf.

»Ich hoffe, ich habe dich nicht verärgert«, sagte er. »Ich hatte das Gefühl, offen mit dir reden zu können. Ich weiß nicht, warum.«

»Das kannst du. Und ich bin froh, dass du es getan hast.«

»Ich finde, du vermittelst einem den Eindruck, die Leute nicht zu verurteilen.«

Jean hatte sich vorher noch nie in diesem Licht betrachtet; manchmal ertappte sie sich nämlich sehr wohl bei hochmütigen, missbilligen Gedanken und schämte sich dann. Howards überzeugte Aussage ihre Güte betreffend machte sie nur umso entschlossener, diesem Anspruch gerecht zu werden und die aufgeschlossene, tolerante Person zu sein, für die er sie hielt. Ich liebe ihn, dachte sie verwundert. Das hatte ich nie vor, aber nun ist es so. Die Erleichterung, dies vor sich selbst zuzugeben und es als Tatsache zu akzeptieren, die nicht zu leugnen oder zu ändern war, wirkte wie ein Abwerfen von Ketten.

»Oh, danke. Das ist nett von dir«, sagte sie und achtete darauf, dass ihre Stimme ruhig blieb.

Es schien unmöglich, dass er ihre Veränderung nicht bemerkte, aber er lächelte ihr nur kurz zu und hielt den Blick auf die Straße gerichtet, wie ein vernünftiger Mann das tun würde.

Sie hatten jetzt die Vororte hinter sich gelassen und fuhren durch das ländliche Kent mit seinen Hohlwegen und Hecken, die mit Geißblatt und Brombeeren verwebt waren und von Schmetterlingen nur so wimmelten. In Shoreham floss ein Bach mitten durchs Dorf. Ein Trupp Kinder watete barfuß mit Marmeladengläsern und Netzen durchs Wasser; sie drehten sich alle gleichzeitig um und starrten dem Auto in einträchtiger Feindseligkeit hinterher, als es über die Brücke fuhr.

Das Haus stand am Dorfrand in einem großen, ungepflegten Garten, der hauptsächlich aus struppigem Rasen mit Obstbäumen und Beeten mit wuchernden Wildblumen bestand. Jenseits der Bäume hatte man einen Tennisplatz ins Gras geschoren.

Tante Edie ruhte auf einer hölzernen Sonnenliege, in Schals gewickelt trotz der Hitze, die jetzt flimmernd intensiv war. Sie trank Cider aus einer Flasche und las einen Dashiell Hammett. Es war schwer zu erkennen, wie sie genau aussah, weil ihr Gesicht so übervoll war; zusätzlich zu einem gelben Sonnenvisier trug sie eine moderne Cat-Eye-Sonnenbrille über ihrer normalen Brille und hatte ein großes Pflaster über die Nase geklebt. Ein ältlicher Spaniel lag zu ihren Füßen und regte sich, um ein paarmal pflichtschuldig zu den Besuchern herüberzukläffen, bevor er sich wieder neben sie hinplumpsen ließ.

»Hallo, Tantchen«, sagte Howard und beugte sich hinab, um sie auf die pudrige Wange zu küssen. »Das ist Jean«, war seine ganze Erklärung dafür, dass Jean seine Frau und seine Tochter vertrat, und offenbar auch alles, was Tante Edie an Information zu benötigen schien.

»Ihr werdet durstig sein, nehme ich an. Hol euch etwas von dem Cider – du weißt, wo er steht«, sagte sie und wedelte mit dem Arm in Richtung einer offenen Hintertür.

Während Howard die Getränke holen ging, breitete Jean die Wolldecke auf dem büscheligen Gras aus und setzte sich im Schneidersitz darauf, in Erwartung einer Befragung, doch ihre Gastgeberin zeigte sich auf heitere Weise uninteressiert. Jean war jetzt froh um Gretchens Sonnenhut, denn es gab keinen Schatten, wo sie saßen, und die Bäume waren in dieser Hinsicht ziemlich nutzlos, da ihre niedrigsten Äste fast den Boden berührten. Sie war auch dankbar für seine Sichtschutzeigenschaften, für den Fall, dass ihre neue Gefühlsaufwallung in ihrem Gesicht abzulesen war.

»Mir gefällt Ihre Aufmachung«, sagte Tante Edie, die jetzt ihr Buch zur Seite legte und Jean über ihre beiden Brillen hinweg ansah. »Sehr praktisch. Ich habe noch nie Hosen getragen. Glauben Sie, es ist zu spät, damit anzufangen?«

»Überhaupt nicht«, antwortete Jean. »Ich glaube, Sie sähen elegant aus in Hosen.«

»Praktisch zum Radfahren, kann ich mir vorstellen.«

»Braust du etwa immer noch auf deinem Fahrrad im Dorf herum?«, fragte Howard, der das Ende ihres Austauschs mit angehört hatte, als er mit zwei Flaschen Cider zurückkam. »Ich dachte, nach deinem Unfall wolltest du es abschaffen.«

Tante Edies Hand verirrte sich zu ihrer bandagierten Nase. »Ich gebe zu, ich war ein bisschen erschüttert. Aber ich habe beschlossen, ich komme nicht ganz ohne es aus. Es ist so nützlich, um zur Bibliothek zu fahren und so weiter.«

»Tante Edie hatte einen Zusammenstoß mit einer Pferdetränke«, erklärte Howard. »Anscheinend war die Tränke schuld.«

Sie versetzte ihm einen Klaps mit Dashiell Hammett, und er lachte.

»Ich wünschte, meine Mutter wäre so unerschrocken wie Sie«, sagte Jean.

Sie nahm einen großen Schluck aus ihrer Flasche und keuchte, als er in ihrer Kehle brannte. Er war stark und feurig und ganz anders als der Cider, den sie kannte.

»Meine Tante ist einzigartig, fürchte ich«, sagte Howard. »Vergleiche sind sinnlos.«

»Wo sind denn die herrlichen Wesen heute?«, fragte sie, endlich den Personalwechsel bemerkend.

»Margaret ging es heute Morgen nicht so gut, deshalb ist Gretchen zu Hause geblieben, um nach ihr zu sehen. Beide lassen herzlich grüßen.«

»Ich habe ein paar Kleinigkeiten für sie. Fahr nicht nach Hause, ohne mich daran zu erinnern. Ich habe entrümpelt.«

»Du meine Güte«, sagte Howard, der offensichtlich nicht zum ersten Mal in den Genuss dieser Großzügigkeit kam.

»Nun ja, eines Tages wird es an dir sein, dich mit alldem zu beschäftigen«, sagte seine Tante. »Ich versuche nur, schon jetzt so viel auszusortieren, wie ich kann.«

»Ach, du wirst uns sicher alle überleben.«

»Das werde ich nicht«, gab sie lapidar zurück. »Falls du glaubst, ich werde eine dieser uralten Spinatwachteln mit Barthaaren am Kinn, irrst du dich. Ich habe eine geladene Pistole in meinem Schlafzimmer. Wo genau, sage ich dir nicht, falls du versuchst, sie mir wegzunehmen. Aber ich werde sie benutzen, wenn es an der Zeit ist.«

»Du wirst wahrscheinlich daneben zielen und den Zeitungsjungen erschießen oder sonst jemanden«, sagte Howard milde.

Jean fand diesen Austausch ziemlich anregend. Sie konnte sich so ein Gespräch zu Hause nicht vorstellen. Ihre Mutter sperrte sich jeder Andeutung des Todes mit heftigem Aberglauben, als würde die bloße Erwähnung seines Namens ihn einladen. Sie nahm noch einen vorsichtigen Schluck aus ihrer Flasche und schauderte.

»Ist das der Cider vom letzten Jahr?«, fragte Howard, der Jeans Mühe bemerkte. »Er ist stärker als in meiner Erinnerung.«

Tante Edie nahm ihm die Flasche ab und verdrehte die Augen. »Du hast den Apfelbranntwein erwischt, du Clown. Ihr werdet beide total blau sein.«

Jean legte sich auf der Decke zurück und begann zu kichern. Sie fühlte sich ziemlich aufgekratzt.

Sie brauchten zwei Stunden, um die Bäume von allen Äpfeln bis auf die unerreichbarsten zu befreien, die Tante Edie aufsammeln würde, wenn sie herunterfielen. Sie verschwendete nichts: Die besten, makellosen Früchte wurden in Zeitungspapier gewickelt, in Kisten gepackt und zur Verwendung im Lauf des Winters in einer kühlen Steinhütte aufbewahrt. Die zweitbesten wollten an Freunde verschenkt, mit Nachbarn gegen Kartoffeln und Bohnen getauscht, der Dorfschule gespendet, zu Kuchenfüllung verarbeitet und eingemacht oder zum baldigen Verzehr aufgehoben werden. Das Fallobst und die beschädigten Äpfel wurden zum Auspressen zum Bauernhof geschickt.

Auf Bäume zu klettern war eine neue und beglückende Erfahrung für Jean. Sie hatten keine Brüder oder Cousins, deshalb waren Dorrie und sie nie mit wilden Freiluftspielen vertraut gemacht worden. Sie hatten ihre Kindheit in einer Wohnung im zweiten Stock in Gipsy Hill verbracht; als sie in das Haus mit Garten in Hayes zogen, war sie schon erwachsen. Tante Edies Bäume waren perfekt für Anfänger, ein Gerüst aus leicht erreichbaren Ästen stand wie Speichen vom Stamm ab und bot Halt für Füße und Hände.

Jean kletterte so hoch wie möglich – der Branntwein hatte sie kühn gemacht –, bis die Zweige zu schlank wurden, um ihr Gewicht zu halten. Von ihrem Hochsitz aus warf sie die Äpfel zu Tante Edie hinunter, die viel beweglicher war als ihre vorherige Erschöpfung auf der Liege angedeutet hatte und sie geschickt in einem Schal fing, den sie sich um die Taille gebunden hatte. Chester, der Spaniel, zitterte und hechelte neben ihr.

Howard trug einen Korb auf dem Rücken und nahm auf einer Trittleiter stehend mithilfe eines Fischernetzes die Früchte an den äußersten Ästen in Angriff. Die Cobnuts, die insgesamt weniger zerbrechlich waren, wurden ins hohe Gras geworfen, geschüttelt oder geklopft und dann mit einem Laubrechen zu Häufchen gefegt und in Jutesäcke geschaufelt.

Für Jean, betäubt durch die glühende Sonne und den starken Alkohol, nahm die ganze Erfahrung eine nebelhafte, tranceartige Qualität an. Als sie schließlich wieder auf die Erde herunterkletterte, bemerkte sie überrascht, dass ihre Bluse zerrissen und ihre nackten Arme von Kratzern übersät waren. Sie hatte nichts gespürt.

Howard erfuhr verblüfft, dass sie noch nie eine Cobnut gegessen hatte, ein Versäumnis, das er auf der Stelle beheben wollte. Während sie das Picknick auspackte und mit Unbehagen Gretchens Rolle übernahm, verschwand Howard im Haus und kehrte mit einem Tiegel Salz und ein paar Nussknackern zurück.

»Eine Cobnut hat viele Schichten«, sagte er feierlich, »und man muss sie alle abschälen, um an die Belohnung zu kommen. Schau zu.«

Er entfernte die grüne Außenhülle, knackte die Schale und warf sie weg, kratzte die holzige Haut ab und rieb schließlich die innere Membran ab, um den Kern zu enthüllen, nackt und marmorweiß. Den stippte er in Salz und bot ihn Jean auf der offenen Handfläche dar wie eine Perle auf einem Samtkissen.

»So viel Mühe für so einen winzigen Bissen«, sagte Jean. »Das ist ja schlimmer, als eine Traube zu schälen.«

»Es gibt keine Abkürzungen«, beharrte Howard. »Man muss alle Schichten entfernen, sonst schmecken sie bitter.«

Jean zerdrückte die glänzende, gerippte Nuss sanft zwischen den Zähnen und ließ den Geschmack – eine Kombination aus buttrigem Saft und jungem Holz – ihren Mund ausfüllen.

»Das ist gut«, seufzte sie. »Aber du hättest genug davon, sie zu schälen, lange bevor ich genug davon hätte, sie zu essen.«

»Es hat ein natürliches Ende«, gab Howard ihr recht. »Man kann sich kaum daran überessen. Aber das macht auch einen Teil des Reizes aus.«

Er bereitete pflichtbewusst einen kleinen Berg dieser Köstlichkeiten vor, die sich Jean und Tante Edie teilen sollten, und nahm sich selbst keine.

»Gretchen ist ja verrückt geworden«, protestierte Tante Edie, als Jean ihr Kalbs- und Schinkenpastete aus dem Deckelkorb aufnötigte, dazu Hühnchen, Hefezopf, Sandwiches und Tomaten. »Glaubt sie, sie müsste ein ganzes Dorf verköstigen?«

»Das ist noch längst nicht alles«, sagte Jean. »Sie müssen noch Platz für den Kuchen und die Kekse lassen.«

»Verschwendung ist für mich ein Horror«, sagte Tante Edie mit einiger Schärfe. »Ich kann nichts dagegen tun.«

»Nun ja, für Gretchen ist Mangel ein Horror«, sagte Howard. »Jahre des Mangels wirken sich auf verschiedene Weisen auf die Menschen aus, denke ich.«

Jean spürte eine neue Welle der Liebe für Howard, weil er Gretchen so taktvoll gegen eine gemeine Bemerkung verteidigt hatte, selbst wenn seine Frau nicht da war, um es zu würdigen. Es war das Wesen dieses Mannes, dachte sie, und absolut typisch für ihr dummes Pech, dass genau die Eigenschaft, die sie am meisten an ihm bewunderte – Loyalität gegenüber seiner Frau –, die war, die ihn für immer unerreichbar für sie selbst machte.

Er lag neben ihr auf der Decke, verteidigte den Picknickkorb gegen Überfälle durch Chester und streichelte ihm die seidigen Ohren. Es lag etwas Intimes darin, diesen bettgroßen Platz zu teilen; er spürte es auch, da war sie sicher. Die Hitze hatte ihnen den Appetit verschlagen, und sie wurden dem Picknick kaum gerecht. Aus Achtung vor Margaret zwang sich Jean, einen der Spitzbuben zu versuchen, zwei Kekse, die mit Marmelade aufeinandergeklebt waren, was ein Trio hartnäckiger Wespen anlockte. Nachdem er diese Quälgeister mit einer zusammengerollten Serviette verscheucht hatte, brachte Howard das restliche Essen in die Kühle der Speisekammer.

»Es könnte sein, dass ich einschlafe«, sagte Tante Edie zu Jean, während er außer Hörweite war. »Aber ich gehe davon aus, ihr beide werdet euch auf die eine oder andere Art zu beschäftigen wissen.«

Jean fragte sich, ob diese Bemerkung einen Unterton hatte, und hob misstrauisch den Blick, aber der Gesichtsausdruck der alten Frau, soweit man ihn hinter dem Gerüst ihrer Brillen erkennen konnte, war neutral.

»Es ist so schade, dass Gretchen und Margaret nicht mitkommen konnten«, sagte sie fest. »Sie sind so lustig.«

Tante Edie starrte sie an. »Margaret ist ein Engel, natürlich, aber bei all ihrem Charme kann man Gretchen wohl kaum als *lustig* bezeichnen.«

Weil in diesem Moment Howard wieder auftauchte, redete sie nicht weiter, sondern schloss schnell die Augen. Jean dachte, es sei vorgespielt, aber innerhalb von Sekunden entwich ihren leicht geöffneten Lippen ein leises Schnurren.

»Ich sehe, du unterhältst Tantchen gut«, sagte Howard, hob einen ihrer herabhängenden Schals auf und legte ihn über das Kopfteil der Liege, damit er ihr Gesicht beschattete.

»Sie hielt mich für glänzende Gesellschaft, bis sie einschlief«, antwortete Jean und fächelte sich mit Gretchens Hut Luft zu. Es ging keine Brise, die Luft war wie geschmolzenes Metall.

»Komm, lass uns Schatten suchen gehen«, schlug Howard vor und half Jean auf die Beine. »Wenn es ein bisschen kühler wäre, könnten wir Tennis spielen, aber ich glaube, es würde mich umbringen, wenn du mich so herumscheuchst wie auf dem Badmintonfeld.«

»Wenn ich mich recht erinnere, war ich diejenige, die herumgescheucht wurde.«

»Die Revanche ist längst überfällig.«

Sie gingen zwischen den Obstbäumen hindurch zum anderen Ende des Gartens, an dem gemähten Rechteck des Tennisplatzes vorbei, der mit weißer Farbe markiert war.

»Wer hat den angelegt?«, überlegte Jean laut. »Doch sicher nicht Tante Edie?«

»Sie hat einen Bewunderer im Dorf namens Wally Noakes. Er ist ungefähr achtzig, aber er übernimmt ein paar Männerarbeiten für sie wie ihre Fahrradreifen aufpumpen und ab und zu den Rasen mähen, im Austausch für ... ich weiß nicht, was.«

»Ich mag sie wirklich«, sagte Jean. »Sie ist sehr willensstark und geistreich. Sie spielt nicht die schrullige alte Frau.«

»Ich freue mich, dass du sie magst. Sie ist die einzige Blutsverwandte, die ich habe.«

»Was geschieht, wenn sie zu alt ist, um allein zurechtzukommen? Wirst du sie zu euch holen?«

»Ich weiß es nicht. Ich denke, das käme auf Gretchen an.«

Howard hatte offenbar noch nie über das Thema nachgedacht. Die Pflege der Alten ist Frauensache, dachte Jean, damit belasten Männer ihre Gedanken nicht.

»Vielleicht stellt sie eine Pflegerin ein, die bei ihr wohnt. Oder vielleicht hat sie wirklich eine Pistole zwischen ihren Korsetts versteckt.«

Hinter dem Tennisplatz am äußersten Rand des Gartens stand eine von Flechten gesprenkelte Steinbank unter einer hölzernen Laube. Eine ältlicher Blauregen hielt eine der verwitterten Streben fest in seinen Ranken und formte einen Baldachin aus belaubten Wedeln, der Schatten spendete. Howard zog ein sauberes Taschentuch heraus und schien es für Jean auf der Bank ausbreiten zu wollen, aber sie schüttelte den Kopf; ihre Hose war sowieso schon fleckig von Gras und Baumrinde, ihre Bluse zerrissen und schmutzig.

Die Bank war schmal: Selbst wenn sie an den beiden Enden saßen, war zwischen ihnen kaum eine Handspanne Platz. Schmaler, dachte Jean, als die Lücke zwischen den beiden Einzelbetten. Howard bot ihr eine seiner Zigaretten an, angezündet mit einem Streichholz, das er über den rauen Stein gezogen hatte, und sie rauchten eine Weile schweigend.

Jean fühlte, wie sich etwas an sie heranschlich, was dem Glück gefährlich nahekam; eine Erkenntnis, dass sie nirgendwo lieber wäre und nichts wollte, was sie nicht schon hatte. Aber der Moment der vollkommenen Zufriedenheit begann, kaum eingestanden, schon wieder zu verblassen; schon ließ sie den Moment hinter sich, jagte ihn in die Vergangenheit. Das Schweigen setzte sich fort, weit über den Punkt hinaus, an dem es angenehm war.

»Gretchen und ich haben gestern Abend über dich gesprochen«, sagte Howard schließlich.

»Ach, wirklich?«, erkundigte sich Jean und blinzelte ihn durch den Rauch an.

»Wir waren uns einig, dass du eine gute Sache bist.«

Sie lachte. »Na, vielen Dank. Ich bin mir nicht sicher, ob ich eine Sache bin, aber ich bin froh, dass ich eine gute bin.«

»Du hast uns aus unserer Routine geholt.«

»Habe ich das? Ich dachte, es sei andersherum.«

»Sicher nicht. Deine Arbeit ist bestimmt ungeheuer abwechslungsreich.«

»Nein – sie ist bemerkenswert monoton. Jede Woche die gleichen Seiten, die gefüllt werden müssen. Es war eigentlich überhaupt nicht interessant, bis Gretchen kam.«

»Na, wie auch immer. Unsere Wege haben sich gekreuzt, und wir sind besser dran.«

»Ja.«

Einen Moment lang dachte Jean über eine alternative Realität nach, in der sie sich nie getroffen hätten und ihr Leben in alle Ewigkeit aus nichts weiter bestünde als dem *Echo*, Mutter, dem Haus und dem Garten. Wenn man die Tausenden kleinen Zufälle und Entscheidungen und nicht eingeschlagenen Wege bedachte, die zu ihrer Begegnung geführt hatten, war es nichts Geringeres als ein Wunder.

»Das war ein schöner Tag«, sagte sie unpassenderweise.

»Er ist noch nicht vorbei. Zuerst wartet noch ein Tennismatch auf uns.«

Jean hatte sich ein wenig abgekühlt und schloss sich so oder so allem, was Howard vorschlug, gern an.

»Jetzt wirst du wieder behaupten, du hättest seit der Schulzeit nicht mehr gespielt«, sagte er, als sie sich mit ein paar leichten Grundschlägen aufwärmten.

»Das ist wohl wahr«, erwiderte Jean, als der Ball von der Kante ihres Schlägers abprallte und ins hohe Gras sprang. »Aber was mir an Übung fehlt, mache ich mit Ehrgeiz wett.«

»Du würdest nie aus Höflichkeit absichtlich verlieren?«, erkundigte er sich, während er noch einen Ball sanft in ihre Hälfte lobbte.

»Niemals«, antwortete sie. »Ich fände es nicht höflich, jemandem einen Sieg zu überlassen, den er nicht verdient hat.«

»Selbst bei einem Kind wie Margaret, das vielleicht die Ermutigung durch einen Sieg bräuchte?«

»Kinder sind ein Sonderfall. Aber ich würde sie lieber gut unterrichten, damit sie schnell gut genug ist, um anständig und ehrlich zu gewinnen.«

»Also gut, dann lass uns spielen und einander kein Pardon gewähren.«

Howard gewann die ersten beiden Sätze mit Leichtigkeit, ohne sich besonders anstrengen zu müssen. Jean kam erst während des zweiten Satzes richtig in Fahrt und schaffte ein paar Aufschläge und einen gelegentlichen Punktetreffer, aber bis dahin war sie zu verschwitzt und außer Puste, um noch weiterzuspielen. Als sie auf die Uhr schaute, merkte sie überrascht, dass es schon fast fünf war. In Howards Gesellschaft verflogen die Stunden nur so. Wenn sie jetzt aufbrachen, würde es sechs werden, bis sie zu Hause ankamen. Sie spürte, wie das Pflichtgefühl mit seinem unerbittlichen Griff an ihr zerrte.

Als er sah, wie sie auf die Uhr blickte, sagte Howard: »Vielleicht wäre jetzt ein guter Zeitpunkt, uns auf den Weg zu machen. Wenn wir noch zum Tee bleiben, könnte es sein, dass wir noch Stunden nicht wegkommen.«

»Ja«, pflichtete Jean ihm bei, gleichermaßen dankbar wie niedergeschlagen. »Wir müssen an Margaret denken.«

»Und an deine Mutter.«

Jean nickte. »Ich werde diesen Tag heute nie vergessen.«

Das war keine dahingesagte Bemerkung. In den folgenden Tagen würde sie an wenig anderes denken, ihre Gespräche im Geiste immer wieder durchspielen und in jedem erinnerten Detail ihrer Umgebung schwelgen.

»Wir müssen hoffen, dass es noch weitere geben wird«, sagte Howard.

»Ja, warum nicht?«, sagte Jean, doch sie wusste genau, warum nicht.

Auf die Abwesenheit Gretchens, so unerwartet und zufällig, konnte man in der Zukunft wohl kaum bauen, aber das sollte niemand guten Gewissens sagen oder auch nur denken.

Sie gesellten sich wieder zu Tante Edie, die durch die Ankunft von Mr Noakes geweckt worden war. Er hatte einen Korb Eier und ein Glas Honig gebracht, wofür er eine Schachtel der zweitbesten Äpfel bekam. Er hatte sich einen Anglerklappstuhl aus Segeltuch mitgebracht, wahrscheinlich war er daran gewöhnt, keinen Sitzplatz angeboten zu bekommen, und saß jetzt neben der Sonnenliege. Er hatte Chester von seinem Platz dort vertrieben, der mit einem Schafsknochen bestochen worden war. Sie hielten sich an den Händen und beugten sich einander zu, zuckten aber eilig auseinander, als Jean und Howard näher kamen. Tante Edie wirkte in seiner Gegenwart recht aufgeregt, ihre vorherige Trägheit war von ihr abgefallen.

»Das ist Mr Noakes, ich habe ihn vielleicht erwähnt«, sagte sie. »Er hat sich um mich gekümmert, als ich vom Fahrrad gefallen bin.«

»Ich bin sehr froh, dass Sie ein Auge auf sie haben«, sagte Howard.

»Es ist ein Privileg«, sagte Mr Noakes und sah Tante Edie mit vernebelter Hingabe an. »Ich würde auch noch mehr tun, wenn sie mich lassen würde, aber sie ist sehr unabhängig.«

»Er ist immer sehr gut zu mir«, erwiderte sie. »Ich weiß nicht, was ich ohne ihn tun würde.« Sie drückte seine Hand, und diesmal ließ sie sie nicht wieder los.

»Es will schon was heißen, wenn deine dreiundachtzigjährige Tante dir das Gefühl gibt, dass du den Anstandswauwau spielst«, sagte Howard auf der Heimfahrt.

Neben den Überresten des Picknicks waren vier Kisten Äpfel und ein Sack Cobnuts im Kofferraum verstaut. Auf dem Rücksitz lag die versprochene Ausbeute von Tante Edies Entrümpelungsaktion – ein Mantel aus Bisampelz, ein Satin-Abendkleid und drei Paar Schuhe, die 1920 das letzte Mal in Mode gewesen waren, für Gretchen; eine Schmuckschatulle mit verhedderten Ketten, gerissenen Perlenketten und Korallenarmbändern für Margaret. Jean hatte sie eine Smaragdbrosche geschenkt, der ein Stein fehlte.

»Ich dachte immer, sie hielte ihn für eine Nervensäge, aber anscheinend nicht.«

»Sie wirkten wirklich froh miteinander«, stimmte Jean zu.

»Ich habe sie noch nie so kokett gesehen«, sagte Howard. »Ich habe mich ziemlich unwohl dabei gefühlt. Ich weiß nicht, warum.«

»Vielleicht hast du das Gefühl, dass sie zu alt für so etwas sind.«

»Könnte sein. Es erscheint mir ein wenig würdelos. Aber Romantik sollte nicht das Vorrecht junger Menschen sein, nicht wahr?«

»Nein, sicher nicht.« Jean spürte die Ungerechtigkeit jeglichen Vorurteils, das eines Tages auf ihr lasten könnte, und war entschlossen, es zu zerschmettern. »Ich bin mir sicher, im Inneren spüren sie dasselbe wie Achtzehnjährige. Die Sehnsucht nach Bestätigung und Liebe vergeht nicht. Der alternde Körper ist nur eine Hülle.«

»Du drückst das so nett aus«, sagte Howard. »Und stell dir vor, wenn Würde alles wäre, worauf wir uns im hohen Alter freuen dürften!«

Sie fuhren eine Weile schweigend durch die Hohlwege mit den freiliegenden Baumwurzeln und überhängenden Ästen – grandiose Kathedralen aus Buchen und Eichen mit ihren gewölbten Dächern aus sonnenbeschienenem Grün.

»Wenn du mir die Brosche überlässt, repariere ich sie für dich«, sagte Howard schließlich. »Sie braucht einen neuen Stein.«

»Du musst dir keine Mühe machen«, sagte Jean. »Ist schon gut.«

»Das ist keine Mühe«, antwortete er kopfschüttelnd. »Ich bin Juwelier. Trotzdem, es würde mir Freude machen. Das ist etwas, was ich für dich tun kann.«

»In dem Fall danke ich dir.«

»Tante Edies Geschenke sind nett gemeint, aber machen oft mehr Mühe, als sie wert sind. Ich wage gar nicht daran zu denken, was Gretchen zu diesem Pelz zu sagen haben wird. Und zu den Schuhen.«

»Das Seidenkleid wird vermutlich in Ordnung sein. Sie wird es in etwas Fabelhaftes verwandeln können.«

»Sie wird zu sehr damit beschäftigt sein, Strudel zu backen.«

»Das geht mir nicht anders.« Sie hatten darauf bestanden, dass sie eine der Apfelkisten nahm, genug für den ganzen Winter. »Wenn auch in meinem Fall die englische Version. Apfeltaschen vielleicht.«

Es waren immer noch mehrere Stunden Tageslicht übrig, und doch war da ein melancholisches Gefühl von hereinbrechender Abenddämmerung und dem Vergehen eines perfekten Tages, das Jean die Tränen in die Augen trieb. Morgen würde sie wieder an ihrem Schreibtisch sitzen, Pam's Kolumne schreiben und die Haushaltstipps und die wöchentlichen Gartenmeldungen. Es war nicht zu erwarten, dass ihr die Umstände noch einmal einen ähnlichen Ausflug mit Howard ermöglichen würden. Er würde nur in ihrer Erinnerung überleben: um ab und zu herausgenommen und betrachtet zu werden wie einer der Schätze aus ihrer Kommodenschublade.

Sie hatten jetzt Shoreham erreicht; auch nach so vielen Stunden spielten die Kinder immer noch im Fluss. Eines der Mädchen – selbst nicht älter als acht oder neun – trug ein riesiges Baby auf der Hüfte und taumelte unter seinem Gewicht. Sie sahen genau wie die Art schmuddelige, vernachlässigte Kinder aus, mit denen Jean, als sie klein war, nicht hätte spielen dürfen oder sich ihnen auch nur nähern, und selbst jetzt übten sie noch eine mächtige Faszination auf sie aus. Sie holte tief Luft, was als Seufzen herauskam, und Howard warf ihr einen Blick zu.

»Ist alles in Ordnung, Jean?«, fragte er. »Habe ich etwas gesagt, das dich verärgert hat?«

»O nein, natürlich nicht. Ich habe nur der Innenschau nachgegeben.« Sie zwang sich zu einem Lächeln, aber es war bemüht und steif und hätte niemanden täuschen können, am wenigsten Howard.

Nach einem Augenblick oder zwei sagte er: »Meine Frau hat eine Theorie: Jeder hat einen geheimen Kummer.«

»Ehrlich?« Sie brachte ein Lachen zustande, das eher nach einem Schluchzen klang. »Was ist deiner?«

»Ich habe dir von meinem schon erzählt.«

»Oh. Ich verstehe. Und was ist Gretchens?«

Sie erinnerte sich jetzt wieder an diese Situation im Garten – ihr gequälter Gesichtsausdruck, als sie sich unbeobachtet glaubte.

»Ich weiß es nicht. Vielleicht das Gegenstück zu meinem. Aber ich bin eher an dir interessiert. Du hast mir von deinem nie erzählt.«

»Mir wurde eingepaukt, mich nicht mit meinen Enttäuschungen aufzuhalten.«

»Und wer war dieser strenge Pauker?«

»Meine Mutter, schätze ich.«

»Lebt sie selbst nach dieser Überzeugung?«

»Sie spricht jedenfalls nie auf diese Weise über Dinge. Aber man kann nicht behaupten, dass diese Haltung ihr viel genützt hat.« Sie lachte kurz und bitter auf.

»Also?«

»Du würdest vielleicht schlecht von mir denken.«

»Jean, ich glaube nicht, dass du mir etwas sagen könntest, das meine Meinung über dich ändern würde.«

»Du wirst der erste Mensch sein, dem ich es je erzählt habe.« Sie wurde sowohl von der Warmherzigkeit seines Kompliments rot als auch von der Ungeheuerlichkeit dessen, was sie gleich tun würde. Es verletzte jeden Kodex, nach dem zu leben man sie erzogen hatte, aber der Drang, es ihm zu sagen, war unaufhaltsam. Anstandsregeln, Diskretion, Selbstbeherrschung wurden alle von der Macht dieses Beichtbedürfnisses hinweggeblasen. »Eigentlich ist es ein komischer Zufall, aber ungefähr zu der Zeit, als Gretchen erfuhr, dass sie Margaret erwartete, habe auch ich herausgefunden, dass ich schwanger war. Nur war es in meinem Fall eher eine Katastrophe als ein Wunder.«

Howard sagte nichts, den Blick auf die Straße gerichtet.

»Also tat ich das Schreckliche, was unverheiratete Frauen tun, wenn sie ihr Baby nicht behalten können.«

»Hast du es selbst gemacht, oder bist du zu einer Engelmacherin gegangen?« In seiner Stimme lag keine Missbilligung, nur Neugier und Mitgefühl.

»Ich ging zu einer Frau in Stockwell. Ich musste mich auf eine alte Tür legen, die auf Böcken lag. Sie hatte Decken darüber gebreitet, aber ich wusste, es war eine Tür, denn sie hatte noch eine Klinke – die sich in meine Seite bohrte.«

Selbst mit dem Abstand von über einem Jahrzehnt konnte sie sich noch an jedes Detail dieses Tages erinnern. Die Straße hieß Southville, in einem Teil von London, den sie nicht kannte und den sie seitdem nie wieder besucht hatte.

Er hatte ihr mit einer gleichgültigen Effizienz eine Wegbeschreibung gezeichnet, die auf vorherige Erfahrung hindeutete. Union Grove, Paradise Road; sogar die Straßennamen hatten sie verhöhnt. Die linke Seite der Straße war ein zerbombtes Trümmerfeld – zwei überlebende Geschäfte ragten aus dem Schutt heraus wie alte Zähne; Ballonflaschen aus einer alten Fabrik ergossen sich auf den Gehweg.

»Du hast Glück, dass du noch lebst«, sagte Howard.

»Ich weiß noch, dass auf dem Kaminsims eine tote Fliege lag – das kam mir wie ein schreckliches Omen vor. Aber die

Frau war so geradeheraus mit allem. Sie sagte: ›Ich habe das schon oft gemacht, und es wird bald vorbei sein, dann können Sie Ihr Leben weiterleben. Ich habe noch nie ein Mädchen verloren.‹

Ich war so naiv; ich dachte, sie würde es einfach herausspülen und alles wäre weg, aber so war es nicht. Ich musste wieder nach Hause zu meiner Mutter und so tun, als wäre nichts passiert, und dann fingen mitten in der Nacht die Krämpfe an.«

Sie hatte sich mit dem Handtuch, das sie benutzte, um das Bettzeug zu schützen, zur Toilette geschleppt. Als sie sich hinsetzte, hatte sie das Gefühl, etwas würde reißen, und ein Schwall Blut und Klumpen wie rohe Leber klatschten in die Schüssel.

»Oh, Jean. Was für ein furchtbares Erlebnis.«

»Meine Mutter fand mich auf dem Boden. Sie war sehr geistesgegenwärtig und muss den Arzt gerufen haben. Er war recht nett zu ihr gewesen, nachdem mein Vater starb, aber zu mir war er nicht nett.« *Ich weiß, was los ist, junge Dame. Wenn deine Mutter nicht wäre, würde ich dich anzeigen – dich und die Person, die dir das angetan hat.* Noch in ihrem Zustand kurz vor dem Delirium hatte Jean die brennende Scham über sein Urteil gefühlt und die Ungerechtigkeit, dass sie das allein ertragen musste. »Es schien ihm große Freude zu machen, mir zu sagen, dass ich wahrscheinlich nie wieder ein Kind bekommen können würde.«

Howard schüttelte den Kopf, und seine Hände umklammerten fest das Lenkrad, aber er unterbrach sie nicht.

»Nicht lange danach sind wir umgezogen, das war also zum Glück das Letzte, was ich von ihm gesehen habe.«

»Hattest du daran gedacht, das Baby zu behalten? Der Vater war nicht bereit … Verantwortung zu übernehmen?«

»Nein. Er war nicht ... verfügbar, wie sich herausstellte.«

»Schon verheiratet?«

»O ja. Jeder außer mir wäre das sofort klar gewesen. Er hatte Frau und Kinder. Ich war nicht einmal seine einzige Freundin.«

Sie hatten sich immer im *White Swan* in Crystal Palace getroffen, nicht weit von der Wohnung der Swinneys in Gipsy Hill. Wenn Frank vor ihr da war, was selten vorkam, saß er drinnen und genoss ein Pint, bis sie kam. Öfter kam er aber zu spät, und Jean, die sich nicht wohl damit fühlte, allein in einem Pub zu sitzen, stand dann draußen, schaute auf die Uhr und machte sich Sorgen. Manchmal, öfter, als sie zugeben wollte, kam er überhaupt nicht.

»Wenigstens hat er die Abtreibung bezahlt.«

»Ist das das Beste, was du über ihn sagen kannst?«

»Mehr oder weniger.«

Nachdem er sich drei Wochen nicht hatte sehen lassen und sie es fast drangegeben hätte, war er schließlich doch wieder vor dem Pub aufgetaucht. »Hallo, hübsche Lady«, hatte er gesagt, und als er in ihrer Reaktion eine gewisse Sprödigkeit bemerkte: »Du bist wütend auf mich, oder?«

»Ich habe mir Sorgen gemacht, als du nicht gekommen bist. Zweimal.«

»Dummes Mädchen.«

Er hatte sie wild geküsst – es war die Art von Kuss, die eine Frau vom Reden abbringen soll, und es lag keine Leidenschaft darin. Sie hatten den Lichtschein des Pubs verlassen und waren in den Park hinübergegangen, an den steinernen Wunden des alten Crystal Palace vorbei.

»Warum hast du dir denn Sorgen gemacht?«

»Weil ich schwanger bin.«

Sie hatte zugesehen, wie die Worte auf ihn niedergingen wie die Schläge einer Frau – sie waren lästig, richteten aber keinen echten Schaden an.

»Wie kann das passiert sein?«

»Es muss in Worthing gewesen sein, als das Ding in mir abgerutscht ist.«

Dieser Ausflug an die Küste war der Höhepunkt ihrer Beziehung gewesen und hatte sich nie mehr wiederholt.

Sie kamen an eine Bank, die noch feucht vom Regen zuvor war. Er breitete seine Zeitung darauf aus, damit sie sich setzen konnte, und nahm selbst mit einem nassen Sitzplatz vorlieb. In der kleinen Währung anständigen Benehmens war er immer sehr großzügig gewesen.

»Wie habt ihr euch kennengelernt?«, fragte Howard.

»Er kam eines Tages an die Tür, um Versicherungen zu verkaufen. Ich meine, ich nehme an, dass er wirklich Versicherungsvertreter war. Das würde man wohl kaum erfinden, um Eindruck zu machen. Ich kann mich nicht einmal damit entschuldigen, dass ich jung und unschuldig war. Ich war neunundzwanzig. Ich hätte es wirklich besser wissen müssen.«

»Seitdem musst du eine sehr geringe Meinung von Männern haben«, sagte Howard.

»Oh, was *Männer* angeht, das weiß ich nicht. Ich habe schon ein paar Jahre gebraucht, um meine Meinung über Frank zu revidieren – so vernarrt war ich. Ich wusste erst, dass ich es endlich überwunden hatte, als ich ihn eines Tages aus einem Busfenster am Piccadilly sah und nichts fühlte. Es gab eine Zeit, da wäre ich aus einem fahrenden Bus gesprungen, um jemandem nachzujagen, der auch nur aussah wie er. Du siehst, Howard, ich war nicht immer die vernünftige Frau, die du heute kennst.«

»Mir tut nur leid, dass du das alles durchmachen musstest, um zu dieser Frau zu werden.«

Sie warf ihm einen dankbaren Blick zu. Nie zuvor hatte sie darüber nachgedacht, dass all diese Erfahrungen, die sie beinahe zerstört hätten, sie zu etwas Besserem gemacht hatten.

»Danke, dass du zugehört hast. Es tut mir leid, dass ich so viel geredet habe.«

Sie befanden sich jetzt wieder auf Gemeindegebiet und waren fast zu Hause. Jean verspürte eine Schwerelosigkeit; die tiefe Erleichterung des Beichtstuhls.

»Du hast nicht *viel* geredet. Ich bin froh, dass du es mir sagen konntest.«

»Mein einziges Bedauern ist das Baby. Sie wäre jetzt zehn.« Jean errötete. »Ich weiß nicht, warum ich ›sie‹ sage.«

Das nachdenkliche Schweigen, das dieser Bemerkung folgte, dauerte die letzten Minuten, die von der Fahrt noch blieben.

18

Pam's Kolumne

Jetzt, wo es in Kents Obstplantagen und Gärten in Hülle und Fülle die köstlichsten Äpfel gibt, ist es an der Zeit, die Lieblingsrezepte herauszuholen. Apfelgewürzkuchen ist leicht zu machen und eine hübsche Abwechslung von den klassischen gedeckten Kuchen. Er schmeckt warm mit Vanillesoße oder kalt mit einer Tasse Tee anstelle des traditionellen Früchtebrots.

3 Äpfel, geschält, vom Kerngehäuse befreit und in Scheiben geschnitten
2 TL heller Zuckersirup
1 EL Butter
1 TL gemahlener Zimt

Für den Biskuitteig:
115 g Butter
2 EL heller Zuckersirup
115 g Zucker
2 Eier
115 g Mehl
1 TL Backpulver
1 Prise Salz
1 EL Milch

Die Äpfel mit dem Sirup, der Butter und dem Zimt ein paar Minuten köcheln lassen, bis sie weich, aber nicht matschig sind. Für den Teig die Butter mit dem Zuckersirup in einer Schüssel über einem Topf mit kochendem Wasser schmelzen. Vom Herd nehmen und mit Zucker und Eiern cremig schlagen. Das Mehl mit Backpulver und Salz mischen und zusammen mit der Milch unterrühren. Der Teig soll die Konsistenz leicht geschlagener Sahne haben. Die Apfelstücke in eine gefettete Backform oder ofenfeste Schüssel geben und den Teig darübergießen. Bei 180 Grad im Ofen 25 bis 30 Minuten backen, bis der Biskuit goldbraun ist und bei Berührung elastisch nachgibt.

Jean zog das Blatt Papier aus ihrer Schreibmaschine und legte es auf den Stapel. Sie hatte jetzt genug Apfelrezepte für eine Seite zusammen und konnte sich persönlich für jedes Einzelne davon verbürgen, denn sie hatte sie an den vorherigen Abenden der Woche alle in ihrer Küche ausprobiert. Auf der Ecke ihres Schreibtischs stand eine offene Kuchendose mit den herrenlosen Überresten eines Blechs Apfeltaschen. Selbst die gierigsten ihrer Kollegen, die Nutznießer all ihrer Experimente, ließen sich nicht mehr locken und gingen mit abgewandtem Blick an ihrem Schreibtisch vorbei.

Das Telefon klingelte. Nachdem sie es unter einer Papierlawine gefunden hatte, hörte Jean die knappe Ansage der Telefonistin, die verkündete: »Mr Tilbury für Sie.« Es war nicht unüblich, dass er sie bei der Arbeit anrief – auf Gretchens Vorschlag hin wurden so manchmal Abmachungen getroffen oder bestätigt –, aber es war das erste Mal, dass sie sich seit ihrem Besuch bei Tante Edie vor fast einer Woche sprachen.

Als sie sich an den intimen und bekenntnishaften Ton ihres letzten Gesprächs erinnerte, war Jean plötzlich schüchtern und voller Reue. Bis dahin hatte sie niemandem von der Abtreibung erzählt. Ihre Mutter wusste es, natürlich wusste sie es, hatte aber beschlossen, es nicht zu wissen, und es wurde nie darüber gesprochen, nicht im Krankenhaus, nicht später, als Jean zur Genesung nach Hause kam, und auch seitdem nie.

Dorrie, die zwei Monate zuvor nach Kitale abgereist war, stand für schwesterliche Vertraulichkeiten nicht mehr zur Verfügung, und es war wohl kaum die passende Art von Neuigkeiten für einen Brief. Und jetzt, wo sie es über ein Jahrzehnt für sich behalten hatte, hatte sie sich für ihr Geständnis auf die eine Person auf der Welt kapriziert, die sie beeindrucken wollte. Die Hitze und der Apfelbranntwein hatten wohl ihr Urteilsvermögen getrübt.

Es blieb keine Zeit, die aufflackernde Panik zu bezwingen; das Fräulein vom Amt hatte ihn schon verbunden.

»Hallo, Jean, ich hoffe, ich störe dich nicht«, hörte sie seine vertraute, zurückhaltende Stimme.

»Überhaupt nicht«, antwortete sie. »Ich tippe Apfelrezepte ab und lasse mich sehr gern ablenken.«

»Äpfel?«, fragte er. »Wie bist du denn auf die Idee gekommen?«

»Ich muss meine Inspiration nutzen, wo ich sie finde.«

»Nun, wo wir gerade von der Ausbeute dieses Nachmittags sprechen: Ich habe die Brosche von Tante Edie repariert und mir überlegt, ob ich sie auf dem Heimweg vorbeibringen soll.«

»Du meinst, hier?« Sie erinnerte sich, dass der Donnerstag sein halber Tag im Laden war.

»Ja, ich meinte das Büro – wenn das passend ist?«

»Das wäre schön. Das ist sehr freundlich von dir.«

»Das mache ich gerne. Ich bin in ungefähr einer Stunde da.«

Sie legte auf und fächelte sich mit ihrem Notizblock Luft zu, erleichtert, dass sie das Gespräch hinter sich gebracht hatte, ohne unangemessene Freude bei der Aussicht zu verraten, ihn zu sehen.

Die letzten Nächte hatte Schlaflosigkeit sie gequält. Die dunklen Gedanken, die sie um drei Uhr nachts weckten und alle Hoffnung auf Schlaf bis kurz vor Tagesanbruch verscheuchten, rührten von einer seltsamen Form des Schuldgefühls her. Nicht die übliche Art der Reue über Fehler der Vergangenheit, sondern vorausschauende Schuld wegen Dingen, die vielleicht noch passieren würden.

Da Howard ihr gesagt hatte, dass er und Gretchen keine sexuelle Beziehung mehr führten, hatte Jean sich gestattet, sich vorzustellen, wie es wohl wäre, wenn sie selbst mit ihm schliefe. Oder besser, wenn er mit ihr schliefe, denn sogar in ihren Fantasien war sie immer die Gejagte, nie die Jägerin. Sie konnte das mit ihrem Gewissen vereinbaren, indem sie sich einredete, dass man a) die Gedanken nicht kontrollieren konnte – sie wanderten, wohin sie wollten, dass sie b) nicht vorhatte, ihre Gefühle zu offenbaren oder danach zu handeln, und dass es c) in diesen Fantasien keinen Betrug an Gretchen gab, da sie ja anscheinend jedes sexuelle Interesse an Howard aufgegeben hatte.

Um zehn vor zwei ging Jean zur Damentoilette, um in dem kleinen Spiegel über den Waschbecken ihr Aussehen zu überprüfen. Sie kämmte sich die Haare und legte Puder auf ihren geröteten Wangen und der Nase nach. Sie trug kein sonstiges Make-up – vergangene Experimente mit Kosmetik hatten sie immer angemalt und clownesk aussehen lassen, und sie hatte sie ihrer Schatzschublade übereignet, wo sie als Artefakte bewundert wurden, aber nie zur Verwendung kamen. Was ihr allgemeines Aussehen anging, fühlte sie sich allerdings selbstsicherer als üblich, denn sie trug Gretchens Kleid, das ihr immer Komplimente einbrachte.

Sie trocknete sich gerade die Hände an dem defekten Abrollhandtuch, als die Tür aufging und eine der Sekretärinnen hereinkam, mit geröteten Augen und erbärmlich aussehend, in eine Kabine stürmte und die Tür hinter sich zuknallte. Jean erkannte sie als die Hübsche, die sich oft mit dem Burschen aus der Druckerei verknäulte.

In den Wochen und Monaten nach Franks Fahnenflucht hatte Jean selbst auch in eben diesem Raum geweint und wäre dankbar für ein freundliches Wort einer mütterlichen Kollegin gewesen. Trotzdem brachte sie es nicht über sich, diese Frau zu sein und das weinende Mädchen zu fragen, was los war, sondern schlüpfte aus dem Waschraum und überließ sie ihrem Kummer.

Draußen auf dem Hof wurde der Grund für die Verzweiflung des Mädchens offensichtlich. Der Bursche aus der Druckerei befand sich in einer intimen Besprechung mit dem jüngsten Neuzugang unter den Sekretärinnen. Sie stand mit dem Rücken an die Wand gelehnt, und er stand vor ihr, flüsterte ihr ins Ohr und strich ihr mit besitzergreifender Geste Haarsträhnen aus dem Gesicht.

Jean warf ihnen im Vorbeigehen einen finsteren Blick zu und schämte sich dann. Wir sind alle Narren, dachte sie.

Howard wartete direkt vor dem Tor neben seinem geparkten Auto. Jean war sich bewusst, dass Gehemmtheit ihrerseits den Ton für alle zukünftigen Begegnungen bestimmen konnte. Es war entscheidend, sich normal zu verhalten, was auch immer das bedeutete. Howard selbst zeigte keine Anzeichen von Befangenheit.

»Entschuldige, dass ich dich von deinem Schreibtisch weghole«, sagte er, zog einen grünen Samtbeutel aus seiner Innentasche und übergab ihn ihr. »Es erschien mir nur einfacher, hierherzukommen.«

Jean löste die Bänder und kippte die schmale Goldnadel auf ihre Hand.

»Du wirst bemerken, dass ich etwas Eigenmächtiges getan habe«, sagte er und drehte sie um, sodass sie die Brosche von vorn betrachten konnte. Man merkte ihm den Handwerkerstolz und das Interesse an den Details seiner Schöpfung an, was sie berührend fand. »Sie hatte früher zwei Smaragde links und rechts von einem Opal, aber einer der Smaragde fehlte, deshalb habe ich sie vertauscht, sodass du jetzt zwei Opale um einen einzelnen Smaragd hast. Einen Opal kann man leichter ersetzen.«

»Sie ist wunderschön, Howard. Man würde niemals ahnen, dass sie repariert wurde. Du musst mich den Stein bezahlen lassen – und deine Arbeitszeit.«

»Kommt gar nicht infrage. Ich mache nur ein ansonsten recht nutzloses, wenn auch nett gemeintes, Geschenk meiner Tante wett.«

»Ich werde immer an sie denken, wenn ich sie trage«, sagte Jean.

Sie befestigte sie an ihrem Kleid und stieß auf etwas Widerstand von ihrem BH und Unterkleid, bis die Aufgabe erledigt war.

»Ist das das Kleid, das Gretchen gemacht hat?«, fragte Howard.

»Ja. Es ist mir bei Weitem das liebste – sie hat es so schön gemacht.«

»Es steht dir sehr gut.«

»Die Leute bewundern es immer.«

Jean bemerkte, wie er es geschafft hatte, ihr Äußeres zu loben und gleichzeitig Gretchen zu würdigen, um zu zeigen, dass nichts Hinterhältiges in seinem Kompliment lag.

Sie standen immer noch ein wenig provisorisch auf dem Gehweg, mussten ab und zu für andere Fußgänger Platz machen und waren von den großen oberen Fenstern der Redaktion aus gut zu sehen. Aus dem Augenwinkel sah Jean Muriel aus der Buchhaltung mit unverhohlener Neugier zu ihr heruntergaffen.

»Ich halte dich von deiner Mittagspause ab«, sagte Howard, der ihren Blicken nach oben folgte.

»Eigentlich nicht«, sagte Jean.

Sie hatte jetzt den Wagen verpasst, der Sandwiches, Kuchen und Tee in die Büros lieferte, und würde stattdessen in die Bäckerei an der Hauptstraße gehen müssen. Ihr Gespräch, bei Tante Edie so natürlich und offen, fühlte sich jetzt gekünstelt und ausweichend an. Daran war nichts Geheimnisvolles: Indem sie sich einander anvertraut hatten, hatten sie eine falsche Intimität hergestellt, die Gretchen ausschloss und sie in eine gefährliche Lage gebracht hatte, fast schon eine Verschwörung, und sie spürte, wie Howard sich daraus zurückzog. Sein Hinweis auf Gretchen war seine Art, seine wiederhergestellte Loyalität zu signalisieren.

»Howard«, sagte Jean leise. »Alles, was ich dir über mich erzählt habe: Ich bin nicht davon ausgegangen, dass du etwas vor Gretchen verheimlichst. Du darfst nicht denken …«

Er legte ihr die Hand auf den Arm und schüttelte so eindringlich den Kopf, dass sie innehielt.

»Nicht«, sagte er. »Wir müssen nichts sagen. Wir verstehen einander auch so sehr gut. Es gibt nichts zu sagen. Oder zu tun.«

Einen Moment lang hielten sie den Blick, und Jean konnte an seinem unglücklichen Ausdruck alles ablesen, was er fühlte, und gleichzeitig die Unmöglichkeit, sich je danach verhalten oder auch nur davon sprechen zu können. Aber es genügte.

»Nein, nichts«, versprach sie, und ihr Herz sang, als sie zusah, wie er in sein Auto stieg und wegfuhr, nach Hause zu seiner Frau.

19

Liebe Miss Swinney,
ich gehe den unüblichen Schritt, Ihnen bezüglich der laufenden Untersuchungen an Mutter und Tochter zu schreiben. Sie haben den verabredeten Termin für den Serumelektrophorese-Test verpasst, und Mutter hat nicht auf meine nachfolgende schriftliche Erkundigung geantwortet.

Ich wüsste gern, ob Sie Ihren Einfluss geltend machen könnten, um ins Reine zu bringen, was auch immer das Problem sein könnte, und ihr zu versichern, dass dieses Verfahren ganz einfach ist (zumindest für die Patientin; die Analyse ist etwas komplexer, aber das ist unsere Sache) und nichts weiter als eine Blutprobe erfordert. Alle, die mit mir an diesem Experiment beteiligt sind, sind von den bisherigen Erkenntnissen begeistert und würden sehr gern weitermachen, so weit uns die Wissenschaft bringt.

Falls finanzielle Nöte ein Grund sind, könnten wir vielleicht bei den Reisekosten aushelfen. Vielleicht wäre das auch etwas, worüber Ihre Zeitung nachdenken könnte.

In Erwartung Ihrer baldigen Antwort
Dr. Stewart Bamber

Sie trafen sich wie schon einmal unter der Uhr in der Schalterhalle von Charing Cross. Jean bemerkte mit Schrecken, dass Gretchen seit ihrem letzten Treffen einen neuen kurzen Haarschnitt hatte, der ihr gut stand, mit dem sie Margaret aber sehr viel weniger ähnlich sah. Zum Zweck eines eindrucksvollen Porträts von Mutter und Tochter zu ihrer Geschichte war Unterschiedlichkeit nicht ideal.

Sie brauchte einen Moment, um einen Anfall von vollkommen unangemessener Empörung darüber zu bezwingen, dass man sie nicht dazu befragt hatte. Howard hatte Gretchen in letzter Zeit so gründlich aus Jeans Bewusstsein verdrängt, dass sie fast überrascht war, mit dem Ursprung und Zweck ihrer Treffen konfrontiert zu werden.

Seit Dr. Bambers verwirrendem Brief hatte es sie unverhältnismäßig viel Zeit gekostet, in der Angelegenheit bis zu diesem Punkt zu gelangen. Bisher waren Verabredungen immer arrangiert worden, indem sie Howard im Laden anrief; diesmal zog Jean es vor, ihn nicht als Vermittler zu nutzen, solange es nicht unbedingt notwendig war. So oder so musste sie mit Gretchen sprechen, um herauszufinden, was hinter diesem neuen Widerstand gegen weitere Untersuchungen steckte. Die einzige Lösung schien zu sein, uneingeladen bei Gretchen hereinzuschneien und zu hoffen, sie zu Hause anzutreffen.

Also verließ sie an einem Montagmorgen um elf Uhr, einer Uhrzeit, von der Jean annahm, dass Margaret und Howard außer Haus sein und Gretchen höchstwahrscheinlich an ihren Schneiderarbeiten sitzen würde, die Zeitungsredaktion und nahm den Bus von Petts Wood nach Sidcup. Es war später September; die Bäume trugen noch ihre Sommerfarben, und die Herbstnebel drohten noch aus der Ferne, aber die Luft war kühl und feucht. Die ältere Nachbarin der Tilburys polierte die Fliesen ihrer Türschwelle mit rotem Wachs; sie setzte sich auf und nickte Jean zu, als diese das Tor öffnete.

»Müttertreffen?«, erkundigte sie sich, was Jean ein merkwürdiger und recht ruppiger Kommentar zu sein schien, also antwortete sie: »Wohl kaum« und lächelte schmal.

Die Seitentür war verschlossen, deshalb drückte Jean die Klingel ein klein wenig länger als höflich und wartete, während sie im Kopf verschiedene Formulierungen freundlicher Besorgnis durchspielte, die sich in Frustration verwandelten, als deutlich wurde, dass sie nicht brauchen würde. Da sie nie ohne Notizbuch und Stift unterwegs war, schrieb Jean eine kurze Nachricht und steckte sie durch den Briefschlitz:

Liebe Gretchen,
ich bin heute Morgen auf einen Plausch vorbeigekommen, aber ich hatte kein Glück. Werde es morgen zur selben Zeit noch einmal versuchen. Ich hoffe, es ist alles in Ordnung.
Jean

Sie ging schnell, um ihren Ärger über ihre vergebliche Fahrt zu verbrennen, und war gerade am Ende der Burdett Road angekommen, als sie ihren Namen hörte. Als sie sich umdrehte, sah sie Gretchen heraneilen, die eine Strickjacke über ihr Kleid zog. Sogar jetzt sieht sie hübsch aus, dachte Jean. Man konnte unangemeldet an einem Montagmorgen bei ihr hereinschneien und ertappte sie trotzdem nicht mit unlackierten Nägeln und ungekämmten Haaren.

»Es tut mir leid«, keuchte Gretchen, als sie in Hörweite war. »Ich war im Badezimmer und habe deine Nachricht gefunden, als ich herunterkam.« Sie hielt das zerknitterte Blatt Papier in der Faust. »Stimmt etwas nicht?«

»Bei mir schon. Ich wollte dich dasselbe fragen«, sagte Jean. »Du hast deinen Termin bei Dr. Bamber verpasst; er hat mir einen gereizten Brief geschrieben, weil du ihm nicht geantwortet hast.«

Gretchen schüttelte ungeduldig den Kopf. »Nun ja, ich konnte den Termin nicht einhalten. Margaret hat sich nach ihrer Krankheit immer noch nicht ganz wohlgefühlt. Ich dachte, ich hätte Howard gesagt, er solle anrufen und absagen, aber vielleicht habe ich das nicht. Aber ich begreife auch nicht, warum sie nicht das Blut von den ersten Tests benutzen konnten.«

»Nun, wenn ich es recht verstehe, ist dieses Elektro ... wie auch immer es heißt ... recht kompliziert durchzuführen. Man bekommt morgens nüchtern Blut abgenommen, und es muss noch am selben Tag analysiert werden. Ich verstehe den genauen Prozess nicht, aber ...« Sie verstummte. Du bist es doch, die sich gemeldet hat, wollte sie hinzufügen. Du bist doch zu uns gekommen, nicht umgekehrt. Stattdessen zuckte sie mit den Schultern. »Ich hatte Sorge, dass etwas passiert sein könnte und du deine Meinung zu der ganzen Sache geändert hast.«

»Nein, nein, es ist nichts *passiert*. Ich bin es nur leid, gepikst und gestupst zu werden und dass man mir nicht glaubt. Das alles dauert so lange.«

Jean verspürte steigende Ungeduld. Sie schluckte ein paar scharfe Erwiderungen hinunter. Es war nichts gewonnen, wenn sie jetzt gereizt reagierte und damit alles riskierte. Sie brauchte Gretchens Mitarbeit weit mehr als Gretchen sie brauchte.

»Hör zu, ich weiß, das ist schwierig für dich«, sagte sie und widerstand der Versuchung, ihre eigene Frustration zum Ausdruck zu bringen. »Falls ich es dir irgendwie leichter machen kann, sag es mir bitte. Du weißt, ich glaube an dich, Gretchen. Und soweit ich weiß, tut Dr. Bamber das auch. Aber die Wissenschaft schert sich nicht um Überzeugungen. Jetzt bleiben nur noch zwei Etappen – dieser Serumtest und eine Hautverpflanzung. Dann ist es erledigt.«

»Also gut. Es tut mir leid. Ich wollte keine komplizierte Patientin sein. Ich bin dankbar für all die Mühe, die du dir machst.«

»Kein Grund zur Dankbarkeit«, erwiderte Jean knapp. »Wir stehen alle auf derselben Seite.«

Tief hängende Wolken sammelten sich, und ein paar dicke Regentropfen klatschten zwischen ihnen auf den Asphalt. Jean fragte sich, ob Gretchen sie ins Haus einladen würde, damit sie ihr Gespräch drinnen fortsetzen konnten, aber sie machte keinerlei Anstalten.

»Ruf Howard an und sag ihm, wann der nächste Termin ist, und wir werden da sein«, versprach sie und zog den Rückenteil ihrer Strickjacke über den Kopf, um ihre Haare zu schützen.

»Das kann ich dir sofort sagen«, sagte Jean, verärgert über die Art, wie Gretchen Howard als ihren Sekretär behandelte. »Kommenden Freitagmorgen. Wir treffen uns um neun in Charing Cross. Esst und trinkt über Nacht nichts außer Wasser.«

Als das geklärt war, trennten sie sich, es hatte jetzt richtig angefangen zu regnen. Gretchen rannte mit den Armen über dem Kopf zurück zu ihrem Haus, während Jean zur Bushaltestelle trottete, mit einem vagen Gefühl der Unzufriedenheit, das fast nichts damit zu tun hatte, dass sie an diesem Morgen ohne Regenschirm losgegangen war.

Jetzt, wo sie sich in der Schalterhalle umarmten und mit Margaret zwischen sich auf the Strand hinausgingen, schien die gereizte Stimmung ihres letzten Treffens vergessen. Jean trug versuchsweise die Brosche mit dem Smaragd und den Opalen, die sie vielleicht unpassend ans Revers ihres abgetragenen Regenmantels geheftet hatte. Sie war neugierig zu erfahren, ob Howard aus diesem geschenkten Schmuckstück ein Geheimnis gemacht hatte oder nicht; irgendwie hing sein symbolischer Wert davon ab. Sobald die beiden Frauen sich aber begrüßt hatten, hatte Gretchen einen prüfenden Blick darauf geworfen und gesagt: »Ist das Edies alte Brosche? Das hat Howard ziemlich gut gemacht. Sie sieht wieder aus wie neu.«

»Ja«, sagte Jean, gleichzeitig enttäuscht und erleichtert. Wenn die romantische Bedeutung des Geschenks auch etwas geschmälert wurde, dann doch zumindest Howards Integrität nicht. »Das war so nett von ihr – und von ihm.«

»Tante Edie ist eine echte Landplage mit ihren sogenannten Geschenken«, gab Gretchen zurück. »Sie sind immer kaputt oder unvollständig, sodass man am Ende für etwas, was man überhaupt nicht haben wollte, Geld ausgibt. Ich habe diese fürchterlichen alten Schuhe direkt in den Trödel gegeben.«

»Was ist mit dem Pelzcape?«

»Das behalte ich«, räumte Gretchen ein. »Es riecht nach Kampfer, aber man weiß nie.«

Als sie diesmal im Nebengebäude in der Agar Street ankamen, war die Rezeptionistin offenbar angewiesen worden, nach ihnen Ausschau zu halten, denn sie waren kaum über die Schwelle getreten, als Dr. Bamber selbst erschien und sie eilig in sein Büro führte. Im Kamin brannte ein Kohlenfeuer, und sein Schreibtisch war mit offenen Büchern und Papieren übersät. Es sah eher wie das Studierzimmer eines vielbeschäftigten Gelehrten aus als nach dem eines praktizierenden Arztes.

»Es ist sehr nett von Ihnen, wieder den ganzen Weg hierher zu kommen«, sagte er freundlich, schürte die Kohlen und schickte eine Aschelawine durch das Gitter. Er richtete sein Lächeln auf Mutter und Tochter. »Wie geht es Ihnen?«

»Ich habe Hunger«, flüsterte Margaret, die man erst heute Morgen von der Notwendigkeit eines nüchternen Magens unterrichtet hatte und die wenig davon hielt.

»Dann wollen wir keine Zeit verschwenden – sobald wir die Blutproben genommen haben, gibt es Tee und Toast.«

Ein Funke flog aus dem Feuer und landete schwelend auf dem Kaminvorleger. Dr. Bamber trat ihn mit seinen glänzenden Budapestern aus.

»Es tut mir leid, dass wir unseren Termin versäumt haben«, sagte Gretchen, während sie einen Finger nach dem anderen ihre weißen Handschuhe auszog und in ihre Handtasche steckte. »Ich hoffe, es hat Ihnen keine Umstände bereitet.«

Dr. Bamber winkte ab. Jean bemerkte eine subtile Verschiebung im Machtgleichgewicht zu Gretchens Gunsten. Bei ihrer ersten Begegnung hatten die Männer der Wissenschaft sie mit einer gewissen höflichen Herablassung behandelt, denn sie waren davon ausgegangen, sie sei im besten Fall eine Kuriosität und im schlimmsten eine Scharlatanin. Gretchen war zaghaft gewesen und dankbar für ihre Expertise. Mit den Ergebnissen der aufeinanderfolgenden Tests waren jedoch das Interesse der Männer und Gretchens Status gestiegen. Jetzt, wo sie offenbar kurz davor stand, ein Phänomen zu sein, das einem Einhorn oder einer Meerjungfrau gleichkam, schien sie ein königliches Desinteresse an dem ganzen Prozess entwickelt zu haben. Es war höchst merkwürdig.

»Vielleicht könnten Sie Mrs Tilbury erklären, wie dieser Test funktioniert. Ich habe Sorge, dass sie hier wie eine Laborratte behandelt wird.«

»Oh, sicherlich nicht!«, protestierte Dr. Bamber.

»Ich habe es nicht ganz so dargestellt«, glättete Gretchen seine aufgeplusterten Federn. »Ich hatte nur das Gefühl, ein wenig im Dunkeln gelassen zu werden.«

»Dann müssen wir Licht hineinbringen.« Er nahm seinen Füllfederhalter auf und begann, am Deckel herumzufingern. »Ich spreche von nichts lieber als von meinem Fachgebiet, aber die meisten Patienten finden die Details ziemlich langweilig.«

»Vielleicht sollte Mrs Tilbury eher als Freiwillige denn als Patientin gesehen werden. Da sie nicht krank ist.« Jeans Misstrauen gegen Ärzte, selbst die hilfsbereiten, blitzte immer ein wenig bei ihr durch.

»Natürlich. Was wir tun ist ein Serumelektrophorese-Test. Das Serum ist die Flüssigkeit, die übrig bleibt, wenn man die roten und weißen Blutkörperchen aus dem Blut entfernt. Es enthält Proteine – Albumin und diverse Globuline, Alpha, Beta, Gamma. Die sind verschieden elektrisch aufgeladen, bewegen sich in Flüssigkeit und bilden ein charakteristisches Muster. Normalerweise nutzen wir diesen Test, um Krankheiten zu diagnostizieren, aber in diesem Fall interessiert uns nur der *Vergleich* der beiden Muster – Ihres und Margarets – im Hinblick auf irgendwelche Unterschiede.« Er strahlte. »Alles, was wir brauchen, ist also eine kleine Blutprobe von Ihnen beiden, und wir können uns an die Arbeit machen.«

»Ich verstehe«, sagte Gretchen ruhig. »Danke.«

Margaret hatte während der ganzen Erklärung mit konzentriert gerunzelter Stirn zugehört. Jean fragte sich unwillkürlich, ob die Engelsstimmen, eifrige Verwalter esoterischen Vokabulars, *Globuline* und *Elektrophorese* für einen späteren Gebrauch abhefteten.

Es wurde an der Tür geklopft, und als hätte sie auf ein geheimes Zeichen gewartet, erschien eine Krankenschwester, um Mutter und Tochter zur Blutabnahme abzuholen.

Sobald Gretchen und Margaret aus dem Labor zurück waren, erschien Dr. Bambers Sekretärin mit den versprochenen Erfrischungen. Da es nur drei Stühle und zwei Scheiben Toast für vier Leute gab, konnte sich keine gesellige Teegesellschaft bilden. Jean und Doctor Bamber, die nicht mit nüchternem Magen hatten erscheinen müssen, verzichteten auf Toast, und er trank seinen Tee im Stehen, hoch aufragend über seinen drei Besucherinnen, und wippte in seiner Verlegenheit auf den Absätzen vor und zurück.

Gretchen wollte sich sowieso nicht lange aufhalten. Sie trank ihren Tee schnell, gab die Hälfte ihrer Scheibe Toast Margaret und begann als Zeichen ihrer Bereitschaft zum Aufbruch, ihre Jacke zuzuknöpfen. Draußen auf dem Gehweg wandte sie sich mit dem unmissverständlichen Zögern von jemandem, der dabei ist, um einen Gefallen zu bitten, an Jean.

»Ich überlege gerade. Sag mir, ob du es ein bisschen zu frech findest.«

»Was?«, fragte Jean.

Gretchen schaute auf die Uhr. »Ich habe ein paar Erledigungen zu machen, während ich in der Stadt bin. Es erscheint mir ein bisschen verschwendet zu sein, sie nicht zu machen, wenn ich schon einmal hier bin, aber Margaret muss eigentlich zur Schule zurück.«

»Nein, muss ich nicht«, widersprach Margaret. »Wir haben Leseverständnis, und darin bin ich sowieso schon die Beste.«

»Du kannst nicht ständig freie Tage haben.«

»Möchtest du gern, dass ich Margaret zur Schule bringe?«, fragte Jean, denn sie wusste aus ihren eigenen Verhandlungen mit Mrs Melsom, dass der Bittsteller in solchen Situationen tendenziell auf Schlussfolgerungen des Gegenübers angewiesen war. »Es wäre mir eine Freude.«

Die Arbeit stapelte sich auf ihrem Schreibtisch; unvollendete Artikel, ungefüllte Seiten, näherrückende Abgabefristen … Aber sei's drum. Sie würde die Arbeit mit nach Hause nehmen und aufholen, wenn ihre Mutter im Bett war.

»Oh, würdest du das tun? Das würde mir so sehr helfen.« Sie zog Stift und Notizblock aus ihrer Handtasche und begann, die Wegbeschreibung zu kritzeln. »Es sind nur fünf Minuten von der Haltestelle.«

»Ich weiß, wo es ist«, sagte Margaret würdevoll. »Ich wette, ich könnte von da aus auch ganz allein hingehen.«

»Ja, da bin ich mir sicher. Aber es sind auch eigenartige Leute unterwegs.«

»Ich wette, du willst dich nur wegschleichen und ohne mich mit Daddy zu Mittag essen«, sagte Margaret, und Gretchens errötendes Leugnen wirkte auf Jean fast, als könnte das tatsächlich der Fall sein.

»Das tue ich nicht. Versprochen.«

Nachdem sie sich überzeugt hatte, dass Margarets Schultasche ihr Lunchpaket und eine Entschuldigung für ihre Lehrerin enthielt, machte sich Gretchen mit flottem Schritt und schwingendem neuen, kurzen Haarschnitt auf den Weg the Strand hinunter.

Werfen Sie alte Regenmäntel nicht weg. Die Kapuze kann man zu einem nützlichen Kulturbeutel umarbeiten. Mit dem großen Rückenteil lässt sich ein Koffer auskleiden, der den Inhalt vor Feuchtigkeit schützt, sollte er auf Reisen einmal nass werden.

20

Gegen Ende Oktober buchte Jean eine Woche Urlaub, um mit ihrer Mutter an die Küste zu fahren. In früheren Jahren hatten sie die Angewohnheit gehabt, nach Harrogate hinaufzufahren und eine Woche bei Jeans Tante und Onkel zu wohnen. Sie waren die letzte Verbindung mit der väterlichen Seite der Familie, und auch nach all diesen Jahren schien ihr Onkel immer noch das Bedürfnis zu haben, den Weggang seines Bruders wiedergutzumachen. Er lieh Jean sein Auto für Tagesausflüge, und sie durften nie irgendetwas bezahlen, solange sie seine Gäste waren.

Allerdings hatte sich seine Gesundheit in den letzten Jahren verschlechtert; wegen einer Mischung aus Lungenemphysem und Arterienverschlüssen atmete er schwer und war nicht mehr so beweglich. Jeans Tante hatte deutlich gemacht, sie könnten nicht länger die Gastgeber spielen, aber er schickte weiterhin an Weihnachten und zu den Geburtstagen zwanzig Pfund. Diese großzügigen Geschenke waren das einzige Geld, das Jeans Mutter zum Ausgeben hatte.

In den letzten Jahren waren sie dann gezwungen gewesen, auf die kostspieligere Option von Hotels und Pensionen auszuweichen. Diese Reisen hatten früher immer Anfang September stattgefunden, wenn die Kinder wieder in der Schule waren und die Urlaubsorte ruhiger. Diesen Sommer war Jean aber mit den Tilburys beschäftigt gewesen, und die Wochen waren verflossen. Jetzt war es Frühherbst und noch immer nichts arrangiert.

Ihre Mutter hatte keinerlei Bemerkung zu diesem Versäumnis gemacht, und irgendwie hatte ihr Schweigen es Jean erlaubt, das Thema schleifen zu lassen, aber es war einer dieser hartnäckigen Gedanken, die sie während ihrer Anfälle von Schlaflosigkeit heimsuchten. Wenn sie nachts um drei wach lag, wenn es praktisch sonst nichts zu tun gab, brannten die Schuldgefühle über ihre Trägheit und Saumseligkeit in ihr, und sie schwor sich, bei nächster Gelegenheit bei der Reiseagentur in Petts Wood vorbeizugehen. Bis zum Morgen hatte sie es dann wieder vergessen.

In Wahrheit waren diese Ferien kein besonders großes Vergnügen für Jean, denn es bedeutete, dass sie den beträchtlichen Bedürfnissen, Abneigungen und Verschrobenheiten ihrer Mutter ununterbrochen ausgesetzt war, die mit der Entfernung von zu Hause noch zuzunehmen schienen. Sie wusste aber, dass ihre Mutter sich auf diese Reisen freute, und die Beschwerden über das Wetter, das Essen, die Matratze und die Anreise machten für sie keinen kleinen Teil dieser Freude aus. Jean war sich außerdem bewusst, dass es mit jedem Jahr schwieriger wurde, jemanden, der so gebrechlich und nervös war, auf den Wegen vom Taxi, Zug und Bus zum Hotel zu beaufsichtigen, und dass die Tradition, wenn sie erst einmal pausierte, vielleicht nicht wiederzubeleben war.

Am Ende war es die Entdeckung, dass die Tilburys selbst für ein paar Tage in den Forest of Dean fahren wollten, die Jean davon überzeugte, dass man sie nicht vermissen würde, also buchte sie zwei Zimmer im Stanmore House Hotel in Lymington. Der Zeitpunkt war gut gewählt: Die Ergebnisse des Serumelektrophorese-Tests hatten eine vollkommene Übereinstimmung zwischen Mutter und Tochter ergeben, und man hatte eine Hautverpflanzung von einer zur anderen durchgeführt.

Dr. Lloyd-Jones ging davon aus, wenn Margaret tatsächlich ein Produkt der Parthenogenese war, würde ihr Körper kein genetisches Material vorweisen, das nicht ursprünglich von Gretchen stammte, und die Verpflanzung von Tochter zu Mutter werde gelingen. Falls die neue Haut aber abgestoßen würde, wäre das ein Hinweis auf wenigstens ein inkompatibles Antigen und die Existenz eines Vaters. Jetzt blieb nur abzuwarten, ob die Haut von ihrem neuen Wirtskörper abgestoßen wurde oder nicht.

In den Tagen vor ihrem Urlaub hatte Jean mit zwanghafter Konzentration und Geschwindigkeit Überstunden gemacht, um ihren Schreibtisch zu leeren und für die folgende Ausgabe Artikel auf Vorrat zu produzieren. Zusätzlich zu ihren üblichen Seiten erstellte sie eine Rezeptrubrik für die National Soup Week und schrieb in Anspielung auf die sinkenden Temperaturen eine heitere Kolumne zu Ehren des Unterhemds. Es war eine Weile her, dass sie ausreichend Zeit für Gartenarbeit hatte, die sie als Grundlage für ihre Kolumne hätte nutzen können, also behalf sie sich, indem sie bei Oaklands anrief, dem Gartenzubehörgeschäft gegenüber der Kirche, und den Besitzer um seine saisonalen Tipps bat.

Sie hinterließ Roy Drake die Telefonnummer ihres Hotels in Lymington, sollte es neue Entwicklungen in der Sache der Hautverpflanzungen geben, und er versprach, mögliche Neuigkeiten ohne Verzögerung weiterzugeben. Dr. Lloyd-

Jones hatte ihr gesagt, sie solle nicht davon ausgehen, dass in ihrer Abwesenheit etwas passierte. Mutter A und Tochter sollten ihre Verbände erst nach ihrer Rückkehr aus dem Forest of Dean abgenommen bekommen. Ein abschließendes Ergebnis würde höchstwahrscheinlich eher Wochen als Tage dauern.

Nichtsdestotrotz war Jean mit einem Widerwillen, der in ziemlichem Widerspruch zu der Urlaubsstimmung stand, die sie in ihrer Mutter zu wecken versucht hatte, in Waterloo in den Zug gestiegen. Beim ersten mühsamen Anziehen der Lok hatte sie so vernehmlich geseufzt, dass ihre Mutter besorgt aufgeblickt und gefragt hatte, ob ihr nicht gut sei.

»Nein, das ist es nicht. Nur die übliche Sorge, dass ich etwas übersehen habe«, sagte sie.

»Es wird dir guttun, ein bisschen rauszukommen. Du arbeitest zu hart in diesem Job. Ständig hetzt du herum.«

Jean verkniff sich die Bemerkung, dass es ohne ihr Gehalt – die Früchte all dieses lästigen »Herumhetzens« – keinen Urlaub gäbe. Stattdessen suchte sie stumm Zuflucht in ihrem Notizbuch, ging die Mitschriften ihrer ersten Interviews mit Gretchen, Howard, Alice und Martha noch einmal durch, den Grundriss von St. Cecilia und ihre notierten Beobachtungen seitdem. Eine Seite war in zwei Spalten geteilt und trug die Überschrift Jungfrauengeburt +/–:

+	–
Hs Überzeugung von Gs Ehrlichkeit	*Ms Annahme, dass G gelogen hat*
As Annahme, dass G ehrlich ist	*Gs Ungeduld – warum jetzt?*
Meine ersten Eindrücke	*Gs versteckte Traurigkeit – irrelevant? – aber zeigt Fähigkeit, sie zu verbergen*

+	–
Bluttest	*Schlafmittel – Gelegenheit?*
Geschmackstest	*Aber Zeitablauf stimmt nicht,*
Speicheltest	*plus Kitty?*
Serumtest	*Brenda?*

Ihr gegenüber häkelte ihre Mutter ein weiteres Spitzendeckchen, der haferbreifarbene Kreis drehte sich und wuchs unter ihren Händen rasch wie Töpferton. Sie hatten Dutzende von denen zu Hause, kleine Fadenpfützen unter jeder Vase und Lampe und unter jedem Zierelement, und dazu eine ganze damit gefüllte Schublade in der Anrichte.

Während sie zusah, blickte ihre Mutter zu ihr auf und schnell wieder weg, das Licht fing sich in ihren Brillengläsern und verwandelte sie in blendende Spiegel, und Jean stellte erschüttert fest, dass sie keine Ahnung hatte, welche Augenfarbe ihre Mutter hatte. Sie hatte es sicher einmal gewusst, aber es war Jahre her – ein Jahrzehnt vielleicht –, seit sie das letzte Mal richtigen Blickkontakt gehabt hatten.

Sie waren die Zeuginnen der Enttäuschungen und Tragödien der jeweils anderen gewesen, aber Jean wäre es charakterschwach und beschämend vorgekommen, sich damit aufzuhalten, und so blieben ihre Gespräche stets oberflächlich. Manchmal hatte Jean das Gefühl, dass sie in einem gefährlich überladenen Boot dahintrieben; ein Moment emotionaler Turbulenzen könnte genügen, um sie zum Kentern zu bringen.

Ihre Mutter legte ihre Häkelarbeit zur Seite, nahm die Lesebrille ab und blinzelte fest, um die Landschaft von Surrey scharfzustellen, die draußen vorbeiflog: gepflegte Bauernhäuser, gezähmte Hecken und gepflügte Felder mit bröckeliger Erde.

Grau, dachte Jean überrascht. Sie sind grau.

Liebe Dorrie,
Mutter und ich machen eine Woche Urlaub in Lymington. Das Bild auf der Karte zeigt die Hauptstraße. Unser Hotel ist das rechts mit den Säulen. Es ist Nebensaison und sehr ruhig, was uns gelegen kommt. Es gibt eine hübsche Kopfsteinpflasterstraße mit malerischen Lädchen, die zum Hafen hinunterführt, von dem aus man die Isle of Wight sieht. Hier sitzen wir stundenlang und beobachten die Boote. Der Weg wieder hinauf ist ein wenig herausfordernd für Mutter, aber gestern hatte ein alter Junge in einem Bentley Mitleid mit uns und nahm uns mit zum Hotel. Seitdem spricht sie von wenig anderem. Am Montag haben wir eine Busfahrt nach Bucklers Hard gemacht, eine charmante Siedlung von Fischerhütten, die zu einem Fluss hinunterführt. Bisher hatten wir Glück mit dem Wetter.

Grüße bitte Kenneth und die Zwillinge.
Jean

Liebe Margaret,
wenn du das liest, werden wir beide wieder zu Hause sein, aber das macht nichts. Ich hoffe, du genießt den Forest of Dean, und dass Jemimah sich bei Lizzie gut benimmt. Wir wohnen in einer Ortschaft namens Lymington am Rand des New Forest, der in Wirklichkeit sehr alt ist. Auf dem Weg hierher haben wir vom Zug aus wilde Ponys gesehen.

In unserem Hotel wohnt eine Katze, die einen eigenen Sessel im Salon des Hotels hat. Wenn du deine Zimmertür offen lässt, kommt sie hereingeschlichen und legt sich zum Schlafen auf dein Kissen.

Es gibt in Fußnähe unseres Hotels mindestens ein Dutzend Teestuben, und wir probieren jeden Tag eine andere aus. Keine davon kann sich mit dem Simpson's messen – oder mit selbstgemachten Spitzbuben.

Deine Freundin
Jean

Gegen Ende der Woche wechselte das Wetter, eine Reihe von Wetterfronten fegte von Westen heran und brachte winterlichen Regen mit, der Jean und ihre Mutter am Ausgehen hinderte. Sie standen so spät auf, wie es statthaft war, und zogen nach einem warmen Frühstück in den Hotelsalon um, wo sie Rummy spielten und die Auswahl an veralteten Zeitschriften lasen. Es gab noch einige andere Gäste, die wie sie vom Wetter im Stich gelassen worden waren, aber der Raum war groß und die Anordnung der Möbel – voneinander abgerückte Inseln aus Ohrensesseln um niedrige Couchtische, getrennt durch große Teppichflächen – animierte sie nicht dazu, sich unter die Leute zu mischen. In stillschweigender Eintracht behielten alle die Plätze, die sie ursprünglich besetzt hatten, und tauschten im Vorbeigehen nicht mehr als ein Nicken oder Lächeln des Mitgefühls wegen der Verderbtheit des englischen Klimas.

Unter den durchschnittlich eher betagteren Gästen des Hotels waren eine Mutter mit Tochter, die ungefähr zehn Jahre älter waren als die Swinneys. Die alte Dame war drall und mondgesichtig, schwerhörig und verwirrt. Die Tochter war dünn, mit gebeugten Schultern und einem von Ekzemen böse zugerichteten Gesicht. Ihre Mundwinkel hingen herab, und ihre sackartige Strickjacke, die rauen, unberingten Finger und geflickten Strümpfe sprachen für Jean Bände der Selbstverleugnung. In der Stille des Salons, unter dem Rascheln von Zeitschriftenseiten und dem Geräusch von auf Tische geworfenen Spielkarten, konnte Jean hören, wie sie geduldig immer wieder dieselben verwirrten Fragen beantwortete.

»Wir warten nur, bis der Regen aufhört ...« »Nein, wir hatten Lunch. Wir warten nur, bis es aufgehört hat zu regnen ...« »Wenn es aufklart. Dann gehen wir nach draußen«, sagte die Tochter und kratzte mit abgekauten Nägeln über den Hautausschlag an ihren Armen.

Jeans Mutter, die gern versuchte, die Gespräche anderer Gäste zu belauschen, und sich berechtigt fühlte, alles zu kommentieren, was sie hörte, sagte: »Sie muss aufhören zu kratzen. Sonst entzündet es sich.«

Die Frau blickte auf und errötete.

»Mutter!«, zischte Jean vorwurfsvoll und schrumpfte hinter den Ohren ihres Sessels zusammen.

Im Raum war es so still, dass die meisten nur flüsternd sprachen, was die wenigen Enthemmten, zu denen auch ihre Mutter gehörte, brutal exponierte.

»Wenn das Wetter die ganze Woche so bleibt, können wir genauso gut auch morgen nach Hause fahren«, sagte eine der anderen Gäste leise zu ihrem Mann.

»Die Lady hat genug«, kommentierte Jeans Mutter, was einige Köpfe veranlasste, sich zu drehen.

In einer Ecke war ein alter Mann in grüner Tweedkleidung über seinem Tee eingeschlafen. Die Tasse mit Untertasse schepperte gefährlich in seinen zuckenden Händen, während sie auf dem sanften Auf und Ab seines Bauches ritt wie ein kleines Boot auf wogender See.

»Hörst du jemanden schnarchen? Ich höre jemanden schnarchen«, merkte ihre Mutter an, als Jean vorstürzte, um die Tasse zu retten, bevor sie ihren Inhalt auf dem Schoß des alten Mannes ablud.

Auf dem Rückweg zu ihrer Insel fing Jean den Blick der geknechteten Tochter auf, und sie tauschten reuevolle Blicke, aber dieser Moment der gemeinsamen Erfahrung spendete ihr keinen großen Trost. Im Gegenteil, er bot den Blick in eine Zukunft, die alles andere als rosig war. »Ich bin nicht wie sie«, wollte sie dem Raum verkünden. »Ich habe einen Beruf und Kollegen, die mich respektieren, und es gibt einen Mann, der mich bewundert und meinen Wert kennt!« Aber diese Sicherheiten waren hier, so weit weg von zu Hause, aufgeweicht, und als sie am nächsten Morgen erneut zum Prasseln des Regens und mit der Aussicht auf einen weiteren Tag erzwungener Untätigkeit erwachten, fühlte Jean so etwas wie Panik in sich hochsteigen.

In einem Anfall von Verzweiflung meldete sie sie in letzter Minute zu einem Ausflug nach Beaulieu an, obwohl keine von ihnen großes Interesse am Kraftfahrzeugwesen hatte.

Durch die beschlagenen Scheiben des Busses besehen war der New Forest eine trostlose Landschaft mit windgepeitschtem Ginster und Grüppchen ausgefranster Bäume unter einem tief hängenden Himmel. Jeans Mutter hatte auf dem kurzen Fußweg über den Asphalt zum Startpunkt nasse Füße bekommen, und das war nun der zentrale Anstoß ihrer Nörgelei. Jean selbst, die den Regenschirm gehalten, aber nicht in seinen Genuss gekommen war, saß tropfnass und gebeugt auf ihrem Sitz und rauchte wütend.

In Beaulieu ließ sich ihre Mutter nicht überreden, den Bus zu verlassen. Es war zu kalt und nass; die Aussicht, auch nur ein paar Schritte zu gehen, war ihr zu viel.

»Ich bin ganz froh, wenn ich hier sitzen und mir die Aussicht ansehen kann. Geh du nur«, drängte sie Jean, die keiner weiteren Überredung bedurfte, sich ein paar Augenblicke für sich zu nehmen.

Sie spazierte im Pulk mit den anderen Besuchern in der Remise mit den alten Autos herum und genoss die vorübergehende Unterbrechung vom Schwall der Kommentare ihrer Mutter. Einsamkeit macht manche Menschen in Gesellschaft zurückhaltend, dachte sie, aber andere wie ihre Mutter wurden redselig, wenn sie ein Publikum bekamen, und gaben Meinungen und Beobachtungen zum Besten, ohne einen Gedanken daran zu verschwenden, wie sie von der Umgebung aufgenommen werden könnten.

Die vorgesehene Stunde war mehr, als man eigentlich brauchte, um die kleine Autosammlung zu sehen und die wenigen Räume des Hauses, die für die Öffentlichkeit zugänglich waren, aber Jean hatte keine Eile, zurückzukehren, und genoss die Stille und die Gelegenheit, unbelastet herumzuwandern. Ihre Mutter hatte die Angewohnheit, derart ihren Arm zu umklammern, wenn sie gingen, als könnte sie jeden Moment fallen und wäre entschlossen, Jean mitzunehmen, wenn es denn passierte.

Als sie zum vereinbarten Zeitpunkt zum Bus zurückkam, stellte sie fest, dass er abfahrtbereit war, und die anderen Passagiere schon ungeduldig warteten. Unter ihren missbilligenden Blicken stolperte sie den Gang entlang zu ihrem Platz.

»Ich dachte schon, dir wäre etwas passiert«, sagte ihre Mutter. »Alle haben gewartet.«

Es war kalt geworden im Bus, während der Motor abgestellt war, und sie hatte sich in ihrem Mantel zusammengekauert, den Kragen bis zu den Ohren.

»Ich bin nicht zu spät«, flüsterte Jean und zeigte ihr zum Beweis das Ziffernblatt ihrer Uhr. »Alle anderen waren zu früh.«

Es wäre ein Leichtes gewesen, sich zu entschuldigen, aber sie fühlte sich zu sehr gedemütigt.

Der Fahrer nahm für den Rückweg eine andere Route mit einem Umweg über Brockenhurst und Sway, »um die Landschaft zu genießen«, sagte er freudlos über das Jaulen der Scheibenwischer und das maschinengewehrhafte Prasseln des Regens auf dem Metalldach hinweg. Gegen den Mief von Zigarettenrauch im Inneren und den aufgewühlten Himmel draußen hatte die malerische Aussicht keine Chance.

»Also, das war eine Enttäuschung, muss ich sagen«, lautete das Urteil ihrer Mutter, als die Gäste ins Hotel zurückströmten, ihre Regenschirme ausschüttelten und die Lobby mit Dampfwolken und einem pilzartigen Geruch nasser Regenmäntel füllten.

Diese Bemerkung brachte ihr die allgemeine Zustimmung der Reisegesellschaft ein. Sie begannen, weitere bestätigende Banalitäten über das Wetter und die Risiken des Reisens in der Nebensaison auszutauschen, bis die eisige Reserviertheit der letzten Tage gründlich geschmolzen war und sie als vereinte Truppe und fröhlich schimpfend in den Salon einfielen. Später würde Jeans Mutter es als den besten Tag des ganzen Urlaubs bezeichnen.

Die Strapazen des Ausflugs hatten sie wohl erschöpft, denn sie ging früh zu Bett. Sie hatten ihre letzte Mahlzeit im Speiseraum eingenommen – Tomatensuppe, Fischfrikadellen mit gebratenen Kartoffeln und Erbsen und Sherry-Trifle – und mit einem Bankdirektor im Ruhestand und seiner Frau, die zum Beaulieu-Trupp gehört hatten, Cribbage gespielt. Im Gespräch kam auf, dass sie weniger als dreißig Meilen entfernt in Blandford Forum lebten und seit dem Ende des Krieges jedes Jahr ins selbe Hotel gekommen waren. Jean, der die sieben Tage an diesem Ort wie eine Ewigkeit vorgekommen waren, ertappte sich dabei, wie diese Selbstzufriedenheit sie deprimierte und abstieß.

Sie waren nie in London gewesen und hatten auch nicht den Wunsch danach. Sie hatten gehört, es sei voller Autoverkehr und Teddy Boys, und sie wollten nichts davon wissen. Mit anderen Erscheinungsformen des Fortschritts wie dem Fernsehen und dem Personenkraftwagen wurde ebenfalls kurzer Prozess gemacht. Ersteres war eine Bedrohung des Familienlebens, zweiteres stellte einen zerstörenden Einfluss auf die ländlichen Gegenden dar und eine Bedrohung für die öffentliche Sicherheit.

Jean fragte sich, warum sich solch eingeschworene Feinde des Kraftfahrzeugwesens für einen Ausflug nach Beaulieu entschieden hatten, aber sie war zu höflich, sie damit zu konfrontieren. Abgesehen davon trugen sie ihre Meinung mit der Sorte Selbstvertrauen vor, die nie Widerspruch erlebt hat und ihn womöglich nicht einmal erkannt hätte. Stattdessen begann sie innerlich kochend einen Artikel für die Rubrik *Pam's Kolumne* über Provinzialität zu formulieren, der natürlich nicht abdruckbar sein würde, aber ihre schlechte Laune dämpfte.

In Jeans Mutter fanden sie eine etwas anarchische Seelenverwandte; sie war geneigt, allem zuzustimmen, was sie sagten, verstand aber gelegentlich etwas falsch und stützte am

Ende rundheraus eine völlig gegensätzliche Argumentation. Mehr als einmal musste Jean eingreifen und sie höflich auf die Spur zurücksteuern. Das alles ergab ein mühsames Gespräch, und Jean war erleichtert, als ihre Mutter, erschöpft von den Neuheiten des Tages, erklärte, sie sei bettreif.

»Also, das war ein sehr nettes Paar«, sagte sie auf dem Weg nach oben und nahm Jeans Knurren als Zustimmung. »Ein Jammer, dass wir sie nicht schon am Anfang der Woche kennengelernt haben.«

Nachdem Jean von dem diskreten Beobachtungsposten ihres angrenzenden Zimmers aus die umständlichen Bettvorbereitungen ihrer Mutter überwacht und sich überzeugt hatte, dass sie es sich mit ihrem Haarnetz an Ort und Stelle und einem Buch von Georgette Heyer als Bettlektüre gemütlich gemacht hatte, floh sie.

Der Sturm hatte sich verzogen und einen rauen Himmel zurückgelassen, und es war jetzt wärmer als vorher am Tage. Ein paar verwundete Wolkenfetzen wehten über den Mond, der die Straße mit seinem großen Wachsgesicht beleuchtete, als Jean auf dem Weg zum Kai die letzte Zigarette des Abends genoss.

Aus dem *King's Head* trat, als sie sich näherte, gerade eine Gruppe Arbeiter, ausgelassen vom Alkohol. Sie begrüßten sie mit bierseliger guter Laune, zerrten einander mit übertriebener Galanterie aus ihrem Weg, was eher an Spott grenzte als an gute Manieren. Jean, die daran gewöhnt war, zwischen untergeordneten Männern in der Unterzahl zu sein, wollte sich davon nicht einschüchtern lassen.

»Guten Abend«, sagte sie knapp, was einen allgemeinen Aufruhr auslöste.

»Sie hat ›Guten Abend!‹ gesagt!«, rief ihr einer hinterher.

Der Hafen war ruhig, die kleinen Boote schubsten und wiegten sich leicht im Mondlicht. Auf der anderen Seite des Solent war die Isle of Wight als dunkle Masse zu erkennen, Yarmouth als verstreute Lichter an der Küste. Jean setzte sich auf eine Bank, um die Aussicht zu genießen, und ließ ihre Gedanken zu Howard schweifen, fragte sich, wo er war und ob er in diesem Moment wohl auch draußen saß und dieselben Sterne ansah.

Sie nahm wahr, dass jemand kam und sich hinter sie stellte, etwas näher als höflich, und erkannte, als sie sich umdrehte, die verwirrte alte Dame aus dem Hotel. Etwas war merkwürdig an ihrer Erscheinung; Jean brauchte einen Moment oder zwei, um zu merken, dass sie unter ihrem Mantel ein Nachthemd und Filzpantoffeln trug. Von ihren Beinen hoben sich lilafarbene Adern ab.

»Hallo«, sagte Jean und schaute sich nach der Tochter um. »Sie wollten wohl ein bisschen frische Luft schnappen, so wie ich.«

»Nein«, kam die Antwort.

»Kommen sie gut wieder zurück? Das ist ein ganz schönes Stück zu Fuß.«

Die Frau starrte Jean mit Verwunderung und einer gewissen Feindseligkeit an. »Ich nehme an, du wirst mir erzählen, du seist Nora. Kleines Flittchen«, fügte sie hinzu.

Jetzt, wo sich ihre Aussicht auf eine ruhige halbe Stunde zerschlagen hatte, ergab sich Jean der Verantwortung, die alte Dame sicher zurückzubringen. Einen Moment lang wurde sie sich der Ironie bewusst, nun statt mit den bescheidenen Ansprüchen einer alten Frau mit den viel dringenderen Bedürfnisse einer anderen konfrontiert zu werden, und sie dachte kurz daran, sie machen zu lassen, aber dort, ein paar Fuß entfernt, zupfte das ölige, schwarze Wasser an der Kaimauer.

»Ich gehe jetzt zurück. Sollen wir zusammen gehen?« Jean bot ihr den Arm an.

Die Frau ließ sich vom Hafen weg in Richtung Stadt führen, ihr Vorankommen wurde durch ihre Tendenz erschwert, alle paar Schritte anzuhalten und sich mit steifem Nacken und einer neuen Erkundigung Jean zuzuwenden.

»Wer zum Teufel bist du?«, fragte sie dann. »Du siehst aus wie Nora, aber du riechst nicht wie sie.«

Als die eleganten Säulen des Hotels in Sicht kamen, erschien endlich die verdrießliche Gestalt der Tochter auf den Stufen und warf besorgte Blicke die Straße hinauf und hinunter. Sie eilte auf sie zu, beinahe rasend vor Erleichterung und Verärgerung.

»Oh, Mutter, wo um alles in der Welt bist du gewesen? Ich war außer mir. Ich war nur eine Minute weg, um saubere Handtücher zu holen. Oh, du bist wirklich die Höhe. Vielen Dank«, plapperte sie.

»Ich habe sie unten am Hafen aufgesammelt«, sagte Jean, die der Meinung war, es verdiene eine Erwähnung, dass man nur knapp an einer Tragödie entlanggeschrammt war.

Die Tochter verdrehte die Augen. »Sie sind sehr freundlich. Ich kann Ihnen gar nicht genug danken. Jetzt komm, Mutter. Du bist eiskalt.«

Die alte Dame, die sich bis zu diesem Zeitpunkt widerstandslos bei Jean untergehakt hatte, riss sich plötzlich los, gab ihrer Tochter einen so heftigen Stoß, dass diese auf dem Rücken landete, und stapfte an ihr vorbei ins Hotel.

Einen Moment sah es aus, als wäre sie von dem Sturz bewusstlos oder Schlimmeres, denn sie lag reglos an einer der Säulen zusammengesunken da, der Rock über die Knie hochgerutscht. Bald gab sie aber ein Stöhnen von sich, zog die Beine an und hob die Hand, um ihren Hinterkopf nach Schäden abzutasten.

Jean kauerte sich neben sie, die peinlich berührte Zuschauerin eines Familiendramas, das jetzt schrecklich öffentlich geworden war.

»Geht es Ihnen gut? Brauchen Sie einen Arzt?«

Hinter vorgehaltenen Händen gab die Frau unterdrückte Schluchzer von sich.

Ein junges Paar, das mit seinem Hund spazieren ging, war jetzt stehen geblieben, um Hilfe anzubieten; Jean hatte die plötzliche Angst, sie könnten die Frau für betrunken halten. Aus diesem Winkel und in diesem zerzausten Zustand sah sie wirklich nicht sehr nach der respektablen alten Jungfer der Tage zuvor aus.

»Brauchen Sie Hilfe?«, fragte der Mann und hielt den Hund zurück, einen Foxterrier, der jetzt an der Leine zerrte.

»Sie ist böse gestürzt«, sagte Jean, denn sie fand, es sei nicht an ihr, die wahre Geschichte mütterlicher Gewalt zu erzählen. »Ich kümmere mich um sie. Wir wohnen beide im Hotel.«

Mit einem zustimmenden Schulterzucken ging das Paar weiter und warf Jean über die Schulter noch einen zweifelnden Blick zu.

Die Frau hatte sich inzwischen in eine sitzende Lage hochgeschoben und lehnte an der Säule, machte aber keine Anstalten, aufzustehen.

»Darf ich Ihnen nach drinnen helfen?«, fragte Jean und legte ihr zögernd die Hand an den Arm. »Ich bringe Ihnen eine Tasse Tee oder so etwas.«

Anlässlich dieser Geste der Freundlichkeit stiegen ihr Tränen in die Augen und kullerten über ihr Gesicht.

»Das war ein ziemlicher Schlag. Tut sie das oft?«, fragte Jean.

Die Frau nickte schniefend. »Sie ist so stark. Eines Tages bringt sie mich noch um. Wenn ich sie nicht zuerst umbringe.«

»Oh, sicherlich nicht«, sagte Jean. »Sie sind so geduldig mit ihr.« Sie hielt ihr die Hände hin und zog sie auf die Füße und bemerkte, als die weiten Strickjackenärmel hochrutschten, Arme voller Blutergüsse.

»Ich wünschte, eine von uns wäre tot. Mir ist egal, wer.«

»So dürfen Sie nicht denken. Gibt es niemanden, der Ihnen helfen kann, nach ihr zu sehen?«

Eine idiotische Frage, das wusste Jean, denn es war das, was die Leute auch zu ihr sagten, als hätte sie nicht schon selbst darüber nachgedacht, ob so eine Person existierte.

Wieder in der Senkrechten, schien die Frau sich aber zu fangen, strich ihre Kleidung glatt, die jetzt Flecken von dem schmutzigen Wasser auf dem Gehweg hatte, und betupfte ihr Gesicht mit einem zusammengeknüllten Taschentuch.

»Mir geht es jetzt wieder ganz gut, danke.« Sie sah überall hin, außer zu Jean. »Es tut mir leid, dass ich Ihnen Umstände gemacht habe.«

»Darf ich Ihnen wirklich keine Tasse Tee oder etwas Stärkeres besorgen?«

»Nein, danke. Ich muss nach Mutter sehen gehen. Sie wird sich schon fragen, wo ich bin.«

Mit einer Grimasse richtete sie sich auf und betrat das Hotel.

21

*Liebe Miss Swinney,
danke für Ihren Brief, der mich mit erheblicher Verzögerung soeben erst erreicht hat. Er ging an meine alte Adresse, und die neuen Mieter sind erst jetzt dazu gekommen, ihn weiterzuleiten. Höchst ärgerlich. Jedenfalls war er interessant zu lesen und hat viele Erinnerungen geweckt – nicht alle davon gut.*

Ich erinnere mich an Gretchen. Sie war ziemlich ruhig, aber sehr freundlich. Leider habe ich sie nicht allzu gut kennengelernt, denn im Bett zwischen uns lag noch ein anderes Mädchen – Martha –, die etwas tyrannisch war und sehr besitzergreifend. Sie war schnell beleidigt, wenn Gretchen versuchte, sich mit jemandem außer ihr anzufreunden. Ich musste warten, bis die Schwester Martha hinter zugezogenen Vorhängen wusch, dann konnte ich um sie herumschleichen und mit Gretchen plaudern, denn ich war die Einzige, der es gut genug ging, um aufzustehen.

Die beiden hielten wie Pech und Schwefel zusammen. Man konnte sie nachts – sie waren nicht besonders leise – flüstern hören, wenn sie nicht schlafen konnten. Ich musste mir in Olivenöl getränkte Watte in die Ohren stecken! Martha bekam irgendwann schrecklichen Ärger, weil sie Gretchen überredet hatte, die dreifache Dosis Schlaftabletten zu nehmen. Eine der Nonnen beschuldigte sie, einen Selbstmordpakt versucht zu haben, aber natürlich lief das schon Wochen so, deshalb war es nichts dergleichen. Ich selbst glaube, sie suchte nur Aufmerksamkeit.

Ich muss zugeben, ich war ein bisschen erstaunt von Ihrer Andeutung, Gretchen sei in St. Cecilia schwanger geworden. Vor der Nase der Oberschwester und der Nonnen, ganz zu schweigen von uns anderen in diesem Flügel?
Ich wüsste nicht, wie das hätte möglich sein sollen. Ich bin nicht mit Gretchen in Kontakt geblieben, nachdem sie entlassen wurde, aber ich bekam immer Weihnachtskarten von Kitty, dem vierten Mädchen im Saal. Sie steckte wegen ihrer Kinderlähmung in einer Eisernen Lunge, und wir haben uns recht gut angefreundet, weil ich aufstehen und mit ihr plaudern konnte. Ich glaube, sie wusste die Gesellschaft zu schätzen. Sie haben sie sicherlich schon ausfindig gemacht, denn sie wohnt in Ihrem Teil der Welt, aber falls nicht, ist hier ihre Adresse:

Miss K Benteen
The Grange
Locksbottom
Kent

Ich weiß nicht, ob sie meinen Erinnerungen noch weitere Informationen hinzufügen kann.

Grüßen Sie bitte Gretchen und die Oberschwester, die immer sehr nett zu mir war, und richten Sie ihnen meine besten Wünsche aus.

Mit freundlichen Grüßen
Brenda van Lingen

Dieser Brief, der bei ihrer Rückkehr aus Lymington auf Jean wartete, ließ sie schuldbewusst, weil sie die Untersuchung hatte schleifen lassen, zu Alice Halfyards Tagebuch zurückeilen. Die positiven Ergebnisse der verschiedenen medizinischen Untersuchungen hatten sie selbstzufrieden gemacht, und ihre emotionale Verstrickung mit den Tilburys hatte sie abgelenkt.

Da, am zwanzigsten August, war der Hinweis auf die absichtliche Überdosierung von Gretchen und Martha, jetzt von Brenda als regelmäßiges Vorkommnis bestätigt und nicht als der einmalige Vorfall, für den Alice es gehalten hatte. Sie verglich die Daten mit Margarets Geburtstag – 30. April. Sie war keine Frühgeburt gewesen, also musste die Empfängnis irgendwann zwischen der ersten Julihälfte und Anfang August stattgefunden haben. Die Möglichkeit, dass sie wenigstens in einigen dieser Nächte mehr oder weniger bewusstlos gewesen war, schien ihr ein zu großer Zufall zu sein, um ignoriert werden zu können. Zweifellos hatten Martha und Brenda aus verschiedenen Gründen nichts gehört, aber Kitty?

Jean verspürte einen gewissen Widerwillen, das vierte Mitglied dieser kuriosen Kameradschaft aufzusuchen, aber sie wusste, es musste sein. Es war reine Überempfindlichkeit – die Angst, einer ernsthaft Erkrankten gegenüberzutreten –, die sie zögern ließ, und während sie es vor sich her schob, passierte etwas, das alle anderen Pläne durcheinanderwarf.

22

»Der Mann ist wieder hier.«

Jeans Mutter stand im vorderen Zimmer am Fenster und zählte die Kohlesäcke, die gerade in den Kohlenbunker hinten im Garten getragen wurden, überzeugt, dass nur ihre Wachsamkeit für die Ehrlichkeit der Lieferanten sorgte.

»Welcher Mann?«, fragte Jean, aber ihr Herz war ihr schon vorausgeeilt und pochte ihr gegen die Rippen.

Auf der Straße draußen, direkt hinter dem Kohlenwagen von Hall & Co., stand der grüne Wolseley. Howard saß reglos hinterm Steuer, so lange, dass Jean sich fragte, ob er es sich vielleicht anders überlegte und davonfuhr.

Sie waren seit einer Woche aus Lymington zurück, und es hatte keine Nachricht von den Tilburys gegeben, abgesehen von einer Postkarte von Margaret aus dem Forest of Dean. Sie hatte den Besuch in einer verfallenen Abtei beschrieben und ihre Enttäuschung, dass sie wegen des Verbands auf ihrer Hautverpflanzung nicht im Fluss schwimmen durfte.

Die Arbeit hatte Jeans ganze Aufmerksamkeit gefordert; sie war zu beschäftigt gewesen, aufzuholen, was in ihrer Abwesenheit liegengeblieben war, und über den Inhalt von

Brendas Brief nachzusinnen, als dass sie mehr als eine Spur Beunruhigung über das Schweigen verspürt hätte, aber jetzt war Howard da draußen und kam unangekündigt an einem Montagabend vorbei. Er machte keine Anstalten, sich zu rühren, und in jedem Fall war es einfacher, nicht unter den neugierigen Blicken ihrer Mutter reden zu müssen, deshalb eilte Jean die Einfahrt hinauf und zog zum Schutz gegen die kalte Abendluft ihre Strickjacke um sich.

Als ihr Schatten das Fenster verdunkelte, blickte er auf und lächelte matt, dann beugte er sich hinüber, um die Tür zu öffnen.

»Ist alles in Ordnung?«, fragte Jean, während sie auf den Sitz neben ihm glitt, mittlerweile überzeugt, dass dem nicht so war.

»Gretchen ist davongelaufen.«

Sie starrte ihn verblüfft und einen Moment lang sprachlos an. Von allen Varianten möglicher schlimmer Neuigkeiten war ihr diese nicht in den Sinn gekommen.

»Was meinst du damit? Wie? Wohin?«

»Ich meine, sie ist ausgezogen. Sie möchte nicht mehr mit mir verheiratet sein.«

In Jeans Ohren dröhnte und rauschte es, und sie hatte dieses sausende Gefühl, das einer Ohnmacht vorausgeht. Aber sie wurde natürlich nicht ohnmächtig.

»Nein. Das kann nicht sein. Was ist mit Margaret?«

»Margaret ist gerade auf einer Klassenfahrt, deshalb weiß sie es noch nicht. Was sicherlich der Grund ist, warum Gretchen sich ausgerechnet diese Woche ausgesucht hat, um zu gehen.«

»Ich kann es nicht glauben, Howard. Sie muss eine Art Zusammenbruch haben.«

»Vielleicht. Sie wirkt aber ziemlich gefasst.«

»Aber ihr wart doch gerade erst im Urlaub. Ist etwas passiert, während ihr weg wart?«

»O nein, das geht schon viel länger.«

Jean war sich bewusst, dass ihre Mutter, die inzwischen den Kohlenmann entlassen hatte, unter Qualen der Neugier durchs Vorderfenster zu ihnen herüberspähte.

»Sollen wir ein bisschen fahren?«, fragte Howard.

»Ja, bitte.«

Beim Fahren, wenn man auf die Straße schauen konnte, redete es sich leichter.

»Weißt du, wo sie ist?«

»Chelsea, glaube ich.«

Ein undeutliches Gefühl des Schreckens, ein vernebelter Zustand des Begreifens und gleichzeitig doch nicht Begreifens, das Jean von Beginn ihres Gesprächs an befallen hatte, machte jetzt schrecklicher Klarheit Platz.

»O Gott«, sagte sie. Ihr war übel vor Schuldgefühlen, als wäre sie an dem Betrug persönlich beteiligt. »Martha.«

»Ich glaube, ich wusste es immer«, sagte Howard. »Nicht das von Martha selbst, sondern dass ihre Aversion nicht nur mir galt, sondern allen Männern. Das sollte es leichter machen. Tut es aber nicht.«

Sie fuhren jetzt durch das Gemeindegebiet aus der Stadt hinaus, ohne erklärtes Ziel, außer in Bewegung zu bleiben.

»Ich wusste nicht, dass sie überhaupt Kontakt aufgenommen hatten. Gretchen hat nie etwas gesagt.«

»Das kleine Gemälde mit den Mandarinen, das du mitgebracht hast – darauf stand Marthas Adresse. Ich wusste, dass Gretchen sie kontaktiert und besucht hat – einmal –, aber ich habe mir nichts dabei gedacht. Ein Wiedersehen alter Freundinnen, etwas in der Art. Aber sie haben sich seitdem heimlich getroffen.«

»Das ist alles meine Schuld«, sagte Jean. »Ich war es, die sie wieder zusammengebracht hat. Ich hatte keine Ahnung.«

Plötzlich fiel es ihr wieder ein – Howard, Gretchen und Margaret im Garten; Badminton und Afternoon Tea, Schneiderei und Klavierübungen; die alltäglichen Wunder des Familienlebens, in die sie einfach hineingestolpert war und die sie zerstört hatte. Es war alles eine Illusion gewesen; die echte Gretchen war nicht die glückliche Hausfrau mit dem sonnigen Lächeln, sondern die andere mit dem gebeutelten Gesichtsausdruck, die ihr schmerzliches Geheimnis hütete.

»Niemand hat Schuld«, sagte Howard. Seine Hände am Steuerrad verkrampften und lösten sich rhythmisch. »Nur ich vielleicht, weil ich an der Heirat festgehalten habe, obwohl ich wusste, dass sie mich nicht so liebte wie ich sie. Zumindest hatte ich den Verdacht.«

»Howard, du bist zu hart zu dir selbst«, protestierte Jean mit Tränen in den Augen.

»Sie hat mir erzählt, dass sie eigentlich nie aufgehört hat, Martha zu lieben, obwohl sie nicht erwartet hat, sie je wiederzusehen.«

»Das war grausam von ihr.«

»Das war nicht ihre Absicht. Sie sagte, sie liebt mich auch, und ich glaube ihr.«

»Aber was ist mit Margaret? Gretchen würde nie etwas tun, was Margaret verletzt, und sie muss doch wissen, dass es das sicherlich tun wird.«

»Sie ist jenseits aller Vernunft. Ihre Gefühle für Martha haben alle anderen Erwägungen verdrängt.«

»Aber die Leute leugnen ständig ihre Gefühle«, sagte Jean. »Geht es nicht darum bei der Elternschaft – das eigene Glück für das der Kinder zu opfern?«

»Ich nehme an, sie würde sagen, dass sie deshalb diese zehn Jahre so gelebt hat – und dass sie es nicht mehr kann.«

»Du bist so vernünftig, Howard. Du solltest toben und wüten und verlangen, dass sie nach Hause kommt.«

»Ich habe eine Version davon versucht«, gab er zu. »Aber es ist schwer, eine Schimpfkanonade auf jemanden loszulassen, der schon am Boden liegt und weinend um Entschuldigung bittet. Ich habe mich wie ein Unmensch gefühlt.«

Dieses Bild von Gretchen, elend und flehend, war zu viel für Jean.

»Nicht«, sagte sie mit einem Gefühl der Schuld, das in keinerlei Verhältnis stand. »Das ist alles mein Werk. Ich habe dieses Chaos in euer Leben gebracht.«

Sie verspürte einen mächtigen irrationalen Hass auf Martha, ihre dreckige Küche, ihre künstlerischen Ambitionen, ihren scharlachroten Lippenstift, ihre Berechnung. Und während sie über die Trümmer dieser einst glücklichen Ehe nachdachte, erfasste eine dunkle Ecke ihrer Seele, dass Howard jetzt, wenn auch nicht rechtlich, so doch zumindest moralisch frei war, und ihr Herz hüpfte vor selbstsüchtiger Freude.

»Na ja, wenn sie zu Martha gezogen ist, wird sie es nicht lange aushalten. Die Wohnung ist eine Bruchbude«, sagte sie mit untypischer Gehässigkeit.

Es war unmöglich, sich vorzustellen, dass sich die beherrschte, anspruchsvolle Gretchen in all dem Durcheinander zu Hause fühlen würde.

»Wirklich?« Howard machte ein langes Gesicht, und Jean bereute ihre Bemerkung sofort. Natürlich schmeichelte es ihm nicht besonders, zu wissen, in wie viel schlichtere Umstände sie sich flüchtete. »Ich kann mir einfach nicht vorstellen, dass sie dort glücklich ist«, fügte Jean lahm hinzu.

Der Himmel verdunkelte sich, und sie kamen jetzt an Biggin Hill vorbei, das Flugfeld zu ihrer Linken, fuhren dieselbe Strecke, die sie zu Tante Edie gefahren waren, vor Wochen, als das Leben noch unkompliziert gewesen war. Es schien, als würde Howard die ganze Nacht fahren, wenn sie ihn ließe.

»Kann ich irgendetwas tun, das vielleicht helfen könnte? Irgendwas?«, fragte sie, wobei sie sich bewusst war, dass ihre bisherige Einmischung in die Ehe der Tilburys sie wohl kaum für diese Rolle empfahl.

»Sie wird Geld brauchen«, antwortete Howard. »Ich möchte ungern, dass sie sich abmühen muss oder abhängig ist von ... jemand anderem.«

»Nur du würdest so denken.«

»Vielleicht könntest du sie ja besuchen, ihr ein bisschen Geld geben und nachsehen, ob es ihr gut geht. Ich weiß, sie würde mich nicht sehen wollen. Ich habe nicht einmal eine Adresse von ihr.«

»Natürlich. Falls du glaubst, dass sie mich sehen möchte.«

»Sie wird jemanden sehen müssen. Am Samstag kommt Margaret wieder. Jemand muss es ihr sagen.«

»Arme Margaret«, platzte Jean heraus. »Das ist eine schlimme Sache.«

Howard hielt am Straßenrand an. Im Licht einer Straßenlaterne sah sein Gesicht blass und wächsern aus. Er öffnete das Handschuhfach und holte einen starren weißen Briefumschlag heraus, der rührend formell in seiner ordentlichen Handschrift an Mrs H. Tilbury adressiert war. Er gab ihn Jean.

»Das sind nur zwanzig Pfund. Natürlich gibt es noch mehr, wenn sie es braucht. Ich habe keinen Brief beigelegt. Ich habe einen angefangen, aber …«

»Ich gehe morgen früh«, versprach Jean.

»Was ist mit der Arbeit?«

»Du und Gretchen *seid* meine Arbeit.«

Kamine kann man ganz gut von Ruß freihalten, indem man mindestens einmal pro Woche Kartoffelschalen, gemischt mit ein bisschen Salz, auf dem Rost verbrennt. Das bildet eine Glasur an der Innenseite des Kamins und verhindert, dass er verstopft.

23

»Wo sind wir mit der Jungfrau-Maria-Story? Zieht die sich nicht schon seit Monaten hin?« Roy Drake rückte auf seinem Drehstuhl herum und verzog das Gesicht, während Jean von den unerfreulichen Entwicklungen in der Tilbury-Story berichtete. Er hatte sich am Wochenende beim Umgraben in seinem Kleingarten den Rücken gezerrt, und der Schmerz trug zu seinem Unmut bei.

»Keine der Untersuchungen hat bisher die Beteiligung eines Vaters nachgewiesen. Sie haben die Hautverpflanzungen gemacht – jetzt warten sie einfach ab, ob sie anwachsen.«

»Man möchte meinen, diese Ärzte könnten ein bisschen schneller arbeiten. Wenn sie ihre Patienten auch so gemächlich behandelten, wären die sicher alle tot.«

»Mir war nicht klar, dass das alles so zeitraubend sein würde.«

»Es sollte eine Adventswundergeschichte werden. Es ist schon fast November, und wir sind immer noch kein Stück vorwärtsgekommen.«

Er warf ihr seine Capstans zu, und sie saßen einen Moment lang in schweigender Eintracht da, als der erste Schwall Nikotin seine Wunder wirkte.

»Die Sache hat sich ein bisschen verkompliziert. Mrs Tilbury hat ... ihr Zuhause verlassen.«

Roys Augenbrauen schossen nach oben. »Hat sich einen anderen Kerl gesucht?«

»O nein«, sagte Jean, erleichtert, dass sie in diesem Punkt nicht lügen musste.

Obwohl sie zu Roy aufblickte und ihn mehr als jeden anderen bewunderte, mit dem sie je zusammengearbeitet hatte, brachte sie es nicht über sich, die Einzelheiten von Gretchens Treuebruch vor seinem scharfen journalistischen Auge auszubreiten. Im Gegensatz zu ihr fühlte er sich der Familie nicht verpflichtet und könnte diese Entwicklung für ein gefundenes Fressen halten. Für sie war es undenkbar, die eigentliche Geschichte Margarets rätselhafter Herkunft von einem reißerischen Sexskandal verdrängt zu sehen. Es wäre natürlich auch schrecklich für Gretchen, aber ihre Sympathien lagen jetzt eindeutig bei Howard und Margaret. Die beiden musste sie um jeden Preis schützen.

»Das macht es momentan nur etwas schwieriger, sie zu fassen zu bekommen, aber ich bin mir sicher, es ist nur vorübergehend.«

»Glaubst du, es ist der Druck dieser ganzen Untersuchungen?«

»Das war der Sache sicher nicht zuträglich. Es liegt mir auf dem Gewissen.«

»Du darfst nicht dir die Schuld daran geben, dass es so gelaufen ist. Sie hat sich an uns gewandt. Und jede Ehe hat ihre Abgründe.«

»Gut möglich. Aber sie hat es so gut versteckt. Da frage ich mich, was sie sonst noch zu verbergen hatte.«

Das Paradoxe war, dass Gretchens Sexualität es zwar wahrscheinlicher machte, dass sie vor Howard keine Beziehungen zu Männern gehabt hatte, aber durch ihre Unehrlichkeit in dieser Hinsicht wurde sie insgesamt zu einer weniger glaubhaften Zeugin.

»Ich verstehe. Du denkst, sie könnte uns die ganze Zeit getäuscht haben?«

Das Telefon auf seinem Schreibtisch klingelte, und er brachte es mit einem kurzen Anheben des Hörers zum Schweigen.

»Ich weiß nur, dass ich ein bisschen weniger an Gretchen glaube, und doch gibt ihr ein Test nach dem anderen recht.« Sie schenkte ihm ein entschuldigendes Lächeln.

»Also dann, mach dich auf die Socken und grab noch ein bisschen weiter. Es ist nicht zu spät. Und nimm einen gut gemeinten Rat eines alten Mannes an: Komm währenddessen dem Ehemann nicht zu nah. Frisch verlassene Männer neigen dazu, sich Trost zu suchen, wo sie ihn finden können.«

Jean spürte, wie sie unter seinem prüfenden Blick errötete.

»Sag mir nicht, dass er schon …«

»Nein, nein, nichts dergleichen«, behauptete Jean beharrlich und wurde noch röter.

Er drückte seine Erleichterung aus, indem er eine lange Rauchwolke ausstieß.

»Er ist der anständigste, ehrbarste Mann, den du dir vorstellen kannst – abgesehen von dir natürlich.«

»Freut mich, das zu hören. Ich hatte mich schon langsam gefragt, ob nicht etwas Persönlicheres hinter deinem Engagement für diese Story steckt.«

Ein Schatten verdunkelte den Raum. Muriel aus der Buchhaltung stand mit einem Bündel Rechnungen vor der Glastür.

Roy hob die offene Hand, um ihr fünf Minuten zu bedeuten, und sie zog sich zurück.

»Na ja, das war schon so. Ist es noch. Aber es war wegen der ganzen Glückliche-Familie-Geschichte. Ich wollte ein bisschen an dem teilhaben, was sie hatten. Und sie haben mich so bereitwillig angenommen. Selbst Margaret.«

»Das kleine Mädchen.«

Jean nickte. »Ich dachte, ich hätte meine Muttergefühle vor langer Zeit begraben, aber ...«

Roy Drake, selbst vierfacher Vater, legte ihr seine große, sommersprossige Hand auf die Schulter. »Ist schon gut, altes Mädchen. Ich kann das verstehen.«

24

Jeans erster Besuch in der Luna Street hatte im Sommer stattgefunden. Kinder hatten auf der Straße Fußball gespielt und mutwillig Autos beschädigt, und Babys waren in ihren Kinderwägen auf Türschwellen gestellt worden, damit sie an die frische Luft kamen. An einem kalten Dienstagmorgen im späten Oktober war die Straße wie ausgestorben. Auf der Schattenseite glitzerte immer noch Frost auf dem Asphalt.

Das Licht der tief stehenden Herbstsonne entlarvte die verschmierten Fenster der Nummer sechzehn. An der Eingangstür fehlte eine Glasscheibe, jemand hatte ein Stück Sperrholz davorgenagelt, aber das Provisorium würde höchstwahrscheinlich zur Dauerlösung werden. Es war nicht das einzige Haus in der Straße, das solche Improvisationen aufwies.

Auf dem Weg vom Sloane Square hierher hatte Jean sich flüchtig in einem Schaufenster gesehen und war bestürzt gewesen über das Spiegelbild einer gebeugten Frau mittleren Alters in einem abgetragenen Regenmantel mit unfrisierten mausfarbenen Haaren, die weder glatt noch lockig waren und von grauen Strähnen durchzogen. Dieses Bild von Farblosigkeit und hängenden Schultern passte gar nicht zu Jeans

Meinung von sich selbst als einer respektablen arbeitenden Frau und erinnerte sie wieder einmal daran, warum sie Spiegel im Allgemeinen mied.

Jetzt richtete sie sich hoch auf und klingelte, und nach einer langen Pause hörte sie das Geräusch sich nähernder Schritte. Es war Martha, die sie hereinließ. Sie trug einen zugebundenen Morgenmantel, als käme sie gerade aus dem Bett, aber ihr Gesicht war hergerichtet, ihr Haar mit diesem Putzfrauen-Kopftuch zurückgebunden.

»Ah«, sagte sie zur Begrüßung. »Ich dachte mir, dass früher oder später jemand vorbeikommen würde.«

»Ich bin wegen Gretchen hier.«

»Sie ist im Moment nicht da, aber kommen Sie rein.«

Martha ging voraus den Gang entlang und in ihr Atelier. Die Türen zu Küche und Schlafzimmer waren – vielleicht strategisch – vor den intimen Hinweisen auf eine geteilte Belegung verschlossen. Es gab bereits Spuren von Gretchen in der Wohnung – die vertrocknete Pflanze war durch ein Marmeladenglas mit frischen Blumen ersetzt worden, der Boden gefegt, die Unordnung befriedet, wenn auch nicht direkt beseitigt. Sie setzten sich wie beim letzten Mal auf die niedrige Couch, aber diesmal gab es keinen Kaffee und auch keine mitgebrachten Florentiner.

»Wissen Sie, wann sie wiederkommt?«

»Nein. Sie kommt und geht, wie es ihr beliebt. Sie ist keine Gefangene, wissen Sie?«

»Das dachte ich mir auch nicht. Ich habe ihr etwas Geld gebracht. Von ihrem Mann.«

Martha zog die Augenbrauen hoch, diesen Grad an Nachgiebigkeit hatte sie offenbar nicht erwartet.

»Na, das kommt gelegen«, räumte sie ein.

Jean hatte den Umschlag aus der Tasche gezogen, behielt ihn aber in der Hand. Sie zögerte, ihn jemand anderem als Gretchen zu geben.

»Sie können es bei mir lassen. Ich werde es nicht stehlen, wenn das Ihre Sorge ist.«

»Ich hatte gehofft, mit Gretchen selbst sprechen zu können.«

»Sie will mit niemandem reden.«

»Das kann ich mir vorstellen. Aber früher oder später muss es eine Unterredung wegen Margaret geben. Wissen Sie, was sie vorhat?«

»Ich gehe davon aus, sie wird sie hier bei sich haben wollen.« Martha zuckte die Achseln, als wäre das nichts von großer Tragweite, so oder so.

»Hier ist wohl kaum Platz für ein Kind«, sagte Jean, die dieses Gespräch ein wenig surreal fand, schließlich wurde es geführt, ohne dass eine der maßgeblichen Parteien anwesend war.

»Wir werden uns wahrscheinlich irgendwann etwas Größeres suchen müssen.«

»Sie wird am Samstag zurückerwartet.« In Jeans Stimme schlich sich ein ungeduldiges Kieksen. Marthas Lässigkeit ärgerte sie langsam.

»Ich weiß, Sie sind nicht mit mir einverstanden, Jean«, sagte Martha und zog ihre langen Beine auf der Couch in den Schneidersitz. »Ich bin das gewohnt. Die Leute missbilligen mich, solange ich denken kann.«

»Man kann wohl kaum mit dem Auseinanderbrechen einer Familie ›einverstanden sein‹«, erwiderte Jean steif.

Sie hasste es, wenn man sie mit Engstirnigkeit und Konservatismus in Verbindung brachte, auch wenn sie sich dort am wohlsten fühlte. Sie hatte Martha bei ihrem ersten Treffen ziemlich bewundert und war eher fasziniert als erschrocken über ihr Lesbischsein. Um sich darin in ihrer Haltung zu überprüfen, stellte sie sich die Meinung ihrer Mutter vor – und wies sie zurück. Sie wäre empört – deshalb beschloss Jean, es nicht zu sein. Aber nichts davon konnte man aussprechen.

»Sie war meine, bevor sie seine war«, sagte Martha gerade.

»Aber jetzt muss noch ein Kind mitberücksichtigt werden.«

»Ich *meinte* das Kind.«

Jean blinzelte verwirrt.

»Sie ist nach uns benannt, wissen Sie? Martha und Gretchen.«

Darauf war Jean vollkommen unvorbereitet und hatte keine Ahnung, was sie dazu sagen sollte.

»Nein, das wusste ich nicht.«

Im Schweigen, das auf diesen Austausch folgte, war ein stecknadelleises Geräusch hinter der geschlossenen Tür zu hören. Es war weniger als ein Atemzug, aber Marthas rascher Blick bestätigte, dass auch sie es gehört hatte.

»Sie ist hier, nicht wahr?«, fragte Jean.

Martha zögerte, kurz vor dem Leugnen, und dann öffnete sich die Schlafzimmertür, und Gretchen stand da. Ihre Schönheit hatte nie dienstfrei, aber heute trug sie sie wie eine Rüstung.

»Ist schon gut«, sagte sie zu Martha, die aufgesprungen war, wie um sie zu verteidigen. »Ich möchte mit Jean reden.«

Darin, wie sie das Kinn reckte, lag etwas Herausforderndes.

»Möchtest du, dass ich bleibe?«

»Nein, ich würde gern allein mit ihr sprechen. Geh du.«

Gretchen drückte Marthas Hand und wartete, bis sie ihre Handtasche und die Schlüssel vom Tisch genommen und die Tür hinter sich geschlossen hatte.

»Ach, Gretchen«, war alles, was Jean sagen konnte.

»Sei nicht böse auf mich, Jean«, erwiderte sie mit niedergeschlagenen Augen. »Ich kann nicht anders.«

Ohne die stützende Anwesenheit Marthas sah sie viel weniger selbstsicher aus.

»Ich bin nicht böse, Gretchen. Es hat ja auch nichts mit mir zu tun. Nicht einmal Howard ist *böse*.«

»Der liebe Howard.« Sie setzte sich auf die Kante der Couch, als wäre sie hier nicht ganz zu Hause. »Geht es ihm gut?«

»Na ja, ich weiß nicht, ob man es ›gut‹ nennen kann«, antwortete Jean. »Er macht sich große Sorgen um Margaret. Und um dich. Er hat mich gebeten, dir das zu geben.«

Sie reichte ihr den Umschlag, Gretchen öffnete ihn vor ihr und schüttelte den Kopf, als sie das Geld zählte.

»Er ist sehr großzügig«, sagte sie. »Ich habe nichts dergleichen erwartet.«

»Hast du wirklich vor, ihn zu verlassen und hier zu wohnen?«

»Ja.«

»Und was ist mit Margaret?«

Gretchen wirkte verblüfft von dieser Frage.

»Na ja, sie wird natürlich auch hier sein, bei mir. Wo sollte sie sonst sein?«

»Aber die Schule? Wird sie ihre Freunde zurücklassen und irgendwo neu anfangen müssen – hier in dieser Gegend?« Jean wedelte mit dem Arm, um das Hinterland der Luna Street anzudeuten.

»O nein, ich glaube nicht«, sagte Gretchen, als hätte sie eben zum ersten Mal einen Gedanken daran verschwendet. »Sie ist im letzten Schuljahr – das wäre zu viel Durcheinander. Ich bringe sie jeden Morgen im Zug nach Sherwood Park und hole sie wieder ab. Ich denke, das wird das Beste sein. Du nicht?«

»Das Beste?«, wiederholte Jean, die Mühe hatte, sich an diese neue, ungezwungene, gedankenlose Gretchen zu gewöhnen. »Nein, das Beste für Margaret wäre, was sie schon hat.«

Gretchen zuckte zusammen, als hätte ihr Jean ein Glas Wasser ins Gesicht geschleudert.

»Aber ich kann das nicht«, sagte sie mit gequälter Stimme. »Ich habe nie jemand anderen als Martha geliebt. All die Jahre mit Howard – ich habe es versucht, ich habe es ehrlich versucht. Und ihm gegenüber ist es auch nicht fair. Er verdient jemanden, der ihn richtig lieben kann.«

Einen unbehaglichen Moment lang kam Jean in den Sinn, dass Gretchen sie die ganze Zeit für die Rolle von Howards Trösterin hatte vorsprechen lassen; sie hatte sie auf diese Rolle vorbereitet, Ausreden erfunden, um sie zusammenzuwürfeln – der Gedanke stieß sie ab. Sie schüttelte den Kopf.

»Du kannst doch nicht wirklich andeuten wollen, du tätest das für Howard. Er ist todunglücklich.«

»Sag das nicht«, flehte Gretchen. »Ich kann den Gedanken nicht ertragen, er könnte unglücklich sein. Aber ich kann Martha nicht erneut verlieren, jetzt, wo ich sie wiedergefunden habe.«

»Das verstehe ich nicht. Hättest du Martha finden wollen, hättest du das schon vor Jahren tun können. Sie hat sich nicht versteckt. Ich hatte sie in Nullkommanichts gefunden.«

Gretchen schüttelte den Kopf über Jeans Naivität.

»Nicht sie zu finden war das Problem. Sondern mich zu beweisen. Und das hast du für mich getan.«

»Ach?«

Ein fernes Licht schimmerte im Nebel der Verständnislosigkeit auf.

»Als ich erfahren habe, dass ich ein Baby bekomme, bin ich sie bei ihren Eltern in Chatham besuchen gegangen. Ich sah das Baby als unseres an – es war zu mir gekommen, während wir zusammen in St. Cecilia gewesen waren. Ich dachte, sie sei der eine Mensch, der es verstehen würde. Aber sie wollte mir nicht glauben. Sie dachte, ich wäre mit einem Mann zusammen gewesen, und nichts, was ich sagte, konnte sie überzeugen.

Wir hatten einen schrecklichen Streit. Ich sagte, ich würde eines Tages meine Unschuld beweisen, und sie würde vor mir knien und sich entschuldigen müssen. Dann sagte sie, ich solle verschwinden, und schlug mir die Tür vor der Nase zu, und ich habe nie wieder von ihr gehört bis zu diesem Sommer, als du sie besucht und ihr gesagt hast, du glaubtest meine Geschichte.«

»Also war das alles ihretwegen?«, sagte Jean.

»Als ich den Artikel in eurer Zeitung sah, schien er mich persönlich anzusprechen. Ich dachte, wenn ihr beweisen könntet, dass ich die Wahrheit sage, wäre vielleicht mein Foto in der Zeitung, und Martha würde es sehen und ihr würde leidtun, was sie gesagt hat.«

»Ich verstehe.«

»Mir ist gar nicht in den Sinn gekommen, dass ich sie wiedersehen könnte. Ich nahm an, sie hätte mich vergessen und jemand Neues gefunden. Ich wollte nur, dass sie die Wahrheit erfährt. Das war alles.«

»Und hat sie?«

»Hat sie was?«

»Vor dir gekniet und sich entschuldigt.«

Gretchen lachte peinlich berührt. »Na ja, nicht ganz. Martha ist nicht direkt der Typ, der vor dir niederkniet.«

Darauf wette ich, dachte Jean.

»Aber sie glaubt mir, und das ist alles, was zählt.«

»Und du glaubst, du wirst hier glücklich sein? Und Margaret?«

Jean sah sich abschätzig im Raum um. Selbst Gretchens Bemühungen, die Wohnung heimeliger zu machen, konnten die Schäbigkeit nicht verbergen.

»Ich weiß, es ist ziemlich voll und unordentlich, aber das liegt daran, dass Martha so hart arbeitet. Ich kann ihr helfen, es schön zu machen. Und wenn ich glücklich bin, wird auch Margaret glücklich sein. Ich werde es ihr erklären. Sie und ihre Freundin Lizzie sind unzertrennlich. Ich werde ihr erklären, dass es bei mir und Martha dasselbe ist – sie ist meine beste Freundin, und wir müssen zusammen sein. Sie wird es verstehen.«

»Bei dir klingt das so einfach.«

»Das ist es auch – warum kann es das nicht sein? Ich liebe Martha und ich liebe Margaret, aber ich liebe auch Howard und sogar dich, Jean. Vor allem dich, denn du hast Martha zu mir zurückgebracht.«

Jean nahm diese Erklärung mit steinernem Gesichtsausdruck entgegen.

»Ich habe dir vertraut und dich gegen Leute verteidigt, die dachten, du seist eine Lügnerin oder Fantastin. Und du hast mich die ganze Zeit getäuscht.«

»Das habe ich nicht!« Gretchens Stimme war protestierend schrill. »Alles, was ich dir über Margarets Geburt gesagt habe, ist wahr. Was das angeht, habe ich nie gelogen.«

»Du hast dein eigenes Spiel gespielt. Und du warst nicht ehrlich. Woher soll ich jetzt noch wissen, was ich glauben soll?«

»Kannst du dich nicht für mich freuen?«

»Ich mache mir mehr Sorgen um Margarets Glück.«

Sie war zu weit gegangen, hatte sich auf fremdes Mutterterrain gewagt. Gretchen blinzelte verletzt.

»Ich habe Margaret immer in allem an die erste Stelle gesetzt«, sagte sie mit tränenerstickter Stimme. »Du kannst mir nicht vorwerfen ...«

»Es tut mir leid«, sagte Jean. »Das war unpassend von mir.«

Erst jetzt dämmerte ihr langsam, dass ihre eigene Beziehung zu Margaret auf dem Spiel stand – sie hing von Gretchens Entgegenkommen ab, das diese ihr jeden Moment entziehen konnte. Der Gedanke, ausgeschlossen und von Martha als inoffizielle Tante ersetzt zu werden, war ihr unerträglich. Aber Gretchen war nicht in rachsüchtiger Stimmung und schien sich nur nach Bestätigung zu sehnen. Sie nahm Jeans Hand zwischen ihre und drückte sie.

»Wir sind immer noch Freundinnen, nicht wahr?«

Jean nickte.

»Und du kümmerst dich um Howard, ja? Er bewundert dich so sehr.«

»Ich nehme nicht an, dass ich noch einen Grund haben werde, ihn zu sehen, wenn du nicht mehr dort wohnst«, sagte Jean, auch um ihren Verdacht zu überprüfen, dass Gretchen sie absichtlich zusammengeworfen hatte, um ihre eigene Flucht zu erleichtern.

»Oh, aber du musst! Er hat so wenige Freunde. Kannst du ihm etwas von mir ausrichten?«

»Ich denke, du musst selbst mit ihm reden. Über deine Pläne für Margaret. Das kann ich dir nicht abnehmen.«

»Aber es war letztes Mal so schmerzhaft. Ich ertrage das nicht.«

»Du musst. Darf ich ihm diese Adresse geben?«

»Ja, ich denke schon. Richtest du ihm ... liebe Grüße aus ... oder was auch immer du für richtig hältst.«

Beim Kratzen eines Schlüssels im Schloss, das anzeigte, dass Martha zurück war von wo auch immer sie diese Unterredung abgewartet hatte, stand Gretchen sofort auf, und Jean fühlte sich entlassen.

Die beiden Frauen standen Schulter an Schulter auf der Schwelle und verabschiedeten sie, oder vielleicht, dachte Jean, blockierten sie auch den Eingang, damit sie nicht wiederkam. Sie ging mit erstarkender Entschlossenheit. Gretchen hatte durch ihr rücksichtsloses Verhalten jeglichen Anspruch auf Howard verwirkt und seine Freundschaft mit Jean für ihre eigenen egoistischen Ziele ausgenutzt. Es gab keinen Grund für irgendwelche Gewissensqualen ihrerseits.

Wenn er in seiner Einsamkeit bei ihr anklopfte, stünde sie bereit.

25

Lieber Howard,
ich habe heute Gretchen besucht, wie du mich gebeten hast. Sie war dankbar für das Geld und gerührt von deiner Freundlichkeit. Ich habe versucht, sie zur Vernunft zu bringen, aber wie du schon sagtest, sie scheint sich entschieden zu haben. Sie war natürlich sehr bekümmert, dir wehgetan zu haben, was nicht verwunderlich ist. Sie sendet dir liebe Grüße und wird sich bald – morgen – mit dir in Verbindung setzen, um Pläne für Margaret zu besprechen.
Ihre Adresse ist 16 Luna Street, Chelsea.
Ich denke an dich. Falls ich dir noch etwas helfen kann, musst du nur fragen.

Deine Freundin
Jean

Nachdem sie länger über diesem Briefchen gebrütet hatte, als seine Kürze es rechtfertigte, zerriss Jean es und fing von vorne an. Es ließ sie bedürftig und emotional wirken und ein bisschen zu eifrig, in Gretchens Fußstapfen zu treten.

Lieber Howard,
ich habe heute Gretchen besucht und ihr das Geld gegeben, wofür sie sehr dankbar war. Sie lässt lieb grüßen und wird sich bald wegen ihrer Pläne für Margaret mit dir in Verbindung setzen. Ihre aktuelle Adresse ist 16 Luna Street, Chelsea.
Ich hoffe, es geht dir den Umständen entsprechend gut.

Viele Grüße
Jean

Sie war überrascht und enttäuscht, als er ihr keine Antwort schickte, nicht einmal, um ihre Mühe zu würdigen, und als die Tage vergingen, begann sie sich zu fragen, ob sie seine Gefühle für sie die ganze Zeit falsch gedeutet hatte. Aber sie hatte die Verbindung zwischen ihnen sicher nicht missverstanden. Sie war eindeutig da gewesen, in diesem Schweigepakt, als er ihr die Smaragdbrosche geschenkt hatte, Wochen *vor* Gretchens Weggang. Er konnte jetzt nicht durch Gelübde gebunden sein, die so brutal gebrochen worden waren.

Jeden Abend vor dem Zubettgehen holte sie die Brosche aus ihrem Samtbeutel und betrachtete deren sorgfältige und liebevolle Verarbeitung. Dann schloss sie die Augen und ließ die immer noch frische Erinnerung an den Tag bei Tante Edie an sich vorbeiziehen, als ihre Liebe unausgesprochen, echt und makellos war. Morgen ruft er vielleicht an, dachte sie wie ein liebeskrankes Mädchen, aber der Morgen kam und brachte nichts.

»Was ist los mit dir? Brütest du etwas aus?«, fragte ihre Mutter, während sie zusah, wie Jean lustlos in ihrem Abendessen aus geschmortem Herz mit Steckrübenpüree stocherte.

»Ich weiß es nicht«, sagte sie und legte ihre Gabel weg, ihr Essen blieb unangetastet.

Sonst war sie überhaupt nicht zimperlich oder schwierig beim Essen, aber heute Abend fand sie den Anblick von Lammherzen, deren Klappen und Kammern noch in all ihren anatomischen Details sichtbar waren, plötzlich widerwärtig. Sie hatte Mühe, nicht zu würgen.

»Ich glaube, ich esse besser nur ein bisschen Brot mit Margarine.«

Sie stand auf und riss mit einem Ruck die Kühlschranktür auf, der kalte, saure Luftzug wirkte lindernd auf ihre heißen Wangen.

»Es könnte sein, dass du in die Wechseljahre kommst«, sinnierte ihre Mutter. »Die erwischen manche Frauen schlimm.«

»Ich bin noch nicht einmal vierzig«, sagte Jean mit zusammengebissenen Zähnen in den Kühlschrank hinein. »Das ist es sicher nicht.«

»Du bist nicht mehr du selbst seit Lymington.«

Jean war stolz auf ihre Fähigkeit, ungebärdige Gefühle zu verbergen; ihre Mutter konnte sie von Zeit zu Zeit mit ihrer Scharfsichtigkeit dennoch überraschen. Dann war sie nicht so undurchschaubar, wie sie gerne von sich dachte.

»Ich glaube, mir ging es einfach nicht so gut«, gab sie zu, während sie Margarine auf einen Kanten Weißbrot kratzte. »Das Wetter hat auch nicht geholfen.«

»Du hast deine neuen Freunde in letzter Zeit nicht oft gesehen. Die Juden.«

»Sie sind keine Juden. Ich sagte, er sei Juwelier. Gretchen ist katholisch, glaube ich. Nichtpraktizierend.«

»Die jedenfalls. Ich habe mich schon gefragt, ob ihr euch zerstritten habt.«

»Sie waren verreist.«

Obwohl die Versuchung, über die Tilburys zu sprechen, fast überwältigend war und es ein Genuss gewesen wäre, Howards Namen laut aussprechen zu dürfen, verspürte sie einen seltsamen Instinkt, Gretchen vor den Beschuldigungen zu schützen, die mit Sicherheit folgen würden. Und sie hatte nicht die Absicht, Howard Mitleid oder gar Verachtung auszusetzen, die wahrscheinlichen Reaktionen auf seine Zwangslage. Also sagte sie nichts, und der Zeitpunkt für Vertraulichkeiten ging ungenutzt vorüber.

»Vielleicht brauchst du mal einen Tag mit einer Wärmflasche im Bett«, schlug ihre Mutter vor, ihr Heilmittel für jede Art weiblicher Beschwerden.

»Ich kann mir nicht noch mehr freinehmen«, erwiderte Jean. »Das summiert sich.«

»Du bist wahrscheinlich erschöpft, weil du dich um mich kümmern musst. Es tut mir leid, dass ich so eine Plage bin.«

»Ach, das bist du doch gar nicht«, sagte Jean, bewegt vom elenden Tonfall ihrer Mutter. Sie drückte kurz deren altersfleckige, knorrige Hand und bemerkte den Kontrast zu ihren eigenen schmalen, zarten Fingern. »Sag so etwas nicht.«

»Wenigstens bin ich nicht so schlimm wie diese Tante im Hotel.« Die Erinnerung an jemandes noch größeres Unglück munterte sie auf. »Falls ich je so werde, musst du mich in ein Pflegeheim stecken.«

»Du weißt ganz genau, dass du das schrecklich fändest«, erwiderte Jean, die den Vergleich nicht besonders tröstlich fand. Ihrer Einschätzung nach trennten die beiden nur ein paar Jahre.

»Ich möchte jedenfalls nicht zur Last werden.«

»Du sollst nicht so denken. Wir kommen doch gut miteinander zurecht, oder nicht?«

»Ich gebe mir Mühe«, antwortete ihre Mutter orakelhaft. »Wenn du das nicht mehr isst, kann ich es ja nehmen.«

Sie bugsierte das Lammherz mit der Messerspitze auf ihren Teller.

»Ja, gerne«, sagte Jean und wandte den Blick ab, um den ersten Einschnitt nicht mitansehen zu müssen.

»Vielleicht könnten wir heute Abend ein Feuer machen, jetzt, wo die Uhren zurückgestellt sind. Ich habe Anzündholz gemacht.«

Normalerweise versuchten sie, das erste Kohlenfeuer des Winters nicht vor Allerseelen anzuzünden – einmal nachgegeben, gab es kein Zurück bis zum darauffolgenden März –, aber die neuerdings dunklen Abende waren kühl. Sie hatten länger durchgehalten als die meisten ihrer Nachbarn; Jean hatte in den letzten Tagen auf dem Heimweg von der Arbeit die Schornsteine rauchen sehen.

»Es spricht nichts dagegen. Der Kohlenkeller ist voll.«

»Es ist gut, dass der Kamin gekehrt und vorbereitet ist.«

Wie jedes Jahr hatte ihre Mutter darauf bestanden, den Schornsteinfeger im Frühling kommen zu lassen, statt bis zum Herbst zu warten, wenn die Preise womöglich stiegen. Sie war stolz auf ihren Weitblick, im Vorhinein für einen weit in der Zukunft liegenden Service zu bezahlen. Für Jeans Empfinden war es Ausdruck einer besonders düsteren Sicht aufs Leben, das wärmere Wetter zu begrüßen, indem man Vorbereitungen für den Wintereinbruch traf.

Nachdem das Abendessen abgeräumt war, füllte Jean die Kohlenschütte und zündete auf einer Schicht zerknülltem Zeitungspapier das Feuer an. Dann setzten sie sich zusammen hin, um sich gemeinsam Paul Temple im *Light Programme* anzuhören – die Lieblingsradiosendung ihrer Mutter. Die glamouröse Steve mit ihrer samtigen Stimme und ihrem Chauffeur, dem Butler und den Cocktails vor dem Dinner mit Sir Graham Forbes von Scotland Yard war ganz anders als alle Journalistinnen, die Jean je kennengelernt hatte. Genau genommen schien ihr die Arbeit an der Schreibmaschine etwas komplett Fremdes zu sein. *Sie* konnte man sich schwer vorstellen, wie sie im Regen nach Petts Wood fuhr, um eine Kolumne darüber zu schreiben, wie man das Leben von Staubwedeln mit Paraffin verlängerte oder Petticoats mit Zuckerwasser versteifte.

Sie merkte, wie – eingelullt von der wohlklingenden Stimme Marjorie Westburys als Steve – ihre Gedanken abschweiften und sich Howard zugesellten, wie er nur wenige Meilen entfernt allein in dem Haus in der Burdett Road ein einfaches Abendessen für sich zubereitete. Sie nahm an, er konnte kochen, auch wenn sie nie einen Hinweis darauf erhalten hatte. Gretchen hatte immer wie die perfekte Hausfrau gewirkt mit ihrer Sachertorte und ihrem Hefezopf. Vielleicht blieb er aber auch in der Stadt, wenn er den Laden schloss, und aß auswärts, in irgendeinem billigen Etablissement in Soho, denn er hatte keinen Grund, schnell nach Hause zu kommen.

Dieses Bild von Howard, wie er am Herd stand und in einer Pfanne Rührei rührte oder in der Kälte und Dunkelheit durch die Straßen trottete, war so eindringlich, dass ihr die Tränen in die Augen stiegen. Sie fand es fürchterlich ungerecht, dass Gretchen ihre Freiheit und die Freuden einer neuen Liebhaberin genoss, während sie und Howard aus einem fehlgeleiteten Anstandsgefühl heraus zurückhaltend und einsam blieben. Obwohl sie ihn betrogen hat, wird er sie nicht betrügen, dachte sie traurig. Er würde sich niemals – welches Wort hatte er benutzt? – ›schäbig‹ verhalten.

Diese melancholischen Überlegungen wurden von den Klängen des *Coronation Scot* unterbrochen, die das Ende von Paul Temple verkündeten. Ihre Mutter, schläfrig von der Wärme des Kohlenfeuers, öffnete die Augen und sagte: »Sehr schön«. Hätte man sie darauf angesprochen, hätte sie abgestritten, dass sie geschlafen hatte, wäre aber nicht in der Lage gewesen, Jean Einzelheiten der Handlung zu benennen.

»Oh, mir ist die Geschichte nicht so wichtig«, sagte sie in solchen Fällen. »Ich mag einfach ihre Stimmen.«

Jean ging hinaus in die Küche, um ihr eine Tasse Allenbury's zu machen und ihre letzte Zigarette des Tages zu rauchen, da bemerkte sie einen Umschlag auf der Fußmatte der Vordertür. Er war vorher noch nicht da gewesen. Sie hob ihn auf, ihr Herz pochte in gespannter Erwartung, als sie die ordentliche, geneigte Handschrift und einen festen weißen Umschlag der Art erkannte, wie sie sie vor Kurzem auch an Gretchen ausgeliefert hatte.

Geduld, dachte sie, und legte ihn zur Seite, während sie ein Streichholz an den Herd hielt und eine Tasse Milch mit Wasser in eine Kasserolle abmaß. Schlechte Nachrichten konnten warten, und gute Nachrichten wurden besser, wenn man sie hinauszögerte. Sie zündete sich ihre Zigarette am Kochfeld an und setzte sich schließlich an den Küchentisch, um ihren Brief zu öffnen:

7 Burdett Road
Sidcup

Liebe Jean,
danke, dass du so freundlich warst, Gretchen zu besuchen. Sie hat mich wie versprochen angerufen, und wir haben vereinbart, dass ich Margaret an den Sonntagen haben

werde, und den Rest der Woche wird sie bei ihrer Mutter in Chelsea wohnen. Margaret war natürlich ein wenig verwirrt und aufgebracht über die neuen Modalitäten, aber Kinder sind robuste Wesen, und sie scheint es tapfer zu tragen.

Das Haus ist sehr still ohne sie, und ich ertappe mich dabei, wie ich länger arbeite, und manchmal schlafe ich im Laden, um nicht zurück zu müssen. Natürlich müssen wir zu gegebener Zeit die Ungleichheit unserer Lebensstandards angehen, aber Gretchen hat es nicht eilig, schon wieder neue Umbrüche vorzunehmen, deshalb machen wir momentan weiter wie gehabt.

Ein bedauernswertes Nebenprodukt dieser unglücklichen Situation, liebe Jean, ist, dass sich eine gewisse Unbeholfenheit in unsere Freundschaft geschlichen hat, die ich mehr bedauere, als ich sagen kann. Ich verstehe es gut, falls du dich in meiner Gegenwart unwohl fühlst, jetzt, wo Gretchen nicht da ist, aber ich möchte dir sagen, dass ich in deiner Gesellschaft immer nur Freude, Trost und vollkommenes Wohlgefühl verspüre.

Kurz gesagt, ich würde dich sehr gern sehen und frage mich, ob du mich wohl am Samstag zum Mittagessen in der Stadt treffen könntest. Es gibt ein ganz anständiges Lokal in der Nähe des Ladens. Wenn du dich lieber nicht mit mir treffen möchtest, musst du nicht antworten – ich werde sowieso den ganzen Tag im Laden sein –, aber ich hoffe, du wirst unsere Freundschaft für robust genug halten, dass sie eine Krise überstehen kann, die wir nicht ausgelöst haben.

Dein
Howard

Jean blieb so lange am Tisch sitzen und las diese Worte in einem Nebel aus Glück immer wieder von Neuem, bis die Milch überkochte, über den ganzen Herd und in die Gasflammen, und einen verbrannten Ring am Boden der Pfanne hinterließ. Aber das war in Ordnung, denn es gab auf der ganzen Welt keine Hausarbeit, die jetzt ihre Stimmung hätte trüben können. Er wollte sie sehen. Das Leben war plötzlich schön, kostbar und voller Bedeutung. Sie putzte den Herd und machte eine frische Tasse Allenbury's, und als es Schlafenszeit war, verblüffte sie ihre Mutter, indem sie die Arme um sie schlang und sie fest drückte.

26

Pam's Kolumne
DIE FREUDEN DES BRIEFESCHREIBENS

In unseren immer hektischer werdenden Leben und jetzt, wo wir mehr und mehr Zugang zu privaten Telefonen haben, könnte die Kunst des Briefeschreibens bald in Vergessenheit geraten. Das wäre sehr schade, denn ein wohlüberlegter und gut geschriebener Brief kann dem Empfänger unermessliche Freude bereiten, und er kann immer wieder hervorgeholt werden, auf eine Weise, wie es das ein Telefonanruf nicht kann. Es gibt doch nichts Schöneres als das Geräusch eines auf der Fußmatte landenden Briefes und die freudige Erregung, wenn man die Handschrift eines lieben Freundes oder entfernten Verwandten erkennt.

Das Telefon hingegen ist ein schriller und fordernder Zuchtmeister: »Kümmere dich jetzt um mich!«, kreischt es wie ein aufsässiges Kleinkind. Während man einen Brief lesen und beantworten kann – oder auch nicht –, ganz wie es dem Empfänger beliebt. Und bei 3 Pences für eine Briefmarke, die eine Beförderung von Land's End bis John o' Groats gewährleistet, falls nötig, gibt es wohl kaum eine günstigere und schönere Art, jemandem den Tag zu versüßen.

Wie viele von uns beschränken ihre Korrespondenz jedoch auf pflichtbewusste Dankesbriefe, Urlaubspostkarten oder die jährlichen Weihnachtsgrüße? Es sollte nicht unmöglich sein, eine halbe Stunde die Woche der Korrespondenz zu widmen. Wie schnell entwickelt es sich dann zur tief verwurzelten Gewohnheit, und die Mühe wird um ein Vielfaches belohnt, wenn die Antworten einzutrudeln beginnen. Alle haben viel zu gewinnen – bis auf den überlasteten Briefträger vielleicht!

Lieber Howard,
ich bin so froh, dass du geschrieben hast.
Natürlich werde ich kommen.
Deine Freundin
Jean

Die folgenden drei Tage vergingen sowohl im Büro als auch zu Hause in einem Rausch der Emsigkeit und Tüchtigkeit. Sie schämte sich, ihre Arbeit an Gretchens Story so vernachlässigt zu haben, und beschloss, sich wieder ganz neu der Recherche zu widmen. Sie schrieb Kitty Benteen und vereinbarte ein Treffen, mit Brendas Brief als Aufhänger.

Außerdem rief sie in der Anselm House Prep School in Broadstairs an, mit der Bitte, nach dem Unterricht zu einem weiteren Besuch kommen zu dürfen, um sich die ehemaligen Krankensäle noch einmal gründlicher anzusehen. (Auf diese Weise hoffte sie, den Rektor zu umgehen, bei dem sie das Gefühl hatte, er könnte weniger umsichtig reagieren.) Susan Trevor, die Sekretärin, die bei Jeans erstem Besuch so hilfreich gewesen war, bereitete gerade ihre Abwesenheit vor, um sich einer Operation zu unterziehen, machte aber einen Termin für die Woche nach ihrer Rückkehr mit ihr aus.

Optimismus war eine ganz neue Gemütsverfassung für Jean, und er verlieh ihr Energie für die Arbeit und Enthusiasmus auch noch für die stumpfsinnigsten Haushaltsarbeiten. An den Abenden, wenn das Abendessen gekocht und gegessen war, machte sie sich sofort an irgendeine lang aufgeschobene Aufgabe – den Vorratsschrank ausputzen, abgewetzte Bettlaken ausbessern, die Messingtürklinken polieren, zu den Wintergardinen wechseln.

»Warum ruhst du dich nicht mal aus?«, blökte ihre Mutter um neun Uhr abends aus ihrem Sessel heraus, wenn Jean die Möbel in die Raummitte zerrte, um dahinter zu kehren, den mechanischen Teppichkehrer gegen die Fußleiste donnerte oder auf einen Stuhl sprang, um Spinnweben von den Bilderleisten zu fegen.

»Ich muss mich nicht ausruhen, mir geht es gut«, rief Jean dann im Vorbeifegen zurück, überzeugt, dass die Zeit schneller verging, wenn sie alles mit doppelter Geschwindigkeit erledigte.

Am Freitag machte sie etwas früher Feierabend, um bei Deborah's (Damenmode für besondere Ansprüche) hereinzuschauen, und kaufte sich ein weinrotes Wollkleid mit Plisseerock, das sie im Schaufenster an einer Puppe gesehen hatte. Gretchens Kleid war zwar eleganter, erinnerte aber zu stark an die Abwesenheit seiner Schöpferin und kam deshalb nicht infrage. Weinrot war eine viel kühnere Wahl als ihr übliches ungefährliches Grau oder Marineblau, und sie machte sich Gedanken, ob es zu Hause wohl hochgezogene Augenbrauen provozieren würde.

Der einzige Teil ihrer Vorbereitungen, in dem Jean nicht triumphieren hatte können, war es, sich den Nachmittag freizunehmen. Sie hatte auf dem Weg zur Arbeit und dann auf dem Heimweg einen Umweg zu Mrs Melsom gemacht, aber sie waren offensichtlich nicht da. Es stand kein Riley in der Einfahrt, und die Vorhänge oben und unten waren halb zugezogen, der Briefkasten mit Klebeband verschlossen – Jeans Meinung nach eher Maßnahmen, die Einbrecher anlockten als abschreckten.

Nun ruhten all ihre Hoffnungen auf der Tatsache, dass es schon eine ganze Weile her war, seit sie zuletzt an einem Samstag »herumscharwenzelt« hatte, und auf ihrem einwöchigen Einsatz in Lymington, für den sie ein paar Extrapunkte verdient hatte, wie sie fand. Trotzdem war sie nicht souverän genug, das Thema im Voraus anzusprechen, sondern wartete den Morgen selbst ab, um es als *fait accompli* zu präsentieren.

»Das kenne ich ja noch gar nicht«, merkte ihre Mutter an, als Jean ein klein wenig gehemmt in dem weinroten Kleid zum Frühstück erschien. »Ist das neu?«

»Ja. Ich habe es gestern bei Deborah's gekauft.« Sie ließ den Rock wirbeln, um die Plisseefalten zur Schau zu stellen, bevor sie ihn mit einer Schürze abdeckte, um ihn vor Spritzern zu schützen.

»Sehr schick. Was ist der Anlass?«

»Nichts Besonderes.« Jean drehte ihr den Rücken zu und machte sich am Herd mit dem Porridge zu schaffen. »Ich treffe mich mit einem Freund in der Stadt ... wenn du ein paar Stunden ohne mich auskommst.«

»Oh. Ich wage zu behaupten, das kann ich. Du wirst ja nicht den ganzen Tag weg sein, nehme ich an.«

»Nein. Nur zum Mittagessen. Ich nehme den Mittagszug. Wenn du noch etwas brauchst, könnte ich danach bei Derry & Tom's vorbeigehen.«

Das war ein taktisches Manöver, denn damit machte sie das Ganze von einem Ausflug zu einer Besorgungsfahrt. Doch ihre Mutter ließ sich so leicht nichts vormachen.

»Ich glaube nicht. Wer ist der Freund? Kenne ich ihn?«

Jean seufzte. Sie hatte keine Lust auf das Gespräch, das unweigerlich folgen würde, aber sie wollte auch keine Lüge auftischen, die später nur noch weitere Ausschmückungen nötig machen würde.

»Howard«, räumte sie ein.

»Allein?«

Da haben wir's, dachte Jean. »Ja, allein.«

»Meine Güte, wie modern. Wo ist seine Frau? Hat sie nichts dazu zu sagen?«

»Sie ist nicht in der Lage dazu, denn sie hat ihn verlassen«, sagte Jean mit forscher Stimme.

»Oh.« Ihre Mutter zog die einzelne Silbe – aufgeladen mit Schlussfolgerungen – bis kurz vor dem Reißen in die Länge. »Na ja, pass auf dich auf. Mehr sage ich nicht.«

Jean klatschte den Porridge in zwei Schälchen und stellte sie mit einigem Nachdruck auf den Küchentisch.

»Ziemlich unnötig. Ich bin in keinerlei Gefahr.«

Sie fühlte, dass ihr die Wangen brannten. Niemand sonst hatte die Macht, sie so zu reizen. Als Roy Drake sie in fast identischen Worten zur Vorsicht gemahnt hatte, hatte das nur altmodisch und liebenswert geklungen. Wenn es von ihrer Mutter kam, war es Gift.

»Er ist immer noch ein verheirateter Mann, denk daran.«

»Wir gehen nur zum Mittagessen. Ich wüsste nicht, warum ich seine Freundschaft aufgeben sollte, nur weil seine Frau davongelaufen ist.«

»Das geht mich ja nichts an«, war die verwundete Erwiderung, und sie aßen ihr Porridge schweigend.

Bevor sie zum Zug ging, kaufte Jean bei Harrington's noch ein kleines Stück Rindfleisch für Sonntag und Kartoffeln und Gemüse vom Bauernladen gegenüber der Kirche. Sie konnte so herausgeputzt keine schmutzige Hausarbeit machen, also begnügte sie sich mit der Bügelwäsche und legte die gewaschene Bettwäsche und die Handtücher zusammen, weichte ein paar bejahrte Geschirrtücher in Borax ein, mit denen sie sich beschäftigen wollte, wenn sie wiederkam. Dann machte sie ihrer Mutter ein Schinkensandwich zum Mittagessen, das sie mit einer Leinenserviette abgedeckt zur Seite stellte.

Die frostige Atmosphäre beim Frühstück hatte noch nicht recht Zeit zum Tauen gehabt, als Jean aufbrach. Ihre Unstimmigkeiten und anschließenden Aussöhnungen folgten immer einem Muster: scharfe Worte, Zurückziehen zum Schmollen und Wundenlecken, Schweigen, eisige Höflichkeit, Zugeständnisse auf beiden Seiten, Wiederaufnahme der freundschaftlichen Beziehungen. In diesem Fall hatten sie das Stadium der eisigen Höflichkeit erreicht und trennten sich mit einem kühlen: »Also, auf Wiedersehen, Mutter.«

»Oh. Musst du los? Auf Wiedersehen.«

Und dann eilte Jean in ihren schicken Schuhen, die drückten, den Hügel hinunter zum Bahnhof, ein lebhafter Wind wirbelte ihr die gefallenen Blätter um die Knöchel und zerrte an den Klappen ihres glanzlosen Regenmantels, der das weinrote Kleid vor drohenden Schauern schützte.

Howard war in seiner Werkstatt, als sie ankam. Durch das Schaufenster konnte sie ihn im Profil sehen, eingerahmt von der Tür zum Hinterzimmer. Vertieft trug er mit einer spitzen Pinzette Lötzinn auf die abgesägten Kanten eines Silberrings auf und biss sich dabei konzentriert auf die Unterlippe.

Es war weniger als fünf Monate her, seit sie ihn hier zum ersten Mal gesehen hatte, und doch konnte sie einfach nicht mehr nachvollziehen, mit welch kritischer Distanz sie ihm damals begegnet war, als er einfach ein unscheinbarer älterer Mann gewesen war, der nichts bedeutete. Jetzt war er unvergleichlich; als er von seiner Arbeit aufblickte und zur Begrüßung lächelte, erfüllte es sie mit Freude und Staunen.

Sie hatte sich Sorgen wegen dieses Moments gemacht: die Navigation um Begrüßungen und Abschiede steckte voller Risiken. Doch mit Howard gab es nichts als Wärme und Freundlichkeit und die Sicherheit eines Gefühls, das noch nicht ausgesprochen war, aber dennoch angenommen und erwidert wurde.

»Du hast mir gefehlt«, sagte er schlicht, als er neben ihr auf dem Gehweg stand, nachdem er den Laden abgeschlossen und das Schild auf »Geschlossen« gedreht hatte.

»Ebenfalls.«

»Hast du Hunger?«

»Nein. Nicht die Bohne.«

»Ich auch nicht. Aber das macht nichts. Lass uns wenigstens irgendwo hingehen, wo wir uns setzen und unsere Symptome vergleichen können. Komm.«

Er ging mit schnellem Schritt die Bedford Street entlang, Jean konnte gerade noch mithalten. Nachdem sie ein paarmal abgebogen waren, war sie ziemlich desorientiert und hatte keine Ahnung mehr, wo sie sich in Bezug zum Laden oder the Strand oder allem anderen befanden. Es war eine seltsame und befreiende Erfahrung, alle Unabhängigkeit aufzugeben und sich ganz von jemand anderem führen zu lassen.

Jetzt blieb er vor einem kleinen italienischen Restaurant stehen, vor dem die üblichen Einheits-Lorbeerbüsche die Türen bewachten. Sein Fenster war nicht größer als das des Schmuckgeschäfts. Im Inneren jedoch befand sich ein mysteriöserweise geräumiger Gastraum, beleuchtet von Kerzen in wachsbetropften Weinflaschen. Jean ließ das polierte Holz, die karierten Tischdecken und das lebhafte Lärmen des Mittagsgeschäfts auf sich wirken.

Der Besitzer begrüßte Howard mit der einem Stammgast gebührenden Vertraulichkeit und führte sie zu einem Ecktisch. Erst als sie stehen blieb, um jemandem Platz zu machen, der sich als ihr eigenes näher kommendes Spiegelbild herausstellte, wurde Jean bewusst, dass die ganze Wand aus Spiegeln bestand und dass das Restaurant nur halb so groß war, wie sie zunächst angenommen hatte. Sie war froh, endlich ihren Mantel ablegen zu können, aber Howard bemerkte ihr schickes neues Kleid genauso wenig wie vorher ihren schäbigen Regenmantel. Ich könnte alles tragen, dachte sie mit dämmernder Erleichterung, und er würde es weder bemerken, noch wäre es ihm wichtig.

Der Kellner brachte ihnen ungefragt einen kleinen Teller mit glänzenden grünen Oliven, eine neue Erfahrung für Jean, die entdeckte, dass sie die Vorstellung von ihnen viel lieber mochte als den Geschmack. Sie schienen aus derselben Welt zu stammen wie Paul Temple und die Cocktails mit Sir Graham und schmeckten doch nach alten Turnschuhen. Besser gefielen ihr die langen dünnen Zweige aus salzigem Brot in Papiertüten, die nervösen Händen eine Beschäftigung boten, während man auf die Speisekarte wartete.

Sie bestellten Minestrone und gegrillte Sardinen und waren sich einig, dass das für ihren beeinträchtigten Appetit reichte und die Möglichkeit auf ein Dessert offenhielt.

»Alles in Ordnung, Jean?«, fragte Howard, als sie erst zur einen Seite rutschte und dann zur anderen.

»Ja. Ich versuche nur, meinem Spiegelbild über deiner Schulter aus dem Weg zu gehen. Es ist sehr irritierend. Ich habe versucht, mich so hinzusetzen, dass du die Sicht versperrst.«

Daraufhin lächelte Howard, tat ihr aber den Gefallen, sich entsprechend zu arrangieren. »Manche Frauen würden das als Gelegenheit nutzen, um sich selbst in Szene zu setzen.«

»Meine Mutter hat früher immer gesagt, der Teufel würde sich hinter mir anschleichen, wenn ich mich zu lang selbst anstarrte. Ich bin früher mit den Händen vor den Augen an Spiegeln vorbeigerannt.«

»All die Lügen, die man uns erzählt hat.«

»Ich könnte ein Kind nie so belügen«, sagte Jean mit plötzlicher Wärme. »Könntest du das?«

Er dachte darüber nach. »Ich versuche, mich zu erinnern, ob ich das mal getan habe. Ich glaube nicht. Auch wenn die Gespräche der jüngsten Zeit in dieser Hinsicht herausfordernd waren.«

»Ach, du liebe Zeit. Wie geht es Margaret? Ich denke oft an sie.«

»Morgen ist mein Tag mit ihr, also werde ich es erfahren. Ich hole sie um zehn in der Luna Street ab und bringe sie um sechs wieder hin, also gehört der ganze Tag uns.«

»Warst du mal im Haus?«

»Nein, das möchte ich lieber nicht. Aber Gretchen kommt zur Tür, und es ist alles sehr ... freundlich.«

Sein Gesicht verdunkelte sich, und Jean erkannte, dass es ihm nicht ganz leicht fiel, sich so besonnen zu verhalten.

»Was habt ihr morgen vor?«, fragte sie, riss noch eine Packung Brotstangen auf und ließ Krumen auf den Tisch regnen.

Howard nestelte an einer Packung Lucky Strikes herum.

»Sie wollte schwimmen gehen, aber sie kann nicht, weil der Verband nicht nass werden darf. Also werden wir zu Tante Edie rausfahren und ein Lagerfeuer im Garten machen. Du könntest mitkommen, wenn du möchtest«, fügte er plötzlich hoffnungsvoll hinzu.

»Ich kann Mutter nicht zwei Tage hintereinander allein lassen«, sagte Jean voller Bedauern. »Es klingt aber nach einem großen Spaß.«

Immer ihre Mutter, das Hindernis für jede spontane Unternehmung.

»Sie war ziemlich angetan von dir ... also, Edie.«

Er bot ihr die letzte Olive an, und sie nahm sie ihm zuliebe und fragte sich, ob der Geschmack daran mit der Übung kam, wie bei Tee ohne Zucker.

»Ich kann mir nicht vorstellen, warum. Alles, was ich getan habe, war, ihren Apfelbranntwein zu picheln und beinahe auf ihrem Rasen das Bewusstsein zu verlieren!«

Sie lachten bei der Erinnerung – dieser Tag schien jetzt lange her zu sein, von den Dramen der letzten Wochen in die Vergangenheit verdrängt.

»Das muss nicht unbedingt gegen dich gesprochen haben.«

Der Kellner kam mit der Suppe, und sie aßen eine Weile schweigend.

»Hast du ihr erzählt ... das mit Gretchen?«, fragte Jean.

»Ja. Ich konnte ihr nichts verheimlichen; sie ist viel zu scharfsinnig.«

»War sie sehr schockiert?«

»Nein – Tante Edie erschüttert nichts.« Er legte seinen Löffel ab und sah sie an. »Um genau zu sein, sagte sie: ›Gretchen hätte nie eine richtige Tilbury abgegeben. Dieses andere Mädchen wäre viel passender gewesen‹.«

»Mädchen.« Jean schüttelte den Kopf. »Ich werde nächsten Monat vierzig.«

»Dann müssen wir zur Feier des Tages etwas unternehmen. Es gibt sowieso zu wenige Gelegenheiten, zu feiern, also müssen wir sie ergreifen, wo wir können.«

»Wir haben nie viel an Geburtstagen gemacht«, sagte Jean. »Mein Onkel in Harrogate schickt mir eine Postanweisung, und ich bekomme eine Karte von Dorrie, aber das war's auch schon. Vielleicht gebe ich mir Mühe und backe einen Kuchen.«

Noch während sie das sagte, fiel ihr ein, dass Backen ein weiteres Gebiet war, auf dem Gretchen ihr überlegen war. Neben der Tatsache, dass sie noch keine vierzig war.

Sie aßen die Suppe auf, und der Kellner brachte ihnen gegrillte Sardinen, knusprig und mit Salz überzogen und ganz anders als der schlappe, durchweichte Dosenfisch, den Jean gewöhnt war. Sie hatte Kartoffeln und Gemüse als Selbstverständlichkeit erwartet, aber nichts dergleichen kam, und Howard schien dieses Versäumnis nicht zu stören. Also aß sie die Sardinen ohne alles, nur mit einem Spritzer Zitronensaft, und stellte überrascht fest, dass sie nicht nur köstlich waren, sondern auch genügten. Sie fragte sich, wie ihre Mutter reagieren würde, wenn sie dazu überginge, ein Stück Fisch oder Schweinekotelett ohne Beilage zum Abendessen zu servieren.

Howard versuchte, sie zu einem Dessert zu überreden, aber sie war angenehm gesättigt und sich der verrinnenden Zeit bewusst. Also tranken sie Kaffee, dunkel und schlammig in puppenstubengroßen Tassen, mit einem harten Mandelkeks, der aussah, als könne man sich daran einen Zahn ausbeißen, und deshalb einer Zigarette weichen musste. Alles an der Mahlzeit war fremdartig und verwirrend und deutete an, dass man die Dinge womöglich auf sehr verschiedene Weisen tun konnte. Es überraschte sie ziemlich, als sie beim Verlassen des Lokals wieder im Nebel einer Londoner Straße standen und nicht auf einer sonnigen italienischen Piazza.

»Ich denke, ich sollte sehen, dass ich nach Hause komme«, sagte Jean, bereits mit einer Vorahnung der Leere, die sie ergreifen würde, sobald sie sich verabschiedet hatten.

»Musst du schon so früh wieder gehen?«, fragte Howard, während sie sich noch unter der Markise des Restaurants herumdrückten. »Ich könnte schwören, du bist gerade erst angekommen. Die Zeit macht seltsame Dinge, wenn wir zusammen sind.«

»Und wenn wir getrennt sind«, stimmte Jean zu und wagte es, ihm dabei in die Augen zu schauen.

»Lass uns ein Stück gehen.« Er nahm ihre Hand. »Mit ein bisschen Glück verirren wir uns im Nebel.«

Nur noch ein paar Minuten, versprach sich Jean, und dann gehe ich nach Hause. Sie spürte den Druck seiner Hand, die ihre sanft hielt, als sie durch das milchige Grau schlenderten.

Andere Fußgänger tauchten als ferne Kleckse kurz in ihrem Blickfeld auf, um dann wieder verschluckt zu werden, wenn sie vorübergingen.

»Wohin wollen wir?«, fragte sie schließlich.

»Ich weiß es nicht«, gab er zu. »Ich weiß nur, wenn ich stehen bleibe, wirst du gehen.«

»Aber du weißt, wo du mich wiederfinden kannst.«

Sie waren in eine schmale Straße ohne Autos eingebogen und liefen sie entlang, bis ihnen klar wurde, dass es eine Sackgasse war, die nirgendwo hinführte, nur zu den Hintertreppen von Restaurantküchen und einer hohen Ziegelmauer an der Rückseite eines Theaters. Leere Holzkisten und Mülltonnen aus Stahl standen auf dem Gehweg, und im Rinnstein lagen Karottenenden, zerquetschte Kohlblätter und andere Überbleibsel eines Obst- und Gemüsemarktes. Als hätte ihre Abgeschiedenheit ihm Mut verliehen, zog er sie an sich, und sie standen einen Moment eng aneinandergedrückt.

»Ich muss nach Hause«, sagte Jean und lehnte den Kopf an seine Schulter.

»Ich weiß.«

»Übernachtest du heute im Laden?«

»Ja – ich habe ein Feldbett in der Werkstatt. Es ist wie ein Nagelbett, aber es ist besser als das leere Haus.«

»Du vermisst sie sicher schrecklich. Ich wünschte, ich könnte helfen.«

»Du hilfst doch.« Er legte ihr die Hände auf die Schultern und hielt sie von sich weg, damit er sie ansehen konnte. »Darf ich dich bald wiedersehen?«

»Natürlich.« Sie lachte leichthin, um ein Aufwallen von Gefühlen zu verbergen, das sie vielleicht beide in Verlegenheit gebracht hätte. »Du kannst mich bei der Zeitung anrufen.

Oder zu Hause, aber das ist natürlich nicht so vertraulich. Und jetzt muss ich wirklich gehen, ich weiß nur nicht, wo ich bin.«

Sie schaute auf die Uhr und stieß einen erschrockenen Schrei aus. Vier Uhr. Es würde fünf werden, vielleicht später, bis sie zu Hause war. Sie konnte sich den Empfang, der sie erwartete, lebhaft vorstellen.

Howard führte sie durch die nebligen Straßen zu the Strand, wo der Verkehr sich zentimeterweise dahinschob, die Scheinwerfer schufen Kegel aus milchigem Licht, und sie verabschiedeten sich hastig.

Der Zug war sogar noch langsamer als sonst und hielt so lange an den Bahnhöfen, dass es fast schien, als wäre er defekt, bis er wieder anruckte und sich in gemächlichem Tempo in Bewegung setzte, ohne je richtig Fahrt aufzunehmen. Doch nicht einmal ihre schuldbeladene Nervosität konnte dem Tag seinen Glanz nehmen. Die Erinnerung daran war immer noch da, sie konnte sie später aus ihrer Schachtel holen und von allen Seiten betrachten.

Draußen in den Vororten hatte sich der Nebel aufgelöst und ließ nur einen hauchfeinen Glorienschein um die Straßenlaternen übrig, als Jean sich vom Bahnhof aus den Hügel hinaufquälte und ihre Füße in den schicken Schuhen bei jedem Schritt brannten.

Sobald das Haus in Sicht kam, erkannte sie, dass etwas nicht stimmte. Es brannte kein Licht, obwohl die Dämmerung hereingebrochen war, und die Vorhänge im vorderen Zimmer waren noch offen. Sie tastete und stocherte mit ungeschickten Händen mit dem Schlüssel nach dem Schloss.

»Mutter, wo bist du?«, rief sie in den kalten, dunklen Flur, aber nur das hohle, kratzende Ticken der Standuhr antwortete ihr.

Ein kalter Luftzug schlängelte sich um ihre Knöchel, und sie folgte ihm zur offenen Hintertür. Als sie in den dämmrigen Garten hinausspähte, sah sie eine Reihe weißer Geschirrtücher steif an der Wäscheleine schwingen und ihre Mutter, eine blasse Gestalt, im Gras darunter ausgestreckt, als schliefe sie.

27

Die Ankunft eines Krankenwagens in ihrer Straße am Samstagabend holte die Nachbarn an ihre Fenster. Jean war sich dieses schweigenden Publikums bewusst, das sich versammelte, um das Schauspiel zu beobachten, wie ihre Mutter auf einer Liege die Auffahrt hinaufgetragen wurde. Ihre Neugier würde noch eine Weile unbefriedigt bleiben müssen.

Jean hatte eine Decke, ein Kissen und eine Wärmflasche für sie geholt und dann neben ihr auf dem Rasen gekauert, bis der Krankenwagen kam. Der Boden war feuchtkalt und ihre Hände eisig.

»Ich bin froh, dass du wieder da bist«, krächzte sie und sah mit wässrigen Augen zu Jean auf. »Es ist schrecklich kalt hier draußen.«

Sie hatte versucht, die Geschirrtücher aufzuhängen – diese verfluchten Geschirrtücher! –, die Jean zum Einweichen zurückgelassen hatte, weil sie nicht riskieren wollte, ihr neues Kleid zu bespritzen. Irgendwie hatte sie, als sie sich nach der Leine streckte, um das letzte Tuch aufzuhängen, das Gleichgewicht verloren und war nach vorn gekippt. Jetzt hatte sie eine Beule an der Stirn, die immer stärker anschwoll, und überall Schmerzen, was jede Bewegung unmöglich machte.

Tränen stiegen Jean in die Augen, als sie sich vorstellte, wie die ängstlichen Hilferufe ihrer Mutter unbeantwortet geblieben waren, während sie mit Howard im Nebel herumgebummelt war. Aber gleichzeitig bestand die lärmende Stimme in ihrem Innern auf ihrer Verteidigungsrede: Warum hatte ihre Mutter auch allein in den Garten gehen müssen und sich mit der Wäsche abgemüht – eine Aufgabe, die sie niemals übernommen hätte, wäre Jean verfügbar gewesen? Und jetzt hatte sie sich wahrscheinlich die Hüfte gebrochen und eine doppelte Lungenentzündung eingefangen, was beides für sich genommen schon ausreichen würde, um sie dahinzuraffen, und es würde alles Jeans Schuld sein.

Der Gedanke, ihre Mutter zu verlieren, den Grund für so viel Verbitterung und Selbstaufopferung, versetzte ihr Herz in einen Galopp des verzweifelten Nichtwahrhabenwollens. Wie sollte sie es Dorrie sagen? Wie den Rest ihres Lebens – als Waise – in dem leeren Haus überstehen?

Es war nur eine kurze Fahrt zum Bromley & District Hospital, und der Sanitäter am Kopfende der Liege gab pausenlos beruhigendes Geplapper von sich, obwohl die Patientin nicht mit mehr als einem Blinzeln und einem Zucken ihrer Finger antworten konnte.

»Sie wird doch wieder gesund, oder?«, flüsterte Jean an ihrem Fußende, als sie es endlich über sich brachte, seinem Blick zu begegnen.

»O ja«, sagte er mit riesiger, strahlender Überzeugung. »Sie ist zäh wie ein alter Stiefel, nicht wahr, Mutter?«

Zweifelsohne die Standardberuhigung für alle, die noch lebten, aber Jean war dankbar dafür.

Bei Ankunft in der Notaufnahme wurde ihre Mutter weggebracht, und Jean fühlte sich abgewiesen. Von dem Geruch – Übelkeit erregende Schwaden von Krankheit, Gummi, Desinfektionsmitteln und Essensgerüchen – wurde ihr immer noch flau. Die Besuche im Charing Cross Hospital zu fröhlicheren Anlässen mit Gretchen und Margaret der letzten Zeit konnten die früheren grauenvollen Erinnerungen, selbst Patientin zu sein, nicht ganz auslöschen.

Im Wartezimmer saß ein halbes Dutzend Leute, Verwandte anderer Verletzter, genauso verlassen, und starrte ins Nichts. Gelegentlich öffnete sich eine Tür, und sie richteten sich hoffnungsvoll auf, wenn eine Schwester erschien, und sanken dann wieder auf ihren Sitzen zusammen, wenn sie durch den Raum ging, ohne ihren Schritt zu verlangsamen.

In einer Ecke versuchte ein älterer Geistlicher, diskret in ein Taschentuch zu husten, seine Lungen gurgelten und knackten. Jean gegenüber saß ein junger Mann mit Haartolle und einer Zigarette hinterm Ohr, zum Ausgehen schick gemacht. Er wirkte höchst unsicher und angespannt, sein Hals war vor Unbehagen gerötet, ein Fuß tippte unkontrolliert auf den Boden. Jean erinnerte sich an die Unbeholfenheit der Jugend und bemitleidete ihn.

Eine Frau versuchte, ein quengelndes Kleinkind mit nichts als einem Haustürschlüssel an einem Schlüsselanhänger aus Leder abzulenken. Innerhalb von Sekunden war sein Begeisterungspotential ausgeschöpft, und das Gequäke des Kindes verdoppelte sich. Die Frau stand auf, hievte sich den Jungen auf die Hüfte und begann, auf und ab zu gehen.

»Er ist nicht meiner, er ist von meiner Tochter«, verkündete sie mit einem Blick, der einer Entschuldigung zuvorkommen sollte.

Der junge Mann sah hoch und Jean erkannte ihn jetzt als den Romeo aus dem Druckraum. Sie nickte ihm zu, und er nickte zurück, dann sah sie ein erschrockenes Aufflackern in seinem Blick – die Angst, in der Öffentlichkeit von einer Frau mittleren Alters gegrüßt zu werden. Jean seufzte. Die Zigarette hinter seinem Ohr erinnerte sie daran, dass sie ihre letzte mittags mit Howard geraucht hatte, vor einer Ewigkeit. Die Erkenntnis, dass sie keine mehr hatte und morgen Sonntag war, löste eine unbezwingbare Gier aus.

Sie verließ das Krankenhaus und ging über die Straße zum Pub. Es war dunkel draußen und nach dem aufgeheizten Mief im Wartezimmer außerdem kalt, und sie zitterte in ihrem dünnen Regenmantel. Das Pub war hell erleuchtet und von Trinkern bevölkert, die ihren Samstagabend genossen. Jean kaufte zwanzig Players. Obwohl sie ihr oft ausgingen und sie nicht vorhatte, die Angewohnheit aufzugeben, brachte sie es nicht recht über sich, auf Vorrat zu kaufen. Sie hätte das Gefühl gehabt, damit ein zu anmaßendes Vertrauen in die Zukunft zu demonstrieren.

Als sie ins Krankenhaus zurückkam, war die Schwester aufgetaucht und rief ihren Namen. Ihr Herz machte einen furchtsamen Satz, aber die Neuigkeit war beruhigend: Ihre Mutter war in den geriatrischen Flügel verlegt worden und trank eine Tasse Tee. Sie war unterkühlt und hatte Schürfwunden, war aber ansonsten unverletzt. Es gab Anzeichen einer Brustkorbinfektion, das musste beobachtet werden.

»Darf ich sie sehen? Weiß sie, dass ich hier bin?«

Die Schwester sah auf ihre Uhr. »Die Besuchszeit ist jetzt vorbei. Sie können morgen um drei wiederkommen.«

»Also gut. Richten Sie ihr bitte liebe Grüße aus?«

Die Schwester lächelte und wandte sich dem nächsten Namen auf ihrer Liste zu.

Jean schloss zum zweiten Mal an diesem Tag ihre Haustür auf, als ihre Nachbarin Mrs Bowland die Einfahrt heraufgehumpelt kam, um sie abzufangen.

»Meine Liebe, gibt es schon Neuigkeiten von Ihrer Mutter?«, fragte sie, den Kopf in zur Schau gestellter Sorge schief gelegt. »Ich habe den Krankenwagen gesehen.«

Sie hat bestimmt den ganzen Abend am Fenster gesessen und auf eine saftige Tragödie gehofft, dachte Jean, und dann fühlte sie sich schäbig. Ihre Mutter war nicht beliebt in der Straße, denn sie hatte alle frühen Versuche einer Freundschaft im Keim erstickt, aber die Bowlands hatten es wirklich versucht, also war ihr Mitgefühl vielleicht echt.

»Sie ist vorhin im Garten gestürzt und hat sich ziemlich gestoßen. Nichts gebrochen, anscheinend«, antwortete sie und bemerkte, dass sie denselben forschen Ton anschlug wie die Krankenschwester.

Jetzt konnte sie sich die Mühe sparen, es den anderen Bewohnern der Straße zu erzählen. Wenn eine es wusste, wussten sie es alle.

»Ach, in unserem Alter kann so ein Sturz so schnell passieren. Und es ist gar nicht gut fürs Selbstvertrauen«, merkte Mrs Bowland an.

»O je – davon hatte sie noch nie besonders viel«, sagte Jean.

Als sie endlich im Haus war und die Tür hinter ihr geschlossen, fühlte sie sich plötzlich erschöpft und ließ sich schwer auf die Treppenstufen sinken. Es war neun Uhr; sie hatte seit den Sardinen zum Mittagessen nichts mehr gegessen, und ihr Magen knurrte. Es hatte eine Zeit gegeben, da wäre die Aussicht auf ein leeres Haus unvorstellbar wertvoll gewesen; ein ganzer Abend, den sie völlig allein verbringen oder verplempern konnte, ganz wie sie wollte. Aber sie war zu müde und besorgt, um es zu genießen, und ihre Füße taten von den engen Schuhen so weh, dass sie sich nichts Luxuriöseres vorstellen konnte, als auf die Couch zu fallen und ihre Sorgen durchzugehen, eine nach der anderen.

28

Als Jean am folgenden Nachmittag zur Besuchszeit auf die Station kam, fand sie ihre Mutter mit einem Ausdruck gespannter Konzentration im Bett sitzend vor, während sie versuchte, das geflüsterte Gespräch mitzuhören, das am nächsten Bett stattfand.

»Psst!«, schnitt sie Jeans Begrüßung ab. »Ich will zuhören.«

»Ja, hallo, ich freue mich auch, dich zu sehen«, sagte Jean, erleichtert, die Stimmung ihrer Mutter ungetrübt zu sehen, trotz ihrer Situation.

Sie hatte eine Reisetasche dabei, in der sich Pantoffeln, ein Schal, das Baumwollnachthemd von Peter Jones und ein Block Lavendelseife befanden, die Mrs Melsom an diesem Morgen vorbeigebracht hatte. Die Nachricht von dem Unfall hatte sich über die Bowlands in die Kirchengemeinde St. Mary verbreitet, in der Mrs Melsom Kollektensammlerin war. Sie war umgehend mit ihrem in blaues Seidenpapier gewickelten Geschenk herbeigeeilt.

»Ich finde es immer nett, etwas unters Kopfkissen legen zu können, das den Krankenhausgeruch überdeckt«, sagte sie, während sie es Jean in die Hand drückte. »Ich weiß, Ihre Mutter mag Lavendel.«

Tut sie das?, dachte Jean und schämte sich, als ihr klar wurde, dass sie nichts von dieser Vorliebe wusste. Doch sie war berührt von der Geste – eine dieser kleinen, nicht groß herausposaunten Aufmerksamkeiten, die ein Gefühl der Gemeinschaft entstehen ließen.

»Seife? Komisches Geschenk«, sagte ihre Mutter und legte sie ungeöffnet zur Seite.

»Wie geht es dir heute? Nichts gebrochen, sagen sie.«

»Wenn du das glaubst, glaubst du alles. Sieh mich an!« Sie warf mit überraschender Kraft die Bettdecke von sich, hob ihr Baumwollhemd an und enthüllte einen dunkelvioletten Bluterguss von der Hüfte bis zum Knie – und noch viel mehr.

»Ja, nun, pack dich wieder ein«, sagte Jean verlegen und deckte sie wieder zu.

Das war ihr auch schon vorher an Leuten im Krankenhaus aufgefallen: Angesichts von Krankheit und gemeinsamem Untergebrachtsein vergaßen sie schnell alles Schamgefühl.

»Das sind Qualen, ich kann es dir sagen«, merkte ihre Mutter an.

»Es sieht auch so aus. Geben sie dir etwas gegen die Schmerzen?«

»Wahrscheinlich. Ich weiß es nicht. Es ist ein Irrenhaus.« Sie beugte sich mit schmerzverzerrtem Gesicht näher zu Jean vor und raunte: »Hier drin war gestern Nacht ein Mann – ging von Bett zu Bett. Er hat die Hand unter die Decken gesteckt. Ich habe ihn sofort zum Teufel gejagt.«

Einen Augenblick oder zwei war Jean ziemlich perplex, sprachlos vor Empörung.

»Ein Mann? Auf der Station? Warum hast du nicht gerufen oder etwas gesagt?«

Ihre Mutter lachte verächtlich auf. »Niemand hätte mir geglaubt ... Jedenfalls gab es dann eine Art Brandschutzübung, und wir mussten alle aufstehen und in unserem Nichts in den Regen hinausgehen. Was für ein Spektakel.« Sie kicherte bei der Erinnerung daran vor sich hin.

Jean sah sich nach den anderen im Raum um – komatöse, schwer verbundene, intubierte oder auf andere Art bewegungsunfähige Patienten – und begriff.

»Du meine Güte. Also eine ziemliche Nacht.«

»Das kann man wohl sagen.«

Dennoch fühlte sie sich verpflichtet, die Bemerkungen ihrer Mutter der Oberschwester zu melden, bevor sie ging.

»Sie wirkt ein wenig verwirrt.«

»Das geht allen so. Das ist das Diamorphin.«

Jean lächelte, noch nicht vollständig beruhigt.

»Sie dachte, sie sei sexuell belästigt worden. Von einem Mann.«

Die Oberschwester schüttelte den Kopf. »Sie glaubt auch, im Bett gegenüber läge Königin Mary.«

»Das muss besorgniserregend für sie sein – vielleicht würde es ihr ohne Diamorphin besser gehen.«

Die Oberschwester sah sie über ihre Brille an. »Das sagen Sie nur, weil Sie keine Schmerzen haben.«

Jean akzeptierte den Tadel. »Wie lang wird sie hier drin sein, was glauben Sie?«

»Das kann ich Ihnen nicht sagen. Im Moment kann sie nicht einmal den Nachtstuhl benutzen.«

Der Blick ihrer grauen Augen war weder streng noch freundlich, sondern eine Kombination daraus – eine ruhige, unerschütterliche Überzeugung, dass sie das Sagen hatte und wusste, was das Beste war. Es war eigenartig erleichternd und erinnerte Jean an jemanden; sie hatte dieses Phänomen schon einmal erlebt, aber sie konnte sich nicht erinnern, wo.

Sie ging mit einem etwas befremdeten Gefühl wegen des Gesprächs mit ihrer Mutter nach Hause. Etwas daran nagte von Ferne an ihren Gedanken, wollte sich aber nicht zeigen, während sie sich einen Käsetoast zum Abendessen machte. Es war da, als sie ihren Teller und das Besteck abspülte und als sie sich an den Küchentisch setzte, um einen kurzen Brief an Dorrie zu schreiben, in dem sie vom Unfall berichtete und erklärte, dass es keinen Grund zur Beunruhigung gebe, aber sie konnte es nicht hervorlocken.

Als sie am nächsten Tag nach einem langen Arbeitstag zur abendlichen Besuchszeit kam, ging es ihrer Mutter etwas schlechter.

Jemand hatte ihr die Haare aus dem Gesicht gekämmt und zerstört, was von den Locken übrig war, was ihr ein strenges und etwas männliches Erscheinungsbild verlieh, das sie entsetzt hätte, wenn sie es hätte sehen können. Jean sah sich um und bemerkte mit Schrecken, dass die anderen Patientinnen einer ähnlichen Pflegebehandlung unterzogen worden waren und jetzt aussahen wie Mitglieder desselben androgynen Stammes.

Sie war dankbar, dass es keine Spiegel in Reichweite gab. Für eine Einsiedlerin hatte ihre Mutter immer viel Wert auf ihr Äußeres gelegt, zeigte sich besorgt angesichts ihres schwindenden guten Aussehens, fand großen Trost in den ihr verbleibenden Vorzügen – schlanke Knöchel, gerade Zähne – und legte häufig Lippenstift und Puder nach, auch wenn niemand außer Jean da war, es zu würdigen.

Heute war ihre Verwirrung tiefer, beraubte sie ihres Selbstvertrauens und ließ sie sich in Schweigen hüllen, das nur gelegentlich von leisem Kichern durchbrochen wurde. Auf Nachfrage, was sie denn so amüsiere, gab sie rätselhafte Ein-Wort-Erklärungen: »Dachse«. Sie schien bis zur Besessenheit von der Frau im Bett gegenüber fasziniert zu sein, einer eher unwahrscheinlichen Quelle der Belustigung, denn sie schlief meistens und schnarchte. Wenn eine Schwester kam und ihr vorübergehend die Sicht versperrte, reckte sie den Hals und wedelte sie herrisch aus dem Weg, um nichts Wichtiges zu verpassen. Jean dagegen nahm sie kaum wahr.

Die diensthabendes Schwester zeigte sich überrascht, als Jean ihre Sorgen äußerte. Aus ihrer Sicht war Mrs Swinney eine ideale Patientin – friedlich und unkompliziert, dankbar für kleine Aufmerksamkeiten, wo andere ruhelos und aufsässig waren.

»Aber sie ist nicht mehr sie selbst«, protestierte Jean. »Sie war geistig vollkommen gesund, als sie herkam. Jetzt weiß sie kaum noch, wer ich bin.«

Sie erinnerte sich beschämt an ihren früheren Ärger über die lästigen Angewohnheiten ihrer Mutter und an die vorhersehbaren Gespräche. Wie läppisch ihr diese Anlässe nun erschienen.

Die Schwester sah enttäuscht aus. In ihrer Stimme lag ein Anflug von Vorwurf.

»Ich gebe dem Doktor weiter, was Sie mir gesagt haben. Aber *wir* sind wirklich zufrieden mit ihren Fortschritten.«

Jean radelte zum leeren Haus zurück und zu einem Abendessen aus Bohnen auf Toast. Langsam gewöhnte sie sich daran, es für sich zu haben, und in ihre Gewohnheiten schlich sich ein wenig Flexibilität. Ihre Abendmahlzeit konnte nun jederzeit stattfinden und aus allem Möglichen bestehen – Brot mit Marmelade, wenn sie Lust darauf hatte –, und baden konnte sie auch an jedem Abend, den sie sich dafür aussuchte. Sie konnte ohne vorherige Verhandlungen Grammophon hören, Radio oder keins von beiden, und das auch nach neun Uhr.

Wenn sie am Abend vom Krankenhaus wiederkam, lohnte es sich kaum noch, ein Feuer zu machen, also nahm sie stattdessen eine Wärmflasche mit nach oben ins Bett und ließ den Kamin ungefegt. In einem Moment besonderen Wagemuts warf sie den fadenscheinigen braunen Läufer aus dem Wohnzimmer weg, der zusammen mit dem Rest ihrer Habseligkeiten aus der Wohnung in Gipsy Hill mit ihnen hergekommen war. Jean hatte ihn immer gehasst, weil er sich an den Ecken nach oben bog, um die Unvorsichtigen zum Stolpern zu bringen, und den sowieso schon dunklen Raum noch weiter verdunkelte.

Sie ersetzte ihn durch einen hellblauen Teppich von Nash's auf der Orpington in einem trotzig unpraktischen Farbton, der zu nichts passte. Er war so neu, dass er seiner Umgebung einen schrillen Vorwurf machte, die jetzt noch schäbiger und trostloser aussah. Aber es war schwer, selbst diese kleinen Freiheiten ungetrübt von Gefühlen der Schuld und Reue zu genießen, während ihre Mutter derart verwirrt und eigenartig war.

An diesen ungestörten Abenden wandte sie sich wieder Alice Halfyards Tagebuch zu und nahm sich die Einträge während der Zeit, als Gretchen Patientin war, noch einmal vor, und dann las sie müßig – und weil sie Alice' knappe Prosa recht vergnüglich fand – weiter in die Tage und Wochen danach hinein. Gretchens Platz auf der Station war von einem Mädchen namens Ruth eingenommen worden, das (erfolglos) mit ultraviolettem Licht gegen Schuppenflechte behandelt wurde. Es gab gelegentliche Hinweise auf eine Person namens V, die Jean unter den anderen Patienten und Mitarbeitern nicht identifizieren konnte und auf deren Symptome nur in vagen Andeutungen angespielt wurde.

19. September
V verträgt die neuen Medikamente nicht. V reizbar.

6. Oktober
V heute schlimmer als je zuvor.

Das weckte Jeans Neugier, und sie las das ganze Tagebuch noch einmal, um zu sehen, ob es noch weitere Erwähnungen gab. Sie fand nur einen Eintrag im Mai – *vor* Gretchens Ankunft:

24. Mai
Erschrocken, weil V heute im Regen auf mich gewartet hat. Vollkommen durchnässt wie ein treuer Hund. Ich habe es geschafft, meine Beunruhigung zu verbergen.

Aber es gab keine Aufzeichnung zu einem Aufnahme- oder Entlassungsdatum, was sie verwirrte. V war während Gretchens Aufenthalt eindeutig Langzeitpatientin gewesen, und doch hatte keines der Mädchen sie je erwähnt. Jean beschloss, Alice selbst dazu zu befragen, und machte mehrere Versuche, sie anzurufen, während der Bürozeiten und am Abend, aber es ging niemand dran.

Howard und die Erinnerung an ihr Mittagessen und diesen eigenartig intimen Spaziergang im Nebel waren immer in ihren Gedanken. Er hatte gesagt, er schlafe manchmal im

Laden, aber als sie eines Abends versuchte, dort anzurufen, antwortete niemand, also ging sie davon aus, er sei wieder zu Hause. Ihn tagsüber anzurufen war in einem Gemeinschaftsbüro mit schamlosen Lauschern schwierig, also schickte sie ihm einen kurzen Brief, dankte ihm für das Mittagessen und erzählte vom Unfall ihrer Mutter.

Am folgenden Abend, am Freitag, dachte sie auf dem Rückweg vom Krankenhaus ohne Begeisterung an die Dosenauswahl in der Speisekammer und überlegte, was für ein Gericht man wohl aus Sardinen, neuen Kartoffeln und Ochsenschwanzsuppe zaubern konnte, als sie die Briefkastenklappe hörte. Weil die Sardinen sie schon an das italienische Restaurant und Howard selbst erinnert hatten, eilte sie zur Tür. Auf der Fußmatte lag der nun bereits vertraute weiße Umschlag. Sie riss ihn auf, ohne zu warten.

Freitag, 20:30 Uhr

Liebe Jean,
ich bin eben nach Hause gekommen und habe den Brief mit der Nachricht über deine Mutter gefunden.

Es tut mir so leid, dass unser Nachmittag so unglücklich geendet ist und dass du allein damit fertigwerden musstest. Ich werde nicht klingeln, falls du Gesellschaft hast, aber ich werde etwa eine halbe Stunde am Ende der Straße warten, in der Hoffnung, dass du diesen Brief rechtzeitig bekommst und reden möchtest.

Dein
Howard

Jean schnappte sich ihre Schlüssel und flog nur so aus dem Haus, merkte erst am Ende der Einfahrt, dass sie immer noch ihre Schürze und die Pantoffeln trug. Sie riss die Schürze ab und stopfte sie in die Hortensien, gegen die Pantoffeln konnte sie nichts machen, aber Howard war der letzte Mensch, der sich um so etwas scherte oder es auch nur wahrnahm.

Dort war der dunkle Umriss des Wolseley, der am Ende der Straße parkte. Die Scheinwerfer blinkten zur Begrüßung, als sie näher kam. Die Beifahrertür stand offen; sie sprang hinein, und sie umfingen sich unbeholfen über der Handbremse.

Sie nahm den kratzigen Tweed seiner Jacke an ihrer Wange und seinen einzigartigen Duft wahr – eine Mischung aus Seife, Tabak und Wolle und dem ölig-metallischen Geruch der Werkstatt. Er verströmte Stärke und Geborgenheit. Wie immer in seiner Gegenwart empfand sie ein tiefes Gefühl der Erleichterung. Jetzt war sie in Sicherheit.

Sie lösten sich aus ihrer einigermaßen verdrehten Umarmung und sahen einander an. Im Schatten, den die Straßenlaterne draußen warf, waren seine Augen schwarz und undurchdringlich.

»Meine Freundin«, sagte er mit einer gewissen Verwunderung, nahm ihre Hand und knetete sie in seiner. »Du bist hier.«

»Ja.«

»Ich weiß nicht, was ich getan hätte, wenn du nicht gekommen wärst. Wahrscheinlich hätte ich die ganze Nacht gewartet.«

»Ich bin nur froh, dass ich dich nicht verpasst habe.«

»Ich wäre schon früher gekommen, wenn ich gewusst hätte, dass du die ganze Zeit allein warst. Ich bin zu Hause herumgewandert und hatte nichts zu tun als an dich zu denken.«

»Das ging mir auch so.«

»Was für eine Verschwendung.« Er hob ihre Hand an seine Lippen und küsste sie.

Beim Geräusch von Schritten auf dem Asphalt rückten sie instinktiv, schuldbewusst auseinander. Der Passant war jemand, den Jean nicht kannte, ein Pendler mit Mantel und zusammengerolltem Regenschirm, der spät vom Bahnhof kam. Hätte er einen Blick ins Auto geworfen, hätte er eine unscheinbare Frau mittleren Alters in Pantoffeln und einen noch älteren Mann mit schütterem Haar und einer Brille mit breitem Rand gesehen – so unwahrscheinliche Objekte der Leidenschaft, dass er wohl kaum die Sehnsucht erahnt hätte, die zwischen ihnen floss.

»Ich wünschte …«, begann Howard und unterbrach sich dann.

»Was?«

»Ich habe nur gerade gedacht, ich wünschte, ich hätte dich schon vor Jahren gefunden.«

»Das klingt ja, als wäre ich ein verlorener Handschuh.« Jean lachte.

»Na ja, das ist ein gutes Bild. Die fehlende Hälfte eines Paares.«

Sie war ohne Mantel aus dem Haus gerannt und fror jetzt in dem Auto mit dem abgestellten Motor in der Dunkelheit, die von außen gegen die Scheiben drückte. Er bemerkte ihr Zittern.

»Wir könnten irgendwo hingehen, wo es warm ist. In ein Pub, wenn du möchtest?«

Sie schüttelte den Kopf, denn sie dachte an diese Abende im White Swan mit Frank, während er sich in eine gute Laune trank und dann wieder heraus.

»Wir haben zwei leere Häuser«, sagte sie. »Da haben wir sicher keinen Grund, uns im Auto zu verstecken? Warum sollten wir einsam sein?«

Und doch stand die Schuld zwischen ihnen wie eine unerwünschte dritte Person, mischte sich ein, verdarb alles.

»Überhaupt keinen Grund«, stimmte er zu. »Sag einfach, welches dir lieber ist.«

Jean stellte sich Mrs Bowland am Vorderfenster postiert vor, wie sie beobachtete und urteilte, und ihr Trotz fiel in sich zusammen.

»Deins«, sagte sie.

»Er nickte. »Also meins.«

Nur ein schwaches gelbes Leuchten drang durch die geschlossenen Vorhänge in der Burdett Road. Es war still.

»Die sind alle in ihren Ställen«, flüsterte Howard, als er die Haustür aufschloss.

Jean überlief ein kurzer unbehaglicher Schauder bei diesem Akt des unerlaubten Betretens, aber dann schaltete er das Licht im Flur ein, und das Gefühl verschwand mit der Dunkelheit. Er führte sie ins Wohnzimmer und drehte den Gasofen auf, der bläuliches Licht, ein hohes Heulen und eine plötzliche, dramatische Hitze von sich gab. Sie hatte diesen Raum mit seinen Ohrensesseln und dem Fernseher noch nie gesehen; als Gast war sie ins vordere Empfangszimmer geleitet worden, für die Kleideranprobe nach oben in die Werkstatt oder in den Garten.

Sie küssten sich, sehr lange, zuerst sanft und dann weniger sanft. Dann hielt Howard sie von sich weg, umfasste ihr Gesicht und sagte: »Bleibst du heute Nacht? Ich glaube nicht, dass ich es ertrage, dich wieder nach Hause zu bringen.«

»In Gretchens Bett?«

»Nein. In meinem.«

Sie erinnerte sich an die Einzelbetten mit ihren passenden Überwürfen und die unterkühlte Kluft dazwischen.

Er missverstand ihr Zögern und sagte: »Oder hier«, und bevor sie ihn korrigieren konnte, stürmte er aus dem Raum und nach oben. Kurz darauf kehrte er mit einer gesteppten Daunendecke und einer Wolldecke zurück, die er vor dem Gasofen ausbreitete.

»Also gut. Einfach hier«, sagte sie. »Und jetzt küss mich noch mal.«

Er kniete sich hin, um sie auszuziehen, seine zitternden Hände fummelten ungeschickt an jedem Knopf und Reißverschluss und Haken, bis sie nackt vor ihm stand. Dann hielt er inne und sah beunruhigt zu ihr auf.

»Ich habe das seit sieben Jahren nicht mehr gemacht. Verzeihst du mir, wenn es schlecht läuft?«

Jean lachte, erstaunt darüber, wie unerschrocken sie ihren Körper zeigte, während er immer noch voll bekleidet dastand. Es war ein sehr seltsames Gefühl, sich mit vollkommenem Vertrauen in jemand anderes Macht zu geben. Es gab nichts, was sie nicht für ihn getan hätte.

»Na ja, ich habe das noch länger nicht gemacht. Aber das ist nicht wichtig, solange wir nett sind.«

Und so waren sie nett, wenn auch ungeübt, und dadurch wurde es gut. Und danach lagen sie lange eng zusammen, ihr Kopf an seiner Schulter, seine Hand streichelte ihre Hüfte, während die Nacht um sie herum sich vertiefte. Es gab keine Eile, sich zu trennen; der Morgen und die Arbeit waren noch weit entfernt.

Jean dachte daran, wie Frank nie auch nur eine Minute still mit ihr liegen konnte, wenn das Liebemachen vorbei war, sondern sich aufsetzte, eine Zigarette anzündete und anfing, nach seinen Kleidern zu tasten, das alles in einer einzigen ungeduldigen Bewegung. Sie hatte gedacht, das täten alle Männer.

»Bist du müde?«, fragte Howard und küsste ihre Haare. »Du kannst schlafen, wenn du möchtest.«

»Nein – ich bin hellwach«, sagte Jean, die keinen Moment ihrer gemeinsamen Zeit mit Schlaf vergeuden wollte.

Sie setzten sich auf, sodass sie mit dem Rücken am Sofa lehnten, die Daunendecke um sich gelegt, und sie gestand, dass sie kein Abendessen gehabt hatte und hungrig war. Also machte er Tee und Toast für sie beide, den sie dort auf dem Boden aßen, und als er bemerkte, dass sie zitterte, holte er einen weichen Wollschal für ihre Schultern.

»Der gehört nicht Gretchen«, sagte er. »Das ist ein abgelegter von Tante Edie. Sie hat ihn nie getragen, versprochen.«

Er hatte eine Gabe, ihre Verletzlichkeiten zu erraten und sie zu beruhigen, bevor sie sich ihrer überhaupt bewusst wurde.

»Du kennst alle meine Gedanken, ohne dass ich sie ausspreche«, antwortete Jean. »Bin ich wirklich so durchschaubar?«

»Mal sehen«, sagte Howard und sah ihr mit konzentriert gerunzelter Stirn in die Augen, seine Lippen bewegten sich langsam, als würde er lesen.

»Was steht da?« Sie lachte.

Es war so einfach und natürlich, albern zu sein, wenn die Liebe erwidert wurde.

»Da steht: ›Ich würde gern morgen wiederkommen und das wieder tun und vielleicht auch übermorgen‹.«

»Mehr oder weniger«, stimmte sie zu.

»Warum sollten wir nicht?«, fragte er jetzt ernster. »Wir tun doch niemandem weh, oder?«

»Nein. Aber Howard, wir sagen es Gretchen nicht, oder? Es wäre mir so unangenehm.«

»Ich wüsste nicht, wann ich die *Gelegenheit* haben sollte, es ihr zu sagen. Aber ich sehe keinen Grund, es zu verschweigen.«

Er hatte natürlich recht. Unehrlichkeit konnte nie Seelenfrieden geben. Wie immer war er ihr ein kleines Stück voraus, ein leuchtendes Vorbild der Anständigkeit.

»Ich fühle mich einfach irgendwie schuldig, weil ich so schnell in ihre Fußstapfen trete. In ihr Bett, meine ich.«

»Sie war nie *in* ihrem Bett!«, protestierte er und nahm sie wieder in die Arme. »Aber wenn du meinst.«

»Hast du wirklich nie Liebe mit ihr gemacht? Nicht einmal am Anfang?«, fragte Jean.

»Doch, natürlich, anfangs schon. Aber ich habe gemerkt, dass sie es nicht mochte – sie hatte einfach das Gefühl, sie müsse das tun, sozusagen mit zusammengebissenen Zähnen. Weshalb ich mich wie ein Monster gefühlt habe. Also habe ich immer seltener gefragt, und die Abstände wurden größer, und eines Tages merkte ich, dass es länger als ein Jahr her war, und mir dämmerte sozusagen, das wir nie wieder Liebe machen würden.«

»Es war egoistisch von ihr, dich zu heiraten, obwohl sie wusste, dass sie dich nicht richtig lieben konnte.«

»Was mich am meisten verletzt hat, war, all die Jahre das Gefühl vermittelt zu bekommen, mein Begehren sei unangemessen. Gretchen hat immer behauptet, Sex sei nicht wichtig und bedeute ihr nichts, aber das stimmte nicht. Sobald Martha wieder aufgetaucht war, ging ihr Begehren über alles. Ihr ›natürliches Empfinden‹ durfte keine fünf Minuten unterdrückt werden, aber ich musste meines jahrelang unterdrücken.«

Er liebt sie immer noch, dachte Jean mit einem Gefühl der Enge in der Kehle und musste ihre Eifersucht hinunterschlucken.

»Ich verstehe«, sagte sie, so ruhig sie konnte, »dass sie immer noch deine Frau ist und deine Gefühle für sie nicht über Nacht verschwinden werden. Das verstehe ich wirklich.«

Er sah sie konzentriert und mit Erstaunen an.

»Du bist großzügig, Jean«, sagte er und küsste sie wieder, »aber das musst du nicht sein. Jetzt zählst du für mich.«

»Und du für mich«, sagte sie.

Ein Gefühl des Friedens schwappte über sie, als hätte sie das Ende einer langen Reise erreicht und könne sich jetzt ausruhen.

»Ich habe mich manchmal gefragt ...«, begann sie und zog ihn an sich, sodass er mit dem Kopf in ihrem Schoß lag. Aus diesem Winkel und ohne seine Brille sah er ganz anders aus, ein Fremder. »Ob Gretchen versucht hat, das alles zu arrangieren, also, uns zusammenzubringen. Hältst du das für möglich?«

»Durchaus. So etwas ist mit Margarets erster Klavierlehrerin schon mal passiert. Gretchen bat mich ständig, sie nach Hause zu fahren, und fand immer wieder Gelegenheiten, mich mit ihr allein zu lassen. Es war, als erteile sie mir die Erlaubnis zum Fremdgehen. Alles unausgesprochen, natürlich. Aber ich fühlte mich nicht im Geringsten zu der Klavierlehrerin hingezogen. Oder sie zu mir, möchte ich hinzufügen.«

Jean sah skeptisch aus. Die Vorstellung, dass jemand Howard gegenüber gleichgültig sein könnte, kam ihr höchst unwahrscheinlich vor. Die Frau musste wohl eine Idiotin gewesen sein.

»Ich hatte auch nicht das Gefühl, einen besonders guten ersten Eindruck auf dich gemacht zu haben«, sagte sie.

»Du warst ziemlich geschäftsmäßig und kurz angebunden mit deinem Notizblock.« Er lächelte. »Und dann hast du dich an meiner Laubsäge geschnitten.«

»Ja. Das hatte ich ganz vergessen. Du hast mir ein Kompliment wegen meiner Hände gemacht.«

»Ach ja?« Er nahm eine und drehte sie mit bewunderndem Blick um. »Sie sind ziemlich hübsch. Ich hätte nie gedacht, dass du sie so gut einzusetzen verstehst.«

Jean brach in Gelächter aus.

»Ich glaube nicht, dass du mir vor dem Tag, an dem du zum Tee gekommen bist und wir Badminton gespielt haben, besonders aufgefallen bist.«

»Jetzt machst du dich über mich lustig.«

»Überhaupt nicht. Es hat so viel Spaß gemacht mit dir.«

»Das war ein schöner Nachmittag. Und ich bin nach Hause gegangen und habe euch um eure ideale Ehe beneidet.«

»Ha!«

Es herrschte Schweigen, als sie jeder für sich daran dachten, wie diese Illusion zerplatzt war.

»Und dann habe ich dich zufällig in Charing Cross getroffen«, fuhr Jean fort, »und du hast darauf bestanden, mich nach Hause zu begleiten. Du warst so witzig; ich wollte nicht, dass die Fahrt endet, auch wenn wir kaum miteinander gesprochen haben. Da hat es bei mir angefangen.«

»Ich erinnere mich. Aber verliebt habe ich mich in dich bei Tante Edie. Ich glaube, es war, als ich dich im Apfelbaum sitzen sah. Aber ich konnte nichts sagen.«

»Das musstest du nicht. Ich habe es auch gespürt.«

»Der nächste Tag war so grau und leer. Ich habe mich gefühlt wie ein Kind am zweiten Weihnachtstag – die ganze Magie war vorbei.«

In der Rückschau war es für Jean die reine Freude, daran zurückzudenken, wie schmerzhaft die Trennung nach diesem glückseligen Zusammensein für sie gewesen war. Das Gefühl der Sicherheit und des Vertrauens, das sie jetzt empfand, war ziemlich neu für sie. All ihre Begegnungen mit Frank waren von Angst gefärbt gewesen – vollkommen gerechtfertigt, wie sich herausstellte –, dass sie ihn langweilte, dass sie etwas tun könnte, womit sie sich seinen Ärger zuzog, dass er sie für eine Jüngere oder Hübschere verlassen würde.

Howard stieß einen Seufzer aus und rieb sich mit dem Handballen die Augen.

»Du siehst traurig aus«, sagte sie. »Oder besorgt.«

»Weil ich dir so wenig zu bieten habe.«

»Ich brauche nichts. Ich weiß nur, dass ich glücklich bin, wenn ich bei dir bin, und wenn ich es nicht bin, geht es mir schrecklich. Das ist alles.«

»Kommst du morgen wieder?«

»Sobald ich im Krankenhaus war. Sie schicken Mutter bald nach Hause, dann habe ich wieder Ausgangssperre.«

»Dann müssen wir das Beste aus der Zeit machen, die wir haben.«

Der Gedanke an ihre Mutter, so allein und verwirrt, machte Jean das Herz schwer. Die Möglichkeit, ihre Nächte mit Howard zu verbringen, hing vollständig von der Abwesenheit ihrer Mutter ab. Jean fand sich jetzt in der undankbaren Lage wieder, ihr eine anhaltende Krankheit und langsame Genesung zu wünschen. Wenn sie versuchte, sich die Zukunft mehr als ein paar Tage weiter vorzustellen, war da keine Gewissheit, nur Nebel.

29

Die krummen Zinken des Rechens schepperten blechern, als sie durch das nasse Gras kämmten und die Blätter auf einen kupferfarbenen Haufen zogen. Jean, die sich mit Gummistiefeln und Windjacke über ihren ältesten warmen Sachen gegen das Herbstwetter verteidigte, verbrachte ihren Samstag im Vorgarten, um ihre vernachlässigten Haushaltspflichten wieder aufzuholen.

In der vergangenen Woche hatten die Rosskastanien und Kanadischen Eichen in Knoll Park ihre letzten Blätter abgeworfen. Wahre Lawinen davon hatte es in die Auffahrt der Swinneys geweht, sie bedeckten den Vorgarten und häuften sich an den Garagentoren auf. Jean hatte die metallene Mülltonne fünf Mal gefüllt und fünf Mal zum Komposthaufen hinuntergetragen. Die welken Stangenbohnen hatte sie schon entfernt, ihr Bambusskelett abgebaut, die Stäbe für den Winter im Schuppen eingelagert und die Erde umgegraben. Der Rhabarber war gemulcht, und die Zwiebeln hatte sie gejätet und ihnen eine Rußbehandlung verpasst.

In der Küche kühlte ein Kirschkuchen auf dem Gitter ab. Sie würde ihn später glasieren und zum Tee zu Howard mitnehmen, wenn er von der Arbeit kam. Sie hatte jetzt eine

Woche lang kaum Zeit zu Hause verbracht, war nur kurz zurückgekommen, um die Post zu holen und saubere Kleidung für die Arbeit.

Mrs Boland hatte ihr am ersten dieser Kurzbesuche aufgelauert, vordergründig mit der Frage nach Mrs Swinneys Befinden; außerdem, um nach den Milchflaschen zu fragen, die über Nacht auf der Türschwelle stehen geblieben waren.

»Oh, ich habe bei Freunden übernachtet«, sagte Jean und verfluchte sich selbst, weil sie dieses Detail übersehen hatte.

»Wir haben uns schon gefragt, ob alles in Ordnung ist, als Sie nicht nach Hause gekommen sind.«

»Ja, alles ganz in Ordnung, danke.« Jean wollte sich nicht ausfragen lassen. »Auch wenn Mutter immer noch nicht wieder ganz sie selbst ist.«

Ein paar Tage lang hatte es für Jean nach einer vollkommenen und unumkehrbaren Geistesgestörtheit ausgesehen, ihre Mutter hatte sie überhaupt nicht mehr erkannt und sie abwechselnd für die Stationsschwester, Königin Mary und eine Taschendiebin gehalten, die ihren Ehering stehlen wollte. Sie hatte jedes Gefühl für Zeit und Ort verloren, ohne die leiseste Ahnung, wo sie war und wie lange schon. Das Rätsel um ihre Umgebung schien ihr aber keine Sorgen zu bereiten, und ihre Halluzinationen – Dachse, die auf der Station herumtollten – amüsierten sie eher als dass sie sie erschreckten.

Auch wenn Jean diese Entwicklungen beängstigend fand, musste sie doch feststellen, dass den Verstand zu verlieren die Stimmung und die allgemeine Verfasstheit ihrer Mutter sehr verbessert hatte. Sie war jetzt so viel fröhlicher als jemals in ihrer jüngeren Erinnerung. Jeans Gebete für ihre Genesung hatten einen Beigeschmack von Sankt Augustins

Gebet um Keuschheit. *Bitte, Gott, mach, dass es Mutter besser geht, aber jetzt noch nicht.*

Jean trug den letzten laubgefüllten Mülleimer zum Kompost, fegte die Auffahrt und verstaute Rechen und Besen wieder im Schuppen, und das keinen Moment zu früh. Als sie den Rasen überquerte, hörte sie in der Ferne Donner grollen, und ein paar dicke Regentropfen begannen zu fallen.

Howard würde um halb sieben von der Arbeit zurück sein, und es gäbe Leber und Speck zum Abendessen und dann den Kirschkuchen. Sie würden zusammen auf der Couch sitzen, sich an den Händen halten und auf dem Grammophon seine Jazzplatten hören. Dann würden sie nach oben gehen und gemeinsam in Howards Einzelbett steigen – das verlassene neben der Lücke zu seinem tunlichst ignorierend – und sich lieben, denn man wusste nie, was die nahe Zukunft brachte und ob nicht etwas passieren konnte, das ihrem Tun ein Ende bereitete.

Jetzt blieben ihr aber noch zwei Stunden, bevor sie zur Besuchszeit ins Krankenhaus hinüberradeln musste, lange genug, um den Kuchen zu glasieren und heiß zu baden – an einem Samstagnachmittag! Sie hatte gerade den Zucker abgewogen, als es an der Tür klingelte. Mrs Bowland wieder, dachte sie schweren Herzens. Sie setzte ein geduldiges Lächeln auf und öffnete die Tür.

Auf der Schwelle stand eine rotäugige Margaret, und ihr Mantel, den sie sich vor der Brust zusammenhielt, beulte sich merkwürdig. Ein feiner Nebel aus Regentropfen hatte sich in ihren Locken verfangen wie Tau auf einem Spinnennetz.

»Margaret! Was tust du denn hier?«, rief Jean aus und schaute links und rechts die Straße hinunter nach einem Hinweis auf Gretchen oder eine sonstige Begleitung.

Etwas verspätet bemerkte sie, wie tropfnass das Kind war, und die Beule unter Margarets Mantel entpuppte sich als die zappelnde Jemimah.

»Ich bin weggelaufen«, sagte Margaret, schniefte laut und hievte das Kaninchen in eine leichter zu handhabende Position. »Ich wusste nicht, wo ich sonst hin soll. Daddy ist noch bei der Arbeit.«

Es war ein paar Wochen her, seit Jean sie das letzte Mal gesehen hatte, und die Ähnlichkeit mit Gretchen und die puppenhafte Schönheit ihres Gesichts fielen ihr wieder ganz neu auf.

»Komm rein, komm rein«, antwortete sie, während ihre Gedanken angesichts dieser neuen Entwicklung rasten. »Bist du den ganzen Weg hierher ganz allein gekommen?«

»Ja. Mit Jemimah. Am Anfang ging es ihr gut, aber dann wurde sie ein bisschen zappelig. Und dann hat es angefangen zu regnen.«

»Wie um alles in der Welt hast du den Weg hierher gefunden?«

»Mummy bringt mich jeden Tag zur Schule, deshalb weiß ich, wie man Zug fährt, und ich wusste noch, dass du in der Nähe des Bahnhofs wohnst, von damals, als ich hergekommen bin, um Sponge Toffees zu machen. Ich kenne deine Adresse, weil ich dir eine Postkarte geschickt habe. Also habe ich die Frau im Zeitungskiosk am Bahnhof gefragt. Sie hatte noch nie von dir gehört, aber sie kannte deine Straße.«

Während dieses Austausches waren sie nicht weiter als bis in den Flur gekommen.

»Komm, wir setzen Jemimah ab, und dann kannst du mir erzählen, warum du weggelaufen bist«, schlug Jean vor und fragte sich, was Margaret wohl getan hätte, wenn sie nicht zu Hause gewesen wäre, was sehr gut hätte sein können. Bei dem Gedanken wurde ihr ganz flau.

Während Jemimah auf dem Linoleum in der Küche herumhoppelte, ihr neues Reich erkundete und die runzlige Karotte verschmähte, die Jean aus ihrer geplünderten Speisekammer anbot, zog Margaret ihren nassen Mantel aus und schüttelte erleichtert ihre schmerzenden Arme. Sie hatte auch eine Schultertasche dabei, die sie jetzt auf den Tisch leerte. Zum Vorschein kamen ihre perlenbesetzte Geldbörse, eine Zahnbürste, ein Notizblock und eine Tüte trockenes Kaninchenfutter. Als Ausreißer-Ausrüstung erschien Jean das rührend unzureichend.

Jean machte ihr ein Glas heiße Milch, schnitt ein Stück Kuchen ab und ging dann das am wenigsten fadenscheinige ihrer Handtücher holen, um es ihr um die Schultern zu legen.

»Also, was ist das für eine Geschichte mit dem Weglaufen?«, fragte sie schließlich, nachdem sie Margarets Haare trockengetupft hatte.

»Ich hasse Martha.« Margaret verzog ihr hübsches Gesicht zu einer finsteren Grimasse.

»Hass ist ein starkes Wort«, sagte Jean innerlich jubilierend.

»Na ja, sie hasst mich auch.«

»Ich bin mir sicher, das tut sie nicht. Wer könnte dich wohl hassen?«

»Ich darf Jemimah nicht mal *eine Minute* ins Haus lassen, weil sie allergisch gegen Tierhaare ist, *behauptet sie*. Also muss ich draußen in der Kälte mit ihr spielen. Und da gibt es noch nicht mal Gras. Es ist schrecklich.«

»Du meine Güte.«

»Und ich muss auf einem Klappbett in dem Zimmer schlafen, in dem Martha malt, und es ist wirklich unordentlich und riecht nach Farbe. Aber wenn *ich* Unordnung mache, werde ich ausgeschimpft.«

»Hast du deiner Mutter erzählt, wie du dich fühlst?«

»Sie versteht es nicht. Martha ist ganz nett, wenn sie dabei ist. Aber wenn Mummy weggeht, lässt sie mich einfach links liegen.«

Margaret trank einen Schluck Milch und wischte sich mit dem Ärmel die Oberlippe ab.

»Einmal, als wir allein waren, habe ich gefragt: ›Du magst mich nicht, oder?‹, und sie hat gesagt: ›Das habe ich noch nicht entschieden. Ich mag dich nicht *nicht*‹.«

Wie sie Marthas leise, beherrschte Stimme nachahmte, war auf unheimliche, fast grausame Weise treffend.

»Oh, Margaret, ich weiß nicht, was ich sagen soll. Wie kann ich dir helfen?«

Das Mädchen blinzelte angestrengt im Versuch, die ersten heißen Tränen zurückzuhalten.

»Ich wünschte, es könnte einfach wieder so sein wie früher«, platzte sie heraus. »Mit Daddy. Früher war es besser.«

Jean legte ihr vorsichtig den Arm um die Schultern, und als sie nicht auf Widerstand stieß, umarmte sie sie ganz. Während Margaret schluchzte, konnte sie unter der Wolle ihrer Strickjacke die Knochen in ihrem Rücken fühlen, zerbrechlich wie bei einem Vögelchen.

»Nicht weinen«, flehte sie hilflos, ohne echten Trost spenden zu können. »Alles wird gut.«

Aber es stand ihr nicht zu, solche Versprechungen zu machen, und als eine der Hauptnutznießerinnen der zerbrochenen Ehe der Tilburys spürte sie, wie hohl es klang.

Schließlich hatte Margaret sich ausgeweint und willigte ein, ihr flammendes Gesicht mit einem kühlen Waschlappen abzuwischen. Ihr Ausbruch von Gefühlen und Feuchtigkeit hatte die Küchenfenster beschlagen lassen.

»Ach, herrjemine«, sagte Jean, »noch mehr davon, und wir müssen für Jemimah ein Floß bauen.«

Margaret hatte sich genug erholt, um zwischen Schlucken und Schniefen kichern zu können.

»Hast du jemandem gesagt, wo du hinwolltest?«

»Nein. Ich bin einfach rausgeschlichen.«

Jean stellte sich Gretchen vor, wie sie es merkte, wie sie fieberhaft die Straßen durchkämmte. Irgendwann würde man sie anrufen und beruhigen müssen, aber konnte es wirklich schaden, wenn sie ein wenig Angst bekäme und ihr die Augen über den Preis ihrer Emanzipation geöffnet würden?

Am Ende war es Howard, den Jean anrief, und den anderen, schwierigeren Anruf, überließ sie ihm. Margaret beharrte darauf, nach Hause in die Burdett Road zu wollen. Es wurde vereinbart, dass er sie nach der Arbeit bei Jean abholen würde; Sonntag war sowieso ihr gemeinsamer Tag. Der Rest würde mit Gretchen zu verhandeln sein. Margarets Hauptsorge war Jemimah.

»Wo soll sie heute Nacht schlafen? Ich musste den Käfig dort lassen.«

Howard versprach, einen stabilen Pappkarton von der Arbeit mitzubringen; er würde den Abend damit verbringen, eine provisorische, kaninchensichere Unterkunft zu bauen. Jean konnte nicht offen sprechen, solange Margaret neben ihr herumhüpfte und sie alle paar Sekunden unterbrach, und die beklommenen Gesprächspausen waren voller unausgesprochenen Bedauerns über ihre durchkreuzten Pläne.

Als sie bemerkte, dass Margaret in ihren feuchten Kleidern zu zittern begann, bot Jean ihr an, ein heißes Bad einzulassen – jenes, das sie selbst hatte nehmen wollen, jetzt aber nicht mehr brauchte. Sie füllte die Wanne ein bisschen höher als die spärlichen zehn Zentimeter, die sie sich selbst zugestand, und kramte ein weiteres ihrer ältlichen Handtücher aus dem Wäschetrockenschrank. Nur in Momenten wie diesen, wenn sie ihre Besitztümer durch die Augen anderer sah – und sei es nur durch die eines unkritischen zehnjährigen Kindes –, schämte sie sich dafür, wie schäbig sie waren. Um den Fuß und den Schnabel des Wasserhahns hatte sich Kalk abgelagert, und über die Emaille zog sich ein grüner Streifen vom Überlauf zum Abfluss. Das alte Linoleum war zwar sauber, aber rissig und wellig.

»Es tut mir leid, es ist wahrscheinlich nicht so schön wie euer Badezimmer zu Hause«, sagte Jean.

Nachdem sie die ganze Woche dort gewohnt hatte, wusste sie sehr gut, dass es das nicht war.

»Ist schon gut«, sagte Margaret freundlich und begann, ihren Pullover auszuziehen. »Es ist besser als das in der Luna Street.«

Jean ließ sie sich ausziehen und kehrte in die Küche zurück, wo Jemimah mit einem Untersetzer voller Trockenfutter aus Margarets Ausreißer-Ausrüstung eingesperrt war. Sie wusch den Milchtopf ab und schnitt sich selbst ein Stück von dem Kirschkuchen ab – Howard konnte den Rest mitnehmen, wenn er kam –, dann setzte sie sich an den Tisch und starrte blind auf das Kreuzworträtsel in der Samstagszeitung, während sie über den neuesten Ereignissen brütete.

Falls Margaret wieder ganz nach Hause zurückzog, würde dies das Ende ihrer Übernachtungen bei Howard bedeuten, noch bevor ihre Mutter aus dem Krankenhaus entlassen wurde, was das Ganze nur noch mehr behindern würde. Es war ein Chaos.

Ihre Grübeleien wurden durch einen Schrei von oben unterbrochen. Jean eilte mit vor Angst hämmerndem Herzen die Treppe hinauf. Margaret stand in dem dampfigen Badezimmer, nackt bis auf ihren robusten weißen Schlüpfer. Sie reckte den Hals, um ihren Rücken im Spiegel sehen zu können. Knapp über ihrem Hosenbund war ein Fleck wunder, rosa Haut von der Größe einer Briefmarke zu sehen.

»Ich habe versucht, es nicht nass zu machen, aber es ist einfach abgegangen«, sagte sie und hielt Jean das Handtuch hin, um ihr ein gallertartiges Stück toter Haut zu zeigen – die sterblichen Überreste von Gretchens abgestoßener Hautverpflanzung.

Verwendungsmöglichkeiten für saure Milch: Linoleum oder andere Bodenbeläge, die man mit saurer Milch putzt, werden heller als nur mit Wasser. Saure Milch gibt außerdem eine gute Bleiche für verfärbte weiße Stoffe ab. Dazu die Textilien mit Wasser befeuchtet in eine Schüssel legen und mit saurer Milch bedecken. Achtundvierzig Stunden ziehen lassen. Gründlich auswaschen – und die Sachen sind wieder schneeweiß.

30

Das Kohlenfeuer im Kamin war aufgehäuft und glühte in vulkanischem Orange; die Diskussion im Raum war nicht weniger hitzig.

Hinter seinem massiven Schreibtisch thronte Dr. Lloyd-Jones. Auf der anderen Seite des Raums – und des Streitgesprächs – befanden sich sein Kollege Dr. Bamber und Hilary Endicott, deren im *Echo* abgedruckter Artikel Gretchen Tilburys ursprünglichen Brief ausgelöst hatte. Jean saß still da, hörte dem Wortgefecht zu und machte sich Notizen.

»Ich denke, wir können zumindest sagen, dass es angesichts der Resultate der serologischen Tests nicht möglich war, die Behauptung von Mutter A zu widerlegen. Ist das richtig?«

Dr. Lloyd-Jones bestand als Einziger auf dieser Namenskonvention, obwohl alle im Raum ihre Identität kannten.

»Nein, das ist es ganz gewiss nicht. Sie haben mich gefragt, welches Kriterium mich davon überzeugen würde, dass eine Parthenogenese stattgefunden hat, und ich habe Ihnen gesagt: eine erfolgreiche Hautverpflanzung von Kind zu Mutter. Die hat es nicht gegeben, folglich ist die Behauptung der Mutter widerlegt. Es ist recht einfach.«

Das war Hilary Endicott, die in ihrem Tweedkostüm und den braunen Brogues höchst eindrucksvoll aussah. Sie schien besser in eine Highland-Moorlandschaft zu passen als in ein Labor, aber tatsächlich war sie an diesem Morgen aus ihrer Villa im Tudorstil aus Surrey hergekommen. Jean, die sowohl größer als auch älter war, fühlte sich in ihrer Gegenwart trotzdem winzig.

»Ich denke, die Bedeutung der Hautverpflanzung ist weniger entscheidend, als Sie zugeben«, sagte Dr. Lloyd-Jones. »Es ist zum Beispiel bedauerlich, dass wir zur Kontrolle kein Autotransplantat vorgenommen haben.«

»Allerdings«, sagte Dr. Endicott.

»Noch eine Möglichkeit«, fuhr Dr. Lloyd-Jones fort, ohne auf diese Spitze einzugehen, »ist, dass eines der Antigene, die zu der Unverträglichkeit geführt haben, rezessiv und nur bei der Tochter vorhanden sein könnte.«

»Der Hautverpflanzungstest war eindeutig. Er ist auf beiden Seiten fehlgeschlagen.«

»Aber alle Beweise aus den Blut- und Serumsuntersuchungen sind mit Parthenogenese vereinbar.«

»Unter anderen Möglichkeiten«, warf Dr. Bamber ein. Es war sein erster Beitrag zu dieser Debatte bisher.

»Zum Beispiel?«, fragte Jean.

Wenn sie schon diejenige sein musste, die es Gretchen sagte, wollte sie so viele Einzelheiten wie möglich verstehen. Sie war naiv davon ausgegangen, dass die Untersuchungen in die eine oder andere Richtung unwiderlegbare Beweise liefern würden, dass die Wissenschaft alle Unklarheiten beseitigen würde, aber es schien, als könnten sich nicht einmal die drei einig werden, die an dem Prozess am engsten beteiligt waren.

»Na ja, blutsverwandte Paarung, zum Beispiel.«

»Sie meinen Inzest«, protestierte Jean, sowohl von der Vorstellung als auch vom Jargon abgestoßen. »Es gab nie auch nur den geringsten Hinweis …«

»Das ist nur ein Beispiel«, wiederholte er mit beschwichtigend erhobenen Händen. »Ich weiß nichts über die privaten Hintergründe der Testpersonen. Ich spreche als Wissenschaftler.«

»Das müsste selbst dann, wenn die Blutgruppen von Mutter und Tochter sehr selten wären, als Möglichkeit ausgeschlossen werden«, fügte Dr. Endicott hinzu. »Aber sie sind es nicht, womit die Wahrscheinlichkeit einer – nennen wir es *zufälligen* – Blutsverwandtschaft steigt.«

»Aber« – Dr. Lloyd-Jones' Gesicht war rot, die gerissenen Kapillaren auf seinen Wangen und der Nase blühten in der Hitze – »wenn die Mutter sich ohne Vorwissen über die bestätigenden Bluttestergebnisse als Beispiel für eine Jungfrauengeburt präsentiert, erhöht dies doch die Glaubwürdigkeit ihrer Behauptung?«

»Es ist glaubwürdig, sicher, aber eben nicht bewiesen«, sagte Dr. Bamber. »Es wäre zum Beispiel hilfreich, zu wissen, wie viele Fälle vollkommen isoliert lebender Frauen, sagen wir in Gefängnissen oder Spitälern es gibt – falls es überhaupt welche gibt –, die von diesem Phänomen berichten. Keine, soweit wir wissen.«

»Hätten wir Daten über die Anzahl der dokumentierten Lebenszeiten von Frauen ohne jeglichen Fall von Parthenogenese, hätten wir eine Basis für eine Wahrscheinlichkeitsrechnung«, fügte Dr. Endicott hinzu.

»Das alles ist sehr faszinierend«, sagte Jean und fuhr sich frustriert mit der Hand durch die Haare. »Aber was bedeutet das für Mrs Tilbury? Ich habe den Eindruck, sie wurde mit all diesen Untersuchungen hinters Licht geführt, und nun sind nicht einmal Sie als sogenannte Experten in der Lage, zu einem Konsens die Ergebnisse betreffend gelangen. Wie soll ich ihr das erklären?«

»Ich kann mir gut vorstellen, dass das enttäuschend für Sie ist«, sagte Dr. Endicott. »Sie hätten sich ein Ergebnis mit mehr Sprengkraft gewünscht. Aber vielleicht ist sie bereit, ihre Version der Geschichte zu ändern, wenn Sie ihr verständlich machen können, dass die medizinischen Resultate ihre Behauptung einer Parthenogenese nicht stützen.«

»Niemals«, sagte Jean. »Sie hat zu viel investiert.«

Sie dachte an Martha – diese Erzskeptikerin – und fragte sich, wie sie wohl auf diese Nachricht reagieren würde. Man konnte sich nur schwer vorstellen, dass sie sich auf die Seite blinden Glaubens stellen würde. Und noch schwerer konnte man sich vorzustellen, dass Gretchen einen kolossalen Betrug eingestehen würde. Jean, deren Vertrauen in Gretchen jetzt unwiderruflich beschädigt und die außerdem durch ihre eigene Beziehung zu Howard kompromittiert war, wünschte sich langsam, die Story wäre tot und begraben. Jede Aufmerksamkeit, die durch die Veröffentlichung entstünde, konnte sich zuspitzen und sie alle in einen sehr unliebsamen Skandal verwickeln.

Sie spürte, wie ihr in Erwartung der bevorstehenden Peinlichkeiten das Blut in die Wangen stieg. Dass die drei Wissenschaftler sich nicht einig wurden, konnte ihr aber noch zugutekommen. Ein uneindeutiges Ergebnis war wohl kaum der Paukenschlag, auf den Roy Drake gehofft hatte. Vielleicht konnte sie ihn, wenn sie ihre Karten mit Bedacht ausspielte, davon überzeugen, die Story auf unbestimmte Zeit zu verschieben.

31

Jean fand es nur fair, Roy Drake vor der Redaktionssitzung zu informieren. Seine Enttäuschung und mögliche Verstimmtheit würden ohne Publikum einfacher zu ertragen sein.

»Es hätte kaum einen schlimmeren Ausgang geben können«, sagte sie. »Wir sind der Wahrheit nicht näher als an Tag eins. Die Story ist komplett im Eimer.«

Sie sah ihm zu, wie er drei Würfel Zucker in seinen Tee warf und mit dem Bügel seiner Brille umrührte.

»Konntest du denn Gretchens Behauptung nicht mit anderen Mitteln widerlegen?«

»Na ja, nein.«

»Das klingt nicht ganz überzeugt. Ich dachte, du hättest gesagt, sie sei aufrichtig und ehrlich?«

»Ja, das stimmt«, stammelte Jean im Bewusstsein, selbst nicht ganz aufrichtig und ehrlich zu sein. »Ich habe mich von ... persönlichen Angelegenheiten ablenken lassen und aufgehört, zu graben und nachzufragen. Ich bin eine furchtbar schlechte Journalistin.«

Roy hob die Hand – ein schwacher Ausdruck von Protest, vielleicht –, widersprach ihr aber nicht.

»Es wäre interessant gewesen, ihre Reaktion auf das Fehlschlagen der Hautverpflanzung zu erleben.«

»Ich war leider nicht dabei. Dr. Lloyd-Jones sagte, sie habe ihn angefleht, das Experiment zu wiederholen. Wozu er nicht bereit war. Er schien dem nicht so viel Gewicht beizumessen wie die anderen beiden.«

»Trotzdem ist es immer noch eine interessante Geschichte.« Er warf einen Blick auf seine Armbanduhr; die Besprechung sollte in fünf Minuten beginnen. »Also, wir haben keine handfesten wissenschaftlichen Beweise. Aber genauso wenig konnten wir ihre Aussage widerlegen. Wir könnten es immer noch als ungeklärtes Rätsel bringen – ›Der merkwürdige Fall der Gretchen Wie-hieß-sie-noch-gleich‹ –, ohne irgendwelche unwahren Behauptungen aufzustellen. Hier sind die Fakten – lasst die Öffentlichkeit entscheiden.«

Jean verlor den Mut. Die Öffentlichkeit entscheiden lassen? Da konnte man sie auch gleich den Wölfen zum Fraß vorwerfen.

»Die Ehe ist zerbrochen. Ich mache mir Sorgen, welche Auswirkungen das öffentliche Interesse auf das Kind haben könnte – falls eine der Überregionalen die Story in die Finger bekommt.«

»Ihre Eheprobleme sind wohl kaum unser Problem«, gab Roy zurück. »Sie ist zu uns gekommen, nicht umgekehrt. Und eine Scheidung ist nicht mehr der Skandal, der er früher mal war. Wir haben viel Zeit in die Sache investiert, und es ist eine ungewöhnliche Geschichte von berechtigtem Interesse für unsere Leserschaft. Und falls eine der Überregionalen sie aufgreift, umso besser. Das war doch immer die Hoffnung, oder nicht?«

»Aber ohne wissenschaftliche Beweise ...?«

»War nicht einer der Ärzte immer noch aufgeschlossen?«

»Dr. Lloyd-Jones. Er sagte …« Jean klappte ihren Notizblock auf und blätterte die Seiten bis zu dem dreimal unterstrichenen Satz durch: »Es war nicht möglich, die Behauptung zu widerlegen.«

»Hervorragend. Das können wir benutzen. Vielleicht lockt die Veröffentlichung noch andere Experten oder sogar Zeugen aus dem Unterholz.«

»Ich fühle mich trotzdem nicht wohl dabei.«

Roy schüttelte den Kopf. »Du kommst schon drüber hinweg. Wir können es in der ersten Dezemberwoche bringen. Hübscher Sonderbeitrag für den Advent. Der junge Tony soll ein paar Fotos von Mutter und Kind machen.«

»Also gut«, gab Jean sich geschlagen. »Ich setze mich mit Gretchen in Verbindung. Ich habe es vor mir hergeschoben, mit ihr zu sprechen, weil ich dachte, wir streichen den Artikel ganz.«

Sie errötete, als sie an den anderen Grund dachte, aus dem sie ein Treffen vermieden hatte.

»Guter Mann. Sonst noch was, was wir besprechen sollten?«

»Nein, das war alles. Danke.«

Sie stand auf, um zu gehen, fühlte sich ausmanövriert, das war die Quittung für ihre eigene Unehrlichkeit und ihre Ausflüchte.

»Ich wollte noch sagen, du siehst in letzter Zeit gut aus … rüstiger.«

»Rüstig?« Jean entgleisten die Gesichtszüge.

»Nein, das ist nicht das richtige Wort. Entspannt. Gesund. Blühend.«

Jetzt übertrieb er es, dachte Jean, um für das *rüstig* zu entschädigen, reserviert für alte Jungfern, seit jeher ungeliebt und doch immer noch irgendwie mobil.

»Du hast eine neue Frisur.«

»Ach, na ja, ich habe einfach mal einen Fön benutzt.«

»Jedenfalls steht es dir, was immer es ist.«

»Vielleicht bin ich entspannter, jetzt, wo es Mutter ein wenig besser geht.«

»Das ist eine sehr gute Nachricht«, sagte Roy Drake, der regelmäßig und aufrichtig interessiert nach ihrer Gesundheit gefragt und ihr sogar einen Korb mit außersaisonalen und exotischen Früchten von Harrods geschickt hatte – ein Luxus, den sie nicht hatte wertschätzen können, weil es ihr zu schlecht dafür ging.

Die vorherige Woche hatte kleine Verbesserungen gebracht. Das Penicillin, das man ihr gegen eine Harnwegsinfektion verschrieben hatte, schien auch den vernebelten Verstand geklärt zu haben. Zum ersten Mal hatte sie Jean wiedererkannt und begrüßt. Das Gespräch hatte sich in vernünftigen Bahnen bewegt und keine Überraschungen geboten. Die Wahnvorstellungen der vergangenen Wochen waren vorbei.

Jean war zwar sehr erleichtert von diesen Entwicklungen, kam aber nicht gegen den Wunsch an, der Erinnerungsverlust ihrer Mutter wäre bleibender gewesen. Diese pflichtschuldigen Bettwachen zusätzlich zur Arbeit des Tages, die ihr wertvolle Zeit mit Howard nahmen, waren nun alle zusammen mit den Taschendieben, Königin Mary und den Dachsen wie weggewischt. Und bald, vielleicht in nur wenigen Tagen, würde sie wieder zu Hause und Jeans kurzer Ausflug in die Freiheit beendet sein, und sie würde ohne vorherige Verhandlung und Vorausplanung nicht mehr weggehen können.

Um das Ganze noch komplizierter zu machen, lebte Margaret in einer Umkehr der ursprünglichen Absprachen mit

Howard wieder in der Burdett Road und verbrachte nur noch die Wochenenden mit ihrer Mutter in der Luna Street. Diese Lösung hatten alle Parteien als die praktischste und am förderlichsten für Margarets Glück akzeptiert. Sie ging jetzt mit Lizzie zu Fuß zur Schule und wieder nach Hause, wie sie es vor ihrem Umzug nach Chelsea gewöhnt gewesen war, und blieb bei Lizzie, bis Howard aus der Bedford Street nach Hause kam.

Einmal hatte Jean unter dem Deckmantel der inoffiziellen Tante mit Vater und Tochter zu Abend gegessen, aber es war ihr so unangenehm gewesen, Gretchens Platz am Tisch einzunehmen, dass sie es nicht mehr wiederholt hatte. Sie war nicht in der Lage gewesen, auch nur einen Blick mit Howard zu wechseln, aus Sorge, sich dadurch zu verraten, und hatte sich danach einsam und frustriert in ihr leeres Haus zurückgezogen.

Solange diese Situation noch anhielt, waren der Samstagabend bis Sonntagmorgen die einzige Gelegenheit für sie und Howard, zusammen zu sein. Vom Moment der Begrüßung an – bei der sie sich im Flur aneinanderklammerten, sobald die Haustür geschlossen war – trieb die Zeit, die die ganze Woche gebummelt hatte, sie jetzt bis zu ihrem erneuten Abschied vor sich her. Sie gingen nicht aus; die Freuden kleiner häuslicher Intimitäten – ein gemeinsames Bad, Seite an Seite am Herd zu stehen und gemeinsam eine Mahlzeit zuzubereiten, das Bett frisch zu beziehen, die letzte Zigarette des Tages im Garten mit Blick in den Nachthimmel zu rauchen –, das alles war noch immer reizvoll genug.

»Halt, beweg dich nicht«, sagte Howard einmal, als sie halb auf der Couch saßen, halb lagen, Jeans Kopf in seinem Schoß. »Horch!«

Die Platte war zu Ende, und es war nichts zu hören außer dem Kratzen der Nadel auf Vinyl.

»Was?«, fragte Jean.

»Das ist das Glück. Kannst du es hören?«

Sie hob blind die Hand und fand seine. »Ja«, sagte sie flüsternd, denn das Glück war scheu und leicht zu verjagen.

Er erwähnte Gretchen nicht mehr, weder wehmütig, was furchtbar, noch bitter, was noch schlimmer gewesen wäre. Jean wusste, das hieß nicht notwendigerweise, dass sie nicht mehr in seinen Gedanken war. Ein Jahrzehnt Ehe ließ sich nicht so leicht auslöschen. Aber er war nicht die Art Mann, der Freude daran hatte, weibliche Unsicherheit zu schüren.

Das einzige Bedauern, das er ausdrückte, war, dass er Jean nicht früher kennengelernt hatte, um sie länger lieben zu können. In Momenten wie diesen, und im Nachglühen des Liebemachens, wenn Jean das Gefühl hatte, dass Gretchen ganz und gar bezwungen war, dachte sie, es wäre vielleicht nicht einmal schlimm, wenn er seine Frau noch ein bisschen liebte. In ihrem Triumph konnte sie es sich leisten, großzügig zu sein.

32

The Grange, Kitty Benteens Zuhause seit der Schließung von St. Cecilia im Jahr 1947, war ein großes und ziemlich prachtvolles freistehendes Haus auf einem riesigen bewaldeten Grundstück, weit zurückgesetzt von der Straße, die von Keston nach Locksbottom führte. Jean war auf dem Weg zur Arbeit und wieder nach Hause fast ein Jahrzehnt lang mit dem Fahrrad an der Einfahrt des Anwesens und seinen hohen Mauern vorbeigefahren, ohne ihm einen einzigen Blick zu schenken.

Brenda van Lingen konnte, als sie die Adresse in ihre lange verspätete Antwort aus Südafrika schrieb, wohl kaum gewusst haben, wie nahe an Jeans »Teil der Welt« es lag. Als Jean ihr Fahrrad jetzt zwischen tropfnassen Lorbeerbüschen die Kiesauffahrt hinaufschob, spürte sie ein Beben der Furcht und Vorahnung bei dem Gedanken, dem vierten Mitglied des Quartetts Auge in Auge gegenüberzutreten.

Sie kam pünktlich an, wie Kittys Schwester und Chefpflegerin Elsie sie angewiesen hatte, mit der sie per Telefon das Interview vereinbart hatte. Man hatte Jean zu verstehen gegeben, dass Kitty sich auf den Stimulus neuer Besucher freute und enttäuscht wäre, wenn man sie warten ließe.

»Kann sie ohne Schwierigkeiten sprechen?«, fragte Jean, peinlich berührt von ihrer eigenen Unwissenheit.

Sie hatte Bilder von Eisernen Lungen in Zeitungen gesehen und sich die Beengtheit darin als die Hölle auf Erden vorgestellt.

»Sprechen? Himmel, ja, ich würde schon sagen.« Elsie lachte.

»Darf ich ein Geschenk mitbringen? Blumen oder so etwas?«

»Vielleicht keine Blumen. Von Pollen läuft ihr die Nase, was nicht lustig ist, wenn man sie sich nicht putzen kann.«

Am Ende hatte sich Jean für einen Tiegel Handcreme entschieden, den sie aus ihrer Schatzschublade befreit hatte. Elsie hatte bestätigt, dass dies ein passendes Präsent sei. Kitty war zwar von der Brust abwärts gelähmt, aber stolz auf ihre Hände, und feilte und lackierte sich die Nägel in ihren kurzen Urlauben von der Eisernen Lunge in einem gewagten Rotton.

Schlag vier Uhr klingelte Jean an der Tür und wurde von Elsie begrüßt. Sie war eine untersetzte Frau, ungefähr in ihrem eigenen Alter, mit blonden, flaumigen Haaren, rosafarbenen, flaumigen Pantoffeln und zu ihren Füßen – und um ein Haar darunter – einem weißen, flaumigen Pudel, der aufgeregt bellte und in engen Kreisen um sie herumrannte. Abgesehen von diesem allgemein flaumigen Eindruck wurde Jeans Aufmerksamkeit von einem großen hölzernen Kruzifix an der gegenüberliegenden Wand angezogen, an dem ein Christus aus bemaltem Gips mit rot geschminkten Wangen und leuchtend roten Wunden hing. Es gab noch weitere Gemälde an den Wänden, die Jesus in besseren Zeiten zeigten, umringt von pummeligen, blauäugigen Kindern oder die kauernden Petrus, Jakobus und Johannes mit der strahlenden Weiße seines Gewandes blendend.

»Danke, dass Sie gekommen sind«, sagte Elsie, befreite Jean von ihrem nassen Regenmantel und der Regenhaube, und hängte sie an ein seltsames, aus Holz geschnitztes Geweih neben der Tür. »Kitty hatte ihr Mittagsschläfchen und ist ganz aufgeräumt.«

Sie führte Jean in einen großen, hell erleuchteten Raum, in dem die »aufgeräumte« Kitty bis auf den Kopf in der Eisernen Lunge eingeschlossen lag, einer monströsen Metallvorrichtung wie ein aus einem alten Morris Minor gemachter Sarg. Es war unmöglich, vom Anblick eines dieser Art begrabenen Mitmenschen nicht erschrocken zu sein, und es kostete Jean ihre ganze Selbstkontrolle, ihre Bestürzung zu verbergen. Aber Kitty selbst wirkte recht gelassen, sogar fröhlich.

Jemand hatte auf Höhe ihres Kopfes in einer für ein Gespräch angenehmen Entfernung einen Stuhl aufgestellt, und ein gekippter Spiegel über ihr, an dem ein Rosenkranz hing, schenkte ihr eine teilweise Sicht auf den Raum.

»Hier, bitte schön, hier ist dein Besuch«, sagte Elsie und zog sich mit sorgfältig gesetzten Schritten zurück, um nicht auf den kreisenden Pudel zu treten.

»Hallo«, sagte Kitty, drehte den Kopf, der am Hals in einer Gummimanschette hing, und lächelte zur Begrüßung.

Ihre hellen Haare waren in Locken gelegt und nach der neuesten Mode frisiert, und sie hatte Rouge aufgetragen. Sie trug eine Schildpattbrille mit starker Vergrößerung.

»Ich freue mich so, Sie endlich kennenzulernen«, sagte Jean, irritiert von dem mechanischen Zischen und Keuchen der Luftpumpe, die ihre Arbeit machte. »Die anderen Mädchen aus St. Cecilia haben so herzlich von Ihnen gesprochen. Und ich hatte Sie sozusagen die ganze Zeit vor der Nase.«

»Ich freue mich, das zu hören. Ich habe so gute Erinnerungen an St. Cecilia.«

»Wirklich?«, fragte Jean, erstaunt von Kittys innerer Stärke. »Keines der anderen Mädchen hat annähernd so positiv über die Erfahrung gesprochen, und sie hatten sicherlich weniger Grund zur Beschwerde als Sie.«

»Wir waren alle mehr oder weniger unbeweglich, aber ich denke, weil ich gelähmt bin, war ich die Einzige, die keine Schmerzen hatte«, sagte Kitty. »In gewisser Weise hatte ich es also tatsächlich besser.«

»Erinnern Sie sich speziell an Gretchen?«

»Sie war ein nettes Mädchen. Die Netteste in der Gruppe. Ich habe sie nicht allzu gut kennengelernt, weil sie am hinteren Ende des Saals am Fenster lag und ich am vorderen Ende an der Tür. Aber sie war bei allen beliebt, weil sie so hübsch und nett war. Martha war ihre besondere Freundin. Die Betten standen zu weit voneinander entfernt, als dass sie sich an den Händen hätten halten können, deshalb haben sie immer die Enden eines zusammengerollten Handtuchs zwischen sich gehalten. Ist das nicht süß?«

»Das ist es wohl«, antwortete Jean, überrascht von dieser unerwarteten Vorstellung Marthas als einer verletzlichen Person.

»Manchmal setzten die Nonnen Gretchen in einen Rollstuhl, um mit ihr draußen spazieren zu gehen, aber sie sagte immer: ›Nein, schieben Sie mich einfach ans Ende des Saals, damit ich mit Kitty reden kann.‹ Das habe ich ihr nie vergessen.«

»Gab es irgendwelche männlichen Besucher auf der Station?«

»Nein, wir haben keine Männer gesehen«, sagte Kitty mit leiser Geringschätzung. »Es sei denn, Sie zählen meinen Engel mit. Engel sind immer männlich, oder?«

»Wie meinen Sie das?«, fragte Jean mit einem leichten Schaudern, während sie die im Vorraum ausgestellten Ikonen der Frömmigkeit ins Gedächtnis rief. Sie konnte das Wort nicht hören, ohne an Margaret zu denken.

»Ich hatte eines nachts eine Erscheinung.«

»Sie meinen, eine Art Vision?«

»Nein, es war keine *Vision*. So nennt Elsie es, aber sie irrt sich. Es war eindeutig körperlich, denn er hat mich berührt.«

Jeans Herz begann schneller zu schlagen.

»Erinnern Sie sich, wann das war? Geschah das in dem Zeitraum, während Gretchen Patientin war?«

»Ja, es war in dem Sommer. Es war im späten Juli. Das weiß ich, weil meine Cousine in Lourdes gewesen war und mir zum Geburtstag ein Fläschchen Weihwasser mitgebracht hatte, und der ist am fünfzehnten.«

»Also, erzählen Sie mir von dieser Vision – ich meine Erscheinung.«

»Jeden Abend kam eine der Nonnen herein, um ein Abendgebet mit mir zu sprechen – normalerweise Schwester Maria Goretti.«

»Nur mit Ihnen – oder waren die anderen Mädchen auch beteiligt?«

»O nein. Nur ich. Die anderen waren nicht gläubig.«

»Sei's drum, Entschuldigung. Ich darf Sie nicht ständig unterbrechen.«

Sie hatte ein Engegefühl in der Brust vor angehaltenem Atem und Beklemmung.

»Na ja, eines Abends habe ich der Schwester von dem Weihwasser erzählt. Ich wusste nicht, ob ich es trinken sollte, auftragen wie TCP oder was ich damit tun sollte. Aber ich hatte von meiner Cousine all diese erstaunlichen Geschichten über die Wunder in Lourdes gehört. Also holte die Schwester die Flasche aus meinem Schrank, in dem alle meine persönlichen Sachen aufbewahrt wurden, und ich fragte, ob sie es segnen könne.

Sie meinte, sie dürfe keine Segen sprechen, weil sie nicht die Befugnis dazu habe, aber es sei auch so schon heilig, und sie könne damit ein Kreuz auf meine Stirn malen. Und dann betete sie für mich zur heiligen Bernadette um ein Zeichen, dass ich gesund werden würde. Dann legte sie meinen Rosenkranz auf mein Kissen, so dass ich ihn sehen konnte, und ich schlief in der Hoffnung ein, ich wäre am nächsten Morgen geheilt.

Irgendwann in der Nacht wachte ich auf, und der Rosenkranz war von meinem Kissen gerutscht, und als ich den Kopf drehte, stand da ein Engel neben mir.«

»Wie sah er aus?«

»Es war dunkel, und ich hatte meine Brille nicht auf, deshalb konnte ich ihn abgesehen vom Umriss seiner wallenden Haare nicht deutlich erkennen.«

»Hatte er Flügel?«

»Das konnte ich nicht sehen.«

»Wie kamen Sie dann darauf, dass es ein Engel war?«

»Weil ich spürte, wie ein ungeheures Gefühl des Friedens über mich kam, als hätte der Herr ihn zu mir geschickt, um mir zu sagen, dass alles gut werden würde, genau wie wir gebetet hatten.«

»Und was ist dann passiert?«

»Er hob den Rosenkranz auf, der auf dem Boden lag, und legte ihn auf mein Kissen zurück, und seine Finger streiften meine Wange. So wusste ich, dass er echt war und keine Vision.«

Endlich, dachte Jean. Jetzt war er wieder da, dieser mulmige Gedanke, der sich während des Deliriums ihrer Mutter geweigert hatte, in ihr Blickfeld zu rücken. Es sei ein Mann im Raum gewesen, hatte sie gesagt, der sie belästigt habe. Aber das war nicht passiert; es war eine Halluzination. Wenn Drogen im Spiel waren, war sicherlich auch eine Täuschung in umgekehrter Richtung möglich?

»Hatten Sie denn keine Angst? Ich hätte Todesangst gehabt«, sagte sie. Die Hand eines Mannes in der Dunkelheit an ihrem Gesicht ...

»Überhaupt nicht. Ich habe mich ganz friedlich gefühlt.«

»Hat er etwas gesagt?«

»Nein, er sprach nicht. Er berührte nur meine Wange – seine Haut war so weich wie die eines Kindes.«

»Und was dann? Ist er verschwunden oder weggeflogen oder einfach zur Tür hinausgegangen?«

Kitty sah gekränkt aus.

»Es wirkte, als würde er hinter mich gleiten, sodass ich ihn nicht mehr sehen konnte.«

»Haben Sie am nächsten Tag jemandem davon erzählt? Den anderen Mädchen oder der Schwester?«

»Ich habe nichts zu den Mädchen gesagt – sie hätten gedacht, ich hätte es erfunden. Martha verachtete die Religion sehr – wenn man bedenkt, dass sie die Tochter eines Geistlichen war. Aber Schwester Maria Goretti habe ich es erzählt, und sie sagte, es sei ein Zeichen, dass die heilige Bernadette unsere Gebete gehört hatte.« Sie strahlte Jean aus ihrem Metallgefängnis heraus an.

»Und Sie haben es niemandem sonst gegenüber je erwähnt?«

»Ich habe es natürlich Elsie erzählt, aber sie glaubt, es sei nur eine Halluzination gewesen. Doch das war es nicht. Ich war so hellwach, wie ich es jetzt bin. Sie glauben mir auch nicht, das sehe ich.«

»Man hat in letzter Zeit von mir erwartet, noch viel merkwürdigere Dinge zu glauben«, erwiderte Jean mit einem unverbindlichen Lächeln. Es war nichts gewonnen, wenn sie Kittys Illusion zerstörte, denn sie gab ihr Trost. »Wurde Ihr Zustand besser nach dieser ... Heimsuchung?«

»Ja, wurde er«, sagte Kitty fest. »Das wurde er. Von dem Tag an fühlte ich mich nicht mehr von Gott verlassen, und das gab mir die Kraft, meine Krankheit zu akzeptieren und das bestmögliche Leben zu leben.«

Tränen der Bewunderung traten Jean in die Augen. Kittys Tapferkeit und Gleichmut waren ein Tadel für ihre eigenen Luxussorgen.

»Ich studiere Theologie, wissen Sie?«, fuhr Kitty fort. »Mit Elsies Hilfe. Sie liest mir die Bücher vor, und ich diktiere ihr meine Arbeiten. Ich bin sehr gesegnet.«

Nach dem zermürbenden Zischen der Eisernen Lunge war die Stille vor dem Haus kostbar wie nie zuvor. Jean schob ihr Fahrrad über den matschigen Kies der Einfahrt zurück nach unten, tief in Gedanken versunken an diesen heimlich an Krankenbetten stehenden Engel mit seinen sanften Händen. Kittys Aussage hatte jetzt eine Tür geöffnet, und Jean gelangte zu der Überzeugung, dass sie nur dann wirklich verstehen konnte, was Gretchen im Sommer 1946 geschehen war, wenn sie nach St. Cecilia zurückkehren und sich in den Raum stellen würde, in dem sich alles zugetragen hatte.

Krankenpflege: Ein Bügelbrett neben dem Krankenbett eignet sich sehr gut als improvisierter Tisch. Er gibt einen sehr praktischen, leichten Tisch ab und hat die richtige Höhe für Getränke und Teller.

33

Die Hecktür des Krankenwagens öffnete sich, und Mrs Swinney, auf der einen Seite von Jean gestützt und auf der anderen von einem Gehstock, begann ihren Abstieg auf den Asphalt in königlicher Langsamkeit. Dort blieb sie einen Moment stehen und sah sich um, als erwartete sie eine Art Empfangskomitee, bevor sie sich über den Gartenweg zur Haustür führen ließ. Sie hatte abgenommen in den Wochen, die sie weg war, und ihre Muskeln waren vollkommen verkümmert. Was von ihrer Kraft übrig war, schien sich in den Fingern ihrer rechten Hand zu konzentrieren, die sich jetzt in Jeans Arm bohrten.

Der Weg und die Türschwelle waren von nassem Laub und anderen Gefahren befreit, und das Haus hatte Jean so sauber und einladend hergerichtet, wie es ihr die Zeit erlaubt hatte. Jean hatte erst am Vortag erfahren, dass ihre Mutter entlassen würde, und seitdem versucht, die vernachlässigten Haushaltspflichten der letzten Zeit aufzuholen.

Zur Begrüßung hatte sie Fischauflauf mit Kartoffeln aus Howards Garten gekocht und zum Nachtisch ein *Queen of Puddings*, für das sie verwegenerweise ein halbes Glas von Mrs Melsoms Himbeermarmelade verwendet hatte.

Sie hatte in Erwägung gezogen, im hinteren Zimmer ein Tagesbett mit Blick auf den Garten einzurichten, um ihrer Mutter die Treppe zu ersparen, aber es war ein kalter Raum, dessen Kamin mit seinem ungefegten Abzug nie benutzt wurde. Der Garten war im späten November sowieso kein besonders schöner Anblick, also hatte sie sich dagegen entschieden.

Sie standen im Flur, Jeans Mutter atemlos von ihrer Reise vom Bordstein ins Haus.

»*Home, sweet home*«, keuchte sie und erstarrte, als ihr Blick auf den neuen blauen Teppich im Wohnzimmer fiel, der durch die offene Tür erkennbar war. »Was ist das denn?«

Sie näherte sich ihm vorsichtig, als müsste sie Mut fassen, um einen Zeh in seine eisigen Tiefen zu stippen.

»Oh, den habe ich gekauft. Ich finde ihn ziemlich schön.«

»Was stimmte mit dem alten nicht?«

»Abgesehen von den Brandflecken und den kahlen Stellen? Nicht viel.«

Ihre Mutter ruckte nur mit dem Kopf, um anzuzeigen, dass der Sarkasmus zur Kenntnis genommen wurde, aber keinen Zuspruch fand.

»Er ist sehr hell.«

»Das liegt daran, dass alles andere drum herum so alt und trist ist.«

»*Ring out the old, ring in the new*«, seufzte sie. »Ich sehe, du hast auch die Möbel verrückt. Ich weiß gar nicht mehr, wo ich bin.«

»Ich wollte, dass es hier für deine Rückkehr hübsch aussieht«, sagte Jean und glaubte in ihrer Entrüstung beinahe selbst, dass das der Hauptgrund für die Veränderungen gewesen war.

»Ich nehme nicht an, dass ich viel Zeit hier unten verbringen werde«, kam die Antwort. »Ich bin immer noch unsicher auf den Beinen, seit ich gestürzt bin. Ich glaube, dabei hat sich etwas ausgerenkt.«

Jean atmete tief durch und griff auf ihre Geduldreserven zurück, die in den Wochen zuvor nicht gebraucht worden waren.

»Natürlich, du musst tun, was für dich das Angenehmste ist. Aber es wäre besser für deine Laune, wenn du auf den Beinen wärst.«

Sie fragte sich, ob ihre Mutter in ihrer bruchstückhaften Erinnerung auch die scharfen Worte vergessen hatte, die sie beim letzten Mal gewechselt hatten, als sie zusammen im Haus gewesen waren. Sie hoffte nicht, denn früher oder später würde sie das Reizthema Howard wieder ansprechen müssen, da es undenkbar war, ihre Beziehung unter dem wachsamen Auge ihrer Mutter geheim halten zu können. Und noch undenkbarer schien ihr jetzt, da ihre Mutter eine umso entschlossenere Invalidin geworden war, dass sie sich die nötige Freiheit würde erkämpfen können, ihn zu sehen, ganz zu schweigen davon, die Nacht mit ihm zu verbringen. Die Reaktion auf den neuen blauen Teppich – ein Hinweis auf die Art und Weise, wie sie auf Veränderungen reagieren würde – war nicht gerade ermutigend.

Nach einem zermürbenden Aufstieg über die Treppe, die auf halber Höhe eine Rast erforderte, die sich anfühlte, als könnte sie womöglich nie enden, ließ sich ihre Mutter schließlich ins Bett helfen.

Jean hatte versucht, den klammen Geruch im Raum mit dem Einschalten des Heizstrahlers zu vertreiben, der nur in Ausnahmefällen benutzt wurde, weil dies sowohl gefährlich als auch teuer war. Das Kabel war ausgefranst, die blanken Drähte schauten heraus, und der Stecker schepperte in der Dose. Er sonderte einen starken Geruch nach verkohlten Staubflusen ab, die sich in das Heizelement gebrannt hatten, und dieser musste dann mit einem Spritzer *Yardley's Lily of the Valley* überdeckt werden. Die Mischung war nicht besonders vertrauenerweckend und löste bei ihrer Mutter einen Niesanfall aus, nach dem sie geschwächt um frische Luft bat.

Wenigstens war sie nun versorgt und hatte eine Tasse Tee, ein paar Zeitschriften und ihre verschriebenen Schmerzmittel in Reichweite, und erst jetzt schien sie Jean als Individuum mit eigener Existenzberechtigung zu bemerken.

»Was hast du überhaupt die ganze Zeit allein mit dir angefangen?«, erkundigte sie sich.

Ich habe die Nächte direkt vor der Nase der Nachbarn mit meinem verheirateten Liebhaber verbracht und das Haus leer stehen und die Milch auf der Schwelle sauer werden lassen.

Morgen, wenn ihre Mutter sich wieder richtig eingelebt hätte, gälte es vielleicht ein schwieriges Gespräch zu führen, aber nicht heute.

»Ich habe die Bohnen abgeerntet und Dorrie geschrieben. Und ein paar neue Handtücher fürs Badezimmer gekauft. Nichts Außergewöhnliches.«

34

Den Anruf bei Gretchen musste sie machen, aber Jean schob ihn immer weiter vor sich her und fand originelle Ausreden, ihn zu vertagen, bis irgendeine andere, weniger schwere Aufgabe erledigt war. Solange ein Treffen zu vermeiden war, hatte sie keine Mühe, ihr schlechtes Gewissen wegen Howard zu ignorieren; von Angesicht zu Angesicht würde sie früher oder später auf Lügen zurückgreifen müssen oder auf Ausflüchte, ein Verhalten, das sie verabscheute.

Das war nicht der einzige Grund für ihr Unbehagen. Seit ihrem Gespräch mit Kitty Benteen hatte Jean das düstere Gefühl, dass etwas ganz und gar nicht Heiliges in St. Cecilia vor sich gegangen war. Bis sie den Beweis dafür hatte, konnte keine Rede davon sein, ihren Verdacht offenzulegen, aber diese Sache würde wie ein böswilliger Geist zwischen ihnen stehen und wäre ein weiteres Hindernis in Sachen Ehrlichkeit.

Schließlich war es Gretchen, die sie anrief und fragte, ob sie sich so schnell wie möglich treffen könnten. Sie klang aufgeregt am Telefon, ihr fremder Akzent war plötzlich sehr deutlich zu hören.

»Ich kann morgen kommen, wenn du möchtest«, bot Jean an.

Jetzt, wo die Initiative ergriffen war, gab es keinen Grund für weitere Aufschübe mehr. Es war ein Arbeitstag, andererseits war das Arbeit, und sie hatte immer noch keine Lösung für das Problem gefunden, dass sie ihre Mutter außerhalb dieser Zeiten nicht allein lassen konnte.

»Nein, es muss Mittwoch oder Freitag sein, denn da gibt Martha Unterricht. Dann haben wir die Wohnung für uns.«

Jean verkniff sich die Frage, warum Marthas Abwesenheit eine Vorbedingung für ihr Treffen war, und bemerkte ihre eigene Erleichterung. Seit sie von deren halbgaren Bemühungen gehört hatte, Margaret in ihrem Haushalt willkommen zu heißen, hatte Jean eine gewisse Feindseligkeit gegenüber Martha ausgebrütet und nicht den Wunsch, dieses Gefühl durch eine weitere stachelige Begegnung auf die Probe zu stellen.

»Dürfte ich dich um einen Gefallen bitten?«, fügte Gretchen hinzu, als Tag und Uhrzeit vereinbart waren und sie am Ende ihres Gesprächs ankamen. »Du kannst nein sagen, wenn es ungünstig ist. Ich habe eine Patchworkdecke zu Hause auf meinem Bett gelassen. Könntest du die vielleicht holen und mitbringen? Sie ist rosa und grün.«

»Ja, ich weiß, welche du meinst«, sagte Jean, ohne nachzudenken.

»Ich würde ja Margaret bitten, sie am Samstag mitzubringen, aber sie ist ein bisschen zu unhandlich für sie zu tragen.«

»Natürlich. Ich gehe heute Abend nach der Arbeit dort vorbei und hole sie.«

»Danke. Es wird kalt hier im Keller.«

Später, als sie an diese Unterhaltung zurückdachte, überkam Jean einen Moment lang die reine Panik. Wie hatte Gretchen entgehen können, mit welcher Selbstverständlichkeit sie sich mit der Einrichtung ihres Schlafzimmers vertraut gezeigt hatte? Vielleicht war es eine absichtliche Falle gewesen, in die sie ahnungslos hineingebummelt war. Was doppelte Spiele anging, war sie Amateurin; wenn sie die bevorstehende Begegnung überleben wollte, ohne sich zu verraten, würde sie auf der Hut sein müssen.

Die fehlende Glasscheibe in der Haustür der Luna Street war immer noch nicht repariert, es hatte sich sogar noch ein neuer Bruchschaden dazugesellt, ebenfalls mit Sperrholz vernagelt. Im Gemeinschaftskorridor standen ein Fahrrad, ein Zwillingskinderwagen und ein zum Trocknen aufgespannter Regenschirm. Mäntel blähten sich unter den Garderobenhaken und versperrten fast den Durchgang. Jean beschloss, ihren anzubehalten, als sie sich daran vorbeikämpfte. Es sah aus, als könnte das Gewicht nur eines weiteren das ganze Ding aus der Wand reißen. Es war sowieso bitterkalt.

Gretchen wartete an der Wohnungstür auf sie, sie trug eine Hose aus Wolle, dicke Socken, einen Pullover und einen stoppeligen, handgewebten Überwurf, der aussah wie zwei an den Schultern zusammengenähte Kaminvorleger. Ihre einst glänzenden Haare waren fettig, und sie hatte dunkle Schatten unter den Augen. Wenn das Emanzipation war, sah sie nicht gut an ihr aus.

Sie umarmten sich unbeholfen über der Quiltdecke, die Jean zusammengerollt und mit einer Schnur zusammengebunden bei sich trug. Jede Verlegenheit war nach Gretchens warmherziger Begrüßung vergessen.

»Komm rein, komm rein«, drängte sie. »Ich freue mich so sehr, dich zu sehen. Ich habe Spitzbuben gebacken. Erinnerst du dich daran?«

»Natürlich.« Jean lachte. »So lange ist das nicht her.«

»Es fühlt sich aber so an«, sagte Gretchen plötzlich ernst. Mit ihrer Decke wiedervereint zu sein, die sie vorsichtig entfaltete und die Schnur sorgfältig zusammenlegte, munterte sie aber wieder auf. »Danke, dass du sie mitgebracht hast. Es ist eiskalt hier drin. Wir können uns auf der Couch darin einwickeln.«

Das Atelier hatte sich unter Gretchens Führung nicht sehr verändert. Es wurde immer noch von Staffelei, Leinwänden, Skizzenblöcken, Ölen, Lappen, Marmeladengläsern und verschiedenen zusammengesammelten Gegenständen dominiert, die vielleicht noch ihren Weg in Marthas Gemälde finden würden. In einer Ecke neben Sofa und Couchtisch – dem Wohnbereich – befand sich ein kleines Bündel mit Margarets Habseligkeiten. Die engen Grenzen ihres Reiches, dachte Jean entrüstet.

»Du siehst sehr *chic* aus«, sagte Gretchen, als Jean es wagte, ihren Mantel abzulegen.

Darunter trug sie das marineblaue Etuikleid als Geste der Freundschaft, dazu eine passende Strickjacke und einen roten Seidenschal um den Hals. Von Gretchen konnte man das nicht sagen, ohne der Aufrichtigkeit Gewalt anzutun, deshalb deutete Jean stattdessen auf den Überwurf und sagte: »Der ist interessant. Hast du den selbst gemacht?«

»O nein, das ist einer von Martha. Sie hatte mal einen Webstuhl, bis sie ihn verkaufen musste. Sie trägt ihn zum Malen, weil die Arme darin frei bleiben. Er ist schön warm, auch wenn er schrecklich anzusehen ist, deshalb habe ich ihn mir geborgt. Ich habe so viele von meinen Sachen zu Hause zurückgelassen.«

Vor dem »zu Hause« zögerte sie einen winzigen Moment.

»Vielleicht solltest du irgendwann dort vorbeigehen und sie holen. Ich bin mir sicher, Howard würde es nichts ausmachen. Er hat keine Verwendung dafür.«

»Ach na ja, du weißt schon.« Gretchen schüttelte den Kopf. »Lass uns Tee trinken.«

Sie ging in die Küche, und Jean hörte sie beim lauter anschwellenden Pfeifen des Wasserkessels mit Geschirr klappern. Als sie mit zwei klobigen, getöpferten Tassen und einem Teller Spitzbuben auf einem Tablett wiederkam, bemerkte Jean zum ersten Mal, dass sie sich steif bewegte und dass ihre Handgelenke mit denselben Lederschienen verbunden waren, die auch Martha trug.

»Geht es dir gut?«, fragte sie und sprang auf, um zu helfen. »Du siehst aus, als hättest du Schmerzen.«

»Meine Gelenke sind im Moment ein bisschen empfindlich«, gab sie zu und drehte ihre Hände hin und her. »Ich weiß nicht, warum. Vielleicht ist es die Kälte.« Sie deutete auf einen Fleck an der grünen, marmorierten Tapete, der von der Feuchtigkeit Blasen warf.

»Gibt es keine Möglichkeit, es wärmer zu machen? Ein Petroleumofen oder ...«

»Wir haben ein elektrisches Heizgerät, aber es ist zu teuer, es tagsüber zu benutzen. Wir schalten es abends eine Stunde ein, aber es gibt hier so viele Ritzen und Durchzug, dass die Wärme direkt wieder zum Fenster hinausfliegt.«

Sie saßen jetzt auf der Couch, die Decke über ihre Beine gebreitet, während die Teetassen ihnen die Hände wärmten, und es war fast gemütlich.

»Bist du knapp bei Kasse? Ich bin mir sicher, das würde Howard nicht wollen.«

»Er schickt mir jetzt jede zweite Woche eine Postanweisung. Aber Martha nimmt nicht gern Geld von Howard an. Sie will selbst für mich sorgen.«

Jean sah sich um. Es schien, als hätte sie bereits bevor Gretchen auf der Bildfläche aufgetaucht war, Mühe gehabt, auch nur für sich zu sorgen.

»Sie arbeitet so hart. Sie hat auch noch eine Arbeit am Abend angenommen und gibt Aktzeichenkurse in einer Gemeindehalle in Battersea, aber das macht es nur noch schwieriger, zu malen, wenn sie müde ist und Schmerzen hat. Ich wünschte, ich könnte nähen, um ihr zu helfen, aber hier ist kein Platz für alle meine Sachen.«

»Vielleicht könnt ihr etwas Größeres finden?«

»Ich weiß nicht.« Sie reichte Jean ein Plätzchen. »Die sind gut, oder? Ich kann immer noch kochen!«

»Ich glaube«, sagte Jean, »wir müssen über den *Echo* und unsere Pläne für den Artikel sprechen. Dr. Lloyd-Jones sagte, du seist enttäuscht wegen der Hautverpflanzungen. Das war ein ziemlicher Schlag.«

»Ich verstehe es nicht. Ich bin keine Wissenschaftlerin.« Sie zuckte die Achseln. »Ich habe gesagt, sie könnten noch eine Verpflanzung machen, bis es funktioniert, aber sie wollten nicht. Alles, was es bewiesen hat, ist, dass ihr Test nichts nützt. Jetzt fängt Martha wieder an, an mir zu zweifeln, und ich nehme an, du auch.«

»Gretchen, ich hätte so gern bewiesen, dass du recht hast. Oder eine alternative Erklärung gefunden. Aber keins von beidem konnte ich tun, und ich habe das Gefühl, das war mein Versagen, nicht deins. Wir wollen die Geschichte trotzdem in irgendeiner Form bringen. Als ein unerklärliches Rätsel.«

Unter der Decke fühlte Jean, wie ihre Hand von der Lederschiene umfasst wurde.

»Du bist eine gute Freundin.«

»Dann schicke ich also, wenn du das nächste Mal Margaret hast, einen Fotografen vorbei, der ein paar Fotos machen soll. Kommenden Samstag? Wir wollen natürlich, dass ihr euch so ähnlich wie möglich seht, wenn ihr euch also gleich frisieren und anziehen könntet ...«

»Wir haben nichts, was zusammenpasst.«

»Ach, nichts Aufwendiges; nur eine weiße Bluse, einen dunklen Rock, etwas in der Art. Es ist schade, dass du dir die Haare abgeschnitten hast.«

Gretchen hob die Hand an ihren nackten Hals.

»Ja, wärmer war es vorher auch. Aber ich könnte ja Margarets Haare genauso schneiden.«

»O nein!«, rief Jean entsetzt. »Ihre schönen Locken.« Ihr wurde fast übel beim Gedanken an eine solche Verschandelung. »Und, Gretchen, ich muss dich warnen, wenn dein Name erst im *Echo* auftaucht, ist nicht mehr zu verhindern, dass andere Zeitungen die Geschichte weiterverfolgen. Es könnte sein, dass du es mit unerbetener Berühmtheit zu tun bekommst.«

Gretchen sah ängstlich aus.

»Was meinst du damit?«

»Na ja, deine momentane häusliche Situation ist nicht gerade das, was sie war, als es begann.«

»Aber du wirst doch nicht Marthas Namen erwähnen oder irgendwas, was mit ihr zu tun hat?«

»Nein, *ich* natürlich nicht. Aber andere vielleicht schon.« Als sie Gretchens beunruhigtes Gesicht sah, lenkte sie ein. »Vergiss, was ich gesagt habe. Wahrscheinlich wird gar nichts passieren.«

Draußen im Flur war ein kurzes Krachen zu hören, so dass Gretchen erschrak und etwas Tee auf den Umhang verschüttete. Einen Moment später hörte man Flüche und klappernde Schritte im oberen Stockwerk, dann Türenschlagen.

»Vermutlich nur eine Auseinandersetzung zwischen Dennis und dem Fahrrad«, sagte sie und entspannte sich wieder. »Er kommt zu den unmöglichsten Zeiten betrunken nach Hause und stolpert über alles. Und dann wirft ihn seine Frau raus – wie so oft – und dann, ein paar Tage später, lässt sie ihn wieder rein.« Sie lachte, ein kehliger Laut. »Bis ich herkam, hätte ich nie geglaubt, dass Leute so chaotische Leben führen können.«

»Dieser Ort hier passt eigentlich nicht zu dir, oder, Gretchen?«, fragte Jean sanft.

Gretchen schüttelte den Kopf und starrte auf ihren Schoß. Als sie aufblickte, hatte sie feuchte Augen.

»Jean«, sagte sie und brach in Tränen aus. »Ich habe einen schrecklichen Fehler gemacht.«

»Was meinst du?«, stammelte Jean.

»Du hattest recht. Du hattest die ganze Zeit recht. Ich kann das nicht. Ich kann nicht ohne Margaret leben.«

»Aber hier ist kein Platz für sie. Du musst doch sehen, dass das hier vollkommen ungeeignet ist.«

»Ich weiß, aber ich vermisse sie so, wenn sie nicht da ist. Das Wochenende vergeht so schnell ... Es ist nicht einmal das ganze Wochenende – es ist nur eine Nacht!«

Jean, die genau wusste, wie kurz einem diese Zeitspanne vorkommen konnte, konnte nur ihr Mitgefühl murmeln. Es war nichts zu machen; Margaret hatte ihre Wahl getroffen. Während sie versuchte, es so zu formulieren, dass es nicht zu verletzend klang, verstärkte sich Gretchens Schluchzen.

»Kannst du bitte eines für mich tun, Jean? Dann bitte ich dich nie wieder um einen Gefallen«, flehte sie mit erstickter Stimme.

»Was denn?«

»Sprichst du bitte, bitte mit Howard und bittest ihn, mich zurückzunehmen? Ich weiß, auf dich wird er hören. Ich möchte nur, dass alles wieder so wird wie vorher.«

Auf der marmorierten Tapete zog der Schatten einer Wolke über den Schatten, den das Fenster warf, und der kalte Raum wurde noch kälter.

»Aber ich dachte, Martha sei die Liebe deines Lebens. Was ist passiert?«

»Es ist nicht so, wie ich es mir vorgestellt hatte. Es ist nicht so wie damals im Krankenhaus.«

Gretchen zog ein Taschentuch aus ihrer Hosentasche und rieb damit ihre Augenwinkel.

»Natürlich ist es das nicht«, rief Jean. »Du warst damals noch ein Mädchen!«

»Martha versucht, nett zu sein. Sie liebt mich, das weiß ich, aber sie hat solche Schmerzen, das macht sie unbeherrscht. Und sie hasst das Unterrichten, aber sie kann es nicht aufgeben, weil dann kein Geld da wäre. Und sie wird so eifersüchtig.«

»Auf wen?«

»Nicht einmal auf echte Menschen – jedenfalls keine Menschen, die wir kennen. Wir sehen nie andere Menschen! Wenn ich ein Buch lese, ist sie eifersüchtig auf Carson McCullers oder Rosamond Lehmann. Und wenn ich Musik höre, ist sie eifersüchtig auf Schubert.«

»So, wie du es darstellst, klingt sie ziemlich verrückt.«

»Sie gibt es sogar zu. Sie sagt, sie ist eifersüchtig auf die Handschuhe, die ich trage. Aber das wäre nicht schlimm, wenn sie nur Margaret ein bisschen lieber mögen würde.«

»Und Margaret spürt es.«

»Ja, natürlich. Sie reißen mich zwischen sich auseinander. Aber Martha versteht nicht, wie schmerzhaft das ist, denn sie ist keine Mutter.«

»Aber du musst doch gewusst haben, dass es Margaret unglücklich machen würde. Ich habe versucht, es dir zu sagen.« Sie musste dem Drang widerstehen, zu sagen: »Es ist zu spät. Er will dich nicht mehr.«

»Ich dachte, Liebe könne alles überwinden.«

»Dann bist du eine Närrin«, sagte Jean.

Und du auch, tadelte sie diese strenge innere Stimme, die Pflicht, in ihren grauen Röcken und robusten Schuhen. Hatte sie nicht die letzten Wochen ziemlich genau dasselbe gehofft und geträumt?

»Ich kann nicht hierbleiben. Ich möchte nur nach Hause.«

Jean spürte einen Druck auf der Brust, als hätte man aus großer Höhe etwas Schweres darauf geworfen. Das Blut rauschte in ihren Ohren.

»Es ist leicht gesagt, dass du möchtest, dass alles wieder so ist wie vorher. Aber es ist, wie einen Kuchen wieder in seine Zutaten zurückverwandeln zu wollen. Nicht alles ist rückgängig zu machen.«

»Könnte man nicht sagen, es ist, wie eine zerrissene Bluse zu flicken – sie ist vielleicht nicht mehr genau wie vorher, aber es ist immer noch eine Bluse.«

»Wenn es widernatürlich für dich ist, etwas für Männer zu empfinden, wie soll das dann jemals funktionieren – mit euch beiden?«

Jean musste ihre Worte behutsam wählen, ohne zu verraten, was Howard ihr über die Jahre seines unfreiwilligen Zölibats anvertraut hatte.

»Ich möchte ihm eine richtige Ehefrau sein. Margaret zuliebe. Ich werde alles tun, was nötig ist. Hast du mir das nicht gesagt, als du das erste Mal hier warst, um mich zu überzeugen, nach Hause zu kommen? Dass Margaret das Wichtigste ist? Das hast du gesagt.«

»Ja ...«

»Wir waren glücklicher als viele verheiratete Paare. Und wir können es wieder sein. Ich werde eine gute Ehefrau sein, wie ich es anfangs war. Wenn du ihm einfach sagen könntest, wie unglücklich ich bin und dass ich ihn um Vergebung bitte. Ich weiß, er würde mir vergeben, wenn er sehen könnte, wie leid es mir tut.«

»Gut möglich. Aber wäre es nicht besser, wenn es von dir selbst käme? Ich kann nicht als Vermittlerin fungieren.«

Die Vorstellung, ihren eigenen Herzschmerz zu planen, schien Jean wie ein von einer besonders verdorbenen Gottheit erdachter Streich.

»Nein, natürlich sage ich ihm das alles auch direkt, wenn er mich lässt. Aber ich kann nicht einfach dort auftauchen, wenn ich nicht weiß, ob er mir die Tür vor der Nase zuschlagen würde. Wenn ich ihm sagen könnte, wie sehr ich es bereue, ihn verlassen zu haben, und wie unglücklich ich ohne ihn bin, dann bin ich sicher, er wird einwilligen, mich zu sehen. Er ist so ein guter Mann.«

Ja, das ist er, dachte Jean. Es kostete sie fast gar keine Mühe, sich die Versöhnungsszene auszumalen. Die Alternative – Howard kühl und abweisend der ehrlichen, tränenreichen Reue seiner Frau gegenüber – war viel schwerer vorzustellen. Was natürlich auch schwer in der Waagschale wog, war Margaret, deren Glück vollkommen wiederhergestellt und wunderschön mit anzusehen wäre.

»Also gut.« Ihre Stimme klang sogar in ihren eigenen Ohren erstickt. »Natürlich sage ich es ihm. Ich kann nicht versprechen, dass es heute oder morgen sein wird. Bei der Arbeit ist sehr viel los und … und meine Mutter ist gerade erst aus dem Krankenhaus gekommen.«

»Oh, das tut mir so leid. Deine arme Mutter.« Jetzt, wo Gretchen ihr Ziel erreicht hatte, war sie nur zu bereit, das empfangene Mitgefühl zurückzugeben. »Das verstehe ich. Ich weiß, es ist nicht immer leicht, Howard im Laden zu erreichen.«

»So ein Gespräch kann ich nicht am Bürotelefon führen. Ich werde den richtigen Zeitpunkt wählen müssen.«

»Natürlich. Vielen, vielen Dank. Und falls du etwas erfährst, könntest du dann bitte nur an einem Mittwoch oder Freitag anrufen?«

»Während Martha bei der Arbeit ist.«

»Ja, bitte.«

In all der Zeit hatte Jean kaum einen Gedanken an Martha verschwendet, ein weiteres Opfer dieser ganzen elenden Geschichte, auf deren Gefühlen genauso herumgetrampelt werden würde.

»Bleibst du zum Mittagessen?«, fragte Gretchen, als die Uhr im Flur dumpf eins schlug. »Es ist nur Gerstensuppe.«

Jean erriet sofort, dass das eine reine Höflichkeitsfrage war, ein Verdacht, der sich durch Gretchens offensichtliche Erleichterung bei ihrer Absage bestätigte. Vielleicht war die Suppe sorgfältig rationiert, und jeder Schwund würde bemerkt. So oder so fiel es ihr nicht schwer, abzulehnen – bei Gerste zogen selbst die Swinneys die Grenze.

»Ich muss wieder zur Arbeit. Ich muss mir Gedanken machen, wie ich deine Geschichte schreibe.«

Jean warf die Decke ab und stand auf, sie spürte, wie die kalte Luft nach ihren Beinen tastete.

»Es ist lustig«, sagte Gretchen. »Jetzt kommt mir das kaum noch wichtig vor. Ich bin einem Beweis nachgejagt, obwohl die einzigen beiden Menschen, deren Meinung wirklich zählte – Mutter und Howard – mir sowieso schon die ganze Zeit geglaubt haben.« Sie lachte bitter auf.

»Ich habe ganz vergessen, dir das zu erzählen – ich habe neulich einen Brief von Brenda bekommen«, fiel Jean an der Tür wieder ein. »Aus Südafrika. Sie lässt dich herzlich grüßen.« Sie traute sich nicht recht, auch Kitty zu erwähnen.

Gretchens Gesicht leuchtete auf. »Die liebe Brenda. Wir waren so gemein zu ihr. Ganz ohne Grund.« Sie sah ihr Spiegelbild in dem trüben Flurspiegel, spähte an den blinden Flecken im Silberbelag vorbei und verzog das Gesicht. »Ich sehe zum Fürchten aus. Wir haben seit Tagen kein heißes Wasser, um mir die Haare zu waschen. Ich werde mich hübsch machen müssen, bevor ich Howard besuchen gehe, sonst wird er sich fragen, was er je in mir gesehen hat.«

35

In einem außergewöhnlichen Fall, der die Wissenschaft beschäftigt, behauptet eine Frau aus Kent, im Jahr 1947 ein Kind geboren zu haben, obwohl sie noch Jungfrau war. Die in der Schweiz geborene Gretchen Tilbury, neunundzwanzig, aus Sidcup, wurde in den vier Monaten von Juni bis September 1946, als sie ihre Tochter Margaret empfing, im Pflege- und Genesungsheim St. Cecilia in Broadstairs stationär behandelt.

Während dieser Zeit war sie mit akutem Gelenkrheumatismus ans Bett gefesselt und teilte sich ein Krankenzimmer mit drei anderen jungen Frauen. Die Patientinnen wurden von Krankenschwestern und Oberschwestern betreut. Von diesen wurden mehrere befragt und bestätigten Mrs Tilburys Angaben.

Als die achtzehnjährige Gretchen Edel, wie sie damals hieß, im November 1946 mit Übelkeit, Müdigkeit und schmerzenden Brüsten ihren Arzt aufsuchte, dachte sie, sie müsse an einem Virus leiden. Sie war verblüfft, als der untersuchende Arzt ihr mitteilte, sie erwarte ein Kind.

»Ich hatte noch nicht einmal einen Mann geküsst«, erzählte sie mir bei Tee und Kuchen in ihrem makellosen Vorstadtempfangszimmer. »Ich dachte, sie werden bald merken, dass sie einem Irrtum aufsitzen.« Doch als die Wochen vergingen und die Schwangerschaft sichtbar wurde, war klar, es gab keinen Irrtum.

Mit der Unterstützung ihrer Mutter, die nie an der Geschichte ihrer Tochter zweifelte, entschied Gretchen, ihre kleine Tochter zu behalten und nicht zur Adoption freizugeben. Margaret wurde am 30. April geboren – ein dunkelhaariges, blauäugiges Ebenbild ihrer Mutter …

Jean hörte auf zu tippen, als das Telefon auf ihrem Schreibtisch klingelte. An dem fast unhörbaren Atemholen, bevor er sprach, konnte sie erkennen, dass es Howard war.

»Hallo«, krächzte sie mit vom Rauchen rauer Kehle.

Vor ihr quoll der Aschenbecher von den Beweisen ihrer Unruhe über. Sie hatte dieses Gespräch aufgeschoben, aber sie konnte ihm nichts vormachen.

»Kannst du weg?«, fragte er. »Ich habe Neuigkeiten.«

Am festen Ton seiner Stimme konnte sie nicht sicher ablesen, ob sie sich Sorgen machen musste oder nicht.

»Und ich habe auch welche«, sagte sie, so fröhlich sie konnte.

»Oh? Gut oder schlecht?«

»Na ja, das kommt ziemlich drauf an.«

»Ich bin draußen.«

»Also gut. Ich bin unterwegs.«

»Ich liebe dich.«

»Ja.«

Sie überquerten die Eisenbahnlinie nach Willett's Wood und folgten dem Weg zwischen den Bäumen hindurch. Im Lauf der Jahre war Jean oft hierhergekommen, um ihr Mittagessen zu essen oder den Kopf von dem Mief im Büro freizubekommen.

Innerhalb weniger Minuten hörten sie keine Autos mehr und auch sonst kein von Menschen gemachtes Geräusch, abgesehen von ihren eigenen Schritten. Es war ein schöner, kalter Tag. Ein paar hartnäckige Blätter klammerten sich an die kahlen Äste, rote Fetzen vor dem blauen Himmel. Raureif hatte die Schlammfurchen silbern verkrustet; Eispfützen knackten unter ihren Füßen.

»Also, sag mir«, sagte Jean, verschränkte ihre Hand mit seiner und spürte seinen erwidernden Griff.

»Ich muss morgen zu Tante Edie«, sagte er. »Um ihr beim Umzug zu helfen. Kommst du mit? Wir könnten in einem der leeren Zimmer übernachten.«

»Ich kann nicht. Mutter ist aus dem Krankenhaus zurück und immer noch sehr wacklig. Ich kann sie nicht über Nacht allein lassen.«

»Oh. Na ja, das ist eine gute Nachricht von deiner Mutter. Für uns allerdings betrüblich. Wie soll ich das Wochenende ohne dich überleben?«

»Mit deinem üblichen Gleichmut, denke ich. Wo zieht Tante Edie hin? Sie zieht doch nicht bei diesem Wally ein?«

Sie stolperte über eine Baumwurzel und spürte, wie er den Arm spannte, um sie zu stützen.

»Nein, sie hat ein Hotel in Maidstone aufgetan, das Angebote für Langzeitbewohner hat. Sie scheinen schon ein paar von ihrer Sorte zu haben.«

»Ist sie eine Sorte?«

»Du weißt schon – gebildete Damen mit bescheidenen Mitteln.«

»Gute Güte, was für eine Titulierung. Ich dachte, sie sei entschlossen, in ihrem Haus zu bleiben und in einem Kugelhagel abzutreten.«

»Ich schätze, das war eine Übertreibung, zum Glück! Die Aussicht auf einen weiteren Winter im Haus war wohl zu entmutigend. Es ist furchtbar schwer warmzuhalten und es gibt kein heißes Wasser.«

»Was passiert mit all ihren Sachen?«

»Sie kann ein bisschen was davon mitnehmen. Der Rest geht ans Auktionshaus oder zum Trödel. Die Sache ist die, sie will das Haus verkaufen und mir den Erlös geben.«

»Das ist sehr großzügig. Bist du ihr einziger Neffe?«

»Ja – sie sagte, es ginge irgendwann sowieso alles an mich, also könnte ich es genauso gut auch gleich haben, damit ich zu einem finanziellen Ausgleich mit Gretchen kommen kann.«

Ein lautes Knacken von Zweigen war zu hören, und ein Hund brach aus dem Unterholz und sprang auf sie zu. Es war ein großer, muskulöser Setter, braun und glänzend wie eine Rosskastanie.

»Was für eine Schönheit«, sagte Howard, als der Hund an ihm hochsprang und ihm seine Vorderpfoten an die Brust setzte, wobei er matschige Abdrücke auf seinem Tweedjackett hinterließ.

Er streichelte ihm Kopf und Ohren, bevor er sich sanft von ihm befreite. Der Hund wirbelte herum und tauchte wieder im Unterholz ab. Howard lachte und klopfte sich ab.

»Mir gefällt der Gedanke nicht, dass Gretchen in dieser Wohnung lebt. Ich habe sie nicht selbst von innen gesehen, aber was ich so von Margaret höre, könnte man meinen, es sei eine Bruchbude.«

»Es ist sicherlich nicht das, was man gemütlich nennen kann.«

»Also, das ist meine gute Neuigkeit. Gut für alle. Ich kann Gretchen an einem bequemeren Ort unterbringen und muss nicht aus der Burdett Road ausziehen.«

»Tante Edie ist sehr aufmerksam«, sagte Jean, ohne ihm richtig in die Augen zu schauen.

Er nahm die fehlende Wärme in ihrem Tonfall wahr und drehte sich zu ihr, legte ihr die Hände auf die Schultern und sah ihr aufmerksam ins bekümmerte Gesicht.

»Was ist los? Habe ich dich mit etwas verärgert?«

»Überhaupt nicht.« Jean versuchte zu lachen, aber es kam als Schluchzen heraus, das sie schnell wieder schlucken musste. »Du hast mich nicht gefragt, was meine Neuigkeit ist.«

»Mein Gott, es tut mir leid.« Er zog sie an sich und hielt sie fest; sie spürte, wie ihr Ohr an seinem rieb. »Geht es um deine Mutter?«

»Nein, nein, das ist es nicht.« Sie holte tief Luft. Es musste sein: »Ich habe am Mittwoch Gretchen besucht. Sie möchte zu dir zurückkommen. Ihr ist klar geworden, dass sie einen schrecklichen Fehler gemacht hat.«

Jean löste ihren Griff ein klein wenig, aber Howard nicht.

»Das hat sie gesagt?«

»Ja, und noch viel mehr. Sie war völlig aufgelöst – hat mich angefleht, dich zu überreden, sie zurückzunehmen. Du kannst dir natürlich vorstellen, wie ich mich dabei gefühlt habe.«

»Oh, Jean, es tut mir so leid. Ich weiß nicht, was ich sagen soll.«

»Nein. Das glaube ich dir. Es ist ziemlich unangenehm, oder?« Ihre Stimme war selbstbeherrscht klar.

»Ich dachte, diese Martha sei die große Liebe ihres Lebens. Was ist passiert?«

»Anscheinend ist es nicht ganz so paradiesisch, wie sie es sich vorgestellt hat. Und es reicht nicht, um den Verlust von Margaret wettzumachen.«

»Ah, also vermisst sie Margaret. Nicht die Ehe.«

Sie hatten sich jetzt voneinander gelöst und waren weitergegangen, eine kleine Lücke – vielleicht zehn Zentimeter – zwischen ihren baumelnden Händen. Jean fühlte es als eine Kluft zwischen ihnen, aber sie hatte nicht den Mut, hinüberzugreifen. Sollte er doch zu ihr kommen, wenn er wollte.

»Sie will, dass ihr wieder eine Familie seid«, sagte Jean. »Und eine ›richtige Ehefrau‹ sein – ihre Worte.«

Es war geradezu körperlich schmerzhaft, Gretchens Sache zu vertreten, aber sie war entschlossen, nichts zurückzuhalten oder zu ihrem Vorteil zu verdrehen.

»Wie kann das sein?«, rief Howard aus. »Wir wissen beide, dass es gegen ihre Natur ist.«

»Das sollte besser sie dir erklären. Du kannst kaum von mir erwarten, dass ich ...«

»Ich denke, ich muss sie sehen.«

»Ja.«

»Ach, verdammt. Was für ein Durcheinander.«

Er klopfte verzweifelt seine Taschen ab, bis Jean ihm zu Hilfe kam und ihm eine ihrer eigenen Zigaretten anbot. Er saugte daran, als würde er lieber rauchen als atmen. Jean konnte seine Not spüren, in eine Lage gebracht zu werden, die ihn zwang, jemanden zu enttäuschen.

Sie hatte halb gehofft, er werde Gretchens Bitten ohne Zögern ablehnen und Jean zu seiner einzigen Liebe erklären, aber das war ein Hirngespinst. Howard war der unpathetischste aller Männer. Er würde das Richtige tun, nüchtern und großherzig. Trotzdem ließ die Tatsache, dass er ihr kein einziges Wort der Vergewisserung sagte, ihren Mut zusammenschrumpfen.

Schweigend gingen sie weiter, ihre Gedanken rasten auf verschiedenen Bahnen dahin. Würde er ihr nur irgendein Wort des Trostes aussprechen, an das sie sich klammern könnte, würde sie tapfer sein können, das wusste sie.

»Gretchen sagte, du kannst nur mittwochs oder freitags anrufen, wenn Martha bei der Arbeit ist«, fiel Jean wieder ein.

»Du liebe Zeit! Ich verstehe nicht, warum ich mich an all diesen Täuschungsmanövern beteiligen soll, nur um mit meiner eigenen Frau zu sprechen!«

Howard schleuderte seine aufgerauchte Zigarette in die Büsche, überlegte sich es dann anders und ging sie aufheben. Selbst in der äußersten Not konnte er nichts Unwürdiges tun.

»Es kommt darauf an, wie du dich entscheidest. Falls du vorhast, sie zurückzunehmen und es noch einmal mit ihr zu versuchen, ist es wohl kaum von Bedeutung, ob Martha vor den Kopf gestoßen wird oder nicht.«

Er drehte sich überrascht zu ihr um.

»Findest du denn, das sollte ich tun?«

»Was spielt es für eine Rolle, was ich finde?«, antwortete sie und verriet damit mehr Ärger, als sie vorgehabt hatte. »Das hat nichts mit mir zu tun!«

»Aber es betrifft dich auch. Und deine Meinung ist mir wichtig. Ich will niemanden verletzen.«

»Ich bin nicht dein Gewissen«, sagte sie mit lauter werdender Stimme. »Du willst, dass ich dir die Erlaubnis gebe, mir das Herz zu brechen und zu Gretchen zurückzugehen? Tja, das werde ich nicht tun. Oder vielleicht möchtest du, dass ich dich anflehe, sie und Margaret für mich im Stich zu lassen? Das werde ich auch nicht tun.«

Sie hatte noch nie so wütend zu ihm gesprochen und auch sonst zu niemandem. Die Anstrengung machte sie atemlos. Ihr Gesicht brannte.

»Du hast ganz recht«, erwiderte er, erschrocken über ihren Ausbruch. »Es tut mir leid, Jean. Ich wollte dich nicht verärgern.«

Er zog sie an sich und küsste ihre heißen Wangen und dann ihre Lippen.

Wenn ich um ihn kämpfen würde, könnte ich gewinnen, dachte Jean. Ich weiß, ich könnte es. Aber es wäre Margaret, die ich dabei mit Füßen treten würde.

»Ich muss zurück zur Arbeit«, sagte sie und befreite sich aus seinen Armen. »Vielleicht ist es auch gut so, dass wir uns dieses Wochenende nicht sehen können.«

»Können wir nicht?« Howard klang betroffen.

»Du fährst zu Tante Edie. Und ich kann Mutter nicht über Nacht allein lassen.«

»Ach ja. Verdammt.«

»Wir reden weiter, wenn du darüber nachdenken konntest und wenn du mit Gretchen gesprochen hast, dann kannst du mir sagen, wie du dich entschieden hast. Ich werde kein Theater machen, also keine Sorge.«

Für den Moment hatte sie jetzt ihre Fassung wiedergewonnen und klang wie ihre Vorstellung von einer vernünftigen, rationalen Frau. Sie würde später zusammenbrechen, versprach sie sich, zwischen sieben und halb acht, wenn sie wieder zu Hause war und ihre Haushaltspflichten erledigt hatte.

36

Jeans letzter Besuch in Broadstairs war im Hochsommer gewesen. Heute, an einem nassen Nachmittag im späten November, lag jene Melancholie und Vernachlässigung in der Luft, die Seebädern außerhalb der Saison zu eigen war. Die Fußgängerwege waren ausgestorben, die Eisbuden vernagelt, die Schaufenster mit Kondenswasser beschlagen, das Meer schiefergrau.

Sie fuhr nicht gern im Regen mit dem Fahrrad, deshalb hatte sie es diesmal zu Hause gelassen und ein Taxi vom Bahnhof zum Anselm House, ehemals St. Cecilia, genommen. Die Schule feierte ihr Gründungsjubiläum, und die Jungen hatten den halben Tag frei, deshalb war die Schule ruhig.

»Diesmal können Sie herumspazieren, wie Sie möchten«, sagte Susan Trevor, die den Termin aus diesem Grund so vereinbart hatte. Der Rektor war beim Gedenkgottesdienst für einen ehemaligen Kollegen, ein paar Lehrer spielten im Lehrerzimmer Bridge; die meisten waren früher nach Hause gegangen. »Kommen Sie bei mir vorbei, wenn Sie fertig sind, dann trinken wir eine Tasse Tee.«

Jean war klar, dass Mrs Trevor von der Sorte war, die viel zu sagen hatte und es genoss, ein neues Publikum zu bekommen.

Jean dankte ihr und durchquerte den kleinen Vorraum, am Trophäenschrank und an den Holzplaketten mit den golden gravierten Namen ehemaliger Rektoren, Schulsprecher und Cricket-Kapitäne vorbei. Gemäß dem Grundriss, den Martha gezeichnet hatte, lag der Saal, in dem Gretchen und die anderen Mädchen gelegen hatten, im Erdgeschoss und war jetzt eine Umkleide. An den Wänden rundum befanden sich Drahtspinde, die verschiedene zusammengeknäuelte Sportausrüstungsgegenstände, einzelne Rugby-Stiefel und grasfleckige Schienbeinschützer enthielten. In der Luft lag ein leicht animalischer Geruch nach ungewaschenen Kleidern und ungewaschenen Jungen.

In der Raummitte gab es Bänke und Kleiderhaken. Die Fenster waren hoch und vergittert. Es war ein langer, schmaler Raum, recht geräumig für vier Krankenbetten, dachte Jean; Kitty am einen Ende an der Tür, dann Brenda. Gretchen am anderen Ende, und Marthas Bett eine Handtuchlänge entfernt. Wenn sie die Augen schloss, konnte sie sich in der Stille das heimliche Teilen von Mandarinen sehr gut vorstellen, das Flüstern, wenn das Licht gelöscht war, den zischenden Atem der Eisernen Lunge und die leisen Schritte der Nonnen und, vielleicht, dieses weiteren heimlichen Besuchers.

Neben den Fenstern am Ende des Raums führte ein Durchgang in die Jungendusche. Das musste der Waschraum gewesen sein, den die ans Bett gefesselten Mädchen nie benutzen konnten. Auch hier gab es hohe Fenster, von innen verriegelt, aber nicht vergittert. Nicht der einfachste Einstieg, dachte Jean, aber nicht unmöglich, wenn jemand beweglich war und das Fenster unvorsichtigerweise offen gelassen wurde.

Sie spürte, wie sie ein Schauer überlief, als wäre sie von Geistern umringt, und schüttelte das Gefühl ärgerlich ab. Sie glaubte nicht an das Übernatürliche, und die Mädchen, deren Gegenwart sie sich einbildete, waren auch alle noch munter und lebendig.

Im Büro servierte Susan Trevor Tee aus einer braunen Porzellankanne mit einem gesteppten Wärmer. Vermutlich stand er schon eine Weile, denn er kam karamellfarben und nicht besonders heiß heraus. Jean trank ihn schnell, spürte, wie das Tannin ihre Zähne überzog, während Susan einen Strom indiskreten Geplauders über die Verschrobenheiten von Schulrektoren, die angespannte finanzielle Lage der Schule, den Schwund an Disziplin – hauptsächlich mangelnder Respekt vor Autoritäten, Widerworte, Trotz – und all die anderen Untaten vom Stapel ließ, die das Alter der Jugend ankreidet.

Wäre Susan doch nur Krankenwärterin in St. Cecilia gewesen, dachte Jean. Ihrer unbändigen Neugier wäre nichts entgangen und das Rätsel über Nacht gelöst gewesen. Ihre Gedanken wanderten immer wieder zurück zu diesem langen Raum mit den schlafenden Mädchen, bis sie das geflüsterte Wort »Krebs« hörte, das sie immer aufhorchen ließ, und ihr klar wurde, dass Susan ihr eine Frage gestellt hatte.

»Ich habe mich gefragt, ob Sie mit Alice Halfyard Kontakt hatten?«, wiederholte sie. »Ich habe eben gesagt, anscheinend geht es ihr ziemlich schlecht. Das habe ich von einer Freundin von Mutter gehört, die dieselbe Putzfrau hat.«

»Nein, das wusste ich nicht«, gab Jean zu. »Ich habe sie nur das eine Mal getroffen, letztes Mal, als ich im Sommer hier war. Ich hatte vor, sie heute noch mal zu besuchen.«

»Ich hoffe, es geht ihr gut genug, Sie empfangen zu können. Arme Alice. Sie hatte so ein trauriges Leben – und jetzt das.«

Jetzt, wo sie an ihre erste Begegnung zurückdachte, musste Jean zugeben, ja, sie hatte eine gewisse altjüngferliche Melancholie an Alice bemerkt, aber eine, die sie von sich selbst kannte und deshalb nicht groß weiterverfolgt hatte. Und sie war in jedem Fall ein wenig von diesen abstoßenden Puppen überschattet gewesen.

»Sie hat nicht viel von sich erzählt«, sagte sie. Aber das war keine Entschuldigung; sie hätte fragen müssen. »Warum war es traurig?«

»Ihre Schwester hatte ein außereheliches Kind und starb dann an Bauchfellentzündung, als es noch ziemlich klein war. Alice und ihre Mutter mussten das Kind großziehen.«

Jean nickte. Sie erinnerte sich an das Foto auf dem Fensterbrett, das Alice als ihre Familie beschrieben hatte.

»Sie hat mir ein Foto gezeigt, auf dem sie alle gemeinsam zu sehen sind«, sagte sie. »Mir war nicht klar, dass sie Schwestern waren; Alice sah so viel älter aus.«

»Ich glaube, es lagen fast zwanzig Jahre Altersunterschied zwischen ihnen. Mrs Halfyard war nicht mehr die Jüngste, als sie sie bekam.« Susan senkte die Stimme, obwohl niemand da war, der es hätte belauschen können. »Was der Grund sein könnte, warum das Mädchen ein bisschen speziell war. Man sagt ja, bei älteren Müttern können die Eier verderben.«

»Ach ja?«, sagte Jean, die noch nie etwas Derartiges gehört hatte und der das auch ziemlich egal war.

»O ja«, beharrte Susan. »Das ist allgemein bekannt. Jedenfalls ...« Sie goss sich noch eine zweite, kräftig dunkle Tasse auf die Blätter der alten ein. »Das war erst der Anfang. Das

Kind von Alice’ Schwester, Vicky, war, wie sich herausstellte, auch nicht ganz richtig im Kopf, und das ist noch milde ausgedrückt. Am Ende musste es zu Hause betreut werden – hinter Schloss und Riegel.«

Jean verzog das Gesicht. »Das klingt ein bisschen schaurig.«

Plötzlich regte sich etwas in ihrer Erinnerung – V: *V hat heute wieder im Regen auf mich gewartet. Vollkommen durchnässt wie ein treuer Hund.*

»Und als dann die alte Mrs Halfyard starb, war sonst niemand mehr da, der ihr helfen konnte. Alice hatte es wirklich schwer damit.«

»Ist es nicht ein bisschen paradox, dass Alice ihre Tage damit verbrachte, sich um Kranke zu kümmern, während sie das arme Kind bei sich zu Hause eingesperrt hatte? Hätte man sich nicht in St. Cecilia um sie kümmern können?«

Susan sah einen Moment lang verwirrt aus und lachte dann.

»Oh, Sie meinen Victor? Wir nannten ihn nur zum Spaß Vicky, weil er die Haare so lang trug – wie ein Mädchen.«

37

Der einst gepflegte Garten an der Ecke des Wickfield Drive sah ein wenig vernachlässigt aus, was Befürchtungen in Jean weckte. Unbeschnittene Rosenbüsche hingen welk über der Mauer; der Rasen war knöchelhoch und von Klee und Schafgarbe überwuchert. Zinnkraut hatte die Blumenbeete in Besitz genommen und brach durch Risse im Pflaster.

Ich komme zu spät, dachte sie betroffen, als sie vor der Tür stand und auf das Glockenspiel der Türklingel horchte, das von dem leeren Haus verschluckt wurde. Sie klapperte mit dem Briefkasten und öffnete die Klappe, um in den unbeleuchteten Flur zu spähen, aus dem eine Wolke saurer Arzneimittelluft strömte.

Bei den Nachbarn links und rechts machte niemand auf, aber im Haus gegenüber hatte sie mehr Erfolg. Als sie die Hand ans Gartentor legte, hörte sie lauter werdendes Gebell und ein schweres Donnern, das von einem großen Hund verursacht wurde, der sich von der anderen Seite mit Wucht gegen das Tor warf und damit ein paar Flocken Putz von der Mauer löste. Kurz darauf erschien eine gehetzt aussehende Frau am vorderen Fenster.

»Was wollen Sie?«, formte sie mit den Lippen, während sich der Hund weiterhin gegen das Holztor schmiss.

Jean machte eine Geste zu dem verlassenen Haus hinter ihr.

»Ich suche Miss Halfyard.«

Das Fenster öffnete sich einen Spalt.

»Sie ist im Krankenhaus. Gehören Sie zur Familie?«

»Nein. Ich bin nur eine Freundin. Ich habe ein paarmal versucht anzurufen.«

»Sie ist so lange zu Hause geblieben, wie sie konnte, aber sie haben sie vor vierzehn Tagen mitgenommen.«

Sie beschrieb Jean den Weg, schloss das Fenster und begann, den Hund anzubrüllen. Das Nachbeben verfolgte Jean die Straße entlang.

Das Hospital für unheilbar Kranke stand auf einer Felskuppe und gewährte zumindest dem Personal und den Besuchern einen Blick auf das dunkle, unruhige Meer. Die Patienten, die in den oberen Stockwerken ans Bett gefesselt waren, konnten nur eine schlingernde Wolkenlandschaft sehen.

Alice Halfyard, eine geschrumpftere Version der Frau, die Jean im Sommer kennengelernt hatte, lag in einem Bett mit Metallrahmen, ihre Haut sah ganz gelb aus vor dem Weiß der Laken. Ihre Gliedmaßen waren nur noch Haut und Knochen, aber ihr Bauch bildete unter der Decke eine angeschwollene Kuppel.

Auf einem Rollwagen in der Nähe lagen die Überreste eines Mittagessens: eine grünliche Suppe und ein fahler Pudding, kaum angerührt. Jemand hatte eine Vase mit künstlichen Blumen, ordinäre Dahlien in allen Farben des Malkastens, auf den Nachtschrank gestellt.

Ihre Augen waren geschlossen, aber als Jean näher kam, öffnete sie sie. Sie brauchte eine Weile, um Jean ins Blickfeld nehmen zu können, und dann verzog sie die trockenen Lippen zu einem Lächeln des Wiedererkennens.

»Ich dachte mir schon, dass Sie früher oder später vielleicht wiederkommen.« Sie hob einen dürren Arm und winkte mit den Fingern zu einem freien Stuhl.

Jean war inzwischen an Besuche im Krankenhaus gewöhnt und mit den vielen Gesichtern der Krankheit vertraut, aber dennoch erschrocken über Alice' Verfall. Die üblichen Worte der Erkundigung oder Ermutigung – Wie geht es Ihnen? Sie sehen gut aus – wären vollkommen sinnlos gewesen.

»Es tut mir leid, Sie so vorzufinden«, war das Beste, was ihr zu sagen einfiel.

»Ich bin froh, dass Sie hier sind. Sonst hätte ich Ihnen einen langen Brief schreiben müssen, und ich glaube nicht, dass ich die Energie habe.« Sie sprach mit leiser, sanfter Stimme, kaum mehr als ein Flüstern.

»Kann ich etwas für Sie tun?«, fragte Jean. Sie warf einen Blick auf die ungegessene Mahlzeit. »Möchten Sie, dass ich Sie füttere?«

Alice schüttelte den Kopf. »Ich habe mein Arbeitsleben in Krankenhäusern verbracht, aber das ist mein erstes Mal als Patientin. Das erste und letzte Mal.«

»Was haben Sie?« Jean wusste, sie hatte keine Zeit für Ausflüchte oder falschen Trost.

»Krebs. Leber und jetzt Wirbelsäule.«

»Ist es sehr schmerzhaft?«

Alice nickte fast unmerklich. »Ich habe so viel über Pflege gelernt, seit ich auf der Empfängerseite bin. Zu spät, als dass es mir noch etwas nützen könnte.«

»Ich bin mir sicher, Sie waren trotzdem sehr gut. Ich habe vor einiger Zeit einen Brief von Brenda van Lingen bekommen. Sie schickt ihre besten Wünsche. Und Kitty auch. Sie wohnt gleich um die Ecke von mir, wie sich herausgestellt hat.«

»Kitty? O ja. Wie geht es ihr?«

»Körperlich immer noch sehr eingeschränkt. Aber sie ist eine große Inspiration. Sie studiert mit der Hilfe ihrer Schwester Theologie.«

Alice brachte ein Lächeln zustande. »Ein bemerkenswertes Mädchen.«

»Das fand ich auch.«

»Und jetzt erzählen Sie mir von Gretchens Baby. Was haben die Untersuchungen ergeben?«

»Oh. Nun ja, die Ärzte sind sich selbst nicht ganz einig. Aber die Hautverpflanzung schien darauf hinzudeuten, dass es *kein* Fall von Jungfrauengeburt ist.«

Alice wies auf ein Glas Wasser; es klirrte an ihre Zähne, als Jean versuchte, ihr beim Trinken zu helfen.

»Das ist schade«, sagte sie. »Ich hatte auf ein Wunder gehofft.«

»Ja. Ich glaube, das haben wir alle.«

»Es tut mir leid, dass ich nicht mehr auf Draht war, als Sie mich besuchen kamen. Ich hatte erst kurz zuvor meine Diagnose erhalten, und ich fürchte, ich war von meinen eigenen Sorgen abgelenkt.«

»Das ist sehr verständlich. Ich nehme an, Sie wissen, warum ich hier bin.«

»Ich kann es mir vorstellen.« Alice verzog das Gesicht, als ein plötzlicher Schmerz sie überkam.

»Geht es Ihnen gut genug, dass Sie sprechen können?«, fragte Jean. Ihre Scham darüber, eine sterbende Frau zu belästigen, wurde nur von der Furcht übertrumpft, dass die Antwort Nein lauten und sie unverrichteter Dinge wieder weggeschickt werden könnte.

»Besser wird es mir nicht mehr gehen.«

In ihrem Blick lag immer noch die alte scharfsinnige Intelligenz, als sie Jean ansah.

»Ich wollte Sie nach Victor fragen.«

»Wie haben Sie es herausgefunden?« Alice' Stimme war ein Flüstern.

»Ich habe die Anmerkungen zu V in Ihrem Tagebuch gelesen, aber keine der Patientinnen oder Schwestern hatte einen Namen erwähnt, der mit V anfing, und das machte mich stutzig.«

»Ich erinnere mich gar nicht, dass ich etwas von Vicky in mein Tagebuch geschrieben habe«, sagte Alice kopfschüttelnd. »Ich dachte, es seien nur Krankenhausangelegenheiten gewesen.«

»Es gab auch keine Eintragungen über ihn in dem Zeitraum, als Gretchen Patientin war«, sagte Jean. »Weshalb ich nicht sofort darauf gestoßen bin. Dann erzählte mir Kitty, als ich neulich bei ihr war, eines Nachts in St. Cecilia hätte sie ein Engel besucht. Das hat mich natürlich sehr misstrauisch gemacht.« Sie bemerkte, dass sie selbst ebenfalls flüsterte.

»Das wusste ich nicht. Sie hat nie etwas davon gesagt.«

»Sie war von einer der Nonnen in ihrem Glauben bestätigt worden, aber ich vermute, sie hat es damals sonst niemandem gegenüber erwähnt. Und dann hat mir Susan Trevor heute Morgen erzählt, Sie hätten einen Neffen namens Victor, und etwas, was sie über seine langen Haare sagte, ließ mich an Kittys Engel denken.«

Alice schloss die Augen, und eine Träne zitterte in ihrem Augenwinkel.

»Er war der Junge meiner Schwester. Sie war ein wildes Mädchen – immer in Schwierigkeiten. Sie wollte uns nicht sagen, wer der Vater war, falls sie es überhaupt wusste. Aber sie wollte das Baby nicht aufgeben; ihr war egal, was die Leute dachten. Und das Kuriose ist, dass die Mutterschaft sie zur Vernunft brachte.

Und dann bekam sie eine Bauchfellentzündung und starb, als er vier war, und wir haben ihn selbst großgezogen – meine Mutter und ich. Er war so ein schöner Junge – ich habe ein Bild von ihm in meiner Geldbörse –, alle mochten ihn. Aber als er in die Pubertät kam, begann er, sich zu verändern – genau wie meine Schwester damals. Er wurde ziemlich verschlossen und fing an, Stimmen zu hören.«

Bei der Erwähnung von Stimmen wurde Jean sehr still, die Luft blieb ihr in der Kehle stecken.

»Er hatte diese schrecklichen Wutanfälle. Es waren die Stimmen, die ihn quälten. Wir konnten ihn nicht in der Schule lassen; sie wollten ihn dort nicht. Also haben wir ihn zu Hause eingeschlossen. Der Arzt hat ihm Tabletten gegeben, um ihn ruhig zu halten, aber davon ging er auf wie ein Ballon.«

Jean atmete lange aus.

»Er lief ständig weg und brachte sich schrecklich in die Bredouille. Er tauchte voller Schnitte und blauer Flecken wieder auf und hatte keine Ahnung, wo er gewesen war. Es war so furchtbar. Das können Sie sich nicht vorstellen.«

Die Tränen flossen jetzt freier, und sie sprach undeutlicher. Jean musste sich vorbeugen, um jedes Wort zu verstehen.

»Wir mussten die Tür abschließen, sonst wäre er davongelaufen. Er war kein Gefangener«, fügte sie hinzu, als sie

Jeans Gesichtsausdruck sah. »Es war nur zu seiner Sicherheit. Wenn er irgendwohin wollte, brachten Mutter oder ich ihn hin. Aber es gab einen Tag, als ich gerade meine Schicht beendet hatte und herauskam, da saß er draußen auf der Mauer. Er musste entkommen und mir gefolgt sein.« Sie zupfte ein zerknülltes Taschentuch aus den Falten ihrer Bettwäsche und hob es an die Augen.

»Halten Sie es für möglich, dass er …« Jean suchte nach einer Formulierung, die nicht zu verletzend war, »der Vater von Gretchens Kind sein könnte?«

»Als Sie damals bei mir waren und mir von Gretchen und dem Baby erzählt haben, war das so ein Schock, dass mir der Gedanke an Vicky nicht einmal gekommen ist. Oder vielleicht doch, tief in meinem Inneren, aber zu tief vergraben, um an die Oberfläche zu gelangen. Aber wenn man so krank wird und weiß, man wird sich nicht mehr erholen, kommen alle möglichen Gedanken hoch.«

»Das kann ich mir vorstellen«, sagte Jean.

»Aber Gretchen würde nie …«

»Das meinte ich nicht. Ich denke, sie war bewusstlos. Sie und Martha haben damals Schlafmittel gehortet und sie alle auf einmal genommen.«

»Sie glauben, er hat sich ihr aufgezwungen.«

Alice' Stimme war jetzt kaum mehr hörbar, tränenerstickt.

»Ich habe keinen Beweis. Ich frage Sie, ob Sie es für möglich halten.«

»Sind Sie sicher, dass Sie das wollen?«, fragte sie.

»Was meinen Sie damit?« Jean überkam ein inzwischen sehr vertrautes Gefühl der Vorahnung.

»Wenn Sie es mir erst einmal abgenommen haben, können Sie es nicht zurückgeben.«

»Sprechen Sie weiter.«

Jean unterbrach sich, als eine Pflegerin mit einem Rollwagen hereinkam und das Tablett mit dem kaum angerührten Essen mitnahm. Alice dankte ihr liebenswürdig und sah ihr nach, wie sie von Bett zu Bett ging, bis sie wieder allein waren. Als Alice sich Jean zuwandte, war ihr Gesicht ein Bild der Verzweiflung.

»Ich wünschte, ich könnte Nein sagen. Aber ich kann es nicht.«

Sie streckte ihre altersfleckige Hand über der Decke aus und nahm die von Jean. Ihre Haut war trocken und pergamenten, aber die Nägel, die sich jetzt in Jeans Handfläche bohrten, waren lang und fast unanständig gesund.

»Ich bin einmal mitten in der Nacht aufgewacht, und er stand da, in meinem Zimmer, neben meinem Bett, und beobachtete mich und, Sie wissen schon, spielte an sich herum. Ich tat, als würde ich schlafen. Ich wagte es nicht, ihn damit zu konfrontieren; er war so stark.

Nach ein paar Minuten hörte ich, wie er wieder hinausging, zurück in sein Zimmer, und dann stand ich auf und rückte meinen Nachtschrank vor die Tür und schlief von da an jede Nacht so.«

»Wo ist er jetzt?«

»Er ist vor sechs Jahren gestorben. Es schien ihm besser zu gehen. Ich war da schon im Ruhestand, also haben wir viel gemeinsam unternommen, wenn er sich wohl genug dafür fühlte. Er saß gern am Bahnhof und beobachtete die Züge.

Dann, eines Tages, als ich herunterkam, war er weg. Ich war nachlässig geworden, und er hatte meine Schlüssel aus meiner Handtasche genommen und die Tür aufgesperrt. Er wurde am Bahnübergang von einem Zug erfasst. Es könnte ein Unfall gewesen sein – wir wissen es nicht. Er war erst einundzwanzig.«

»Es tut mir leid. Was für eine traurige Geschichte.«

»Ich habe mich so schuldig gefühlt, weil ich ausgebildete Krankenschwester war und nicht richtig auf ihn aufgepasst habe. Aber es war auch eine Erleichterung – und deshalb habe ich mich dann noch schlechter gefühlt. Mutter war da schon gestorben, und nur ich war übrig. Ich hatte öfter darüber nachgedacht, was um alles in der Welt mit ihm passieren würde, wenn ich nicht mehr wäre. Acht Jahre lang hatte ich keinen einzigen Tag ohne diese Sorge.«

»Ich bin mir sicher, Sie haben alles getan, was Sie konnten.«

»Aber wenn ich daran denke, was er diesem armen Mädchen angetan hat – während sie in meiner Obhut war. Und jetzt gibt es ein Kind, um das man sich sorgen muss. So ein schreckliches, schreckliches Unrecht.«

Jean erwiderte den Druck von Alice' kraftlosem Griff.

»Quälen Sie sich nicht damit, was Gretchen passiert sein könnte oder auch nicht. Wir werden es nie sicher wissen.«

Und doch weiß ich es, dachte sie. Alles, was man ihr erzählt hatte, bestätigte Kittys Geschichte von ihrem seltsamen nächtlichen Besucher. Also kein Engel, sondern ein verwirrter Junge, der an Gretchens Bett stand, während sie ihren Medikamentenschlaf schlief. Sie spürte die Bürde von Alice auf sie übergehen, sie niederdrücken, ihr die Luft aus den Lungen pressen, schwer wie ein erwachsener Mann.

»Na ja, Sie müssen tun, was Sie für richtig halten. Ihm kann jetzt nichts mehr passieren und mir auch nicht mehr lange.«

»Ich bin froh, dass Sie es mir gesagt haben«, sagte Jean.

Es war eine Lüge aus Freundlichkeit. Eine Welle der Sehnsucht nach ihren früheren Ängsten und Nöten überkam sie.

Wie läppisch nahmen sich diese Sorgen jetzt aus. Sie hatte sich auf die Suche nach der Wahrheit gemacht und dabei etwas erfahren, was sie lieber nicht gewusst hätte. Sie würde Margaret nie wieder mit derselben unschuldigen Freude ansehen können, ohne von der Furcht erfasst zu werden, was die Zukunft bringen mochte.

»Würden Sie mir bitte meine Geldbörse geben?«, sagte Alice jetzt und deutete auf den Nachtschrank hinter Jeans Stuhl. »Ich möchte Ihnen etwas zeigen.«

Jean fand die rote Lederbrieftasche unter den wenigen Habseligkeiten und sah zu, wie Alice mit zitternden Fingern eine geknickte Fotografie herauszog. Sie hatte die Größe einer Spielkarte und zeigte einen dunkelhaarigen Jungen von ungefähr sieben Jahren mit einem Cricketschläger. Er stand in einem Garten vor einem Tor, das mit Kreide auf einen Holzzaun gemalt war, im Begriff, einen Wurf zu parieren, eingefangen in einem Moment völliger Versunkenheit. Jean konnte nicht anders, sie musste ihn nach Ähnlichkeiten mit Margaret absuchen, aber das Bild war zu klein, um aussagekräftige Vergleiche ziehen zu können.

»Das ist Vicky, bevor er krank wurde«, sagte Alice. »Er war so ein lieber Junge.«

»Das kann ich erkennen.«

»Versprechen Sie mir, dass Sie ihn nicht für ein Monster halten werden. Er war selbst noch ein Kind. Und was immer er getan hat, hat er getan, weil er krank war, nicht böse.«

»Das tue ich nicht.«

»Was immer er getan haben mag, er war alles, was uns von meiner Schwester geblieben war, und er hat uns alles bedeutet.«

38

Die Glocke läutete, als Jean gerade mit einem Tablett mit dem Abendessen – ein Omelette mit einer Scheibe Dosenschinken –, einem Glas Milch und einem Brief von Dorrie, der an diesem Morgen gekommen war, die Treppe hinaufstieg.

Sie hatte Mrs Melsoms Geschenk, eine kleine Handglocke aus Messing, sehr liebenswürdig gefunden, aber nach ein paar Nächten, in denen sie aufgesprungen war, um ihrer klingelnden Aufforderung nachzukommen, fragte sie sich langsam, ob es nicht ein Racheakt war. Seit ihrer Rückkehr aus dem Krankenhaus schien ihre Mutter Geschmack an einem Leben im Bett gefunden zu haben. Keine Ermunterung, Schmeichelei oder noch so strenge Ermahnung konnte sie wieder nach unten locken. Ihre Beine waren zu schwach, ihr Gleichgewicht zu unsicher, der Sessel zu unbequem. Sie schaffte es gerade, den Flur entlang zum Badezimmer zu schwanken. Treppenstufen waren undenkbar.

»Das sieht gut aus«, sagte sie und schüttete einen Maulwurfshügel Salz auf ihren Teller. »Eier sind nicht zu schlagen«, und dann unterbrach sie sich, weil sie bemerkte, dass sie versehentlich einen Kalauer gemacht hatte, und nicht recht wusste, wie sie damit umgehen sollte.

Jean setzte sich auf den Hocker vor dem Frisiertisch und sah in den Flügelspiegel – zwei unendliche Reihen von Jeans, alle mit demselben gequälten Gesichtsausdruck, wurden in der Ferne immer kleiner.

»Isst du selbst nichts?«

»Nein«, antwortete Jean. »Mir ist ein bisschen übel.«

Sie hatte in den letzten vierundzwanzig Stunden nicht mehr als Toast gegessen, und selbst der hatte nach nichts geschmeckt. Ihr Besuch bei Alice hatte sie all ihrer Energie und ihres Appetits beraubt.

»Soll ich dir heute Abend wieder etwas vorlesen?«

Sie hatte entdeckt, dass man unmöglich denken, grübeln oder sich quälen konnte, während man laut vorlas. Der Haushalt, das Hören von Musik, Lesen oder irgendeine der anderen üblichen Ablenkungen konnten das Getöse in ihrem Kopf nicht zum Schweigen bringen. Sie machten große Fortschritte mit *Der Glocken Schlag*. Natürlich konnte auch das ihre Gedanken nicht ewig aufhalten; sobald sie schwieg, kamen sie zurückgeströmt.

»Ja, bitte.«

»Was hat Dorrie zu berichten?«

Jetzt fehlte ihre Schwester als Vertraute ihr mehr als je zuvor. Es hätte vielleicht geholfen, mit jemandem zu sprechen, der in keiner Beziehung zu den Tilburys stand, der zuhören konnte, ohne zu urteilen. Jeans Erfahrung nach ließen sich die Leute in zwei Lager aufteilen: die Mitfühlenden und die Berater. Dorrie, die selbst zu sehr Hedonistin war, um viel von anderen zu erwarten, war eine Mitfühlende. Sie hörte nur zu und tröstete. Ihre Mutter war entschieden das andere Lager. Ihr eigenes Unglück hatte sie nicht nachgiebiger gegenüber dem Leiden anderer gemacht; eher im Gegenteil.

Ihre Mutter überflog den Luftpostbrief, filetierte ihn auf das hin, was sie als »Neuigkeiten« betrachtete – hauptsächlich Krankheit und Gesundheit und die Fortschritte der Zwillinge. Alles, was ihren Schwiegersohn Kenneth betraf, dem sie die Schuld gab, Dorrie nach Übersee gelockt zu haben, war nicht von Interesse.

»Nicht viel. Es geht nur um diesen neuen Hund. Sie sind alle vernarrt in ihn. Oh, aber hier: Mary hatte die Masern, aber es geht ihr schon wieder gut. Peter hat im Schach einen Pokal gewonnen. Sonst nichts Neues.«

»Soll ich dann vorlesen?« Jean nahm *Der Glocken Schlag* zur Hand.

»Ich esse noch.«

»Macht nichts. Du kannst doch bestimmt gleichzeitig essen und zuhören?«

»Also, dann fang an.«

Nach einer Stunde bat ihre Mutter sie inständig, aufzuhören; sie war schläfrig und wollte nichts als wegnicken. Jean klappte das Buch zu und zog sich zurück, fürchtete sich aber vor ihrer eigenen Gesellschaft. Mit ihren Gedanken allein zu sein war wie eine Gefängniszelle mit einer Verrückten zu teilen – beängstigend und unentrinnbar.

In gewisser Weise war sie wütend auf Alice, weil sie ihr diese Bürde aufgeladen hatte, von der es keine Befreiung gab. Sie konnte Gretchen oder Howard niemals sagen, dass Margaret das Ergebnis einer Vergewaltigung war und ihre Engelsstimmen vielleicht ein erstes Anzeichen von etwas Düsterem und Zerstörerischem. Es wäre sinnlos und grausam und hätte ihnen allen das Leben verdorben. Und sie selbst könnte nie wieder in Margarets unschuldiges Gesicht sehen, ohne dass der Schatten dieses Wissens zwischen ihnen stünde. Sie würde jetzt immer wachsam und ängstlich sein.

Ein weiteres Problem – weniger ernst, aber dennoch eine Belastung – war Roy Drake. Sie konnte weder ihm noch sonst jemandem von Victor erzählen und es gleichzeitig Gretchen verheimlichen. Aber wenn sie es ihm nicht sagte und die Story wie geplant veröffentlichte, täuschte sie damit ihn, den *Echo* und alle ihre Leser. Wie auch immer sie es drehte und wendete, es gab keine Möglichkeit, es richtig zu machen.

Zwei Dinge aber zeichneten sich in aller Klarheit ab: Margaret verdiente jeden Auftrieb, den eine wiedervereinte Familie für sie bedeuten würde – alle anderen Erwägungen wurden daneben weggeblasen wie Strohhalme im Sturm. Die andere Gewissheit: Wenn sie etwas sagte, musste es sofort sein; wenn sie schwieg, musste es für immer sein.

Jean lag auf dem Sofa im Wohnzimmer, und um sie senkte sich die Nacht. Sie war entschlossen, sich nicht von dort wegzurühren, bis sie entschieden hatte, was zu tun war. Die Kohlen im Kamin hatten schon vor Stunden ihre letzte Hitze abgegeben, die Temperatur fiel schnell. Durch die offenen Vorhänge konnte sie einen strahlenden Sichelmond und einen Klecks Sterne sehen. Es lag eine Erhabenheit in der Gleichgültigkeit des Universums, aber seine unermessliche Weite ließ ihre eigene Zwickmühle nicht im Geringsten unbedeutender wirken.

Die Stunden vergingen, gekennzeichnet von dem Surren und Scharren der Uhr im Flur. Um drei stemmte sie sich hoch, steif und ächzend vor Kälte, und nahm ein Blatt Papier und einen Füller aus der Schreibmappe ihrer Mutter im Sekretär.

Zu Hause, drei Uhr nachts

Lieber Howard,
es ist erst ein paar Tage her, seit wir im Wald spazieren waren, aber es kommt mir viel länger vor. Es tut mir leid, dass ich wenig Mitgefühl oder Unterstützung zu bieten hatte, nachdem ich Dich mit Gretchens Neuigkeiten konfrontiert hatte – ich war verstimmt und habe nur an mich selbst gedacht. Inzwischen hatte ich Zeit zum Nachdenken.

Vielleicht hast Du Dir schon überlegt, was Du tun möchtest, aber falls nicht, ist hier meine Sicht der Dinge. Es ist keine Übertreibung, wenn ich sage, dass der letzte Monat mit Dir der glücklichste meines Lebens war. Ich hatte gedacht, ich würde keine Gelegenheit mehr bekommen, die Liebe zu erleben, aber Du hast mir auf die schönstmögliche Art das Gegenteil bewiesen.

Wie Du weißt, war mir immer unwohl beim Gedanken an die Auswirkungen all dessen auf Margaret, aber da Gretchen die Entscheidung schon getroffen hatte, konnte ich einfach von der Situation profitieren, wie sie war – moralisch kein ganz einwandfreies Verhalten, muss ich zugeben. Aber jetzt hat sich die Situation geändert, und wenn es eine Chance gibt, dass Du und Gretchen einen Weg findet, zusammen zu leben und Euch erneut Eurer Ehe zu widmen, wenn Ihr also Margarets Glück an die erste Stelle setzen wollt, dann glaube ich, solltet Ihr das tun. Sie ist die unschuldige Partei in alledem, und ihre Bedürfnisse sollten Vorrang vor allen anderen Erwägungen haben. Das habe ich Gretchen gesagt, als sie Dich damals verließ, und dazu muss ich jetzt stehen.

Es versteht sich von selbst, dass meine Gefühle für Dich dieselben sind wie immer, und das wird sich wahrscheinlich nicht so schnell ändern. Es wäre schön, wenn wir uns trotzdem ab und zu als Freunde treffen könnten, wie früher, als ich anfangs in der Burdett Road zu Besuch war. Aber ich kann mir auch vorstellen, dass das schwierig und schmerzhaft werden könnte, und ich würde es verstehen, wenn Du das nicht möchtest.

Das zu schreiben war jedenfalls nicht leicht, und ich gehe nicht davon aus, dass es leicht zu lesen sein wird, aber so wie ich Dich kenne, weiß ich, Du wirst akzeptieren, dass ich recht habe, und tun, was das Beste für Margaret ist.

In Liebe
Jean

Sie steckte den Brief in einen Umschlag und adressierte ihn an die Bedford Street, für den Fall, dass Gretchen schon wieder zu Hause wohnte. Sie ging auf die Suche nach einer Briefmarke – es war entscheidend, dass sie den Brief jetzt zum Briefkasten brachte, solange sie entschlossen war, und sich keine Chance ließ, schwach zu werden. Dort in einer Schublade des Sekretärs war eine Sammlung ungestempelter Briefmarken, abgerissen von vorherigen Briefen und aufbewahrt, um mit Dampf abgelöst und neu benutzt zu werden. Flüchtige Skrupel über diese Praxis – respektlos gegenüber der Königin und sicher illegal – zerstreute sie mit der Überzeugung, dass die Königin etwas so Einfallsreiches und Sparsames sicher selbst auch tun würde.

Sie zog ihren Mantel an, schlüpfte hinaus und schloss langsam und lautlos die Tür hinter sich. Es waren nur ein paar hundert Meter die Straße entlang bis zum Briefkasten an der Ecke der Hambro Avenue. Sämtliche Häuser waren dunkel und still, die Vorhänge zugezogen. Ihre Schritte auf dem kalten Asphalt tönten in der Stille, als sie die Straße hinunter- und am Gitter zum Park vorbeieilte. Die Bäume hoben sich schwarz vor dem samtenen Himmel ab; sie fühlte sich herrlich allein, die einzige tapfere Überlebende einer Apokalypse.

Eine Sekunde lang zögerte sie, dann stopfte sie den Brief, bestärkt durch ein gewaltiges Aufwallen an Märtyrerinnenfreude, in den Briefkasten. Ein Passant hatte einen rosa Kinder-Wollhandschuh, den irgendjemand bei einem Besuch im Park verloren haben musste, aufgehoben und auf den Gitterzaun gesteckt. Er erwies ihr eine geisterhafte Ehrenbezeugung, als sie vorüberging.

39

»FINDEST DU DIE RELIGIÖSE SYMBOLIK nicht auch ein wenig plump?«

»Ja – und sehr wahrscheinlich blasphemisch.«

Jean und der Bildredakteur Duncan begutachteten in seinem Büro die Kontaktabzüge von Gretchen und Margaret. Der junge Tony hatte eine Reihe lebensnaher Bilder von den beiden zusammen auf dem Sofa in der Luna Street gemacht, wie sie einander ansahen und lachten. Margarets Haare waren nach hinten gesteckt, damit sie ihrer Mutter ähnlicher sah, und auf vielen Bildern war ihr Gesichtsausdruck identisch. Außerdem hatte er ein Foto von Margaret allein inszeniert, das das Kinderbild von Gretchen in ungefähr demselben Alter nachstellte.

Das kleine Mädchen hatte seine Rolle mit Begeisterung gespielt, hatte mit einem Hauch von Schalk den nach oben gerichteten Blick und den wehmütigen Ausdruck seiner Mutter nachgeahmt. Der junge Tony hatte dann selbst übertrieben, indem er Gretchen eine madonnenhafte Pose mit andächtig gesenktem Blick hatte einnehmen lassen und sie so ausgeleuchtet hatte, dass um ihren Kopf herum ein Heiligenschein erzeugt wurde.

»Das können wir sofort wegschmeißen«, sagte Jean. Bei dieser Andeutung göttlichen Eingreifens wurde ihr übel. »Wir wollen nicht behaupten, es sei ein Wunder gewesen. Wir sagen, es ist ein unerklärliches Rätsel.«

»Gibt es noch andere Arten von Rätseln?«, wollte Duncan wissen.

Jean warf ihm einen ungeduldigen Blick zu.

»Es ist ein tolles Foto – und passt gut zur Adventszeit. Ich verstehe nicht, warum du es nicht benutzen willst.«

»Ich habe die Familie kennengelernt. Sie hatten es in letzter Zeit nicht leicht.« Sie wand sich innerlich bei dieser Untertreibung. »Ich will nicht, dass sie zum Faszinosum für religiöse Spinner werden.«

»Falls eine der Überregionalen es aufgreift, hast du das nicht mehr in der Hand.«

»Ja, ich weiß.«

Jean spürte eine vertraute Nervosität in sich aufsteigen. In der Redaktionssitzung der Vorwoche war man übereingekommen, dass es am ersten Freitag im Dezember die Titelstory werden würde – ein großer Erfolg für Jean, aber einer, der ihr keine Freude bereitete. Jetzt befand sie sich in der paradoxen Lage, zu hoffen, der Artikel werde so unbemerkt wie möglich kommen und gehen.

»Das wäre gut für dich – so wird dein Name bekannter«, sagte Duncan.

Sie schenkte ihm ein schwaches Lächeln. »Das habe ich vor einem halben Jahr auch gedacht. Seitdem hat sich viel geändert.«

Der Drang, sich jemandem anzuvertrauen, war fast überwältigend. Duncan warf ihr einen fragenden Blick zu. In all den Jahren, die sie miteinander zu tun hatten, war das Gespräch nie über die Arbeit hinausgegangen. Wenn sich je die Gelegenheit ergeben hatte, sich Details aus ihrem Privatleben zu erzählen, hatten sie sie nicht ergriffen oder auch nur bemerkt. Die Versuchung und der Moment gingen vorüber; Jean fing sich wieder und war wieder distanziert und professionell.

Sie einigten sich auf die Atelierporträts für die Titelseite und die informellen Schnappschüsse von Mutter und Tochter für die Fortsetzung auf Seite sechs. Duncan kennzeichnete die Kontaktabzüge.

»Könnte ich einen Abzug davon für mich bekommen?« Jean deutete auf das Bild von Margaret. »Genau so möchte ich sie in Erinnerung behalten.«

»Gern«, sagte Duncan, und falls ihm die Traurigkeit in ihrer Stimme auffiel, behielt er es für sich.

Es war über eine Woche her, seit sie Howard geschrieben hatte, und das gute Gefühl, das Richtige getan zu haben, das sie getragen hatte, als sie ihn in die Post gab, schwand täglich mehr. Es war keine Antwort von ihm gekommen, auch wenn ihr Brief wohl kaum eine verdient hatte, und so konnte sie nicht wissen, ob er Gretchen kontaktiert hatte oder nicht. Nachdem sie sämtliche Ansprüche auf ihn aufgegeben hatte, musste sie jetzt akzeptieren, dass sie kein Recht mehr auf Neuigkeiten hatte und es sehr gut möglich war, dass sie nie wieder von ihm hören würde.

Dass sie das Richtige getan hatte, stellte sich als nicht annähernd so tröstlich heraus, wie sie gehofft hatte. Wenn man nicht fortwährend dafür gelobt wurde, war Tugend ein einsames Geschäft. Regelmäßig passierte es ihr jetzt, dass ihr, an ihrem Schreibtisch sitzend, halb fertig mit irgendeiner Aufgabe wie dem Verfassen der wöchentlichen Haushaltstipps oder der Hochzeitsanzeigen, die Konzentration abhandenkam, ihr Blick ins Leere ging, und sie in der Erinnerung an Howards Güte schwelgte.

Dieser Traumzustand konnte zehn Minuten oder eine Viertelstunde andauern, bis das Klingeln eines Telefons oder eine Unterbrechung durch einen ihrer Kollegen sie auf die Erde zurückholte. Manchmal, wenn ihre Trauer drohte, in Verzweiflung umzuschlagen, verließ sie das Büro und marschierte zügig zum Willett's Wood, wo sie dem Weg folgte, den sie bei ihrem letzten Treffen gemeinsam genommen hatten, und sich erlaubte, ein paar erholsame Tränen zu vergießen.

Sie wusste, dass sie ihr Unglück bei der Arbeit nicht gut verbarg, denn wo sie früher wie einer der Jungs behandelt wurde, mied man sie jetzt oder war untypisch rücksichtsvoll. Unbeliebte Arbeiten, die normalerweise ihr zugeschoben worden wären, wurden jetzt in andere Abteilungen umgeleitet; Freiwillige meldeten sich auf mysteriöse Weise, um Arbeiten zu übernehmen, die sie angefangen und nicht fertiggestellt hatte.

Statt sie mehrmals am Tag um eine Zigarette anzuschnorren, brachte Larry ihr von unterwegs aus der Bäckerei in Petts Wood Puddingtörtchen mit und stellte sie ihr auf den Schreibtisch. Selbst die furchterregende Muriel sprach sie in der Toilette an, wo Jean sich kaltes Wasser ins Gesicht spritzte, und bot ihr an, einen Prospekt der Yogaschule mitzubringen, die für dynamisches Atmen und andere verjüngende Techniken warb. Die Leute sind nett zu mir, ermahnte sich Jean. Ich habe großes Glück.

Die Abende waren ein Problem, denn es wurde so früh dunkel und es war viel Zeit zum Nachdenken, aber Mutters Klingel hielt sie auf Trab. Kummer war ermüdend, deshalb ging sie früh schlafen, aber er hielt sie auch vom Schlafen ab, weshalb sie nicht erfrischt aufwachte.

Sie versuchte, sich daran zu erinnern, wie das Leben gewesen war, bevor sie die Tilburys kennenlernt hatte, noch vor einem halben Jahr. Die Tage waren ohne größere emotionale Höhen und Tiefen vergangen; ihre Arbeit und die häuslichen Rituale, die mit jeder Jahreszeit einhergingen, waren abwechslungsreich und dankbar genug gewesen, sie beschäftigt zu halten. Kleine Freuden – die erste Zigarette des Tages, ein Glas Sherry vor dem Mittagessen am Sonntag, eine Tafel Schokolade, so aufgeteilt, dass sie eine Woche hielt, ein neu erschienenes Buch aus der Bibliothek, noch unberührt und makellos, die ersten Hyazinthen des Frühlings, ein sauber gefalteter Stapel Bügelwäsche, der Geruch des Sommers, der Garten im Schnee, ein Briefpapier-Spontankauf für ihre Schublade – das alles war belebend genug gewesen.

Sie fragte sich, wie viele Jahre es dauern würde – und ob es jemals dazu käme –, bis das Monster der erwachten Sehnsucht bezwungen war und sie wieder in die friedliche Routine ihres eingeschränkten Lebens zurückkehren konnte. Die Reise in die Liebe war so mühelos und leichtfüßig, die Reise heraus so ein langer und beschwerlicher Anstieg.

Eines Abends, als ihre Mutter für die Nacht versorgt war und ihr die Decke auf den Kopf fiel, schlüpfte Jean hinaus und ging zur Kirche hinauf. Sie war nicht religiös, aber sie betrachtete sich selbst als kulturell christlich und hatte ihre Mutter vor dem Strickpuppen-Zerwürfnis zu Gottesdiensten oder den wichtigeren Feiertagen begleitet.

Eben endete die Chorprobe, und die Sänger kamen heraus, knöpften ihre Mäntel gegen die Nachtkälte zu und riefen einander Abschiedsgrüße zu, deshalb hielt Jean im Pfarrgarten Abstand, bis die letzten Schritte verklungen waren. Die schwere Holztür war noch unverschlossen, also betrat sie die kühle Dunkelheit und setzte sich in eine der hinteren Bänke, wie um Gott schnell entkommen zu können, sollte er ihr erscheinen.

Das einzige Licht kam von einem hellen Mond, der durch die Buntglasfenster schien. Der Altar schimmerte blass; alles war friedlich. Sie hatte nie die Angewohnheit gehabt zu beten, weder für sich selbst noch für andere, und würde sich auch jetzt nicht dazu herablassen, nur weil sie Not litt. Stattdessen saß sie da und sinnierte über die Stille nach, über den Geruch nach poliertem Holz und Kerzenwachs und uraltem Stein. Minuten vergingen, und sie spürte, wie sich ihre Augen mit Tränen füllten. Sie ließ sie ungehindert über ihre Wangen fließen, sich in ihren Mundwinkeln sammeln und von ihrem Kinn tropfen.

Plötzlich war ein Geräusch zu hören – erschreckend in der Stille –, und ein Lichtstrahl fiel durch die sich öffnende Tür zur Sakristei. Jean wurde mit einem Ruck aus ihrer Versunkenheit gerissen und wischte sich eilig das Gesicht an ihrem Mantelärmel ab, als Mrs Melsom, nicht weniger erschrocken, in der Tür auftauchte.

»Ach, du meine Güte«, sagte sie, die Hand zur Brust erhoben, und spähte in die Dunkelheit. »Ich hatte nicht erwartet, dass noch jemand hier ist.«

Sie trug einen Pelz, der in der russischen Steppe gute Dienste hätte leisten können, und Schaffell-Fäustlinge, die ihren Bemühungen mit dem Riegel im Weg standen.

»Entschuldigung.« Jean stand auf. »Ich wollte nur ...«

»Ach, Sie sind es, Jean«, sagte Mrs Melsom. »Ich wollte Sie nicht erschrecken. Ich bin nach dem Chor hiergeblieben, um die Notenblätter zu sortieren – es war alles durcheinander.« Sie sah genauer hin. »Meine Liebe, stimmt etwas nicht?«

Jean blinzelte angestrengt. Sie konnte den Weg des Leugnens und des hastigen Aufbruchs gehen oder das angebotene Mitgefühl annehmen. Eine Erinnerung stupste sie an – die geknechtete Tochter aus dem Hotel in Lymington, die ihre freundschaftliche Hand zurückgewiesen hatte. Sie hatte sich stolz an ihre Unabhängigkeit geklammert, und diese Erfahrung hatte ihnen beiden nicht gutgetan. Diese Erkenntnis, überfällig, aber überwältigend, öffnete Jean die Augen für die Wahrheit, dass es beide Parteien bereichert, wenn Hilfe angenommen wird.

Sie schenkte Mrs Melsom ein dankbares Lächeln. »Nichts Ernstes, aber, um ehrlich zu sein, war ich ziemlich niedergeschlagen. Wenn ich in die Zukunft schaue, sieht alles ein bisschen ... trostlos aus.«

Eine behandschuhte Hand legte sich auf ihre Schulter. »Es tut mir so leid, das zu hören. Das muss alles sehr schwer für Sie sein«, kam die Antwort. »Wie wäre es, wenn wir in die Sakristei zurückgehen, und ich setze den Kessel auf?«

»Danke. Sie sind sehr nett.«

Diese Begegnung führte zu einer praktischen Verbesserung von Jeans Lage. Sie hatte keine Einzelheiten ihres Kummers der letzten Zeit in Bezug auf die Tilburys preisgegeben, aber das Ende einer Liebesaffäre angedeutet und ihr Gefühl der Reue und Isolation. Den geschrumpften Radius ihrer Mutter hatte sie ebenfalls angesprochen, und Mrs Melsom hatte sich sofort angeboten, am Samstagnachmittag zu kommen und sich zu ihr zu setzen, damit Jean ein wenig freier war. Sie würden Karten spielen oder plaudern oder schweigend zusammen stricken – was immer Mrs Swinney lieber war. Es gebe noch andere nette Menschen in der Kirche, die an den folgenden Samstagen sehr gern dasselbe tun würden, da war sie sicher. Vielleicht könne man sie nach und nach doch wieder nach unten locken.

Gegen Jeans Herzschmerz hatte sie natürlich kein Heilmittel parat und gab es auch erst gar nicht vor. Es boten sich nur die althergebrachten Methoden – Geduld, Ablenkung, Arbeit –, dessen war sich Jean wohl bewusst, schließlich hatte sie in der Sache mit Frank schon einmal darauf zurückgegriffen, und sie erinnerte sich jetzt ohne Zuversicht daran. Die bisherige Erfahrung lehrte sie, dass der Schmerz nicht endlos sein würde – aber er würde auch nicht gleichmäßig und schrittweise nachlassen, sondern eher in einer Reihe auf sie hereinbrechender Wellen, von denen einige sie möglicherweise trotzdem umwerfen würden.

Es war am ersten Dienstag im Dezember, ein paar Tage, bevor der Echo den »Seltsamen Fall der jungfräulichen Mutter« als Titelstory bringen würde, als Jean von einer dieser Wellen getroffen wurde. Sie räumte gerade ihren Schreibtisch auf und heftete ihre Korrespondenz und Notizen ab. Die persönlichen Briefe von Howard, die er an ihre private Adresse geschickt hatte, waren nicht in diesem Archiv enthalten, sondern lagen in ihrer Kommodenschublade und warteten auf den Tag, an dem sie stabil genug war, sie noch einmal zu lesen. Beim Anblick von Gretchens Handschrift in diesem ersten kurzen Brief – *Ich war immer der Überzeugung, meine eigene Tochter (heute zehn) sei ohne das Zutun eines Mannes geboren worden* – wurde ihr plötzlich mulmig, und sie musste zum Fenster gehen und das Gesicht an das kühle Glas drücken.

»Ich gehe nur kurz spazieren«, flüsterte sie Larry zu, der an seinem Ende des Büros, die Füße auf dem Schreibtisch, telefonierte.

Er hob den Daumen, ohne seinen Redefluss zu unterbrechen.

Es war jene Stunde am späten Nachmittag, wo die Sonne direkt über dem Horizont steht, aber nicht wärmt. Ihr Schatten streckte sich lang über den Pfad: Ihre langen Beine scherten weit aus, als sie durch die letzten stacheligen Kastanienhüllen wanderte und das Knacken von Zweigen unter ihren Sohlen spürte. Sie hörte Rufe spielender Kinder in der Ferne, und irgendwo zwischen den Bäumen bellte ein Hund. Ihr Schal hing noch im Büro an der Garderobe, und die kalte Luft bohrte sich in ihre Ohren.

Wie immer folgte sie dem Weg, den sie mit Howard genommen hatte, und an der Stelle, wo sie ihren Spaziergang beendet hatten, drehte sie um. In der grauen Ferne tauchte eine Gestalt aus dem Nebel auf, ein verschwommener Hut und Mantel. Es war nicht so sehr die Silhouette, die sie wiedererkannte, sondern sein Gang, so einzigartig wie ein Fingerabdruck, und sie blieb wie angenagelt stehen, bis er grüßend die Hand hob, erst dann eilte sie auf ihn zu.

»Ich war im Büro. Dein Kollege sagte, du wärst spazieren gegangen, also dachte ich mir, du könntest hier sein.«

»Warum bist du nicht bei der Arbeit?« Idiotisch, dass von allen möglichen Fragen diese ihr als Erste in den Sinn kam.

»Ich wollte dich sehen, und ich konnte nicht warten, also habe ich den Laden geschlossen. Das kann man, wenn man Ladenbesitzer ist, weißt du?«

Sie waren ungefähr einen Meter entfernt voneinander stehen geblieben, die Hände in den Taschen, unsicher, welche Art der Begrüßung erlaubt war.

»Wie geht es dir? Wie geht es Gretchen?«

»Von Gretchen weiß ich nichts. Mir geht es sehr schlecht. Dein Brief hat mich fast umgebracht.«

Hoffnung, diese verräterische Freundin, begann ihr Piksen und ihr Flüstern.

»Es hat mich umgebracht, ihn zu schreiben.«

»Ich habe immer wieder darüber nachgedacht, was du gesagt hast, und ich habe überlegt, wie es funktionieren könnte, weil ich weiß, dass du ein guter Mensch und weise bist, aber ich kann es nicht. Ich kann dich nicht aufgeben.«

Jean spürte, wie Freude durch ihre Adern floss, ihr Blut auftaute. Sie hatte versucht, tapfer zu sein und das Gute und Vernünftige zu tun, aber sie konnte es nicht für sie beide tun.

»Ich dachte, ich könnte es. Aber es ist schrecklich. Schlimmer, als ich es mir je vorgestellt habe.«

Er zog sie an sich, und sie klammerten sich fast ängstlich aneinander, schien es Jean, als könnten unsichtbare Hände sie wieder voneinander loseisen. Aber er war stabil wie ein Baum; stark genug, allem zu widerstehen.

»Ich bin ein paar Mal an deinem Haus vorbeigefahren, in der Hoffnung, dich wenigstens am Fenster stehen zu sehen.«

»Ich wollte stark und souverän sein, aber ich war ein Wrack.«

»All dieses Unglück für nichts.« Er küsste sie auf den Mund, vier, fünf, sechs Mal, bis sie sich lachend von ihm löste.

»Hast du mit Gretchen gesprochen?«

»Ja, wir haben lange geredet. Ich fühle mit ihr, aber es ist Unsinn, zu glauben, wir könnten ›es flicken‹, als wäre die Ehe eine zerrissene Hose. Ich könnte sie nicht anrühren, und sie könnte mich nicht anrühren.«

»Was ist mit Margaret?«

»Selbst wenn es hundert Margarets gäbe, würde es nicht funktionieren.«

»Es hat aber doch ganz gut funktioniert, bis Gretchen gegangen ist.«

Sie wünschte, sie könnte aufhören, gegen ihre eigenen Interessen anzuargumentieren, aber sie konnte der Sache nicht trauen, ehe ihre Einwände nicht in ihre Einzelteile zerlegt worden waren, Punkt für Punkt.

»Ja, und hätte sie das nicht getan, dann hätte *ich sie* nie verlassen. Ich hätte meine Gefühle für dich in einer versiegelten Schachtel aufbewahrt und du deine. Aber sie hat es getan, und das hat mich befreit, und jetzt, wo ich die wahre Liebe – Leidenschaft – mit dir erlebt habe, kann ich nicht zurück. Siehst du den Unterschied?«

»Ich denke schon.«

Sie wagten es, ihre Umarmung zu lockern, damit sie einander ansehen konnten. Ein Vorteil davon, gleich groß zu sein, bestand darin, dass ihre Augen immer auf gleicher Höhe waren.

»Ich weiß, dass Sex nicht *alles* ist, aber es ist auch nicht *nichts*. Es ist ein Teil der ehelichen Liebe, vielleicht der größte Teil. Und die Vorstellung, dass Gretchen ihren Widerwillen plötzlich begraben und ich womöglich wieder Sex mit ihr haben könnte, in dem Wissen, was sie eigentlich dabei empfindet, ist vollkommener Irrsinn.«

»Hast du ihr das erklärt?«

»Ja, natürlich. Ich glaube, am Ende bin ich zu ihr durchgedrungen.«

»Und was wird sie tun? Wird sie bei Martha bleiben?«

»Ich glaube schon. Sie braucht jemanden.«

»Hast du ihr von mir erzählt – von uns?«

»Nein. Ich wusste ja nicht, ob es ein ›Wir‹ gibt.« Er nahm seinen Wollschal ab und wickelte ihn ihr um den Hals, denn man musste ihm nicht sagen, dass sie ohne Schal fror. »Und ich habe mir wegen Margaret den Kopf zerbrochen, das kannst du mir glauben, aber der Schaden, wenn du es so nennen willst, ist schon angerichtet. *Natürlich* wäre sie glücklich, wenn Gretchen zurückkäme und wir alle wieder wie früher zusammenleben würden. Aber stell dir vor, wie viel schlimmer es dann in ein paar Monaten wäre, wenn alles wieder zerbrechen würde – was sicherlich passieren würde.«

»Ich dachte, mein Leben sei vorbei.«

»Ich weiß. Alles, was du gefühlt hast, habe ich auch gefühlt.«

Das Glück floss und war weich und sanft, aber die Realität war rau und hatte scharfe Kanten.

»Wie werden wir es je schaffen, zusammen zu sein?«

»Mit Geduld und Entschlossenheit. Gretchen muss es erfahren. Und Margaret. Und deine Mutter. Das wird eine holprige Angelegenheit, Jean.«

»Ja.«

Sie hatte Angst vor den Turbulenzen, die ihnen bevorstanden, aber er hatte genug Entschlossenheit für sie beide. Die Alternative, sie hatten sie bereits geprobt, war unerträglich. Es durfte keine Geheimnisse geben. Bis auf das eine Unsagbare, das sie für immer für sich behalten würde. Lasst sie an Unschuld und Wunder und Engelsstimmen glauben; das war ihr Geschenk an sie alle.

»Ich kann Mutter nicht im Stich lassen. Du weißt, das kann ich nicht.«

»Ich weiß. Und ich kann Margaret nicht im Stich lassen. Für den Moment werden wir also vielleicht nicht viel gemeinsame Zeit haben. Aber wir können einander trotzdem lieben, und wenn ich dich nur einmal die Woche sehen kann, dann lieber so als überhaupt nicht.«

»Wenn ich dich Mutter vorstellen würde, würde sie es vielleicht leichter verstehen, dass du keine Bedrohung für sie bist.«

Mit Jean allein wäre sie sicherlich schwierig, aber Howards Anwesenheit würde sie gewiss entwaffnen. Sie hatte Männern immer mehr Beachtung beigemessen, sie hielt sie für das überlegene Geschlecht.

»Gerne. Wann?«

»Heute Abend. Sofort?«

Jetzt, da klar war, was getan werden musste, wollte Jean es schnell hinter sich bringen, solange ihr Hochgefühl ihr Auftrieb gab.

»Ich muss nach Hause zu Margaret.«

»Natürlich.«

»Aber morgen geht sie mit Lizzie zur Weinachtsaufführung, der Abend gehört also mir.« Er klang hoffnungsvoll.

»Du könntest zum Abendessen kommen? Mutter kommt sowieso nicht herunter. Sie isst auf einem Tablett in ihrem Zimmer; wenn ich euch also vorgestellt habe und wir geplaudert haben, können wir verschwinden und für uns sein.«

Es klang so einfach. In Wahrheit würde es, egal, wie gut sich ihre Mutter in Howards Gegenwart benahm, sicherlich Vorwürfe geben, wenn sie wieder mit ihr allein wäre. Wenn sie sich durchsetzen wollte, würde Jean resolut sein müssen, sogar unnachgiebig. Irgendwie verlieh ihr das Wissen Kraft, dass er da draußen war, entschieden und für immer an ihrer Seite, um ihr beizustehen. Wenn ihrer Mutter erst klar wurde, dass sie schlechte Karten hatte, konnte Jean wieder großmütig sein.

»Das fände ich gut. Und du wirst es dir bis morgen nicht anders überlegen?«

»Nein. Niemals.«

Sie war schon dort, ihm weit voraus, die nervöse Gastgeberin in ihr überlegte bereits, was sie kochen könnte, das des Anlasses würdig war.

Die Dämmerung war hereingebrochen, ein blasslila Leuchten am Horizont alles, was vom Tageslicht übrig war, als sie Arm in Arm durch das Wäldchen gingen, die Bäume in ihren dunklen Anzügen säumten rechts und links den Pfad.

40

Mittwoch, 4. Dezember 1957

Howard stand in der Tür der Bedford Street und sah hinaus in den dichten Nebel. Er hatte den ganzen Nachmittag in seiner Werkstatt verbracht, hatte Ringe geändert und unter hellem künstlichem Licht eine elegante Taschenuhr repariert und nicht bemerkt, wie er aufzog. Er war dick wie Pudding und leuchtete kränklich gelb im Licht der Straßenlaternen.

Auf seinem Weg zur Arbeit am Morgen war die Sicht schlecht gewesen. Er hatte sich ein bisschen erkältet gefühlt, als er the Strand entlangging, aber eine Zigarette hatte seinen Husten gedämpft, und er hatte wieder gut genug sehen können, um – zu einem exorbitanten Preis – auf dem Markt ein paar Treibhausrosen für Mrs Swinney zu kaufen. Sie standen jetzt in einem angeschlagenen Becher im Waschbecken. Der Marktstandbesitzer hatte ihm gesagt, er solle etwas Zigarettenasche ins Wasser rühren, um die Blüten zu erhalten, aber Howard war sich nicht sicher, ob er ihn auf die Schippe genommen hatte, deshalb beschloss er, es lieber nicht zu riskieren.

Er zog seinen Drillich-Overall aus und hängte ihn an seinen üblichen Haken. Die Geldkassette aus der Ladenkasse war im Wandtresor eingeschlossen. Seine Werkzeuge hingen ordentlich an ihren Haken, die Schränke waren verschlossen.

Er zog seinen Ulster über und setzte den Filzhut auf, dann band er sich ein einigermaßen sauberes Taschentuch vor Mund und Nase. (Frisch gewaschenes Leinen war Gretchens Weggang als Erstes zum Opfer gefallen.)

In seiner Tasche steckte ein Samtkästchen mit dem Silberarmband mit den Mondsteinen, das Jean bei ihrem Überraschungsbesuch mit Margaret im Laden ausgesucht hatte. Damals war er schon ein bisschen in sie verliebt gewesen und hatte die Erinnerung abgespeichert, falls in einer unvorstellbaren Zukunft je eine Zeit kommen sollte, in der er es ihr womöglich zum Geschenk machen konnte. Auch sie hatte es nicht vergessen, da war er sich sicher. Sie hatte ihr ganzes Leben im Hintergrund verbracht, beobachtet, Notizen gemacht, gelernt; die kleinen Details, die andere Leute übersahen, entgingen ihr nicht.

Er zögerte auf der Schwelle, klimperte mit den Schlüsseln in seiner Hand, bevor er blind in die milchige Suppe hinaustrat und überrascht feststellte, dass sie keinen Widerstand bot. Sie wirkte so dicht, als könnte man sie schneiden. Er zog die Metallgitter herunter und schloss die Vorhängeschlösser, drehte den Schlüssel im Türschloss, ein abendliches Ritual; das Schaben und Rasseln des Abschließens läutete das Ende jeden Arbeitstages ein.

Das Vorankommen auf der Bedford Street war langsam, behindert von der Angst vor Beinahezusammenstößen mit anderen Fußgängern. Er konnte sich nähernde Schritte hören, aber nichts sehen, bis plötzlich eine Gestalt fast direkt vor ihm stand, und sie sich entschuldigten und umeinander herum und weitergingen. Verstreute Lichtpartikel und das ausdauernde Klingeln einer Fahrradglocke warnten ihn, dass er in die Nähe der Bordsteinkante geraten war, und er trat zurück, als der Fahrradfahrer wacklig in Sicht kam, seine Stirnlampe den Nebel durchbrechend.

Er war fast an the Strand, als ihm die Blumen einfielen, die noch im Waschbecken standen. Verdammt und verflucht. Er würde den Zug um 17:18 Uhr verpassen, wenn er umkehrte, und dann käme er zu spät. Er konnte sich nicht entscheiden, was schlimmer wäre – zu spät zu kommen oder mit leeren Händen. Unpünktlichkeit – vor allem bei einem solchen Anlass – wirkte gedankenlos, aber die Rosen waren so teuer gewesen und die Geste so gut gemeint, dass er es nicht ertragen konnte, sie verkommen zu lassen. Nein, er würde umkehren. Jean würde das verstehen – falls das Wetter in Hayes auch nur halb so schlecht war, hatte sie sicherlich einen genauso schwierigen Heimweg und war vielleicht sogar froh, ein bisschen mehr Zeit für die Vorbereitungen zu haben.

Er drehte sich um und stolperte den Weg zurück, den er gekommen war, hielt die Arme vor sich ausgesteckt, als wollte er einen Angreifer abwehren, und entschuldigte sich links und rechts. Jetzt, wo er keine Chance mehr hatte, den frühen Zug zu erwischen, hatte es keinen Sinn mehr, sich zu beeilen. Trotz seiner Taschentuchmaske füllte der metallische Geschmack des Nebels seinen Mund aus. Er war froh, als er die vorübergehende Zuflucht des Ladens erreichte und ein paar Atemzüge relativ unverschmutzter Luft bekam.

Seine Entscheidung, umzukehren, wurde im Nachhinein durch die Entdeckung gerechtfertigt, dass er den Wasserhahn nicht ganz zugedreht und den Stöpsel im Waschbecken gelassen hatte. Bis zum Morgen hätte er es mit einer Überschwemmung zu tun gehabt.

Er schrieb diese Konzentrationsschwächen seinen um das Wiedersehen mit Jean kreisenden Gedanken zu und weniger seinem vorgerückten Alter. In seinem Inneren fühlte er sich nicht anders als der junge Mann, der in Battersea in die Themse gesprungen und ans andere Ufer geschwommen war, nur um die Schwester eines seiner Schulfreunde zu beeindrucken. Nur wenn er gezwungen war, beim Rasieren sein Spiegelbild zu betrachten, wurde er damit konfrontiert, dass die Zeit in der Zwischenzeit nicht stehengeblieben war.

Er wickelte den Rosenstrauß in so viel Zeitungspapier, dass es ein abgeschlossenes Paket ergab, denn er wollte die Blüten vor der trüben Luft schützen, und begann seine Reise von Neuem, hielt sich dicht an den Gebäuden und tastete sich an den Wänden entlang. An der Ecke kam er an dem Pub vorbei, wo er in letzter Zeit die Abende vertrödelt hatte, statt in sein leeres Haus zurückzukehren. Die Fenster waren erleuchtet, und das polierte Holz und das glänzende Messing im Innern strahlten einladend. Ein paar vereinzelte Trinker trotzten dem Wetter oder saßen es aus, aber Howard eilte weiter, er kam nicht in Versuchung, er dachte nur an Jean, die wartete und sich wunderte, wenn die vereinbarte Uhrzeit kam und ging.

Auf the Strand versuchten Polizisten, für die Fußgänger an den Ampeln den Übergang zu sichern. Howard konnte die bebende Masse der Busse und Taxen, die Dieselwolken ausschnauften, mehr hören als sehen, und er spürte ihren heißen Atem an den Beinen, als er inmitten einer schlurfenden Menge zur anderen Seite wechselte.

In Charing Cross wartete eine dicht gedrängte Menschenmenge in der Wartehalle, müde Büroarbeiter und mit Tragetaschen beladene Weihnachtseinkäufer. Eine Gruppe von einem halben Dutzend Schulmädchen in Uniform schlängelte sich Arm in Arm vorbei, laut kreischend, selbstbewusst in ihrer kleinen Bande. Geisterhafte Nebelschwaden hatten durch die offenen Torbögen auch den Weg hier herein gefunden und verliehen der Halle eine seltsame Atmosphäre von Drinnen und Draußen gleichzeitig.

Er war entzückt, als er entdeckte, dass der 17:18 nach Hayes noch am Bahnsteig stand, seine Abfahrt hatte sich verzögert, und er gratulierte sich für die richtige Entscheidung, die Blumen holen gegangen zu sein, und stellte sich seine Verstimmung vor, hätte er sie für nichts und wieder nichts zurückgelassen. Manchmal fügte sich eben alles aufs Schönste.

Im Sog der seltsamen Hast, die Leute dazu bringt, schneller zu gehen, wenn sie sich einem Zug nähern, eilte Howard durch die Schranke. Eine verschwommene Bewegung, das Pfeifen und das Knallen von Türen zeigten an, dass die Abfahrt womöglich kurz bevorstand, also sprang er in einen der hinteren Wagen und fand einen Stehplatz zwischen den Sitzen.

Er legte das Zeitungspapierpaket mit den Blumen vorsichtig auf die Gepäckablage und nahm das Taschentuch ab, zog eine Grimasse angesichts der Rußpartikel, die sich in seinen Fasern gefangen hatten. Der Zug machte einen Satz und zog an. Howards Mitpassagiere lächelten einander erleichtert zu und zogen die Augenbrauen hoch. Endlich. Er tätschelte seine Tasche, spürte den harten Umriss der Samtschachtel und stellte sich Jeans Blick freudigen Wiedererkennens vor, wenn sie sie öffnete. Am Ende würde er doch nicht allzu spät kommen.

Nachwort

Der im ersten Kapitel beschriebene Eisenbahnunfall von Lewisham von 1957 war zu dieser Zeit das zweitschlimmste Zugunglück der britischen Geschichte. (Das im Bahnhof Harrow and Wealdstone fünf Jahre zuvor war das schlimmste.)

Insgesamt verloren 90 Menschen ihr Leben und 173 wurden verletzt. Der Zugführer der Dampflokomotive nach Ramsgate, der beim Gefahrensignal nicht angehalten hatte und mit dem stehenden Zug nach Hayes kollidierte, wurde wegen fahrlässiger Tötung angeklagt, aber nach zwei Gerichtsverfahren freigesprochen, weil die ursprüngliche Jury nicht zu einem Urteil kommen konnte.

In einem bahnbrechenden Gerichtsverfahren – *Chadwick v. British Railways Board*, 1967 –, das für dreißig Jahre zum Präzedenzfall wurde, klagte die Witwe eines der Ersthelfer des Unglücks erfolgreich auf Schadenersatz wegen »Nervenschocks«. Henry Chadwick, der in die zerstörten Waggons geklettert war, um den Verletzten und Sterbenden zu helfen, war danach bis zu seinem Tod im Jahr 1962 (der nichts mit dem Vorfall zu tun hatte) nicht mehr in der Lage zu arbeiten.

Wer sehr genau hinsieht, mag bemerken, dass der Bericht über das Unglück am Freitag, 6. Dezember 1957 in der (fiktiven) Zeitung *North Kent Echo* erscheint und damit Jeans Story von der Jungfrauengeburt von der Titelseite verdrängt.

Die Saat für dieses Buch wurde in einem Interview mit der Journalistin Audrey Whiting gelegt, das gegen Ende des letzten Jahrtausends in der Sendung *Woman's Hour* auf BBC Radio 4 ausgestrahlt wurde. Die *Sunday Pictorial*, für die sie 1955 arbeitete, schrieb einen Wettbewerb aus, in der eine jungfräuliche Mutter gesucht wurde, veranlasst durch Forschungen von Dr. Helen Spurway, einer Genetikerin an der University of London.

Dr. Spurway hatte beobachtet, dass eine Spezies von Fischen (*Lebistes reticulatus*) in der Lage war, spontan weibliche Nachkommen zu produzieren. Es erwies sich außerdem als möglich, parthenogenetische Entwicklungen bei Kaninchen zu erzielen, indem man die Eileiter einfror. Das führte zu Spekulationen, ob spontane Parthenogenese auch bei anderen Säugetieren nachgewiesen werden könnte oder nicht – vor allem beim weiblichen Menschen.

Der Wettbewerb wurde ausgeschrieben und lud Frauen ein, sich für Forschungen zur Verfügung zu stellen. Von den neunzehn, die sich meldeten, wurden nach und nach alle aus verschiedenen Gründen – inklusive der Verwirrung, was Jungfräulichkeit eigentlich bedeutete – ausgeschlossen, bis auf eine Mrs Emmimarie Jones, die zum Zeitpunkt der »Empfängnis« in einem deutschen Krankenhaus ans Bett gefesselt gewesen war. Sie und ihre Tochter Monica wurden verschiedenen Blutuntersuchungen und serologischen Tests unterzogen, die ihre Behauptung zu stützen schienen, aber der letzte Hautverpflanzungstest scheiterte in beide Richtungen.

Einzelheiten der Tests und ihrer Ergebnisse wurden in *The Lancet*, Band 267, Ausgabe 2934, 30. Juni 1956, S. 1071–1072 und Band 268, Ausgabe 6 934, 21. Juli 1956, S. 147–149 veröffentlicht. Selbst die durchführenden Ärzte waren sich über die Beweiskraft ihrer Untersuchungen nicht einig. Ihre Korrespondenz in *The Lancet* ist interessant zu lesen.

Ich hatte den Schluss des Interviews im Radio mitbekommen und erahnte sein Potential als Grundlage für einen Roman, aber zu dem Zeitpunkt schrieb ich (zumindest meiner Ansicht nach) humorvolle Fiktion, und diese Geschichte eignete sich nicht für leichte Komödien. Deshalb behielt ich sie deutlich mehr als ein Jahrzehnt im Hinterkopf, wie einen Fliegenfänger, um zu sehen, ob etwas daran kleben blieb.

Ich hatte mehr als zwanzig Jahre in Hayes, Kent gelebt, und war täglich mit der Charing Cross Line gependelt, ohne je etwas von dem Zugunglück von Lewisham gehört zu haben. Erst als ich im Jahr 2015 zur Geschichte der Region recherchierte, ob sie sich als Kulisse für etwas eignete, was ich inzwischen meinen Jungfrauengeburt-Roman nannte, stolperte ich über einen Hinweis darauf. Das war die Fliege, die kleben blieb.

Ich musste der Geschichte ein wenig Gewalt antun, um diese beiden Stränge zu vereinen. Die Fakten des Zugunglücks sind, soweit ich es bewerkstelligen konnte, korrekt; die Story von der Jungfrauengeburt ist – abgesehen von dem oben erwähnten ersten Samen und den in *The Lancet* ausführlich beschriebenen medizinischen Untersuchungen – frei erfunden. Die Charaktere, Ereignisse und Gespräche sind alle reine Fiktion. Es gibt, soweit ich weiß, ein Kapitel über den Fall der Mrs Emmimarie Jones in *Like a Virgin: How Science Is Redesigning the Rules of Sex* von Aarathi Prasad (London: Oneworld Publications, 2012), aber ich habe es nicht gewagt, es zu lesen, falls es etwas enthielte, das meinen Plot zum Entgleisen gebracht hätte.

Alle Haushaltstipps sind Ausgaben des *Hayes Parochial Magazine* und des *Hayes Herald* aus den Jahren 1953 bis 1959 entnommen.

Ich habe einige unterhaltsame Bücher gelesen, um in die Atmosphäre einer Zeit einzutauchen, die ich aus Altersgründen nicht erlebt habe. Die Romane der 1950er sind zu zahlreich und zu bekannt, um sie hier aufzulisten. Zu den für mich nützlichsten Sachbüchern gehörten:

Die Tagebuchschreiber eines Massenbeobachtungsprojektes, gesammelt in *Our Hidden Lives: The Everyday Diaries of a Forgotten Britain, 1945–1948*, herausgegeben von Simon Garfield (London: Ebury Press, 2005).

Family Britain 1951–1957, David Kynaston (London: Bloomsbury, 2009).

Einen freimütigen und erhellenden Bericht über außereheliche Liebe und Sex, lange, bevor solche Dinge 1963 offiziell erfunden wurden, habe ich glücklicherweise hier gefunden: *Diary of a Wartime Affair: The True Story of a Sur-*

prisingly Modern Romance von Doreen Bate (London: Viking, 2016).

London: Portrait of a City 1950–1962 von Allan Hailstone (Stroud: Amberley Publishing, 2014) bot fotografische Inspiration.

Was die Geschichte der Region Hayes angeht, stehe ich bei Jean Wilson und Trevor Woodman in der Schuld mit *Hayes: A History of a Kentish Village: Volume 2: 1914 to Modern Times* (J. Wilson, 2012).

Danksagung

Als ich in meinen Zwanzigern zum ersten Mal ein Buch veröffentlichte, hielt ich Danksagungen für ein Zeichen der Schwäche und bemitleidete alle, die offenbar ein ganzes Dorf brauchten, um ihr Buch fertigzustellen. Inzwischen sehe ich das etwas anders und schäme mich, dass damals einige extrem hilfsbereite Menschen ohne Dank blieben.

In diesem Sinne stehe ich in der Schuld der Folgenden: Judith Murray von Greene & Heaton, die alles ist, was sich eine Autorin von ihrer Agentin nur wünschen kann, Federico Andornino, mein Lektor bei W&N – seine Anmerkungen haben das Buch sehr verbessert, und es war keine kleine Freude, mit ihm zu arbeiten, und Clare Pickering für ihre sorgfältige Redaktion.

Mein Dank gilt außerdem Ken und Sylvia Truss für ihr enzyklopädisches Wissen über die Ära und Gegend, in denen das Buch angesiedelt ist, und längst überfällig Esther Whitby, meiner Mentorin in den vergangenen drei Jahrzehnten.

Der letzte, aber wichtigste Dank in dieser Reihe gebührt meinem Mann Peter für seine beharrliche Unterstützung.